NEVER STOP WALKING

멈추지 말고 걸어라

초판 1쇄 발행 2019년 8월 12일 **원작** Sluta aldrig gå **지은이** 크리스티나 리카르드손
옮긴이 이세진 **발행인** 도영 **편집** 하서린, 김미숙
표지 디자인 신병근 **내지 디자인** 손은실 **마케팅** 김영란
발행처 솔빛길 (등록 2012-000052호) **주소** 서울시 마포구 동교로 142, 5층(서교동)
전화 02) 909-5517 **Fax** 0505) 300-9348 **이메일** anemone70@hanmail.net
ISBN 978-89-98120-59-7 03850

* 이 도서의 국립중앙도서관 출판예정도서목록(CIP)은 서지정보유통지원시스템 홈페이지(http://seoji.nl.go.kr)와 국가자료공동목록시스템(http://www.nl.go.kr/kolisnet)에서 이용하실 수 있습니다.(CIP제어번호 : CIP2019030178)

멈추지 말고 걸어라

세계를 가로질러 집을 찾아가다

크리스티나 리카르드손 지음 | 이세진 옮김

그러나

내 삶에 지대한 영향을 미치고

어둠 속에서 길을 찾을 수 있도록 빛을 밝혀준

세 여성에게 이 책을 바칩니다.

그들은 내가 미움을 다스릴 수 있게끔 사랑을 주었고

내가 언제나 평안을 찾을 수 있게끔 웃는 법을 가르쳐주었습니다.

내가 이해하지 못할 때 이해할 수 있게 해주었고,

함께한 시간은 짧았어도

충분한 사랑을 주었기에

나는 진정한 사랑이 무엇인지를 알았습니다.

페트로닐리아 마리아 코엘류, 카밀, 릴리안 리카르드슨,

당신들에게 이 책을 바칩니다.

당신들이 어디에 있든지 내가 함께 있다는 것을 알아주세요.

또한 브라질과 온 세상의 거리에서 자라는 아이들에게

이 책을 바칩니다.

여러분은 경이로운 존재들이고,

사회가 지금 여러분에게 주는 것보다 더 많은 것을 받을

자격이 있습니다.

대서양
7,000마일 /
1만 1,270킬로미터
브라질
태평양
상파울루

스웨덴
빈델른
대서양

서문

브라질에서 보낸 어린 시절, 스웨덴 북부 삼림 지대에 도착했을 때의 문화 충격, 그리고 지극히 사랑했던 이들과의 이별을 이야기하려 합니다. 이 이야기에는 브라질의 야생 숲, 상파울루의 거리와 고아원에 대한 내 어릴 적 기억이 있습니다. 그리고 스웨덴에서의 초기 생활, 그러니까 어느 날 갑자기 생판 다른 공간에 뚝 떨어져 생판 다른 생활을 하게 된 사연도 담겨 있습니다. 내 기억은 마구 흩어져 있지만 어떤 부분은 놀랄 만큼 선명하게 남아 있는데요. 나는 나라는 사람을 보전하기 위해 그런 기억을 조심스레 돌보았고, 혼잣말로 돌이켜 보았으며, 글로 적어두기도 했습니다. 이 이야기, 나의 이야기는 내가 만든 것입니다. 정확히 몇 살 때 어떤 일이 있었는지, 어떤 장소에 얼마나 오래 머물렀는지, 그런 것까지 기억하지는 못합니다. 길에서 먹고 자는 아이에게 시간이란 뭘까요? 왜 우리가, 왜 내가 시간이 뭔지 알아야 했겠습니까? 우리는 사회에 속해 있지도 않았습니다. 우리는 시간이 존재하지 않는 세상에 살고 있었습니다. 그 세계는 우리가 교육을 받든지 말든지, 우리가 살든지 죽든지 조금도 개의치 않았습니다.

산꼭대기에 서서 숲과 물을 굽어보고 그렇게 온갖 아름다움을 발밑에 둔 채 목이 터져라 소리를 지르고 싶었던 적이 있나요? 숨이 가쁠 때까지, 목구멍이 아프고 폐가 타들어가는 느낌이 들 때까지 외치고 싶었던 적이 있습니까? 그러한 외침은 영혼을 씻어줍니다. 꽁꽁 숨겨왔던 압바, 차곡차곡 쌓아왔던 보는 아픔, 어쩔 수 없이 적응해야 했던 마음을 마음껏 비통해하고 확 놓아버리는 외침 말입니다. 나는 언제나 적응해왔습니다. 거리의 인생 법칙에, 고아원의 규칙에, 스웨덴의 새로운 환경에 나를 맞추었습니다. '나'는 두 사람, 스웨덴의 크리스티나와 브라질의 크리스티아나입니다. 그 두 명의 '나'를 조화시키며 살기가 늘 쉽지만은 않았지요. 산꼭대기에 올라가 좌절과 슬픔을 털어내기 위해 필사적으로 외치고 싶었지만 아무런 외침도 나오지 않았던 때가 얼마나 많았는지 모릅니다.

여러분이 지금 읽게 될 책은 나의 외침이요, 이 낱말들은 나의 확성기입니다. 하지만 이 책은 무엇보다 나의 진실, 나의 이야기입니다. 살아남으려는 몸부림과, 브라질로 돌아가 생모를 찾고 이 삶에서 기쁨을 발견하기까지 끌어내야만 했던 용기에 대한 이야기입니다. 이 책은 또한 가없이 뻗어나가며 언제고 내 심장을 따뜻하게 덥혀주는 어머니들의 사랑에 대한 이야기입니다.

차례

여행의 시작

2015년 겨울 스웨덴 우메오

3년 전 어느 화창한 날, 두려움에 몸서리치며 잠에서 깨어났다. 아니, 겁에 질렸다고 해야겠다. 사는 게 무서웠다. 나는 벽에 부딪혔다. 누구나 그런 벽을 안다. 벽에 부딪히는 속도는 저마다 다를 수 있다. 벽을 향해 질주하든가, 규칙적인 속도로 달리든가, 터덜터덜 발걸음을 옮기든가. 속도가 빠를수록 벽에 부딪히는 충격이 크고 부상이 심각할 것이다. 간단한 수학, 확실하다 못해 결과가 뻔한 방정식 같은 얘기다. 나는 400미터 육상 경기에 나선 선수처럼 최고 속도로 벽을 향해 돌진했다.

어쩌다 그렇게 됐을까? 나의 동료, 직장 상사, 친구 들에게 물어본다면 다들 당연한 일이라고 할 것이다. 나는 무슨 일을 하든 120퍼센트를 해냈다. 그렇지만 내 진짜 삶은 엉망진창이었다. 나는 가족, 인간관계, 친구, 나 자신의 문제로 힘든 시간을 보내고 있었다. 그래서 내가 통제할 수 있는 것에만 집중하려고 했다. 삶이 두려울 정도의 혼돈을 어떻게 설명할 수 있을까? 진실한 느낌을 겁내는 그 심정을 아는가? 진짜로 느끼고 나면 상처 입을 것 같은데? 내가 마음 쓰는 사람들이 나를 떠나거나 죽어버릴 것 같은데? 달리기를 멈추면 무너져버릴 것 같은데? 나도 내 정체가 두려운데?

나는 지쳤고 너덜너덜해졌다. 더는 생각을 할 수 없었고 하고 싶지도 않았다. 생각할수록 불안이 깊어졌으니까. 나는 인간다운 생활을 하지 못했다. 나는 그전에는 결코 해보지 않은 경험을 하기 시작했다. 마치 이제 영혼이 신체와 잠재의식에게 지휘권을 넘기기로 작정한 것 같았다고 할까. 그 무렵부터 자꾸 악몽을 꾸었다. 꿈에서 나는 다시 일곱 살이 되어 필사적으로 달리고 있었다. 그 꿈을 꾸고 또 꾸었다. 그저 무시무시한 침대 밑 괴물 꿈이면 좋았을 텐데, 불행히도 내 꿈은 현실의 재탕이었다. 어릴 적에 실제로 겪은 일을 꿈으로 꾸고 있었던 것이다.

혼자 힘으로는 벗어날 수 없음을 깨달았다. 내가 생각하기에 선택지는 둘이었다. 포기하든가, 그 상태에서 벗어나든가. 욕실에 들어가 거울 앞에 한참 서 있었던 기억이 난다. 내 눈을 들여다보았다. 나의 내면을 바라보았다. 살아보겠다고 정신없이 달리던 여자아이는 내처 달려오기만 했구나, 그 생각을 하면서 내 눈에 눈물이 차오르는 모습을 바라보았다. 나 자신을 위해서 달리기를 멈추고 내게 있었던 일을 확실히 짚고 넘어갈 필요가 있었다. 소리 내어 이렇게 말해보았다. "이제 도망갈 수가 없어. 도망가고 싶지도 않아. 더는 이렇게 살고 싶지 않단 말이야." 태어나서 처음으로 도움을 청했다. 진짜 도움이 필요했다.

*

나는 우메오에 있는 내 집 소파에 앉아서 아버지에게 받아온 나와 남동생의 입양 관련 서류를 전부 쭉 훑어보았다. 한 보따리나 되는 서류가 다탁에 펼쳐져 있다. 서류의 반은 스웨덴어, 나머지 반은 포르투갈어다. 서류는 24년 동안 아버지의 금고 속에 고이 잠자고 있었지만 나는 한 번도 보여달라고 한 적이 없다. 나는 그럴 필요를 느끼지 못했다. 그런 서류가 나 자신이나 브라질에서의 내 생활에 대해서 내가 모르는 새로운 뭔가를 알려줄 리 없었다. 나는 내가 누구인지, 어디서 왔는지, 왜 버려졌는지 알아야 할 필요를 느끼지 않았다. 내가 누구고 어디 출신인지는 나도 안다. 무엇보다, 나는 내가 버려진 아이가 아니라는 것을 안다. 그래서 때때로 우리의 입양 과정과는 어울리지 않는 '유괴'라는 낱말이 사실상 들어맞는 것처럼 느껴지곤 했다.

남동생 파트리크, 본명 파트리키 조제 코엘류는 나와 생물학적 어머니가 같다. 동생은 너무 어려서 스웨덴으로 왔기 때문에 우리의 예전 삶에 대한 기억이 전혀 없다. 스웨덴 집에서 그 시절 얘기를 할 일은 거의 없었다. 여러 가지 이유가 있겠으나 나는 나 나름의 이유밖에 모른다. 내가 알기로, 동생은 브라질 생활에 대해서 한 가지만 기억한다. 자기가 판지 상자 안에서 잤다는 것을. 나는 동생에게 그 기억이 맞다고 확인해주었다. 동생을 직접 상자 안에 눕히고 어떻게든 재워보려고 애썼던 사람이 나였으니까. 기억이란 얼마나 신통한지, 어떤 것은 고스란히 남지만 어떤 것은 그렇지 못하다. 영영 사라지는 기억이 있는가 하면, 불현듯 되살아날 수 있는 기억도 있다. 아무리 노력해봐도 파트리크를 임신했을 때의 엄마 모습은 기억나지 않는다. 어린 시절에, 서서히 불러오는 엄마의 배를 보았고 이제 곧 동생이 생긴다는 사실을 알고 있었다면 기억에 남을 법도 하건만. 엄마 없이 거리에서 떠도는 시간이 너무 많았기 때문에 기억에 없는 것인지, 그냥 내가 잊어버린 것인지조차 모르겠다. 그냥 어느 날 파트리크가 내 인생에 들어왔고 그 최초의 순간부터 나는 그 애를 사랑했다. 내가 거리에서 그 애를 어떻게 돌보았는지, 어떻게 그 애를 먹이고 천 기저귀를 갈아주었는지 기억한다. 그 애가 정말 잠들었나 확인하곤 했던 것도 기억한다. 동생은 까다로운 아기가 아니었고 많이 울지도 않았다.

스웨덴으로 건너올 때 나는 여덟 살이었고 동생은 생후 22개월이었다. 우리는 어머니만 같고 아버지는 다른 남매다. 입양 서류에는 파트리크의 친부 이름만 있고 내 '아버지' 이름은 공란으로 남아 있다. 이게 내가 생물학적 아버지를 영원히 찾을 수 없을 거라는 뜻인지 궁금하다. 파트리크와 내가 피가 반만 섞였다고 말하려니 기분이 묘하다. 내 아버지나 파트리크의 아버지를 한 번도 보지 못했기 때문에 이런 기분이 들지 싶다. 아버지들이 아예 곁에 없었기 때문에 나는 파트리크가 온전한 친동생은 아니라고 생각한 적이 한 번도 없다. 게다가 한집에 입양되어 새로운 아버지와 어머니를 만났기 때문에 우리 남매 사이는 한층 돈독해졌을 것이다. 우리는 가족이 되었다. 혈연이 아니라 정황, 운, 어쩌면 설명할 수 없는 그 무엇으로 정의되는 가족. 어쨌든 우리는 둘도 없이 확실한 가족이 되었다. 파트리크는 호기심이 풍부해서 질문이 많았다. "나는 어디서 왔어?", "나의 친부모님은 누구야? 왜 나를 못 키웠대?" 등등. 나는 그런 의문을 품은 적이 없다. 친부가 누구인지 궁금하긴 했지만 친부의 정체를 아는 것이 그렇게 중요한 것 같지는 않았다. 아버지는 어차피 없었다. 그게 나에게는 정상이었다. 동생과 나는 자못 다르게 살아왔다. 동생은 사실상 스웨덴에서 살아온 기억밖에 없지만 나는 브라질에서의 삶과 스웨덴에서의 삶을 모두 기억한다. 우리 중 어느 쪽이 더 힘들게 살았는가는 중요하지 않다. 우리는 저마다 자기 몫의 슬픔, 아픔, 기쁨, 행복을 각기 다른 방식으로 경험했다.

감정을 이해하거나 처리하기가 늘 쉽지는 않다. 내 안에서 때때로 휘몰아치는 폭풍을 늘 이성적 사고로 가라앉힐 수 있는 것도 아니다. 소파에 앉아 우리의 입양 과정을 말해주는 서류를 살펴보는 이 시간도 편안한 기분과는 거리가 멀다.

양부모님이 입양을 추진하고 그토록 오랫동안 데려오고 싶어 했던 아이들을 기어이 데려온 과정을 읽고 있으려니 매우 흥미롭다. 양부모님은 10년간 아이를 가지려고 노력하다가 결국 한 살에서 세 살 사이의 아이 한 명을 입양하기로 마음먹었다. 결과적으로는 애초의 결심과 달리 아이 둘을 데려와 키웠다. 서류가 정말 많다. 스웨덴 법원, 공공 의료와 사회 복지를 담당하는 스웨덴 정부 대행업체, 상파울루 법원 등에서 발행한 서류, 스웨덴 어머니 릴리안과 아버지 스투레가 가까운 친구들와 동료들에게 받은 추천장 등등. 마마가 직접 쓴 편지도 있는데 그걸 보니 기쁘기도 하고 슬프기도 하다. 마마의 생각과 감정을 조금이나마 알 수 있어서 기쁘고, 마마가 이제 내 곁에 없다는 생각에 슬프다. 내가 과거를 탐색하려는 지금 이 순간 마마가 곁에 계시면 얼마나 좋을까. 나는 어엿한 성인, 독립적인 여성이 되었지만 마마를 매일 그리워하고 필요로 하는 내 안의 어린아이는 여전히 그대로다. 오랜 세월을 거치며, 나는 누군가를 그리워한다는 게 어떤 건지 배웠다. 사람을 향한 그리움은 그 사람을 마지막으로 본 때가 얼마나 오래됐는지, 마지막으로 이야기를 나눈 후로 얼마나 많은 시간이 흘렀는지와 상관없다. 그 사람이 함께 있기를 간절히 바라게 되는 특정한 순간들, 그런 게 그리움이다.

10대 시절에 마마에게 파트리크와 나의 입양이 결정 났을 때 두 분이 어떻게 반응했는지 물어봤다. 마마와 파파는 아이를 데려가도 된다는 편지를 목 빼고 기다리고 있었다고 했다. 마침내 입양 허가가 났을 때 아이 하나가 아니라 둘을 키우게 될 거라는 사실을 알았다. 남자애는 두 살이 안 됐지만 여자애는 여덟 살이나 됐다고 했다. 마마 말로는, 파파가 그 사실을 통보받고는 꼬박 이틀간 숲에 처박혀 있다가 나왔다나. 마마는 그 자리에서 바로 입양 기관에 좋다고 답했지만 파파가 어떻게 나올지 걱정했다고 한다. 집에 돌아온 파파는 노심초사하는 마마를 보고서 자기도 좋다고 말할 수밖에 없었다. 평소 파파는 만약 입양 기관에서 다섯 명을 데려가라고 했어도 마마는 다 데려왔을 거라고 말하면서 웃곤 했다. 아무렴, 아이들을 열한 명 데려가서 축구팀을 만들든지 아예 아무도 데려가지

● 스웨덴의 어머니는 '마마'로, 아버지는 '파파'로, 브라질의 어머니는 '엄마' 혹은 '마망이(mamãe)'로 표기하였다.

말든지 양자택일하라고 했으면 마마는 기꺼이 열한 명을 다 데려왔을 거다. 마마는 우리 남매가 생이별을 한다는 생각을 하니 견딜 수 없었다고 한다. 그리고 만약 마마와 파파가 그 제안을 거절했다면 그 후에 다시 입양 허가를 받을 수 있을지도 불투명했다고 했다.

서류를 쭉 읽어 내려가노라니 심장을 찔린 것 같다. 나는 아직 이걸 읽을 준비가 되어 있지 않은가 보다.

내가 기억하지 못하는 일도 많지만 친모의 학대가 사실이 아니라는 것은 확실히 안다. 우리에게 못되게 굴었던 사람들은 많지만 엄마가 우리에게 못되게 군 기억은 없다. 그래, 우리는 방치당했다. 그건 사실이다. 스웨덴의 기준에서 본다면, 노숙자 아이들은 부모가 착한 사람들이라고 해도 방치당한 거다. 그렇지만 편지에서 더 아래로 내려가 이 대목을 발견하자 내 눈에서 불꽃이 튄다. 내가 우리 엄마가 '머리가 이상한 사람'이라고 말했다고 쓰여 있다. 사실이 아니었으면 좋겠지만 나도 내가 그런 말을 했다는 건 안다. 나는 사람들의 기대에 부응하느라 그런 말을 했다. 우리 엄마가 이상하다고 생각한 적은 없었지만 또 모르지, 실은 엄마가 좀 이상한 사람이었을지도. 어렸을 때는 이상한 것과 그렇지 않은 것을 구분하기가 어렵다. 내가 아는 것은 내가 엄마를 사랑했고 지금도 사랑한다는 사실이다. 그래서 그 대목을 읽으면서 마음이 아팠다. 우리가 어떤 상황을 함께 헤쳐 나왔는지 아니까. 살아남기 위해 매일매일, 하나부터 열까지 싸우지 않으면 안 되었던 사람이 미치지 않고 배길 수 있을까.

입양 서류를 내려놓고 마마와 파파가 나와 동생을 데리러 브라질에 갔던 흔적들, 오래된 영수증, 비행기 탑승권 쪼가리, 호텔 청구서 따위를 자세히 살펴본다. 나를 옛날의 그 고아원, 생물학적 어머니, 내가 살던 동네로 인도할 단서를 찾는다. 영수증을 하나하나 차례로 해석한다. 마마와 파파가 파트리크를 위해 이유식을 구입했던 약국 영수증, 우리 옷을 구입한 상점 영수증, 식당 영수증. 하지만 이거다 싶은 단서는 하나도 없다. 상파울루와 그 근교의 수많은 '파벨라(favela)●'에 사는 인구가 2,200만 명이 넘는다. 나는 그 영수증 뭉치에서 약간 구겨지고 반으로 접힌 하얀 종이를 발견한다. 종이를 펼친다. 왼쪽 귀퉁이에 상파울루 법원 소인이 찍혀 있다. 마마 릴리안의 글씨체다. 마마가 나에 대해서 급히 몇 줄 휘갈겨 썼나 보다. 크리스티나는 이렇게 살고 싶어 하지 않는다.

내가 그런 말을 했던가? 입양 기관에서 마마와 파파에게 이런 말을 했다면 친엄마인 페트로닐리아에게도 똑같은 말을 했으리라는 생각이 내 뇌리를 스치고 간다. 가슴팍에 묵직한 것이 얹힌 것 같다. 엄마와 내가 별의별 일을 함께 헤쳐나갔건만, 엄마가 나를 그렇게 사랑했건만, 고아원 당국은 내가 엄마와 따로 살고 싶어 한다고 엄마에게 말했을지도 모른다. 실은 나에게 결정권이 있었던 것도 아닌데.

이 글을 읽으면서 생모를 찾아야 할 필요성을 새삼 확인했다. 엄마의 실추된 이름을 회복시키고 우리의 진실을 내가 기억하는 대

● 브라질 대도시 주변의 빈민 지역을 총칭하는 용어.

로 말하고 싶다. 우리가 함께했던 시간을, 우리가 완전히 다른 세상, 다른 우주에 살면서 함께 나누었던 사랑을 내가 기억하는 그대로 말하고 싶다. 자식을 '보살필 수 있는' 수단을 제공하지 않는 사회에서 사는 것과 자식을 돌보지 않겠다는 선택은 엄연히 다르다.

나는 스웨덴 법원에 전화를 걸어서 우리의 입양과 관련된 문건 일체의 사본을 요청한다. 나와 통화한 여성은 자기가 할 수 있는 최선을 다해주겠다고 한다. 사흘 후, 내 집 우편물 투입구에서 서류 사본과 짤막한 메모가 든 봉투를 발견한다. 크리스티나, 여행에 행운이 함께하기를 바라요.

동굴에서 사는 아이

1980년대 브라질

브라질에서 작성한 서류를 보면 나는 1983년 4월 30일에 태어났다. 내가 첫울음을 터뜨린 브라질 지아만치나와 대서양을 사이에 두고 있는 아주 먼 곳에서는 그날이 스웨덴 국왕의 서른일곱 번째 생일이었다. 내가 어렸을 때 마망이(mamãe: '엄마'라는 뜻의 포르투갈어●)는 내가 숲에서 태어났고 내 아버지는 인디언이니까 나는 인디언 혼혈이라고 말하곤 했다. 그 말이 사실인지 아닌지는 모른다. 아버지가 누군지도 모른다든가 아버지는 우리와 엮이고 싶어 하지 않았다는 말은 너무 민망하니까 엄마가 얘기를 꾸며냈을지도 모른다. 어쨌든 나는 엄마가 그런 식으로 얘기해줘서 좋았고 그대로 믿기로 오랫동안 작정하고 있었다. 나의 일부는 여전히 그 이야기가

● 포르투칼어는 브라질의 공용어다.

진실이라고 믿고 싶어 한다. 내가 알고 기억하는 바로는, 나는 처음에 엄마랑 지아만치나 외곽의 숲과 동굴에서 살았다.

엄마랑 숲에서 살 때 나는 아주 어렸지만 그 시절의 기억을 제법 간직하고 있다. 서로 다른 두 동굴을 오가며 살았던 것으로 기억한다. 하나는 지저분한 붉은색 길 근처에 있었고 또 다른 동굴은 숲속 깊이 들어가야 나왔다. 엄마가 주저앉아 잔가지와 야자잎을 한데 엮어 동굴 입구를 가리는 데 쓰거나 우리가 깔고 잘 매트를 만들었던 것도 기억한다. 나는 그 옆에 딱 붙어서 엄마가 손가락을 부지런히 움직이며 야자잎으로 벽을 짜는 것을 구경했다. 나는 엄마가 아주 대단하다고 생각했고 엄마에게 배울 수 있는 것은 열심히 배웠다.

우리는 동굴 암벽에 난 구멍에 마체테●를 숨기고 독이 있는 동물들이 그 구멍 안에 들어가지 못하도록 입구를 돌로 막았다. 우리가 가진 가장 귀한 물건인 마체테를 꺼내면서 그런 놈들에게 손을 물리고 싶진 않았기 때문이다. 마체테가 없으면 여러모로 고생스러울 터였다. 엄마는 마체테를 무기로 썼다. 울창한 삼림을 헤치고 길을 내야 할 때도 마체테는 꼭 필요했다. 견과의 껍질을 깰 때, 식용 식물을 썰 때도 마체테는 요긴했다. 마체테는 우리의 생존 도구였다.

아르마딜로●와 자그마한 원숭이를 애완동물로 키웠던 것도 기억난다. 그 녀석들을 길들였다고 할 수는 없고, 우리는 집이 없었으니

● 날이 넓고 무거운 브라질의 전통 칼.

'애완동물'이라는 단어도 부적절할 것이다. 아르마딜로는 제 의지와 상관없이 우리에게 붙잡혀 있었고, 원숭이는 자기 마음대로 훌쩍 왔다가 훌쩍 가곤 했다. 나와 원숭이가 서로 정이 들었다고 하기는 뭐하다. 녀석은 먹이를 얻으려고 나를 이용하고는 돌멩이, 견과, 그 밖의 온갖 것을 나에게 집어 던졌다. 원숭이는 배를 채우기가 무섭게 자취를 감추곤 했다. 엄마는 원숭이가 꼭 남자 같다고 말했는데 그때는 무슨 뜻으로 그런 말을 하는지 몰랐다. 원숭이는 원숭이고, 남자는 남자 아닌가. 왜 그런 말을 하느냐고 물었더니 엄마는 그냥 웃고 말았다. 한번은 아르마딜로와 원숭이에게 동시에 먹이를 준 적이 있다. 원숭이는 열매를 얻자마자 고마워하는 기색도 없이 불쑥 나타났던 것처럼 불쑥 사라졌다. 내가 틀림없이 봤는데 그때 아르마딜로가 원숭이를 '옴팡지게 운 좋은 놈, 튈 수 있을 때 튀어!'라는 눈빛으로 쏘아봤다. 나는 아르마딜로에게 그러면 안 된다는 표정을 지어 보였다. 내가 안아 올리려고 하자 녀석은 단단한 공처럼 몸을 말아버렸다.

엄마는 아르마딜로가 너무 기고만장 뻗대면 언제라도 잡아먹어버릴 거라고 했다. 엄마는 내 반응을 보고 웃으면서 농담이라고 했지만 내 마음만 바뀌었다면 진짜로 아르마딜로를 솥에 집어넣었을지도 모른다. 나는 왜 그런 얘기를 농담이라고 하는지 이해가 되지

• 포유류의 일종. 등이 갑옷 모양의 많은 골판으로 덮여 있어서 적을 만나면 몸을 둥글게 말아 제 몸을 지킨다. 북아메리카 남부와 중남아메리카의 건조 지대에 20여 종이 분포한다.

않아서 엄마가 그런 식으로 말하면 화가 났다. 나는 고기를 좋아했지만 고기를 먹는 게 곧 동물을 먹는 거라고는 생각하지 못했다. 고기가 어떤 건지 비로소 알았을 때, 먹기를 거부하고 거세게 저항했다. 하지만 나의 저항은 오래가지 않았다. 우리는 가난했고 배고픔 앞에는 장사가 없기 때문이다. 그래도 나의 아르마딜로는 잡아먹으려고 키우는 동물이 아니었다. 나는 녀석에게 곤충 따위를 먹이로 주곤 했는데, 그 이유는 곤충을 동물로 생각하지 않았기 때문이다. 한번은 아르마딜로에게 아주 골이 나서 씩씩대며 딱딱한 공처럼 몸을 만 녀석을 맨발로 뻥 찼다. 그런 실수는 한 번으로 충분했다. 아르마딜로의 철갑은 돌처럼 단단해서 내 발만 아파 죽을 뻔했다.

엄마는 내가 먹어도 되는 식물과 독이 있는 과일과 장과류●를 알려주었고 불 피우는 법도 가르쳐주었다. 어떤 동물이 위험하고 어떤 동물은 비교적 순한지도 알려주었다. 하지만 호기심덩어리 어린아이가 그런다고 사고를 치지 않을 리 있나. 큰 덤불에서 장과를 땄던 기억이 난다. 그 열매는 노란색이었고 크기가 탁구공만 했다. 엄마가 절대 먹으면 안 되는 열매라고 말해준 기억이 있는데도 쫄쫄 굶은 세 살짜리 어린아이는 아랑곳하지 않았다. 열매를 입이 미어지도록 욱여넣고 씹기 시작했는데 엄마가 나를 보고 펄쩍 뛰었다. 엄마는 나에게 빨리 뱉으라고 고함을 지르면서 달려왔다. 나는 엄마가 오기 전에 조금이라도 목구멍으로 넘기려고 더 빨리 씹었

● 과육과 액즙이 많은 나무열매류.

다. 엄마가 내 입을 벌리고 손가락을 쑤셔 넣어 이미 씹은 과육을 파내다시피 했던 기억이 난다. 나는 너무 아파서 울음을 터뜨렸다. 엄마가 당장 뱉으라고 소리를 질러서, 시키는 대로 했다. 엄마 목소리를 듣고 엄마가 정말로 겁을 집어먹었다는 것을 알 수 있었다. 엄마는 나를 들쳐 안고 동굴로 데려가 입속을 물로 헹궈주었다. 그러고는 임시변통으로 만든 화덕에서 물을 끓였다. 엄마는 내가 열매를 삼키지는 않았는지 몇 번이나 물어봤다. 나는 고개를 가로저었지만 이미 몸 상태가 차츰 이상해지고 있었다. "망할!" 엄마가 욕설을 뱉으면서 초록 이파리들을 끓는 물에 넣었던 게 기억난다. 엄마는 그 탕약 같은 것을 휘휘 저어서 우리가 컵 대신 쓰는 카누 모양의 갈색 잎에 담았다. 나보고 탕약을 단번에 들이켜야 한다고 했다. 맛이 참 썼다. 나보고 기분이 어떠냐고 묻기에 그냥 고개만 저었다. 얼마 지나지 않아 배를 쥐어짜는 듯한 복통이 밀려왔다. 밤낮으로 죽도록 앓으면서 엄마의 탕약을 내처 마셨던 기억이 난다. 그 후로 엄마가 독이 있다고 알려준 장과는 두 번 다시 먹지 않았다.

나는 우리 동굴 위쪽의 자그마한 언덕에 올라가서 다리를 늘어뜨리고 가장자리에 걸터앉아 있곤 했다. 거기 앉아 있으면 산과 숲, 흙길, 물, 하늘이 한눈에 들어와서 참 아름답다는 생각이 들었다. 거기 앉아 있으면 우리 동굴 주위의 큰 산들이 다 보였다. 내 눈이 닿는 곳은 온통 초록색이었다. 하늘은 그야말로 하늘색이었고, 돌덩이 위로 물이 콸콸 흘렀다. 내 귀에는 숲, 귀뚜라미, 그 밖의 다른 동물들이 내는 소리밖에 들리지 않았다. 가끔은 붉은 흙길 쪽에서 자동차 달리는 소리가 나기도 했다. 엄마와 내 목소리 말고는 사람

소리가 들리지 않았다. 때로는 혼자 언덕에 올라갔고, 때로는 엄마도 언덕 끄트머리 벼랑에 나와 나란히 걸터앉아 다리를 까딱까딱 흔들면서 이런저런 이야기를 들려주었다. 날은 대개 따뜻했고 바람도 없었다. 어떤 날은 하늘에 구름 한 점 없었다. 또 어떤 날은 크고 푹신푹신한 솜사탕 같은 구름이 하늘을 가득 메웠다.

하루는 둘이 앉아서 얘기를 하다가 내가 구름을 쳐다보고는 언젠가 엄마와 함께 저 하얗고 포근한 구름 위에 앉아봐야겠다고 생각한 적이 있다. 구름에 걸터앉아 숲, 강, 브라질 전체를 내려다보면 얼마나 근사할까. 우리는 서로 꼭 잡은 두 손을 이 구름에서 저 구름으로 옮기곤 했다. 내가 엄마랑 같이 구름에 앉아보고 싶다고 말했던 기억이 난다. 엄마는 그게 가능할지는 모르겠지만 언제 한번 해보자고 했다. 언젠가 나는 엄마와 날 수도 있을 것 같았다.

엄마는 동물, 천사, 하느님 얘기를 즐겨 했다. 나는 그런 얘기를 재미있게 듣고 질문을 퍼부었다. 가끔은 엄마가 나를 좀 겁주고 싶어 하는 것처럼 보였다. 가령, 아나콘다가 소도 잡아먹는다는 얘기를 할 때가 그랬다.

우리 동굴에서 그리 멀지 않은 곳에 농장이 하나 있었다. 하루는 그 농장 주인이 소에게 물을 먹이려고 강가로 이끌고 나왔단다. 농부는 그늘에서 기분 좋게 낮잠을 자다가 소들이 혼비백산해서 도망가는 소리에 퍼뜩 잠에서 깨고 말았다. 소 떼 중 한 마리만 강가에서 물속에 발을 담근 채 서 있더란다. 그 소는 제자리에서 앞뒤로 왔다 갔다 움직였다. 농부가 가까이 다가가서 보니 거대한 아나콘다가 소의 낯짝을 꽉 물고 있었다. 농부는 달려들어 소를 구할 용기가 없었다. 그는 왕뱀이 소를 완전히 탈진시켜 쓰러뜨릴 때까지 한 시간이고 두 시간이고 지켜보는 것 외에는 아무것도 할 수 없었다. 그 후 징그러운 왕뱀이 제 몸으로 소를 휘어감고 바짝 조이니 우지끈 소뼈 부러지는 소리가 농부의 귀에까지 들렸단다. 아나콘다는 그러고 나서 느긋하니 소를 머리부터 집어삼키기 시작했다.

엄마는 얘기를 끝내고 나서 내 얼굴을 살피더니 물속에 뭐가 숨어 있는지는 아무도 모른다고 했다.

나는 말도 안 된다고, 어떻게 뱀이 음메음메 우는 소를 통째로 잡아먹을 수 있느냐고 했다. 아니, 그 큰 소를 잡아먹을 수 있다면 나도 통째로 잡아먹을 수 있다는 거잖아? 엄마는 나는 아주 맛이 좋을 거라고, 나를 잡아먹는 뱀은 운수 대통한 거라고 했다. 나는 "엄마, 만약 뱀이 나를 잡아먹으면 나는 뱀 똥이 되는 거야?"라고 물었다. 엄마는 깔깔 웃으면서 내가 아주 제대로 알고 있다고 했다.

내 기억에, 당시 나는 소와 뱀 이야기를 믿고 싶지 않았다. 하지만 엄마의 경고 어린 이야기가 마음에 남아서 그 후로 헤엄을 치러 갈 때에는 늘 각별히 조심했다. 그건 지금도 마찬가지다.

우리가 동굴에서 함께 보낸 시간은 대체로 행복했다. 당시의 기억이 자주 떠오르지는 않는다. 우리는 주로 먹거리를 구하느라 여념이 없었고, 먹을 게 없으면 배를 곯았으며, 독 있는 뱀, 거미, 전갈이 득실거리는 곳에서 살아남아야만 했다. 한밤중에 징그럽게도 큰 독지네가 내 허벅지를 타고 올라오는 바람에 잠에서 깬 적도 있다. 나는 그놈을 철썩 때려서 밀어젖히고는 엄마 옆에 딱 붙어 다시 잠들었다. 엄마 옆은 따뜻하고 안전한 느낌이 들었다. 엄마가 뭘 하든 나도 똑같이 했다. 나는 올챙이나 그 밖의 찾을 수 있는 온갖 생물들을 가지고 놀았다.

하루는 동굴에서 새 둥지와 그 속에서 삐악대는 아기 새를 발견했다. 엄마는 어미 새가 우리 때문에 둥지로 돌아오지 않을 것 같다고 했다. 나는 우리가 아기 새를 구해야 한다고 했다. 아기 새를 지켜주고 도와주고 싶다는 내 마음은 묘하리만치 간절했다. 나는 그 홀로 남은 아기 새를 정성껏 보살폈다. 새의 부리는 주황색이었고, 솜털 같은 검은 깃털 사이로 분홍빛 살갗이 보였다. 나는 '솜털이'라는 이름을 붙여주었다. 솜털이는 찍찍대며 부리를 벌렸다 다물었다 했다. 엄마는 솜털이가 배가 고플 거라고 했다. 나는 우리가 요리해 먹는 오래된 페인트 깡통 속의 쌀을 가져다주었다. 딱딱한 쌀알을 먹여보려 애썼지만 소용없었다. 엄마는 조심스레 솜털이를 내 손에서 가져가더니 딱정벌레를 잡아 으깨서 아기 새의 부리에 넣어주었다. 고 귀여운 것이 벌레를 받아먹는 순간 내가 얼마나 행복했는지 기억한다. 내가 솜털이가 살 수 있을까 물었더니 엄마는 언젠가는 죽게 마련이지만 지금은 여기 잘 살아 있으니 된 거라고 했다. 내가 우리도 죽는 거냐고 물었더니 엄마는 우리가 늘 함께할 거라고 했다.

나는 엄마의 말이 내 물음에 대한 답이라고 생각하지 않았지만 어쨌든 나한테도 우리가 영원히 함께할 거라는 게 제일 중요했다. 나는 죽음이 뭔지 몰랐다. 그냥 어디론가 사라지고 모습을 볼 수 없게 되는 것 비슷하게만 알고 있었다. 가끔, 눈을 꼭 감으면 아무도 안 보여서 나 혼자만 살아 있는 기분이 들었다. 확실히 기억나는데, 어린 마음에도 죽음이 좋은 건 아니라는 생각과 느낌은 아주 선명했다.

엄마는 대개 아무리 나쁜 진실이라도 있는 그대로 말해주었다. 우리처럼 가난한 사람들은 진실을 몰라도 될 만한 형편이 아니다. "진실을 모르면 살아남을 수가 없는걸." 엄마는 곧잘 그렇게 말하곤 했다. 우리는 딴 세상을 꿈꿀 수도 있었을 것이다. 좋은 집, 따뜻한 침대, 먹을 것 등등. 그러나 우리는 늘 꿈과 현실을 철저히 구분해야만 했다. 현실은 우리가 부자 될 일은 결코 없을 것이며, 우리는 늘 '쥐새끼' 취급이나 받으며 살아갈 것이라는 거다. 현실을 빨리 받아들일수록 생존 확률은 높아진다.

어른이 된 지금 그때를 돌이켜 보면, 엄마가 대개 현실을 있는 그대로 말하면서도 자기가 할 수 있는 한 가장 온건하고 바람직한 방식을 취했다는 생각이 든다. 엄마는 진실을 말하는 쪽을 택했고, 그래서 나는 늘 사랑받고 있다고 느꼈다. 엄마는 나를 바라보고 내 생각을 진중하게 받아들였다. 만약 우리에게 아버지가 있고 안정적인 거주지, 돈, 흔히 생필품이라고 하는 것들이 있었다면 사정이 영 달라졌을지도 모른다. 어쨌든 우리의 일상은 달랐다. 그리고 적어도 그 당시에는 집 없이 동굴에서 살아도 그렇게까지 괴롭지는 않았다. 내 말을 오해하지 말라. 우리는 정말 힘들게 살았고 그 어떤 아이도 나처럼 자라서는 안 된다고 생각한다. 우리는 살아보겠다고 몸부림쳤고, 지아만치나에서 노숙자 생활을 시작했을 때에는 온갖 위험에 무방비로 노출되었다. 하지만 동굴에서 나는 안전하다고 느꼈다. 나는 잘 놀았고, 놀지 않을 때는 엄마가 음식과 돈을 구하기 위해 하는 일을 거들었다. 물을 길어 오기도 했고, 잔가지와 야자잎으로 빗자루를 만들어서 청소도 했다. 꽃을 따기도 했고, 먹거리를 찾으러 나가기도 했다. 다른 건 몰랐다. 그게 매일 매일의 내 생활이었다.

엄마에게 진짜 새총을 만드는 법과 표적을 겨냥해 맞추는 법을 배우고서 얼마나 기뻤는지 지금도 기억한다. 요령을 터득하기까지 시간깨나 걸렸지만 결국은 새총을 아주 잘 다룰 수 있게 되었다. 한번은 내가 새총으로 날개에 검은 무늬가 있는 작은 연노란색 새를 쏘아서 떨어뜨렸다. 바닥에 널브러진 새를 주워드는데 기분이 좀 그랬다. 하지만 엄마가 자랑스러워하는 모습을 보자 언제 그랬나 싶게 신이 났다. 그때 얼마나 뿌듯한 기분이 들었는지 기억난다. 우리는 그 새로 점심 한 끼를 해결했다. 엄마가 우리의 작은 화덕에서 새고기를 구웠다. 엄마가 털을 다 뽑고 나니 새는 원래 크기의 절반밖에 되지 않았다. 고기가 너무 작아서 먹을 것도 없었다. 우리는 새고기구이에 과일, 장과, 견과를 곁들여 먹었고 엄마는 내가 이제 재규어를 잡으러 나가도 되겠다고 농담을 했다. 음식을 다 먹고 치운 후, 우리는 인디언 놀이를 했다. 엄마가 노란 깃털을 내 머리에 꽂아줬다. 억세고 구불구불한 머리칼 사이에 집어넣기만 하면 되니까 깃털을 고정시키기가 어렵지 않았다.

나는 새총, 새, 인디언 놀이의 추억을 일종의 증거처럼 간직해왔다. 자신의 목표, 역량, 보상을 인식하는 것이 중요하다는 증거 말이다. 어른이 된 지금도 뭔가 뚜렷한 확신이 없는 난제에 부딪힐 때마다 그 시절을 돌이켜 본다.

*

하루는 엄마와 내가 지아만치나에 갔다가 어떤 픽업트럭을 얻어 타고 돌아왔다. 운전사가 차를 세우고 우리를 내려줬고, 우리는 고맙다는 인사를 했다. 자주 다니던 오솔길로 한참을 걸어서 우리 동굴로 돌아왔다. 동굴에 와보니 소 몇 마리가 입구 밖에서 어슬렁거리고 있었다. 우리는 소들을 보고 놀랐지만 소들은 우리를 보고도 전혀 놀라는 것 같지 않았다. 소 두 마리가 큼지막한 쌀자루들을 발견했다. 녀석들은 비닐을 씹어 찢어발기고 내용물을 거의 절반은 먹어치웠다. 엄마가 그 꼴을 보고 냅다 비명을 질렀다. 그러고는 굵직한 나뭇가지를 주워들고 소들을 마구 때렸다. 나는 엄마가 소리를 지르면서 울고 있다는 것을 깨닫고 당장 꼬챙이를 들고 소들에게 덤볐다. 하지만 엄마는 나보고 소에게 밟히고 싶지 않으면 가만히 있으라고 윽박질렀다. 소들이 전부 떠나고 나자 엄마는 쌀자루 옆에 털썩 주저앉아 흐느껴 울었다. 나는 엄마에게 가서 머리칼을 쓰다듬었다. 엄마도 내가 기분이 안 좋거나 몸이 아프면 그렇게 머리칼을 쓰다듬어주곤 했다. 엄마는 나를 부여안고 걱정하지 말라고, 겁낼 필요 없다고 말했다. 그때 나는 하나도 겁나지 않았다. 난 그냥 슬펐다. 쌀 살 돈을 구하느라 얼마나 고생했는지, 우리가 먹고사는 데 그 쌀자루가 얼마나 중요한지 알고 있었기 때문이다. 엄마 옆에 앉아서 보니 땅바닥에 하얀 쌀 알갱이가 사방천지에 흩어져 있었다. 엄마가 쌀을 한 톨 한 톨 줍기 시작해서 나도 거들었다. 얼마 못 가, 흙투성이 쌀알을 다시 깨끗하게 모아들이기란 불가능하다는 것을 알아차렸다. 엄마가 그래도 괜찮다고, 나중에 씻으면 된다고 했다. 우리는 흙과 먼지를 털어내지 못한 채로 쌀알을 모두 주워 자루에 모았다. 엄마는 그 자루를 동굴에 가지고 들어가 다시는 불청객이 찾아내지 못할 장소에 숨겼다.

작은 동산을 넘어가 큰 개울에서 헤엄을 치고 물도 길어 오곤 했던 기억은 많다. 개울에 가면 엄마는 곧잘 불을 피우곤 했다. 커다란 페인트 깡통에 물을 길어서 불 위에 올려놓았다. 개울에 걸쳐 있는 크고 굵은 나무는 다리 구실을 했다. 나무가 거기 놓인 지 꽤 오래됐는지 이끼가 많이 끼었고 붙어사는 다른 작은 식물도 많았다. 엄마가 물을 끓이는 동안 나는 뭐 재미있는 거 없을까 하면서 그 나무다리를 왔다 갔다 했다. 문득, 뭔가 움직이는 게 보였다. 작고 해괴한 동물이었는데 앞머리에 집게발 같은 것이 달렸다. 몸뚱이에는 징그러운 다리들이 다닥다닥 붙었고 꼬리가 또르르 말려 있었다. 나는 잠시 우두커니 서서 그놈을 구경하고 있었다. 그놈이 천천히 움직이더니 내 쪽으로 돌아섰다. 나는 이 새 친구가 놀랄까 봐 서서히 다가가면서 몸을 기울여 녀석을 집어 올릴 채비를 했다. 그 순간, 엄마가 비명을 질렀다. "크리스티아나, 안 돼!" 나는 엄마의 목소리에 깃든 공포를 감지하고 그 자리에서 얼어붙었다. 엄마가 슬리퍼를 손에 들고 허겁지겁 뛰어오더니 내가 손쓸 겨를도 없이 새 친구를 후려갈겼다. 놈의 머리가 반쯤 으스러졌지만 뒷다리와 꼬리는 한동안 꿈틀거렸다. 소리가 허공을 찌르는가 싶은 순간, 엄마가 한 번 더 일격을 날렸다. 나는 너무 무서웠다. 엄마는 거칠게 숨을 몰아쉬며 나를 움켜잡고 으스러져라 껴안았다. 엄마는 전갈은 꼬리의 독침으로 상대를 쏘는 위험한 동물이라고 말해줬다.

전갈 독침에 찔리면 다 죽는다나. 나는 전갈하고는 절대로 같이 놀지 않겠다고 엄마에게 약속했다.

숲에서 먹거리를 구할 수 없을 때는 걸어서 지아만치나에 갔다. 엄마는 다양한 식물을 채집해서 가져갔고 나는 꽃을 꺾어서 가져갔다. 초록색 줄기는 길고 둥그렇고 매끈했다. 줄기 끝에만 꽃이 달려 있어서, 꼭 작고 흰 꽃 모양 장식이 박힌 초록색 시침핀 다발 같았다. 우리는 그 꽃을 지아만치나에 내다 팔았다. 그 꽃의 용도가 뭐였는지는 나도 모른다. 확실히 숲에서 제일 예쁜 꽃은 아니었으니 뭔가 다른 용도가 있었을 것 같긴 하다. 아니면, 그냥 도시까지 걸어가는 오랜 여정에도 시들지 않고 버티는 유일한 꽃이었을 수도 있다.

우리는 끝나지 않을 행진을 하는 것처럼 걷고 또 걸었다. 고작 15킬로미터 남짓한 거리였는지도 모르지만, 아직 어리고 다리가 짧은 아이에게는 힘겨운 여정이었다. 나는 늘 녹초가 되어서야 그곳에 도착했다. 신발이 없었기 때문에 내 발은 상처투성이였고 때로는 피가 날 정도였다. 근육이 다 쑤시고 결렸다. 떼를 써도 아무 소용이 없다는 것은 이미 배워서 알고 있었다. 도착할 때까지 계속 걷는 것 외에는 선택지가 없었다. 내가 걸음을 멈춘다 해도 엄마는 계속 걸어갈 테니까. 지아만치나로 가는 길고 긴 도보 여행에 처음 나섰을 때가 기억난다. 그때 나는 기껏해야 세 살이었을 거다. 내가 가다가 울면, 엄마가 잠시 안고 갔다. 하지만 엄마는 조금 그렇게 가다가 나를 다시 내려놓고 스스로 걸어가야 한다고 했다. 그래서 나는 떼쓰지 않고 계속 걸음을 옮겼다. 엄마는 그 긴 시간을 흘려보내기 위해 재미있는 얘기를 들려주곤 했다. 내가 더는 못 걸을 지경이 된 듯 싶으면 걸음을 쉬이 옮길 수 있도록 엄마가 손을 잡고 끌어당겨줬다. 지아만치나에 도착하면 주로 광장에 쭈그리고 앉아 우리가 꺾어 온 것들을 팔았다. 하지만 그중 뭐라도 팔리는 경우는 드물었다. 그러면 우리는 행인들에게 먹을 것 좀 사게 돈을 달라고 구걸을 했는데 그쪽도 벌이는 신통치 않았다. 더러는 우리를 투명 인간 취급했고, 더러는 그래도 웃으며 푼돈을 건네거나 빵과 과일을 나눠 주었다.

지아만치나의 버스 정류장에 대한 기억은 잊히지 않는다. 우리는 가끔 버스 정류장에서 밤을 보냈다. 우리의 가난을 처음 깨닫고 가난이 뭔지 알게 된 것도 그 무렵이지 싶다. 사람들의 눈초리가 심상치 않았다. 거기 앉아 구걸을 하고 있으면 침을 뱉고 가는 사람도 있었다. 나는 엄마와 내가 뭘 잘못했기에 그러는지 도무지 이해할 수 없었다. 우리는 누구에게도 해를 끼치지 않는 착한 사람들이었다. 그저 굶어 죽을 지경이니 몇 푼이라도 얻으려고 애썼을 뿐이다. 나는 돈이 뭔지, 왜 누구는 돈이 썩어나게 많고 누구는 돈을 구경조차 못 하는지 잘 몰랐다. 먹고살려면 돈이 필요하다는 건 알았지만 사람들이 어떻게 돈을 버는지는 몰랐다. 구걸과 꽃 팔기는 확실히 최악의 돈벌이였다. 나는 다른 아이들이 나보다 좋은 옷을 입고 내게는 없는 장난감이라든가 그 밖의 온갖 것을 누리는 모습을 보았다. 다른 여자들이 우리 엄마보다 훨씬 잘하고 다니는 것을 보았다. 내가 다른 아이들만큼 착하지 않을지도 모른다는 생각이 싹트기 시작했다. 엄마에게 내가 다른 아이들보다 나쁘냐고 물었더니 엄마는 절대로 그렇지 않다고 했다. 엄마는 내가 지금도 아주 착한 아이라고 했다.

겨우 푼돈이라도 얻고 나면 엄마는 한동안 버티기 위해 필요한 것들을 샀다. 그러고 나면 또 집까지 머나먼 여정을 거쳐야 했다. 그래도 그때는 동굴 집이 안전하게 느껴졌다. 가끔, 방향이 맞는 차를 만나면 얻어 타고 갔다. 차를 얻어 타는 데 성공해서 픽업트럭 뒤에 앉아 갈 때는 정말 신나고 재미있었다. 노면이 고르지 못해서 트럭 바닥에 앉아 있으면 덜컹덜컹 흔들릴 때마다 엉덩이가 아팠다. 하지만 나에게는 그것도 회전목마 타는 거랑 비슷했다. 진짜 신났다!

내가 간직한 가장 강렬하고 멋진 기억도 그 시절의 것이다. 엄마와 둘이서 빗속을 뚫고 마구 달려가던 기억. 나중에 어른이 되고서야 내가 얼마나 지독한 아픔과 슬픔을 그 기억으로 이겨낼 수 있었는지 깨달았다. 내 삶의 모든 것이 지옥 같을 때, 삶의 의미를 모르겠고 사랑은 나에게 어울리지 않는 것처럼 느껴질 때, 나는 눈을 감고 빗속을 달리는 엄마와 어린 나를 본다. 엄마의 웃는 얼굴을, 나를 세상의 중심처럼 생각하는 엄마의 눈부신 사랑을 본다. 엄마가 어디서 우산을 얻었는지는 기억이 나지 않는다. 어쨌든 엄마가 그걸 발견했을 때 나도 엄마랑 같이 있었다. 그렇게 장대비가 퍼붓는 날, 우리가 자갈길에 나가 있었던 이유가 뭔지 기억할 수 있으면 좋겠다. 그런 폭우는 열대 지방에서만 볼 수 있다. 하늘에 구멍이 뚫린 것처럼 빗줄기가 퍼붓고 눈 깜짝할 사이에 물에 빠진 생쥐 꼴이 된다. 비가 내리면 엄마는 하느님이 우시는가 보다 했다. 나는 하느님이 왜 슬퍼하시는 거냐고 물었다.

"너는 꼭 슬플 때만 우니? 하느님이 기쁨의 눈물을 흘리시는 건지도 몰라."

나는 검정색 우산을 쓰고 가면서 그 말을 잠시 곱씹어보았다. 우산은 비를 잘 막아주지 못했다. 하지만 빗물이 차갑지 않아서 우산이 제 구실을 하지 못해도 그다지 문제가 되지 않았다. 문득 이런 생각이 들었다.

"하느님이 우는 건지 어떻게 알아? 오줌 싸는 건지도 모르잖아."

엄마는 야간 허를 찔렸다는 듯 나를 빤히 보더니 깔깔깔 웃음을 터뜨렸다. 엄마는 배를 잡고 웃느라 우산을 똑바로 들고 있지도 못했다. 처음엔 내가 바보가 된 기분이었다. 내가 뭘 잘못 말했나? 엄마는 나를 재밌다는 표정으로 바라보았다.

"네 말이 맞아. 하느님이 오줌을 싸는 게 아닌지 우리가 어떻게 알겠어? 그래도 엄마는 하느님이 눈물을 나눠 주시는 거라고 믿을래. 넌 어때?"

나는 엄마 말을 알아들었다. 그렇고말고, 오줌보다는 눈물이 낫지. 우리는 또 까르르 웃었다.

"자!" 엄마가 외쳤다. 엄마는 내 손을 잡고 우산을 우리의 얼굴 앞에 방패처럼 쳐들었다. "가자! 뛰는 거야!"

우리는 내달렸다! 나는 있는 힘을 다해 달렸고 우산은 여전히 비를 막아주지 못했다. 행복했다. 나는 엄마를 쳐다보고 웃었다. 그 순간이 영원히 끝나지 않기를 바랐던 기억이 난다. 나는 다리가 아프고 폐가 더는 버틸 수 없을 때까지 달렸다. 그러고 나서도 아쉬운 마음에 좀 더 달렸다. 맨발로 자갈길을 날려가느라 발바닥에 타는 것처럼 아팠지만 상관없었다. 나는 엄마를 사랑했다. 엄마는 최고였고, 우리는 언제까지나 그렇게 살아갈 것 같았다.

또 하나 강렬하게 남은 기억은 내가 숲에서 보낸 마지막 밤, 다시 말해 우리가 동굴 생활을 끝낼 때의 일이다. 나는 다섯 살쯤이었을 거다. 그때는 숲속에 좀 깊이 들어가야 나오는 동굴에서 먹고 자고 했다. 그 밤에 나는 혼자였다. 엄마가 집을 비울 때는 혼자서도 잘 있었다. 나는 내 힘으로 불을 피워놓고 뿌듯해하다가 깜박 잠이 들었다. 엄마에게 파인애플처럼 생긴 선인장으로 불을 피우면 오래간다고 배웠다. 불을 피우면 온기를 누릴 수 있고 짐승들의 접근도 막을 수 있었다.

엄마가 내 몸을 흔들어서 잠에서 깼다. 눈을 떠보니 엄마가 손가락을 입술에 대고 조용히 하라는 신호를 했다. 엄마는 도망가야 한다고 나지막이 속삭였다. 나는 이유를 묻지 않았다. 엄마 목소리만 듣고도 그런 걸 물어볼 때가 아니라는 감이 왔다. 뭔가 위험한 일이 벌어지고 있었다. 엄마가 내 손을 잡았고, 우리는 달리기 시작했다. 동굴을 박차고 나와 언덕 위로 올라갔다. 아무것도, 심지어 애지중지하던 마체테조차 챙겨오지 못했다. 나는 달랑 반바지 하나만 입고 있었다. 밤이 깊어서 바로 앞에 뭐가 있는지조차 보이지 않았다. 엄마는 내 손을 꽉 잡고 있었고 어둠 속에서 나뭇가지와 잔가지가 내 살갗에 자꾸 생채기를 냈다. 나는 손으로 얼굴만이라도 가리고 싶었다. 신발도 없이 어디에다가 발을 디뎌야 할지 몰랐다. 너무 아팠지만 차마 말을 꺼내지 못했다. 나는 그냥 엄마에게 처지지 않으려고 최선을 다했다. 뭐가 우리를 쫓아오는 건지도 모른 채로. 갑자기 엄마가 멈춰 섰다. 내가 숨넘어갈 듯 헉헉대는 소리를 들을 수 있었다. 얼굴, 배, 팔다리가 온통 긁히고 쓸려서 따끔거렸다. 다리에서는 군데군데 피가 흐르는 느낌이 났다. 그러고 나서 저 아래 숲에서 사람들의 말소리가 들렸다. 소리 나는 쪽으로 고개를 돌렸더니 손전등 불빛이 보였다. 엄마가 우리 바로 앞에 있는 구덩이로 뛰어 들어가야 한다고 해서 바로 그렇게 했다. 사람들이 우리를 쫓고 있고 그들이 야생 동물보다 더 위험하다는 것을 난박에 알아차렸기 때문이다. 구덩이 속에서 엄마는 내 옆에 딱 붙어 흙을 집어다 내 얼굴, 머리, 팔, 배, 다리에 문질렀다. 상처에 흙까지 닿으니 따가워서 움찔했지만 나는 아무 소리 내지 않고 버텼다. 그러고 나서 엄마는 자기 몸에도 흙칠을 했다. 손을 뻗어 잔가지들을 집어다가 구덩이 입구로 올렸다. 사방이 칠흑같이 어두웠다. 엄마는 나와 딱 붙어 있었다. 구덩이 안은 아주 좁아서 거의 움직일 수가 없었다. 사람들 다가오는 소리, 개 짖는 소리가 들렸다. 왜 우리를 쫓는 건지 궁금했다. 엄마가 뭔 일을 저질렀나? 나는 다리가 저려서 자세를 바꾸고 싶었지만 꼼짝도 하지 않았다.

엄마는 쥐 죽은 듯 조용했다. 사람들 다가오는 소리, 개 짖는 소리가 들렸다. 뭔가가 내 팔과 가슴팍에서 기어갔다. 나는 천천히 팔꿈치로 엄마를 찌르고 나지막하니 속삭였다. "뱀이야." 나는 무서웠지만 감히 움직일 수 없었다. 뱀이 나의 두려움을 알아챈 것 같았다. 엄마가 사람이 겁을 내면 동물은 그걸 다 안다고 말해준 적이 있다. 하지만 나는 뱀보다 사람이 더 무서웠다. 바깥에 있는 것이 더 위험하지 않다면 엄마가 이 구덩이에 숨기로 작정했을 리 없다. 뱀은 내 가슴팍을 반쯤 휘감고 엄마를 향해 대가리를 들었다. 엄마가 쏜살같이 움직이더니 한쪽 손으로 내 가슴을 밀쳤다. 잠시 후 엄마 손에는 뱀의 모가지가 들려 있었다. 불빛이 차츰 가까워졌고 개 한 마리가 우리가 숨어 있던 구덩이 언저리에서 킁킁댔다. 엄마가 그렇게 열심히 흙을 처발랐어도 우리의 체취까지 감추지는 못했던 모양이다.

나는 엄마의 움직임을 한 번 더 느꼈다. 엄마는 뱀 모가지를 잡고 개 쪽으로 들이대고 있었다. 개가 깜짝 놀란 듯 컹컹대더니——그 울음소리는 영원히 못 잊을 거다——멀리 도망가버렸고 사람들도 개를 따라갔다.

뱀 덕분에 살았구나 생각했던 게 기억난다. 엄마가 들려주곤 했던 수호성인과 천사 이야기에 갑자기 믿음이 갔다.

우리가 그 구덩이 안에서 얼마나 오랫동안 꼼짝도 못 하고 있었는지 모르겠지만 꽤 긴 시간이었다. 나는 탈진해서 정신을 잃었던 것 같다. 그 일 이후로는 우리가 숲에서 무슨 일을 겪었는지 전혀 기억이 나지 않는다. 우리가 길을 따라 하염없이 걸었고 지아만치나에서 상파울루로 이주했다는 것만 기억한다.

* * *

나는 놀라운 여성이자 어머니인 페트로닐리아 마리아 코엘류에게서 태어났다. 내가 엄마에 대해 아는 거라고는 어린 시절의 기억이 전부다. 그 외에는 아는 것이 전혀 없다. 엄마가 어디서 태어났는지, 엄마의 부모님은 어떤 사람들이었는지, 엄마는 어릴 때 어떻게 살았는지 전혀 모른다. 엄마의 첫사랑이 누구였는지, 엄마가 제일 좋아하는 색깔이 뭔지, 어떤 음식을 제일 좋아하는지 그런 것도 모른다. 엄마를 진심으로 웃게 하는 게 무엇인지 그것도 모른다. 나는 엄마를 알고 싶다. 그걸 무엇보다 간절히 원한다. 내게 생명을 준 여성, 나를 사랑해주었던 여성, 8년 동안 나와 함께 웃고 울었던 그 여성을 알고 싶다. 엄마는 나에게 옳고 그름을 가르쳐주었고 나를 오랫동안 따라다녔던 어둠을 헤치고 나아가는 법을 보여주었다. 나의 내면의 힘은 엄마에게서 왔다. 나의 좋은 점은 모두 엄마가 그 토대를 닦아준 것이다. 딸로서 엄마에게 무엇을 더 바랄 수 있을까? 어머니의 사랑, 그건 내가 다른 사람들보다 더 많이 받았다. 여러 면에서 나는 운이 좋았고 그 점에 감사한다. 훗날 내 자식들에게 내가 생모에게서 받았던 사랑의 절반만 줄 수 있어도 나는 좋은 엄마가 될 것이다. 나는 엄마를 진심으로 사랑한다.

적어도 엄마가 어떻게 생겼는지 설명이라도 할 수 있으면 좋겠는데 그것도 안 된다. 엄마를 못 보고 산 세월이 24년이다. 눈을 감으면 엄마 얼굴이 떠오르던 시절이 있었다. 하지만 세월이 흐르면서 세세한 부분부터 지워졌다. 거울을 들여다보면 나에게서 엄마 모습이 언뜻 보이는 것도 같은데 나의 어떤 부분이 엄마를 연상시키는지는 모르겠다. 그래도 만약 엄마가 내 앞에 서 있다면 나는 분명히 엄마를 알아볼 수 있을 거라고 확신한다. 엄마가 어떻게 생겼는지 정확히 기억하지 못하고도 살 수 있는 이유는, 제일 중요한 알맹이를 내 안에, 기억 속에 품고 있기 때문이다. 우리가 함께 보낸 시간이 그 알맹이다. 나는 이 기억이 불러일으키는 감정을 내 마음속에 고이 간직해왔다.

이 평범하지 않은 여성 페트로닐리아에 대해서 분명히 말할 수 있는 것은, 그녀의 하루하루가 전쟁이었다는 것이다. 엄마는 신체적·정신적 폭력을 감내해야 했다. 나는 분명히 말할 수 있다. 엄마의 꿈은 이루어지지 않았고, 꿈을 실현할 기회조차 없었다고. 엄마도 감정이 있는 사람이었다. 엄마도 여느 사람들과 똑같이 웃고 울었다. 나는 또 엄마가 자식을 무척 사랑했다고 말할 수 있다. 엄마는 자기가 할 수 있는 한에서 우리를 정성껏 돌봤고, 나는 그런 엄마를 우러러보았다. 자기가 태어날 집을 골라서 태어날 수는 없다. 어떤 사람은 자식을 끔찍이 사랑하고 언제나 지켜주려고 애쓰는 부모에게서 태어난다. 운이 나쁘면 자식을 학대하고 구타하는 부모, 어쩌면 자식을 애초에 원치도 않았던 부모에게서 태어난다. 나는 페트로닐리아가 내 엄마라서 운이 좋았다. 엄마는 나에게 물질적인 것은 줄 수 없었다. 엄마는 집이 없었고 나에게 먹을 것을 매일 줄 수도 없었다. 그래도 엄마는 사람이 줄 수 있는 가장 멋진 것을 나한테 줬다. 나는 사랑받았다.

살다 보면 자기가 꼭 영화 속에 들어와 있는 기분이 드는 때, 경이롭고 마법 같은 딴 세상에서 사는 것 같은 때가 있다. 나한테는 동굴에서 살던 시절이 딱 그렇다. 물론, 그 시절은 굉장히 어려웠다. 그래도 그때는 삶이 얼마나 훙훙해질 수 있는지 상상도 하지 못했다.

가방을 싸고서

2015년 봄 스웨덴 우메오

비행기 예약도 끝났다. 상파울루로 돌아간다. 마지막으로 그곳에서 지내던 때에 비해 나이도 많이 먹었고, 거기서 무엇이 나를 기다리고 있을지 전혀 모르겠다. 최근에 나처럼 '브라질계 스웨덴인'인 리비아라는 친구와 가까워졌는데 그녀가 이번 여행에 동행해서 이런저런 지원과 통역을 맡아주기로 해서 참 고맙고 기쁘다. 리비아는 열한 살 때 어머니와 함께 브라질에서 스웨덴으로 건너왔다. 그녀에게는 일종의 유대감이 느껴진다. 리비아는 말 그대로 아마존 여장부다. 실제로도 브라질 북서부 아마조나스 주 출신이고, 뭐가 뭔지도 모르고 뛰어든 나에게 지금 딱 필요한 사람이기도 하다. 우리는 스톡홀름에서 런던까지 갔다가 거기서 상파울루 행 비행기로 갈아탈 거다. 긴 여정이다. 나는 리비아와 전화로 예약 상황과 일정을 의논하고 있다. 리비아의 직장은 스톡홀름에 있다. 예약은 그녀가 전부 완료해놓았다. 리비아는 자기가 우메오로 오면 이삼일 있다가 바로 출발하자고 했다. 우리는 오랫동안 알고 지낸 사이가 아니지만 곧 함께 모험을 떠날 것이다. 리비아도 자기가 뭐에 뛰어든 건지 모르기는 나와 마찬가지니까.

과연 나의 생모, 내가 살던 동굴, 입양 전에 지냈던 고아원을 다시 찾을 수 있을지는 모르겠다. 지금은 그냥 뭐라 형용할 수 없는 흥분, 두려움과도 흡사한 감정을 느끼며 희망을 걸어본다.

친구 몇 명에게 모든 준비가 끝났다고, 다시 돌아올 거라고 문자로 알린다. 내겐 가족이나 다름없는 친구들이다. 친구들이 없었다면 이런 일은 엄두도 못 냈을 거다. 엠마에게 전화를 건다. 내가 출발하기 전에 다 함께 한번 모이기로 했다. 수다를 좀 떨다가 어렸을 때부터 친구인 애들끼리 내가 브라질에 가 있는 동안에도 긴밀하게 소통할 수 있도록 이메일 그룹을 하나 만들기로 했다. 남동생 파트리크에게도 메일을 한 통 썼다. 그다음에는 노트북과 휴대 전화를 머리맡에 두고 소파에 널브러졌다. 주위가 조용하다. 나는 브라질로 돌아갈 것이고 출발일은 2주도 안 남았다. — 이 사실을 받아들이려고 정신을 모은다.

금요일 밤, 우메오에 있는 렉스 바 앤드 그릴(Rex Bar and Grill)에서 친구들을 만났다. 마음이 편안하면서도 즐거우니 더할 나위가 없다. 사실상 내가 스웨덴에 도착한 첫날부터 알고 지내온 네 명의 좋은 사람들과 맛있게 저녁을 먹었다. 몸에서 엔도르핀이 솟고, 더없는 행복감이 서서히, 그러나 확실하게 부풀어 오르기 시작한다.

각자의 직장 이야기, 마지막으로 모였을 때 이후의 근황 이야기로 두 시간이 갔다. 많이 웃고, 서로를 위로하고, 도움이 될 만한 팁이나 조언을 공유하며, 무엇보다 서로 힘을 실어주려고 애쓴다. 이런 저녁 시간을 당연하게 여기거나 일상의 호사 정도로 생각하는 사람들이 많지만, 나는 인생의 호사라고 부르련다. 인생이 우리에게 무엇을 떠안기든지, 우리에게 서로가 있고 우리가 함께라면 얘기는 달라진다. 나는 대화를 나누다 말고 불쑥 친구들에게 사랑한다고 말한다.

친구들이 좀 놀란 표정으로 말을 멈추고 내 얼굴을 본다.

"어머, 키키●, 너 취했구나" 리나가 말한다.

모두 웃음이 터진다. 내가 태어나 처음 사귀었던 친구 카밀이 생각난다. 카밀도 여기 앉아 있다면 어떤 느낌일까? 그 애가 보고 싶다. 나는 카밀에게 소리 없는 인사를 보내고서 현재의 시간으로 돌아온다.

2주가 지났고 출발일은 당장 내일이다. 현관 앞 복도에 깔린 둥그런 갈색 러그 위로 거대한 여행 가방이 놓여 있다. '키키, 너 미쳤니. 이 정도 짐이면 최소한 두 달 여행이야. 고작 보름 여행하면서 이게 다 뭐야.' 나는 여행 가방이라기보다는 대형 트렁크에 가까운 가방에서 옷가지를 꺼냈다. 원피스, 반바지, 상의, 신발을 전부 다시 살펴봤지만 일부를 덜어내기는커녕 몇 벌을 더 챙기는 역효과가 난다. 나도 내가 너무하다는 거 안다. 엄마를 24년 만에 처음 만나는

● 크리스티나의 애칭.

자리에서 입을 원피스만 세 벌을 챙겼다. 실은 한 벌로 충분할 것이다. 너무 많은 감정, 너무 많은 '만약'이 내 속에서 휘몰아친다. 이제부터 일어날 일은 내가 통제할 수 없다. 나도 확실히 알고는 있다. 만약 우리가 엄마를 찾아내면, 내가 뭘 걸치고 있든지 엄마는 개의치 않을 거라고. 그리고 나 또한 옷이고 뭐고 안중에 없을 거라고. 어쨌거나 원피스 세 벌은 다른 여행 물품들과 함께 가방 속에 그대로 남았다.

커다란 분홍색 사진첩을 꺼낸다. 어릴 적부터 사귀어온 오랜 친구인 마야가 내가 브라질에서 가족을 찾거든 함께 보라고 만들어 준 선물이다. 사진첩이 굉장하다. 200여 장의 사진 속에 우리의 어린 시절과 10대 소녀 시절, 지금도 깨가 쏟아지는 우리 여자 친구들 모임, 마야네 가족, 그녀의 아들 하뤼와 나의 귀여운 대녀(代女) 그레타의 모습이 담겨 있다. 마야가 이 사진첩을 꾸미느라 얼마나 많은 시간과 공을 들였을까 생각하면 뭐라고 표현할 수 없을 만큼 마음이 먹먹해진다. 마야는 나와 같은 동네에서 컸다. 그녀는 내가 스웨덴에서 맨 처음 사귄 친구다. 우리의 우정은 결코 끝을 몰랐고 한 해 한 해 더욱더 깊어지기만 했다. 사진첩을 가방에 도로 집어넣고 잠금장치를 채운다. 여행 가방을 한 번 더 바라보고는 고개를 가로젓는다. 잠자리에 든다. 내일은 일찍 일어나야 한다.

거의 한숨도 못 잤는데 일어나야 할 시각이다. 펜과 종이를 꺼내어 내가 집을 비우는 동안 단기 임대를 하기로 되어 있는 안나카린에게 메모를 남겼다. 시계를 보니 비행기 뜨는 시각까지 50분 정도 남았다. 내가 사는 곳이 스웨덴 북부의 작은 마을 우메오가 아니라면 혼비백산할 일이지만 여기는 시내부터 공항까지 5분밖에 걸리지 않고 공항이 워낙 작아서 이륙 시각 30분 전에만 도착하면 전혀 문제가 없다. 나는 리비아가 차를 가지고 나를 데리러 오는 중인지 확인차 전화를 한다. 이런, 리비아는 출발도 하지 않았다. 처음에는 '하여간 브라질 사람은 늘 만만디라니까!'라는 생각부터 한다. 하지만 알고 보니 둘 다 상대가 운전을 할 거라고 착각하고 있었던 거다. 나는 웃고 말았다. 몇 분 후, 리비아가 우리 아파트 건물 아래 도착한다. 현관문을 잠그고 여행 가방을 끌고 나온다. 가방이 너무 무거워서 계단참 세 개를 내려오려니 죽을 맛이다. 다시 집에 들어가 내용물의 절반은 두고 오고 싶지만 이제 너무 늦었다.

겨우겨우 건물 밖으로 나와 보니 리비아는 세련된 흰색 소형 폭스바겐에서 대기 중이다. 그녀는 내 여행 가방을 보고 한쪽 눈썹을 치켜뜨더니 자기 차 트렁크에 들어가기나 할지 모르겠다고 한다. 트렁크를 열어보니 정말 공간이 얼마 안 나오긴 한다. 리비아의 가방을 옮기고 나서 겨우 내 가방을 욱여넣었다. 넣었다 뺐다를 수차례 거듭하다가 드디어 공항으로 출발한다. 40분 후, 비행기가 이륙하자 나는 낙하산도 챙겨 올 걸 그랬다는 생각이 든다…….

피난처 없는 세상

1980년대 브라질 상파울루

스웨덴 친구들, 그리고 내가 좌담회에서 만나는 사람들은 어쩌다가 우리 엄마가 애를 데리고 동굴에서 살 생각을 한 거냐고 묻곤 한다. 나는 가끔은 구구절절 설명을 늘어놓고, 가끔은 그냥 이렇게 반문한다. "독사나 독충보다 더 위험한 게 뭘까요?" 가끔은 상대가 자기 생각대로 대답을 하고, 가끔은 내가 그들을 대신해 대답한다. "사람이 더 무섭답니다."

엄마가 나를 데리고 동굴 생활을 하게 된 동기는 잘 모르지만 짐작은 할 수 있다. 빈민가나 도시의 거리는 절대로 더 나은 환경이 아니었다. 상파울루 노숙 생활과 관련된 가장 오래된 기억 중 하나는 엄마와 밤새워 인생 얘기를 했던 기억이다. 나는 물어볼 게 정말 많았고 엄마는 나의 모든 질문에 참을성 있게 대답해줬다. 내가 사는 게 가끔은 왜 그렇게 힘드냐고 물었던 기억이 난다. 엄마의 대답은 간단했다. 엄마는 굳이 생각할 필요도 없다는 듯이 곧바로 이렇게 대꾸했다. “크리스티아나, 살다 보면 말이지, 사는 것보다 고약한 일도 많단다.”

내가 그게 무슨 뜻이냐고 물었더니 엄마는 기쁨과 고통을 느낄 수 있어야 살아 있는 거라고 했다. 설령 너무 아프더라도, 그래서 기력을 잃고 믿음을 잃을지라도, 기쁨과 고통을 느낄 수 있어야만 살아 있는 거라나. 허깨비처럼 사는 인생, 살았다고는 하나 영혼은 죽고 빈 껍데기만 남은 인생이 더 나쁜 거라나(그때는 제대로 이해하지 못했지만 머지않아 나두 알게 되었다). 엄마는 내가 여전히 엄마의 대답에 대해 곰곰이 생각하고 있는 것을 보고 이렇게 말했다. “우리는 그 허깨비들이 더 나은 세상을 찾게 해달라고 늘 하느님께 기도할 수 있어.”

우리는 판지를 깔고 앉아 있었다. 판지가 밤에는 우리의 이부자리였다. 우리는 터널 한 귀퉁이에 판지를 펼쳤다. 터널 옆은 트여 있었고 바깥은 바로 길거리였다. 길 건너에 노란색 공중전화 부스가 있었다. 브라질에는 우산처럼 둥근 지붕을 덮어쓴 공중전화 부스들이 있다. 나는 그 지붕이 꼭 오렌지 같다고 생각했다. 그걸 ‘전화’라고 한다는 것은 알고 있었지만 뭐에 쓰는 건지는 잘 몰랐다. 그래서 “전화를 왜 해?”, “저걸로 어떻게 하는 건데?”, “왜 우리가 지금 얘기하는 것처럼 얼굴 보고 얘기하면 안 되는데?” 등등의 질문을 퍼부었다. 엄마는 그럴 기운이 없었을 텐데도 내 질문 하나하나에 참을성 있게 대답해줬다.

“엄마, 하느님도 전화 있어?”

“아닐걸, 우리 아가. 하지만 하느님에게 전화가 있다면 넌 무슨 얘기를 하고 싶니?"

"왜 피부가 흰 애, 갈색인 애, 까만 애가 있는지 물어볼래. 음, 내 말은, 세상에는 다른 색도 많잖아. 그런데 왜 초록색 피부나 빨간색 피부는 없을까?"

"그것 참 좋은 질문이구나! 가끔 하느님에게 전화 걸 궁리를 해야겠는걸?" 엄마는 웃으면서 내 뺨에 뽀뽀를 했다. "이것만 알아둬, 우리 귀염둥이, 네 피부색이 최고로 예쁘단다."

"하지만 엄마, 난 똥색인데?"

"바보 같은 소리! 네 피부는 초콜릿색이야. 초콜릿은 달콤하고 맛있는 거잖아. 꼭 우리 딸처럼. 너, 조심하는 게 좋을걸? 엄마가 확 먹어버릴까 보다!" 엄마는 나를 꿀꺽 먹어버리는 시늉을 했고 나는 간지러워서 웃음이 났다. 내가 꺄악꺄악 소리를 지르면서 그만하라고 했는데도 엄마는 내 팔이랑 다리, 뺨과 손가락을 한 입씩 베어 무는 시늉을 했다. 그러고 나서는 나에게 이렇게 물었다. "똥색이라니……. 너도 참 웃긴다……. 어때? 우리 하느님에게 전화 한번 걸어볼까?"

"하느님이 전화가 있어?"

"나도 몰라. 하지만 한번 해볼 수는 있잖아? 밑져야 본전 아냐?" 엄마는 먼저 일어나 내게 손을 내밀었다. 우리는 손을 잡고 길을 건너갔다. 주위에 사람은 별로 없었다. 우리는 공중전화로 다가갔다. 엄마는 자기 허리께까지 나를 안아 올리고 수화기를 들어서 나에게 건넸다.

"크리스티아나, 하느님은 전화번호가 어떻게 될까?"

"내가 어떻게 알아?"

"생각해봐!"

"엄마, 난 몰라."

"상상은 할 수 있잖아!"

"글쎄……." 나는 그냥 생각나는 대로 숫자들을 말했다.

엄마는 그 숫자대로 다이얼을 돌렸다. 엄마가 다이얼을 돌릴 때마다 삐 하는 소리가 났다. 숫자를 다 돌렸더니 잠시 조용해졌다가 되게 이상한 소리가 났다. 엄마가 나보고 이제 하고 싶은 말을 하라고 했다.

"엄마, 이상한 소리가 나!"

"그래도 그냥 말하면 돼. 하느님은 들으실 수 있을 거야."

나는 엄마를 쳐다보았다. 기분이 묘했다.

"하느님, 왜 초록색 아이나 빨간색 아이는 없어요? 왜 전부 흰색, 갈색, 아니면 검은색이에요?"

대답은 없었다. 엄마는 미소를 지으며 수화기를 내 손에서 받아 전화기에 도로 걸었다. 엄마는 나를 내려놓고 손을 잡았다. 우리는 다시 길을 건너 우리가 잠자는 곳으로 돌아왔다.

"엄마, 하느님은 전화가 없는 것 같아."

"그래도 네가 한 말은 들으셨을 거야."

"그럼 하느님이 대답해주실까?"

"그야 모르지. 어쩌면 네 꿈속에 나타나서 대답을 해주실지도?"

"하느님은 그런 것도 할 수 있어?"

"하느님은 뭐든지 하실 수 있지."

*

우리는 판지를 깔아놓은 터널 구석 자리로 돌아왔다. 엄마는 벽 바로 옆에 눕고 나는 엄마 앞에 누워서 둘이 스푼 자세로 꼭 껴안고 잤다. 엄마는 나를 안고서 잘 자라고 속삭였다. 나는 그날 밤 기분 좋게 잠이 들었다. 다음 날, 터널 밖 도로에서 차가 씽씽 지나가고 사람들이 바쁘게 걸어가는 통에 잠에서 깼다. 우리에게 눈길 한 번 안 주고 지나가는 사람들이 많았다. 어떤 아저씨가 우리를 보고 침을 뱉었는데 그게 하필이면 바로 내 옆에 떨어졌다. 내가 그 남자를 쳐다보면서 혀를 낼름 내밀었더니 엄마가 나한테 눈을 부릅떴다. "크리스티아나, 그런 행동 하면 안 돼!"

엄마가 한 일들은 지금 생각해도 놀랍다. 엄마는 내가 바르게 행동하도록 가르쳤다. 나는 이미 서른이 넘었기 때문에 어릴 적부터 알고 지낸 친구들이 어느덧 부모가 된 모습을 많이 본다. 그들 대부분은 안전한 고정 거주지가 있고, 언제 괴롭힘이나 폭행을 당할지 모른다는 두려움에 시달리지 않아도 된다. 이미 부모가 된 사람은 이 세상에서 아이를 낳아 키운다는 게 어떤 의미인지 나보다 훨씬 더 잘 알지 싶다. 나는 아무리 애를 써도 모르겠다. 이 세상의 가난한 사람들, 집도 없는 사람들이 어쩌면 그렇게 많은 일을 해낼 수 있는가. 그토록 척박하고 비참한 환경에서 어떻게 아이들을 바르게 대할 수 있는가. 엄마는 가난하고 열악한 환경 속에서도 나를 사랑으로 키우겠다는 의지와 용기가 있었다. 엄마에게는 나를 키우는 일이 중요했다. 그냥 내가 살아남기만 하면 되는 게 아니라, 내가 좋은 사람으로 성장하는 모습을 보고 싶어 했다. 그렇게 열악한 환경에서 자식을 돌보는 엄마 아빠는 영웅이다. 그들은 인간이 정말로 경이로운 존재일 수 있다는 증거다.

엄마는 우리가 우리에게 침을 뱉은 남자 수준으로 내려갈 필요가 없다는 것을 알고 있었다. 엄마는 하느님이 모든 것을 안다는 말을 자주 했다. 하느님은 착한 사람과 별로 그렇지 않은 사람을 다 안다. 그리고 그 누구도 천국에 이르는 길을 돈으로 살 수 없다.

"크리스티아나, 착한 사람만 천국에 갈 수 있어. 신앙은 마음에서 우러나야 하는 거야."

안됐지만 나는 그런 천국을 믿지 않는다. 그런 건 너무 경이롭지 않나.

언제였는지는 모르겠지만 엄마가 일자리를 얻은 적이 있다. 엄마는 청소부 일을 하게 됐는데 아마 공장 같은 곳이었을 거다. 직사각형 건물이 있었고 중간에는 작은 안마당이 있었다. 나도 엄마를 도와 화장실 청소를 했다. 난 내가 여기저기 문지르고, 걸레로 밀고, 양동이로 물을 길어 나르는 등 대활약을 펼친다고 생각했다. 그게 엄마 일에 방해만 됐는지는 잘 모르겠다. 나는 대여섯 살쯤이었고 공장 안에서 엄청 뛰어다니긴 했다. 엄마는 나보고 다른 사람들을 귀찮게 하거나 그들이 지나가는 길을 막으면 안 된다고 했다. 내가 그러면 엄마는 그 일을 할 수 없고 돈을 벌 수도 없다나. 나는 공장을 돌아다니면서 만나는 사람마다 인사를 하거나 엄마 일을 도왔고, 그렇지 않을 때에는 안마당에서 흙장난을 했다.

하루는 어떤 아저씨가 나에게 다가왔다. 나이 많은 백인 아저씨였는데 나도 아는 얼굴이었다. 엄마에게 일자리를 주고 엄마가 일하는 곳에 나를 데려와도 좋다고 허락한 바로 그 아저씨였으니까. 그 아저씨가 공장의 소유주였는지 그냥 공장장이었는지는 모르지만 어쨌든 나를 보고 미소를 짓고 있었다. 아저씨는 날 보고 반가워하면서 뭘 하고 있느냐고 물었다. 나는 흙더미를 가리키며 놀고 있다고 대답했다. 나는 다 놀고 나면 주변을 깨끗이 정리할 거라고 얼른 덧붙였다. 아저씨는 웃으면서 나에게 그런 건 염려하지 않아도 된다고 했다. 그러고는 내가 어떻게 지내는지, 우리 엄마 사정은 어떠한지, 내가 여기 있는 걸 재미있다고 생각하는지 등등을 물어봤다. 나는 아저씨가 우르르 쏟아내는 질문에 예의 바르게 대답했다. 엄마와 나는 아주 잘 지내고 있고, 공장 사람들이 모두 친절하고, 여기서 일하게 되어 아주 좋다고 제법 신중하게 대답했던 것 같다. 아저씨는 이 일이 얼마나 엄마에게 간절한지, 우리 두 사람에게 얼마나 중요한지 아느냐고 물었다. 나는 그런 것도 잘 알고 있고 고맙게 생각한다고 대답했다. 아저씨는 계속 말을 걸었고 나는 스멀스멀 불편한 느낌이 들기 시작했다. 아저씨는 만약 내가 나쁜 짓을 해서 엄마가 그 일을 잃는다면 굉장히 화내고 슬퍼하지 않겠느냐고 했다. 나는 당황스러워서 이제 그만 가도 되느냐고 묻고 싶었지만 버릇없게 보일까 봐 망설였다. 아저씨는 나에게 막대 사탕을 좋아하느냐고 물었다. 나는 좋아한다고 대답했다.

엄마가 무릎을 꿇고 화장실 바닥을 열심히 문지르고 있을 때 나는 겨우 엄마를 찾았다. 엄마는 나를 향해 고개를 들고 미소 지었지만 그 미소는 금세 사라졌다.

"크리스티아나, 무슨 일이니?"

"아무것도 아냐, 엄마. 내가 좀 도와줄까?"

엄마는 내 속을 알아내고 싶을 때마다 으레 보내는 그 눈빛으로 내 얼굴을 찬찬히 들여다보았다.

나는 엄마의 시선을 외면했다. 엄마는 재차 나를 붙잡고 누가 뭘 어떻게 했는지 물었다. 엄마의 나에게 이 일과 돈이 얼마나 절실한지 아느냐는 아저씨의 말이 생각났다. 내 잘못이었다. 하지만 엄마는 포기하지 않았고 결국 나는 그 아저씨의 '막대 사탕'을 빨아주고 왔다고 털어놓았다.

나는 엄마와 눈이 마주쳤다. 엄마가 희한한 표정으로 나를 보고 있었다. 엄마가 너무 분하고 슬픈 얼굴을 해서 내가 정말 큰 잘못을 했구나 싶었다. 울음이 터졌다. 엄마는 나를 품에 끌어당기고 들쳐 안았다. 그때는 내가 많이 커서 그렇게 아기처럼 안아 드는 일이 없었는데 말이다. 나는 이제 아기가 아니라고 엄마 입으로 한두 번 말한 게 아니면서 말이다.

엄마는 청소 도구를 팽개쳐두고 그대로 나를 안고 화장실에서 나왔다. 우리는 그 길로 공장에서 나와 두 번 다시 돌아가지 않았다. 엄마는 나를 안고 잠시 걷다가, 앉을 곳을 찾고서는 나에게 무슨 일이 있었는지 다 말하라고 했다.

나는 내가 잘못했다고, 다시는 그러지 않겠다고 했다. 실은 내가 뭘 한 건지도 몰랐지만 그런 건 상관없었다. 엄마는 내 잘못이 아니라고, 내가 나쁜 짓을 한 게 아니라고 말해줬다. 그 아저씨가 나쁜 짓을 한 거고, 우리는 이제 공장 청소 일을 하지 않을 거라고 했다. 엄마는 남자들을 조심해야 한다고, 남자들은 여자들만큼 착하지 않다고 했다.

동굴이라는 보호처를 떠나온 후로 완전히 딴 세상에 뚝 떨어진 것처럼 살았다. 이전의 생존 규칙은 통하지 않았다. 나는 금세 거리의 생존 규칙을 배우고 적응해야 한다는 것을 깨달았다. 한 발만 잘못 내디뎌도 인생을 종 칠지도 몰랐다. 내가 공장에서 겪은 일, 그 아저씨가 꼬마 크리스티아나에게 했던 일을 기억하면서 나는 그 상황의 좋은 면을 기억하기로 작정했다. 분명히 말해두지만, 그 작자가 나에게 저지른 일은 전혀 좋거나 아름답지 않았다. 우리는 자기밖에 모르는 사악한 짓거리로 너무 쉽게 타인의 인생을 영원히 망쳐버릴 수 있다. 그렇지만 나는 그 사태의 추악함보다는 그때 엄마가 보여준 모습을 내 마음에 품고 가기로 했다. 당장 한 푼이 아쉬웠으면서 엄마는 무슨 힘으로 나를 들쳐 안고 그곳을 걸어 나왔을까! 엄마는 충분히 시간을 들여 그 일은 내가 잘못한 게 아니라고 납득시켜주었다. 맞다, 내가 당한 일은 나쁘다. 하지만 내게 남은 것은 그 아저씨의 사악한 의도가 아니라 내 어머니의 사랑이었다. 그러면 얘기가 완전히 달라진다고 믿는다. 그러면서도, 과거에 학대당했고 지금도 학대당하고 있지만 길잡이가 되어줄 사람이 아무도 없는 세상 모든 여자아이들과 성인 여성들을 생각하지 않을 수가 없다. 그런 일을 당한 경험을 안고 사는 게 괴롭기는 해도, 나는 사랑받았기 때문에 악의 영향을 억누르고 균형을 찾을 수 있다. 사랑 없이, 오로지 악행을 견디기만 해야 하는 사람은 어떻게 될까?

다른 세상으로 돌아가다

2015년

런던과 상파울루 사이, 그 어느 지점을 비행 중이다. 내가 태어난 나라의 땅을 24년 만에 밟는 순간이 이제 열 시간도 안 남았다. 내 삶이 또 한 번 급변할 순간이 이제 열 시간도 안 남았다. 내 삶은 이미 바뀌었지 싶다. 그 변화는 서너 달 전, 그러니까 내가 내 과거를 파고들기로 결심했을 때 일어났다. 이 여행은 시작부터 놀라움의 연속이다. 아니, 어쩌면 24년 전에 입양이 결정 나고 스웨덴 북서부 삼림 지대에 있는 빈델른이라는 작은 마을에서 살게 되었을 때부터 늘 그랬는지도 모른다. 나는 늘 내가 언젠가는 돌아갈 줄 알고 있었다. 내 마음 한구석에는 늘 머지않아 돌아갈 거라는 생각이 있었다. 하지만 서른두 살에야 돌아가게 될 줄이야. 그와 동시에, 내가 준비가 되어 있지 않았다는 것도 안다. 슬쩍 빈정대는 목소리가 들리는 것 같다. '지금은 준비가 됐다고 생각해?'

그런 생각은 밀어낸다. 눈앞의 노란 공책을 본다. 비행기 옆 좌석에 앉아 있는 리비아가 선물한 공책이다.

모국 방문 문제로 나에게 대화를 요청하는 이들이 제법 있다. 이 사람들은 이질적인 두 문화에 소속되는 게 어떤 느낌인지, 내가 여덟 살 나이에 생판 모르는 나라로 건너와 완전히 다른 삶을 살아보니 어땠는지 알고 싶어 한다. 가끔은 다소 부담스러운 질문을 받는다. 스웨덴 생활을 정리하고 고국으로 돌아갈 계획은 없느냐고. 가끔은 상대가 나한테 은근히 그렇게 하기를 권하는 느낌이 든다. 다행스럽게도 그런 일이 자주 있지는 않다. "브라질로 이에 거처를 옮길 생각은 해보지 않으셨나요?" 같은 질문을 받으면 뭐라고 답해야 할지 모르겠다. 나도 내 마음을 잘 몰라서가 아니라, 별난 질문을 다 하는구나 싶어서다. 24년간 나는 스웨덴 북부에서 살았다. 내 말인즉슨, 나는 스웨덴인이다. 스웨덴이 내 나라다.

브라질에서는 무엇이 내 집이었나? 동굴? 빈민가? 길바닥? 고아원? 자신 있게 말할 수 있는데, 그 고아원 사람들이 내가 아직도 거기 사람이라고 생각할 것 같은가? 어쨌거나 지금 내 집은 스웨덴에 있다. 글쎄, 앞일은 모르는 거니까 10년 후에는 미국이나 오스트레일리아, 혹은 노르웨이에 내 집이 있을 수도 있다. 내 집은 내가 행복한 곳, 내가 안전하다고 느끼는 곳, 내 가족과 친구가 있는 곳이다. 내 집은 내가 일하는 곳이자 내가 편안하게 '느끼는' 곳이다.

이 비행기에서 내린 후에 과연 집처럼 편안한 기분을 느낄 수 있을지, 그건 잘 모르겠다. 하지만 브라질에 돌아가기로 작정한 다음부터 어릴 적 기억이 점점 더 또렷이 살아난다. 그 동굴을 한 번 더 보고 싶다는 갈망 비슷한 것이 뿌리를 내렸다고나 할까. 아마 내가 브라질에서 가장 집 비슷하게 느꼈던 곳은 엄마와 같이 살던 지아 만치나 외곽 숲속의 그 작은 동굴일 것이다. 머릿속을 휘젓는 이 잡다한 생각, 의문, 기억을 어찌해야 할지 모르겠다.

기내 등을 끄고 눈을 감는다.

어떤 상처는 영원히 몸에 남는다

1989년 상파울루

우리는 노천 시장에 서 있었다. 먹을 것을 사러 왔다. 먹음직스럽게 크고 붉은 토마토를 보고 입에 침이 고였다. 내가 토마토를 한 알 집으려고 손을 뻗었지만 과일 장수가 내 손을 찰싹 쳐서 밀어냈다. 엄마는 바닥에 상자째 놓여 있던 토마토를 보다가 제일 못생긴 걸 집었다. 부분적으로 곰팡이 핀 데도 있고 물렁해진 토마토였다. 엄마에게 왜 안 좋은 토마토를 고르느냐고 물었다. 엄마는 조금 서글프게 웃더니 "크리스티아나, 이 토마토를 봐. 한쪽이 상했지만 거기만 잘라내면 어떨 것 같아?"라고 했다.

엄마는 항상 그랬다. 나에게 뭔가를 가르치고 싶으면 엄마는 질문을 던졌다. 나는 토마토를 보고 이렇게 대답했다. "상한 부분을 잘라내면 괜찮은 부분이 남겠지."

엄마는 미소를 지었다. "사람도 마찬가지야. 절대 잊지 마! 이 토마토라고 해서 먹지 않고 버리라는 법 있어? 스튜에 넣으면 예쁘고 싱싱한 토마토하고 다를 바 없잖아? 어차피 배 속에 들어갈 토마토인데 생김새가 뭐 그리 중요하니? 전부 어떤 식으로든 요리를 해서 먹을 거잖아."

그래도 나는 먹음직스럽게 생긴 토마토를 사고 싶었다.

엄마는 또 웃으면서 말했다. "너는 제일 좋은 걸 먹어도 되는 아이야. 하지만 오늘은 못생긴 것을 살 수밖에 없어."

엄마가 못생긴 토마토를 사는 동안 나는 왜 모든 토마토가 스튜에 들어간다는 건지 이해하려고 애썼다. 예쁜 토마토는 분명히 돈 많은 백인들이 살 테고, 돈이 없는 엄마나 나는 못생긴 토마토만 살 수 있다. 항상 그 모양이었다. 백인들은 돈이 많고 늘 자기가 원하는 걸 살 여력이 있었다. 나는 사는 게 왜 그 모양인지 이해하고 싶었다. 이게 하느님이 원하시는 바인가? 이건 공정하지 않다 싶었다. 하느님은 좋은 분이라며? 우리가 만날 안 좋은 토마토만 얻을 수 있는데도 하느님이 좋은 분일 수가 있나?

갑자기 엄마와 어떤 아줌마가 서로 소리를 지르고 싸웠다. 엄마는 화가 잔뜩 났고, 그 아줌마도 마찬가지였다. 나는 왜 난리가 났는지는 몰랐지만 겁을 먹었다. 엄마가 정말로 화내는 모습을 별로 본 적이 없는데 그때는 정말 화를 내고 있었기 때문이다. 엄마가 나에게 소리를 질렀다. "크리스티아나! 파트리키 데려가!" 그러고는 엄마는 동생을 확 내려놓았다. 나는 반사적으로 팔을 뻗어서 동생을 얼른 받았는데 자칫하면 애가 아스팔트 바닥에 부딪힐 뻔했다. 엄마와 백인 아줌마는 본격적으로 치고받았고 나는 정말 왜 그러는지 몰랐다. 둘 다 그만하라고 소리를 지르고 싶었지만 아무 말도 입 밖으로 나오지 않았다. 경찰관 두 명이 달려와 엄마와 아줌마를 떼어놓았다. 백인 아줌마가 경찰관에게 뭐라고 설명을 해대는 동안에도 엄마는 화를 주체하지 못하는 것처럼 보였다. 경찰관이 그 아줌마를 풀어주니까 엄마가 뭐라고 했는데 심한 욕이었던 것 같다. 경찰관이 엄마의 따귀를 때렸다.

나는 정신이 홱 돌아서 동생을 안고 있다는 것조차 잊었다. 냅다 달려들어 경찰관 정강이를 발로 차고 오른손으로 있는 힘을 다해 그 사람 배를 때렸다. 다른 경찰관 아저씨가 나를 제압하는 바람에, 하마터면 파트리키를 떨어뜨릴 뻔했다. 그 아저씨가 나를 단단히 붙잡고 있는 동안, 나에게 걷어차인 경찰관이 다가와 나를 잡아 죽일 듯 노려보았다. 정말 무서웠지만 티 내지 않으려고 안간힘을 썼다. 그가 기관총을 들고 그대로 내 턱을 후려갈겼다. 입속에서 뭔가 부러지는 소리가 났고, 엄마가 정신을 놓고 내 이름을 외치는 소리가 들렸다. 피 맛이 났다. 나는 쓰러지는 와중에도 생각했다. **'파트리키를 놓치면 안 돼…….'**

경찰에게 가혹 행위를 당한 것이 그때가 처음도 아니었고 마지막도 아니었다. 나는 지금도 턱관절에 문제가 있다. 어떤 상처는 영원히 몸에 남는다.

시장에서 있었던 일은 철창 속 콘크리트 바닥 신세로 마무리되었다.

밤이었다. 유치장은 추웠다. 엄마가 나를 안아줬다. 나는 경찰관 아저씨를 때려서 미안하다고 말했다. 우리가 유치장에 들어온 게 꼭 나 때문인 것 같았다. 엄마는 내가 잘못한 건 없다고, 그냥 세상과 인생이 그딴 식으로 돌아가서 그런 거라고 했다. 나는 하느님이 세상이 이렇게 돌아가기를 바라느냐고, 우리가 두들겨 맞고 상처 입고 불행한 것도 하느님의 뜻이냐고 물었다. 엄마는 그 질문에는 대답하지 않고, 대신 나에게 약속을 받아냈다. 만약 엄마가 없고 나 혼자 있을 때 경찰을 보거든 무조건 도망가서 숨어야 한다고. 우리는 잠시 말없이 앉아 있었다. 가슴이 답답하고 이상한 기분이 들었다.

"엄마, 나 두고 어디 가지 않을 거지? 응?"

엄마는 슬픈 눈을 하고 내 가슴에 자기 손을 올려놓았다. "엄마는 떠나지 않아. 엄마는 늘 너와 함께, 네 마음속에 있을 거야. 엄마는 너의 한 부분이야. 네 안에 엄마가 있어. 네가 슬퍼하거나 막막해할 때 엄마는 항상 너와 함께 있을 거야. 잊지 마."

나는 잠이 들었다가 경찰관이 엄마와 말을 주고받는 소리에 깼다. 경찰관이 대충 "너 아니면 네 딸, 둘 중 하나야. 네가 결정해."라는 말을 했던 것 같다.

엄마는 대답을 하지 않고 콘크리트 바닥에서 엄마 무릎에 기대어 있던 나의 상체를 가만히 일으켜주고는 나보고 파트리키를 안으라고 했다. "엄마 금방 올게." 엄마가 말했다. 내가 어디 가느냐고 물었더니 아무 말 말라고 손가락을 들어 보이면서 걱정할 필요 없다고 했다. "언제 엄마가 돌아오지 않은 적 있니?" 엄마는 미소를 지었다. 그 미소는 왠지 어색했다. 엄마는 내가 얼마나 걱정하는지 알았을 거다. 내 눈이 엄마에게서 경찰관에게 향했다가 다시 엄마에게 돌아왔다. 그 사람이 엄마를 빨리 끌고 가려고 얼마나 조바심을 냈던가. 엄마가 일어나서 돌아서는데 나는 그 전에 엄마 눈빛이 바뀌는 것을 보았다. 엄마는 강인해 보였다.

나는 무슨 일이 일어날지 알았다. 속속들이 알지는 못해도 경찰관이 엄마를 아프게 할 거라는 건 알았다. 아까 저 사람이 뭐라고 했지? '너 아니면 네 딸, 둘 중 하나야…….' 내 잘못으로 우리는 철창신세가 됐다. 내 잘못으로 엄마가 경찰관에게 억지로 끌려갔다. 하느님, 제발, 제발 제 소원을 들어주세요. 아주 크고 힘센 어른이 되게 해주세요! 저 경찰관처럼 나쁜 사람들이 내가 사랑하는 사람들을 괴롭히지 못하게, 나를 크고 힘센 사람으로 만들어주세요. 파트리키가 울기 시작했다. 나는 동생을 안고 앞뒤로 흔들어가며 얼렀다. 엄마가 걱정할까봐 동생을 조용히 시키고 싶었다. 엄마가 없을 때에도 내가 동생을 잘 돌볼 수 있다고 알려주고 싶었다. 파트리키가 지금 무슨 일이 일어나는지 아는 걸까 의아했다. 누나가 속상해하고 엄마가 경찰들에게 괴롭힘을 당한다는 사실을 감지하기라도 했을까. 나는 생각했다. 사랑해, 동생아. 아무도 너를 해치지 못하게 할 거야! 누나가 약속할게.

엄마가 돌아오기를 얼마나 오래 기다렸는지는 모르겠다. 파트리키는 잠이 들었고 나는 차가운 콘크리트 바닥에 앉아 벽에 기대어 있었다. 한쪽 엉덩이와 다리가 저리다 못해 감각이 없었는데도 움직이기가 겁났던 기억이 난다. 나는 동생이 깨지 않기를 바랐기 때문에 그 자세를 유지한 채 문 너머에서 무슨 일이 일어나는지 생각하지 않으려 애썼다. 영원처럼 긴 시간이 흐르고, 드디어 아까 그 경찰관이 엄마를 데리고 나타났다. 그 작자는 흡족한 얼굴로 나를 흘끗 보더니 징그러운 미소를 지었다. 나는 내가 작아진 느낌이 들면서 겁이 났고 속이 메스꺼웠다.

엄마에게 무슨 일이 있었는지 물었더니 엄마는 시장에서 벌어진 일에 대해서 조사를 더 받았을 뿐이니 나는 아무 걱정할 필요 없다고, 내일 아침이면 모든 게 좋아질 거라고 했다. 처음으로, 엄마가 거짓말을 하고 있다는 느낌이 들었다. 엄마를 더 속상하게 하거나 걱정시키고 싶지 않았기 때문에 나는 파트리키의 머리를 내 팔로 받친 채 바닥에 가만히 내려놓고 나도 누워서 그 애가 춥지 않게 안아주었다. 나는 엄마 옆에 누웠지만 엄마를 등진 채 몸을 구부리고 있었다. 나는 엄마에게 마음을 전하고 싶었지만 엄마에게도 잠시 혼자만의 시간과 공간이 필요하다는 것을 본능적으로 알았던 것 같다. 나는 자는 척했다. 실은 거의 한잠도 못 잤다. 엄마의 숨소리가 들렸다. 나는 엄마가 울고 있다는 것을 알았다.

힘없는 자의 눈물은 불만의 표현이 아니다. 그 눈물은 왈칵 솟아나지 않고, 줄줄 흘러내리지도 않는다. 힘없는 자의 눈물은 소리 없는 체념을 담고 있다. 어차피 마음 써줄 사람 하나 없다는 것을 알 때, 가진 건 눈물뿐이다. 그래도 계속 나아갈 수 있으려면, 희망을 잃지 않으려면 눈물이 필요하다. 눈물이 그나마 답답한 속을 풀어주니까. 엄마의 사랑이 필요한 여섯 살짜리 아이에게는 그런 눈물이 가뭄의 단비 같다. 엄마는 그런 울음을 여러 번 울었다. 엄마가 울면 난 너무 괴로웠지만 어른이 된 지금은 이해한다. 울 수 있으면 그래도 좋은 거다. 비록 눈물로는, 그게 눈에 보이는 눈물이든 보이지 않는 눈물이든, 이 세상의 잘못된 것을 옳은 것으로 바꿀 수 없지만 말이다. 힘없는 사람들 입장에서는 더욱더 그렇다.

나는 잠들지 못한 채 한참을 기도했다. 우리 엄마를 행복하게 해달라고. 우리가 경찰서에서 빨리 나갈 수 있게 해달라고. 힘없는 내가 할 수 있는 일은 기도밖에 없었다. 나는 내일 엄마에게 뭔가 좋은 것을 사드릴 수 있도록 돈을 좀 얻을 방법이 생각나게 해달라고 빌었다. 그러면 엄마는 이 끔찍한 밤을 잊고, 이 무력함을 잊을 수 있을지도 모른다. 어쩌면 엄마는 무력함이라는 놈의 행패와 흔적을 잊을 수 있을지도 모른다. 파트리키가 밤에 여러 번 깼다. 그중 몇 번은 엄마가 파트리키를 자기 품으로 데려가 다시 재웠다. 그러다 동생이 잠들면 다시 내 옆에 눕혔다.

나는 엄마에게 시간이 좀 더 필요하다는 것을 알았다. 그래서 엄마가 신경 쓰지 않게끔 계속 등진 채로 파트리키를 안고 누워 있었다. 동생을 가만히 바라보았다. 파트리키는 아주 귀여웠지만 아기 냄새, 똥오줌 냄새가 말이 아니었다. 나는 엄마 눈치를 봤다. 엄마를 성가시게 하고 싶지 않았다. 엄마가 아무 말 없이 천 한 장을 건네준 걸 보면 그래도 엄마는 내 생각을 다 알았던 것 같다. 나는 그것만 받고 다시 돌아누웠다. 파트리키는 착했다. 울고 떼쓰는 아기가 아니었다. 아기를 감싼 타월을 펼쳤다. 동생은 옷도 없이 달랑 천 기저귀만 차고 있었다. 기저귀를 고정한 옷핀을 풀고서, 차고 있던 기저귀에서 똥오줌에 젖지 않은 약간의 부분으로 엉덩이를 최대한 잘 닦아냈다. 깨끗한 천으로 다시 기저귀를 채웠다. 그다음에 동생을 다시 타월로 감싸주었다. 동생을 품에 꼭 안고 그 애가 잠드는 모습을 지켜보았다. 파트리키보다 예쁜 아기는 한 번도 못 봤다. 그 애는 엄마와 나의 아기였다. 파트리키가 울음을 터뜨리면 나는 이

따금 웃음부터 나왔다. 왕왕 우는 아기는 쭈글쭈글 할아버지, 굉장히 귀엽지만 화가 잔뜩 난 주름투성이 할아버지처럼 보였다. 나는 아기 뺨에 뽀뽀를 하고 잠을 청하려 애썼다.

소용돌이치는 생각들

2015년

기내용 헤드폰에서 기장의 안내 방송이 나와서 잠을 깼다. 머리가 즉각 돌아가기 시작했다.

나는 나의 일부가 고향으로 돌아가고 있다는 것을 안다. 크리스티아나는 집으로 돌아간다. 하지만 크리스티나는 집을 떠나는 중이다. 스웨덴에서 지내온 세월 내내 그랬던 것 같다. 나의 일부는 집으로 돌아가기를 원했지만 나의 일부는 집에 있었다. 이처럼 만감이 교차하는 여행을 마치고 나면 어떤 기분이 들지 모르겠지만, 내가 스웨덴으로 돌아오면서 집에 오는 기분을 느끼지 않을 리가 없다. 브라질 땅에 내리는 기분은 어떠려나? 정말로 집에 돌아가는 기분일까? 내가 떠나온 후로 그 나라도 많이 변했을 테지. 부디 좋은 방향으로 변했기를. 세월이 흐르면 장소, 사람, 문화도 변한다. 무엇보다 우리 자신이 변한다. 나는 브라질을 떠나던 때의 내가 아니다. 비행기에 앉아서 대서양 상공의 어느 지점을 통과하는 이 순간, 도착이 열 시간도 안 남았다는 사실에 나는 살짝 히스테릭해졌다.

준비할 것이 많다 보니 스웨덴에서 출발하기 전에 좀 무리했다. 게다가 나는 생각이나 감정을 잘 털어버리지 못하는 사람이다. 나는 늘 다소 심한 완벽주의자이다. 늘 생각을 정리하려 하고, 내가 무엇을 기대하는지 의식하려 애쓰고, 앞일에 대비를 해야 직성이 풀리는 사람이다. 나는 이 여행이 집으로 돌아가는 길이라고 생각하진 않지만 또 하나의 집을 지을 수 있기를 바란다. 브라질을 집처럼 편안하게 느낄 수 있으면 좋겠다는 얘기다. 생모와 상봉할 수 있기를, 그래서 미래에는 내 집이 두 곳 있다고 생각할 수 있기를 바란다. 이제 멀리 떠나왔고 별의별 고생을 다 했던 곳이기는 해도 나는 늘 브라질이 좋았다. 어쩌면 나는 브라질이 이제 와 불편하게만 느껴질까 봐, 오랫동안 내 속에 간직했던 이 나라와 이곳 사람들에 대한 좋은 감정을 망칠까 봐 더 불안한지도 모른다. 이 여행에서 고약한 경험만 얻는다면 내 기억과 감정이 어떻게 바뀔까? 어른이 되어서 돌아갔더니 내가 태어난 나라에 아무런 친밀감을 못 느끼겠더라, 이러면 내가 느끼던 애정과 기쁨은 사라지는 건가? 어차피 앞일은 내가 어찌할 수 없으니 그만 생각하자고 마음을 다잡는다. 어쨌든, 직접 겪어보겠다고 결정한 사람은 나다. 하지만 내가 상황을 통제할 수 있다는 뜻은 아니다. 한숨이 난다. 알았어, 크리스티나, 네가 이러는 거는 두려워서잖아. 그래, 지금 가장 두려운 게 뭐야? 나는 종이와 펜을 꺼내서 나 자신에게 던지는 두 가지 질문을 쓴다. 모든 것이 걷잡을 수 없이 흘러가는 기분이 들 때마다 이렇게 하라고 배웠으니까.

이 여행의 목표는 무엇인가?

내가 바라는 것은 무엇인가?

첫 번째 질문부터 공략해본다. 이 여행의 목표는 나의 과거, 그 옛날의 기쁨과 슬픔으로 돌아가 정면으로 마주하는 것이다. 내가 살았던 거리와 빈민가, 그리고 고아원을 가보는 것이 목표다. 내가 태어나 처음 살았던 동굴과 내 가족을 찾는 것, 특히 날 낳아준 어머니를 찾는 것이 목표다.

내가 바라는 것은 무엇인가? 빈 네모 칸 하나를 그려본다. 이 질문에는 도무지 떠오르는 답이 없다. 하지만 이건 말이 안 된다. 내가 바라는 걸 내가 모르면 누가 알아! 앞일이 겁나서 내 바람을 표현할 엄두가 안 나는 거겠지.

엄마를 만나면 좋겠다……. 이 문장을 쓰는데 불현듯 이게 뭐지 싶다. 엄마를 만나면 좋겠다. 내가 쓴 문장에서, 완전히 참이라고는 할 수 없는 뭔가가 감지된다. 당연하다고 생각하는 것을 쓰긴 했는데, 당연한 것이 나의 진실된 느낌과 일치하라는 법은 없다. 스트레스가 올라온다. 몸에서 열이 나는 것 같다. 내 인성이 글러먹은 걸까? 물론, 나는 엄마를 찾고 싶다. 찾고 싶지 않을 리가 있나? 바꾸어 말하자면, 나는 24년간 엄마와 떨어져 지냈고 엄마를 그리워했다. 엄마는 최선을 다해 나를 키웠고 사랑해줬다. 자신을 희생해가면서 나를 보살폈다. 그런데 이게 내가 사랑과 감사를 표현하는 방식이란 말인가? 질문을 한번 뒤집어 생각해본다. 넌 엄마가 죽었으면 좋겠니? 당장 '아니'라는 대답이 나온다. 아니고말고, 엄마가 이미 돌아가셨다든가 하는 말은 절대 듣고 싶지 않다. 그건 100퍼센트 아니라고 말할 수 있다. 나의 오랜 걱정은 오히려 그 반대다. 기껏 브라질에 찾아갔는데 엄마가 이 세상 사람이 아니어서 몇 년만 일찍 올 걸 그랬다고 땅을 치면 어쩌나.

한참을 곰곰이 생각하다가 마침내 깨달았다. 나는 엄마를 찾은 후 어떻게 될까가 두려운 거다. 엄마를 못 찾으면 어떻게 될지는 이미 안다. 내 삶은 지금까지와 별로 다르지 않게 흘러갈 것이다. 친어머니 없이도 지금까지 살아왔다. 16년 전에 돌아가신 양어머니를 그리워하면서도 지금까지 살아왔다. 생모가 이미 고인이 되었다는 소식을 듣는다면 이후의 내 삶이 어떻게 흘러갈지는 대충 예상이 간다. 어차피 그리워하던 세월, 그 세월이 더 쌓일 뿐이겠지. 그래봐야 달라질 건 별로 없다. 지금과 거의 비슷한 모양새로 살면 된다. 그냥 지금처럼 내 삶을 감당하면 된다. 반면, 생모의 생존을 확인하고 24년 만에 상봉한다면 열여섯 살 이후로 줄곧 엄마 없이 살다가 갑자기 엄마가 다시 생기는 셈이니 두려울 만도 하지 않나? 나는 숨을 내쉰다.

이 모든 생각과 감정의 어느 지점에서, 문득 내 두려움의 근원을 찾은 것 같다. 생존해 있는 엄마를 찾더라도 엄마 쪽에서 재회를 원치 않는다면 나는 그 선택을 받아들여야 할 것이다. 그렇지만 본능적으로 나는 내심 절대 그럴 리 없다고 믿는다. 엄마가 나를 안아주고, 나는 특별한 아이라고 말해주고, 사랑한다고 말해줬던 순간들을 생각한다. 함께 웃고 함께 울던 순간들을 생각한다. 엄마가 살아 있기만 하다면 날 보고 싶어 할 거다. 그건 걱정하지 않아도 된다. 그럼, 뭐가 두려운 건가? 엄마가 나한테 실망할까 봐? 그것도 문제가 될 것 같진 않다. 문득 깨닫는다. 문제는 나다! 나는 결과가 두려운 거다. 이기적인 생각이라서 인정하기가 힘들지만 그렇다. 엄마가 살아 있으면 내 삶에 어떤 영향이 미칠까? 엄마는 어떻게 지낼까? 어디서 살까? 지금은 형편이 어떨까? 돌봐줘야 할 상황에 있지는 않을까? 만약 그런 상황이라면 내가 감당할 수 있을까? 엄마는 브라질에서 살고 나는 스웨덴에서 사는데 어떻게 우리가 함께 삶을 꾸려나갈 수 있을까? 나는 포르투갈어를 다 잊었고 엄마는 스웨덴어를 한마디도 못할 텐데 의사소통은 되려나? 리비아가 계속 붙어 있지 못할 때는 어떡하지? 기껏 재회를 했는데 서로 좋은 감정이 살아나기는커녕 부정적인 감정만 든다면? 나는 어떤 문제들이 발생할 수 있는지, 그것을 어떻게 해결을 해야 할지 모른다. 어쨌든, 이제는 내가 해결을 할 차례, 내가 엄마를 보살필 차례라는 느낌은 든다.

엄마를 찾으면 내 삶이 어떻게 전개될지 모르겠다. 그게 좀 무섭다. 이제 알겠다. 내가 끼적거린 질문들은 하나도 중요하지 않다. 내가 왜 두려운지 그걸 아는 게 중요하다. 내가 지금 오랫동안 마음 한구석으로 앓아온 향수병을 억압하고 있음을 아는 게 중요하다. 지금은 이 정도면 됐다. 장차 무슨 일이 일어나든, 나머지는 미래로 넘기자. 나는 필기구를 치우고 기내 등을 껐다. 헤드폰을 끼고, 느낌이 산뜻한 영화나 한 편 보기로 한다. 도착까지 여덟 시간 남았고 머릿속은 지칠 대로 지쳤지만 잠이 올 것 같지는 않다.

인생의 첫 친구 카밀

1989~1991년 상파울루

인생의 첫 친구가 된 그 아이를 어떻게 만났는지는 뚜렷이 기억나지 않는다. 우리가 처음 만난 사연을 아기자기하고 재미있게 풀어나갈 수 있다면 얼마나 좋을까. 운명적인 만남, 모험의 시작, 우정이라는 이름의 돈독한 유대를 그려 보일 수 있다면. 하지만 그 애가 어쩌다가 내 삶에 들어왔는지는 정말 기억이 나지 않는다. 줄곧 내게 중요한 영향을 미치게 될 사람, 내 삶을 바꿔놓을 사람과의 첫 만남이 기억나지 않으니 참 신기하다. 어쩌면 그렇게까지 신기한 일은 아닐지도 모른다. 글쎄, 누군가를 처음 만난 순간부터 그 사람을 사랑하게 될 거라고 아는 경우는 별로 없을 테니까.

내가 친자매처럼 사랑하게 된 그 아이의 이름은 카밀이다. 우리는 아마 빈민가에서 만났을 거다. 내가 알기로, 나는 카밀을 통해 다른 아이들도 알게 됐고 친구들끼리의 소속감 같은 감정에도 눈을 떴다. 카밀과 내가 얼마나 오래 어울려 놀았는지, 우리가 우정을 나눈 기간이 두 달인지 1년인지, 정확히는 모르겠다. 그저 하루가 가면 또 하루가 왔을 뿐, 정확한 시기도 모른다. 날에도 요일이라는 이름과 순서가 있다는 것은 알았지만 한 달이 대략 4주라든가 1년이 52주라는 것은 몰랐다. 카밀과의 우정은 이런저런 사건들, 우리가 함께 했던 일의 기억으로만 남았다. 시기나 기간은 전혀 모른다.

카밀은 아주 특별한 아이였다. 지금 생각해보면 애늙은이였다고 할까. 그 애랑 얘기를 하고 있으면 가끔 어른을 상대하는 기분이 들었다. 카밀은 무서우리만치 똑똑한 아이였고 다른 아이들이 모르는 것도 많이 알았다. 그 애는 나보다 한두 살 많았고 아주 예뻤다. 믿을 수 없을 만큼 착했고, 일단 얘기를 시작했다 하면 애 어른 할 것 없이 마음을 사로잡았다. 아, 그 애가 얼마나 사람들에게 이야기 들려주기를 좋아했는지. 그럴 때면 카밀은 눈이 반짝반짝 빛나고 몸짓이 확 달라지곤 했다. 카밀은 온갖 것들에 대해서 이론을 늘어놓을 수 있었다. 그 애가 보는 관점은 대개 새롭고 남달랐다. 나는 카밀의 그런 점이 가장 좋았다. 우리는 서로 부족한 면을 채워주는 관계였다. 나는 호기심이 많고 장난치기를 좋아한 반면, 그 애는 지혜롭고 안정감이 있었다. 나는 그 애를 모험에 끌어들이는 역할, 그 애는 우리의 모험이 재앙으로 끝나기 전에 중단시키는 역할을 했다. 카밀을 생각할 때면 사랑과 정, 웃음과 눈물이 솟아오른다.

어른이 되어서야 알 수 있었다. 내가 스웨덴에서 추구하고 형성한 인간관계는 모두 카밀과의 관계를 토대로 삼고 있었다. 우리의 우정에는 신뢰, 안전, 정, 존중이 깔려 있었다.

카밀은 부모님 얘기를 거의 하지 않았다. 그런 얘기를 싫어하는 게 명백히 보였다. 어쩌다 누가 부모님에 대해서 물어보면 카밀은 으레 자기는 부모가 없다고 대답했다. 그렇게 말할 때도 슬퍼 보이지 않았고 유난을 떨지도 않았다. 그애는 대수롭지 않은 질문에 대답한다는 듯이, 아무렇지도 않게 대처했다. 하지만 나는 목소리만 듣고도 그 애가 부모님 얘기를 힘들어한다는 것을 눈치챌 수 있었다. 어느 밤, 우리가 가끔 잠을 청하는 계단참 아래 둘이서 앉아 있었다. 나는 카밀의 엄마 아빠에 대해서 물었다. 그 애는 티셔츠를 젖혀 올리고 등에서 배까지 이어지는 큰 흉터를 보여주었다. 그러고 나서 자기는 엄마 아빠가 없다고 말했다. 그때의 내 심정이 기억난다. 나는 적어도 나를 사랑해주고 어떻게든 잘 키워보려고 애쓰는 엄마가 있지 않았는가. 그래서 나는 카밀에게 내 바나나를 주었다. 바나나를 받는 카밀의 모습이 조금 슬퍼 보였다. 그 애는 이렇게 흉터만 보여줘도 먹을 것이 생긴다면 윗도리도 안 입고 온 동네를 쏘다닐 거라고 했다. 우리는 웃음을 터뜨렸고, 카밀은 바나나를 반으로 쪼개어 나와 나눠 먹었다.

우리는 함께 지내면서 여러 가지 약속을 했다. 음식을 찾아내거나 구걸해서 얻거나 훔쳤을 경우에는 늘 나눠 먹기로 했다. 카밀은 그렇게 해야 뭐라도 입에 넣을 확률이 두 배가 된다고 했다. 우리는 어느 한 사람이 골치 아픈 일에 휘말리면 꼭 도와주자는 약속도 했다. 카밀은 그런 아이였다. 그 애는 나에게 친구가 무엇인지 가르쳐주었다.

쓰레기 하치장 난투극

기억이란 참 묘하다. 그 상황에 처하기까지의 과정, 그 후에 일어난 일 같은 건 하나도 기억이 안 난다. 그때 그런 일이 있었지, 그냥 이게 다다. 어느 날 어느 때였는지는 모르지만 카밀이랑 쓰레기 하치장을 뒤지러 갔던 건 확실하다. 우리는 장난감, 옷, 그 밖에도 우리가 직접 쓰든가 물물 교환을 할 만한 것은 뭐든지 찾아내려고 했다. 카밀은 닳고 닳은 축구공을 하나 건졌고, 나는 사선거 바퀴로 보이는 크고 얇은 금속제 바퀴를 찾아냈다. 쓰레기 더미를 한참 뒤지다가 마침내 내가 찾던 것을 손에 넣었다. 그건 기다란 막대기였다.

카밀에게 내가 찾아낸 걸 보여줬다. 그 애는 축구공을 움켜쥐었고 나는 막대기에 바퀴를 걸어서 바로 세웠다. 카밀을 바라보았다. 그 애는 씩 웃었고 나는 바퀴를 앞세워 굴리면서 뛰어갔다. 바퀴가 쓰러지지 않게 막대기로 균형을 잡고 굴리려면 요령이 필요하고 절대로 방향을 급하게 바꾸면 안 된다. 그렇게 한동안 굴렁쇠 놀이를 했더니 카밀이 자기도 해보고 싶다고 했다. 내가 카밀의 축구공을 받아 들었고, 카밀은 바퀴를 굴리면서 달리기 시작했다. 나도 옆에서 같이 달렸다. 조금 있다가 카밀은 바퀴를 옆에 치워놓고 나와 함께 축구공을 차면서 놀았다. 우리는 맨발로 공을 차면서 주거니 받거니 했다. 우리는 둘 다 공 다루는 법을 몰랐지만 아주 재미있게 놀았다. 우리가 모두들 선망하는 유명한 축구선수라고 상상하면서 국가대표팀 놀이를 했다. 우리는 축구공을 발로 찼을 때 멋지게 붕 뜨는 법을 연구했다. 내가 공을 띄우려고 계속 발로 차는 연습을 했는데 한번은 꽤 세게 차서 공이 쓰레기 하치장에 있던 다른 남자애들에게까지 굴러갔다. 한 아이가 공을 주워 들더니 좋은 걸 발견했다면서 자기 친구 둘을 불렀다. 카밀과 나는 그 아이들에게 달려가 공이 우리 거라고 말했다. 공을 주운 아이는 자기가 발견한 공이니까 자기 거라고 우겼다. 내가 공을 빼앗으려고 했더니 남자애가 나를 밀쳤다. 나는 내 공 내놓으라고 고래고래 소리를 질렀다.

카밀은 웬만하면 싸움에 끼지 않았다. 나는 불의를 보면 못 참는 성미였지만 카밀은 그냥 못 본 척 넘어가는 편이었다. 카밀이 싸움에 뛰어드는 경우는 주로 나를 돕기 위해서였다. 그런 때는 싸움이 일단락되고 나서 그 애가 나에게 미친 듯이 화를 내곤 했다. 특히 그 애는 자기 몸에 멍이나 상처가 생기는 것을 극도로 싫어했다.

그날도 카밀은 나 때문에 싸움에 끼어들었다. 나는 제정신이 아니었다. 그 남자애는 우리 공을 겨드랑이에 끼고 서 있었다. 나는 주먹으로 그 남자애 배를 있는 힘껏 갈겼다. 한 방을 더 날리기 전에 다른 남자애가 나에게 달려들었다. 그러자 카밀이 달려왔고, 우리는 모두 한 덩어리가 되어 서로 어떻게든 한 대라도 더 때리려고 악에 받쳐 싸웠다. 싸움이 끝났을 때, 아니 정확히 말하자면 카밀과 내가 나가떨어졌을 때, 남자애들은 훌훌 털고 일어났고 우리는 땅바닥에 앉아 있었다. 한 남자애가 그제야 공이 어디 갔는지 찾기 시작했다. 어느새 새로운 남자애 두 명이 공을 들고 서 있는 게 아닌가. 애라기보다는 열너댓 살은 되어 보이는 오빠들이었다. 우리 공을 가로챘던 남자애가 그들을 보고는 공 내놓으라고 소리를 질렀다. 오빠들은 킬킬대고 웃으면서 약을 올렸다. "가져갈 수 있으면 가져가봐!"

남자애는 공을 되찾을 가망은 눈곱만치도 없다는 것을 깨달았다. 오빠 한 명이 남자애들에게 꺼지라고 소리를 질렀다. 남자애들은 가버렸고 카밀과 나도 일어났다. 그 오빠들이 우리에게 다가왔다. 공을 든 오빠가 나를 보고 웃으면서 한쪽 눈을 찡긋했다.

"네 공 가져가, 예쁜 꼬마야." 오빠들은 연신 웃다가 우리를 두고 그 자리를 떠났다

나는 얼굴이 빨개졌다. 따뜻한 기운이 온몸으로 퍼지는 기분이 들었다. 심장이 녹아내리는 것 같았다.

"카밀, 저 오빠가 나 예쁘다고 했어."

"눈이 삐었나 보지." 카밀은 동의할 수 없다는 눈으로 나를 바라보았다. "허구한 날 싸움박질하느라 터진 입술에 온몸에 멍을 달고 사는데 어떻게 예쁠 수 있냐?" 그 애는 씩씩대면서 저만치 터덜터덜 걸어갔다.

나는 싱글벙글 웃으면서 그 뒤를 따라갔다. 잠시 사이를 두었다가 카밀 옆으로 쪼르르 달려갔다. 나한테 화가 잔뜩 났다는 건 알고 있었지만 그래도 혀를 날름 내밀고 카밀에게 공을 던졌다. 카밀이 공을 받았다. 나는 바퀴와 막대기를 챙겼고, 우리는 쓰레기 하치장으로 돌아갔다. 그때 카밀에게 말은 안 했지만 나도 싸움을 시작하는 게 아니었다고 후회했던 기억이 난다. 더욱이 여자애 둘과 남자애 여럿이 맞붙으면 어느 쪽이 이길지는 뻔하지 않나. 카밀에 비하면 나는 확실히 아직 어린애였다.

기억 속의 어떤 순간은 가슴 벅찬 기쁨을 느끼게 한다. 신나게 노는 우리 둘, 나에게 예쁘다고 말해준 오빠, 한 장의 사진처럼 남은 그 순간이 딱 그렇다. 별로 기억하고 싶지 않은 장면들도 많지만 말이다.

하느님, 왜 우리를 힘들게 하시나요.

아침에 일어나면서부터 오늘은 왠지 좋은 하루가 될 것 같다는 예감이 들 때가 있다. 그렇지 않은 날에는 아침부터 영 아니다 싶고, 오늘은 또 어떤 비참한 일을 겪게 될까 하는 생각이 머릿속을 떠나지 않는다. 그날도 아침부터 그랬다. 카밀은 뭐든지 부정적으로만 보는 나에게 짜증이 나 있었다. 나는 왜 이렇게 거지 같은 동네에서 살아야 하느냐에서부터 시작해서 하느님은 왜 우리를 미워하시느냐에 이르기까지 볼멘소리를 늘어놓고 있었다. 나는 왜 늘 우리 여자들이 더 고생을 하는지, 왜 나는 늘 배고픔에 시달려야 하는지 알 수 없었다. 나의 불평불만은 그렇게 한참이나 이어졌다.

그날 아침 우리와 어울려 다니던 산투스는 내가 하는 짓에 금세 질려버렸다. 산투스는 카밀에게 내가 좀 기분이 풀리거든 그때나 같이 보자고 말하고 가버렸다. 산투스는 내가 처음으로 좋아하게 된 남자애였다. 나보다 몇 살 위였는데 나한테 참 친절하게 대해줬다. 산투스의 꿈은 비행기 정비사나 조종사가 되는 것이었다. 물론 그 애도 거리의 다른 남자애들과 마찬가지로 세계 최고의 축구선수를 꿈꾸기도 했다. 산투스는 엄마와 새아빠와 함께 빈민가의 손바닥만 한 판잣집에서 살았다. 나는 카밀을 통해서 산투스를 처음 알았고, 그 후로는 우르르 한데 어울려 다니며 장난을 치곤 했다. 산투스가 가버리자 나는 속도 상하고 해서 계속 카밀을 붙잡고 사는 게 왜 이리 불공평하냐는 식으로 툴툴거렸다. 그 애는 팔짱을 턱 끼고 나를 노려보았다.

"오늘 네가 한 줄기 햇살이라는 거 몰라? 너는 나에게 한 마리 귀여운 잠자리 같은 친구야! 네가 운 좋게 태어났다면 이런 동네는 무서워서 얼씬도 안 할걸? 우리는 우리끼리만 어울려 놀 거라고!"

우리가 말없이 판잣집 사이 좁은 길로 걸어가는데 웬 남자가 불쑥 나타났다. 우리가 그냥 지나갔더니 그 남자는 대놓고 우리 앞을 가로막으면서 술에 취해 발정 난 사람에게서만 볼 수 있는 징그러운 눈빛으로 우리를 노려보았다. 우리는 어떻게든 피해서 지나가려고 했지만 그 아저씨가 또 우리를 가로막았다. 카밀은 늘 나이보다 더 어른스럽게 느껴지는 단호한 목소리로 그 아저씨에게 비켜달라고 했다. 아저씨는 카밀을 멸시하듯 꼬아보면서 "넌 오늘 아무데도 못 간다. 나랑 같이 가줘야겠어!"라고 했다. 그러고는 카밀의 팔을 덥석 잡았다.

카밀은 발버둥을 쳤다. 나는 아저씨의 정강이를 있는 힘껏 걷어찼고 그 사이에 카밀은 그의 손을 깨물었다. 아저씨가 손을 놓는 바람에 카밀은 풀려났지만 그 대신 내가 머리채를 잡혔다. 나는 비명을 질렀다. 내 머리가 두 갈래로 찢어지는 것처럼 아팠다. 카밀이 판잣집 벽에 걸쳐 있던 널빤지를 들고 오는 모습이 보였다. 그 애가 미친 듯이 달려와 널빤지로 아저씨 머리를 힘껏 내리치자 아저씨

손에서 스르르 힘이 빠졌다. 우리는 그 아저씨가 얼마나 다쳤는지 살펴볼 겨를도 없이 도망쳤다. 전에도 이런 일이 어디 한두 번이었던가. 우리는 전속력으로 달렸다. 카밀이 앞장서서 방향을 잡았다. 카밀을 따라가면서 뒤를 돌아보았더니 그 아저씨가 우리를 쫓아오고 있었다. 나는 아저씨가 쫓아온다고 소리를 질렀다. 카밀은 방향을 오른쪽으로 연달아 두 번 틀었다가 다시 왼쪽 골목으로 쏙 들어갔다. 나는 지독한 길치였기 때문에 길눈 밝은 카밀이 앞장을 서서 다행이라고 생각했다. 카밀은 어느 집 앞에서 발을 멈추고는 그 집 문을 쾅쾅 두들겼다.

"마리나, 문 열어주세요! 빨리요, 제발!" 카밀은 연신 문짝을 두들겼다.

"카밀, 그 아저씨가 와!" 내가 외쳤다.

"마리나, 문 열어주세요!"

나는 마리나가 누구인지도 몰랐지만 카밀이 믿는 사람이면 나 역시 믿어도 된다고 생각했다. 문이 열리자마자 우리는 그 집으로 냅다 들어가 쾅 소리 나게 문을 닫았다.

"무슨 일이니, 카밀? 무슨 일 났어?" 방에서 어떤 아주머니가 걱정스럽게 물었다.

"어떤 남자가…… 우릴…… 쫓아와서……." 카밀은 숨이 차서 헐떡거리며 대답했다.

그때 누군가가 문짝이 부서져라 두들겨댔다. "열어! 쥐방울만 한 잡년들, 거기 있는 거 다 알아!"

"이리로, 얼른!" 아주머니가 우리에게 속삭였다.

마리나의 판잣집은 그 동네 집들이 으레 그렇듯 단칸방이었다. 마리나는 우리가 계산대 비슷한 탁자 뒤에 숨고 난 후에 문을 열었다. 마리나가 뭐라고 말을 꺼내기도 전에 그 남자는 다짜고짜 방 안까지 들어왔다.

“그 망할 년들 어디 있어?” 그는 혀 꼬부라진 소리로 고함을 질렀다.

“누구? 아까 그 여자애들? 그 애들이야 벌써 갔지.”

“웃기지 마! 네년이 숨겨줬지? 그 년들이 나한테 어떻게 했는지 알아?”

카밀과 나는 서로 얼굴을 바라보았다. 아저씨가 이 정도로 화가 났다면 아무래도 그냥 넘어가지 않을 성싶었다. 우리는 둘 다 겁에 질린 표정을 지었다. 손바닥만 한 그 집에서 아저씨에게 들키는 건 시간문제였다.

“어엿한 여인네를 앞에 두고 아직 자라다 만 어린애들만 찾을 거야?” 마리나의 음성이 갑자기 사근사근 아양이라도 떨듯이 달라졌다. 카밀과 나는 또 서로 얼굴만 바라보았다. 우리 때문에 마리나가 어떤 일까지 감수하려는지 알았기 때문이다.

“옷 벗어!” 남자가 소리를 질렀다.

우리는 귀를 틀어막았지만 그 남자의 구역질 나는 신음 소리, 그가 마리나에게 퍼붓는 상스러운 욕설을 완전히 차단할 수는 없었다. 눈을 꼭 감고 다른 생각을 하려고 안간힘을 쓰는데도 소리가 들렸다. 남자가 일을 끝냈을 때 우리는 드디어 이 집에서 나갈 수 있는 건가 생각했지만 그는 나가지 않았다. 몇 시간을 그러고 숨어 있는데 또다시 마리나의 비명 소리와 그 아저씨 목소리가 들렸다.

"네 년들이 창녀 짓 말고 뭘 한다고!"

우리는 거기 앉아서 또다시 귀를 틀어막고 얼굴이 찌그러질 정도로 눈을 꽉 감았다. 그자가 드디어 집에서 나갔다. 카밀과 나는 여전히 숨죽인 채 앉아 있었다. 우리는 뭘 어떻게 해야 할지 몰라서 서로 얼굴만 바라보았다. 조금 있으려니 마리나가 우리에게 이제 나와도 된다고 했다. 마리나는 옷매무새를 만지고 침대를 정리하면서 아무렇지도 않은 듯 행동했다. 하지만 우리는 알 수 있었다. 그녀의 뺨이 부풀어 오른 채 씰룩거렸고, 널브러진 물건들을 제자리에 정리하는 손길이 부들부들 떨리고 있었으니까.

"커피 만들 건데 너희도 좀 마실래?"

"네, 고맙습니다." 카밀이 나지막한 목소리로 얌전하게 대답했다.

마리나가 커피를 끓이는 동안 나는 단칸방 안을 둘러보았다. 방구석 작은 탁자 위에 성모상이 놓여 있었다. 성모님은 고개를 살짝 숙이고 누군가를 반겨 맞듯 두 팔을 벌리고 있었다. 그 성모상에는 심장이 빨간색으로 그려져 있었고 그 주위를 가시덤불이 둥글게 둘러싸고 있었다. 마리나가 성모상에 걸어놓은 묵주, 그 앞에 밝혀놓은 몇 개의 촛불도 보였다.

빈민가 사람치고 신앙이 없는 사람은 없었다. 적어도 모두들 자기 입으로는 신을 믿는다고 말하긴 했다. 단언하건대, 아무도 자기를 믿어주지 않으면 자기라도 뭔가를 믿어야지 그나마 살 수가 있다. 어쩌면 그저 뭔가에 기대어 하루를 버틸 힘이라도 얻으려고 하는 것인지도 모르겠다. 생각한 것도 아닌데 이 말이 내 입에서 불쑥 튀어나왔다. "하느님, 왜 우리를 힘들게 하시나요?" 카밀이 심각한 표정으로 나를 쏘아봤다. '닥쳐.' 나는 고개를 돌렸다. 마리나가 나를 바라보고 있었다.

"하느님 뜻은, 우리가 행복하게 사는 게 아니야. 그분은 우리가 살아남기를 원하실 뿐이지. 언젠가 너도 이해할 날이 올 거다!" 마리나와 눈이 마주쳤을 때, 그녀의 눈에서 뭔가를 본 듯했다. 아니, 그녀의 눈에 뭔가 빠져 있는 걸 보았다고 해야 하나. 마리나는 우리 엄마가 예전에 말했던 허깨비 같은 삶으로 떨어지기 일보 직전에 있었다. 그리고 오늘 일어난 일은 카밀과 나만 없었으면 일어나지 않았을 일이었다.

마리나는 뒤돌아서서 컵을 세 개 꺼냈다. 우리는 한마디 말도 없이, 마치 아무 일도 없었던 것처럼, 오늘도 여느 날과 다르지 않은 것처럼 커피를 마셨다.

소년 산투스

빈민가는 국가 안의 독립된 국가, 말하자면 신 없는 바티칸 같은 곳이다. 완전히 역설적이지만 가끔 이런 생각이 드는 이유는 빈민가야말로 신에 대한 믿음이 가장 큰 곳이기 때문이다.

빈민가 밖에서 무슨 일이 일어나든, 빈민가 안에는 그런 일에 신경 쓰는 사람이 거의 없다. 빈민가 밖에 사는 사람들도 대부분 빈민가가 존재하거나 말거나 신경 쓰지 않으니 피장파장이다. 태생부터 빈민가에 뿌리를 둔 사람이 살아가면서 발선하고 뭔가 이루어내기란 매우 어렵다. 이 바닥에서 말하는 '발전'이란 갱단의 두목이 되는 것이고, 결국 그러한 발전이 단명(短命)으로 이어지는 경우도 드물지 않다.

갱단의 조직원이나 두목을 우연히 마주칠 때마다 등골이 오싹했던 기억이 난다. 갱단에는 남자들만 들어갔다. 가끔 무리 중에서 여자가 눈에 띌 때도 있었지만 여자가 거기 끼어 있는 이유는 다들 알고 있었다. 갱단에 들어가는 여자들은 대개 속사정이 비슷비슷했다. 그 여자들은 부모도 없고, 가족도 없고, 돈도 없고, 살 곳도 없었다. 자기를 돌봐줄 어른이나 갱단이 없는 여자가 남자들에게서 자기 몸을 지키기란 거의 불가능했다. 갱단의 조직원 몇 명에게 몸을 내어주는 것보다 불특정 다수의 사내들에게 일상적으로 강간당하는 것이 훨씬 더 위험하다. 낯모르는 사내들은 육욕을 채우기 위해서라면 어떤 종류의 폭력을 동원하든 개의치 않았으니까. 그보다는 갱단의 애인이 되는 편이 나았다. 여자들은 주로 그런 식으로 거리의 뭇 사내들로부터 '보호'를 받았다.

주위에 어른이 있어서 더 힘들게 사는 경우도 있었다. 어른이라고 해서 모두 아이를 보호할 만한 능력이 있는 건 아니니까. 일곱 살, 기껏해야 아홉 살이었을 어떤 여자아이가 생각난다. 자기 몸에 너무 크고 꾀죄죄한 검붉은 원피스를 입은 아이였다. 그 여자아이는 어느 판잣집 밖에 내놓은 의자에 앉아 있었다. 귀가 드러나게 짧게 친 머리칼은 사방팔방으로 뻗쳐 있었다. 그 애는 맨발이었고 눈동자가 검은색이었다. 왜 그 애의 모습이 내 기억에 들러붙어 있는지 모르겠다. 아마 그 자그마한 몸과 너무 큰 원피스의 부조화, 혹은 초점 없이 텅 빈 눈동자와 귀여운 얼굴의 부조화 때문이었을 것이다. 지금도 그 모습을 그려볼 수 있는 걸 보면, 그 아이에겐 뭔가 특별한 구석이 있었다. 나는 그 애랑 말을 나눠본 적도 없고, 겨우 눈이나 한 번 마주친 사이였다. 탁자에는 하얀 담뱃갑이 놓여 있었고 그 애의 손가락 사이에는 불붙은 담배 한 개비가 들려 있었다. 한쪽 다리를 의자에 올려놓고 앉은 소녀의 아직 부풀지도 않은 가슴이 너무 큰 앞섶 사이로 훤히 보였다. 우리 같은 아이들은 옷도 걸치지 않고 돌아다니곤 했다. 하지만 그 애가 가슴을 드러내놓고 있는 건 왠지 꺼림칙했다.

나는 그 애 맞은편에서 판잣집에 기댄 채 다리를 꼬고 앉아 카밀을 기다리고 있었다. 그때 갑자기 그 애 뒤에서 문이 벌컥 열리고 웬 아저씨가 나타났다. 팬티만 걸치고 나온 아저씨한테서 술 냄새가 진동했다. 그 사람이 여자아이의 머리채를 휘어잡고 거칠게 의자에서 일으켜 세우고는 밀치다시피 판잣집으로 끌고 들어갔다. 그 애는 울기는커녕 소리조차 내지 않았다. 그런 취급을 당하는 데 얼마나 이골이 났으면 그랬을까. 빈민가에서 영혼 없는 껍데기가 되어버린 사람, 반응도 느낌도 없는 허깨비, 살아도 산 게 아닌 사람을 보면 늘 가슴이 시렸다.

나는 거기 앉아서 방금 본 장면이 내 인생에도 일어날 수 있는 일인가 생각했다. 카밀이 와서 나보고 왜 그러고 있느냐고 물었던 것을 보면, 내가 어지간히 심란한 표정을 짓고 있었나 보다. 나는 일어서면서 허깨비를 봤다고만 말했다. 카밀은 그 말만 듣고도 고개를 끄덕였고, 우리는 이내 그 자리를 떴다. 카밀은 내가 어떤 광경을 보았는지 곧바로 알아들었던 것이다.

하루는 밤에 카밀, 산투스, 안젤루, 자비에르와 불을 피우고 둘러앉아 있었다. 우리는 숯불에 구운 닭고기를 나눠 먹었다. 안젤루와 자비에르 형제는 일곱 살, 다섯 살로 산투스네 집 근처에 살았다. 그 형제가 되게 멋있는 척하고 다녔던 게 기억난다. 어쨌든, 재미있고 상상력이 풍부한 아이들이었다. 그 애들은 곧잘 카밀이 재미있는 이야기를 들려주기 원했다. 그 애들은 카밀만 봤다 하면 이야기를 해달라고 졸랐다.

그날은 아주 운이 좋아서 산투스 엄마가 우리 모두에게 저녁을 차려주기까지 했다. 자비에르와 안젤루가 카밀에게 이야기보따리를 풀어보라고 조르기 시작했다. 카밀은 그냥 웃었다. 얼마 지나지 않아 산투스와 나까지 합세해서 뭔가 재미있는 얘기를 듣고 싶다고 보챘다.

"좋아! 어떤 얘기가 듣고 싶은데?" 카밀이 못 이기는 척하면서 입을 열었다.

"무서운 얘기!" 자비에르가 외쳤다.

"너 그러다 나중에 엄청 무서운 꿈 꾼다?" 안젤루가 동생을 놀렸다.

"나는 괜찮거든!"

"괜찮은 거 좋아하네!"

"알았어. 지금부터 하는 이야기는 일종의 수수께끼이기도 해. 하지만 너희 둘이 처음부터 끝까지 조용히 듣는다고 약속해야만 이야기를 시작할 거야."

산투스와 나의 눈이 마주쳤다. 우리 둘은 슬며시 웃었다. 안젤루와 자비에르가 옥신각신하는 모습은 언제 봐도 웃겼다.

"준비됐어?" 카밀이 물었다. "이 수수께끼, 풀기가 쉽지 않을걸."

"빨리 해!" 우리는 한 목소리로 외쳤다.

"옛날에 파울루와 페드루라는 형제가 살았어. 파울루는 늘 바르게 행동했어. 늘 싹싹하게 굴었고 남들을 잘 도와줬지. 하지만 파울루가 착한 일을 할 때에는 늘 어떤 이유가 숨어 있었어. 반면에 페드루는 심술쟁이였어. 남들을 도와주지도 않고, 뭐든지 자기가 차지하려고 하고, 때로는 사람을 때리기도 했지. 그래도 나중에 가면 늘 후회하고 진심으로 사과를 하곤 했어. 자, 이제 너희가 대답해 봐. 파울루와 페드루 중에서 누가 나쁜 아이라고 생각해?"

"페드루." 자비에르와 안젤루가 입을 모아 대답했다.

카밀은 산투스와 나를 바라보았다. "너희 생각은 어때?"

"답이 너무 뻔하잖아. 뭐가 어렵다는 거야." 산투스가 대꾸했다. "당연히 파울루가 나쁜 놈이지!"

"너도 그렇게 생각해?" 카밀이 나에게 물었다.

"음, 글쎄……." 나는 카밀을 빤히 바라보았다. 얼핏 생각하는 것처럼 쉬운 답은 아니지 싶었다. 카밀의 수수께끼가 그렇게 시시할 리 없잖나. "나는 둘 다 똑같이 나쁘다면 나쁘고 착하다면 착한 것 같아. 파울루는 행동은 바르지만 진심이 없고, 페드루는 사람들에게 나쁘게 굴지만 마음은 그러고 싶지 않은 거잖아."

내가 이렇게 말했더니 아이들이 잠시 조용해졌다. 아이들의 시선이 나에게 쏠렸고, 나는 이만하면 수수께끼를 잘 푼 것 같다고 생각했다. 하지만 그 생각은 오래가지 않았다. 산투스가 웃음을 터뜨렸고 자비에르와 안젤루도 이내 가세해서 킬킬거렸기 때문이다. 산투스가 나에게 닭 뼈를 홱 던졌다. 우리는 너 나 할 것 없이 배를 잡고 웃었다. 산투스가 나보고 항상 별나게 군다고 했나, 하여간 그 비슷한 말을 하면서 내 말이 틀렸다고 했다.

나는 카밀을 돌아보았다. 그 애가 뽀뽀하는 시늉을 하면서 웃어 보였다. 나는 내가 수수께끼를 잘 풀었다는 것을 알았다.

카밀이 다른 아이들 눈에 보이지 않았다면 나는 그 애가 내 친구가 되기 위해 하늘에서 내려온 천사라고 생각했을 것이다.

그날 밤 우리는 모두 배부르고 기분 좋게 잠이 들었다.

아침에 산투스가 사는 판잣집에서 요란한 소리가 들리는 바람에 잠에서 깼다. 물건 깨지는 소리, 비명 소리가 났다. 카밀은 자비에르 형제와 함께 해먹에 누워 자고 있었고 산투스와 나는 벽 옆에 누워서 담요를 덮고 자고 있었다.

나는 일어나 앉아서 다리를 모았다. 산투스를 보니 그 애는 머리를 벽에 기댄 채 눈을 감고 있었다. 세간살이 부서지는 소리, 산투스 엄마가 구타당하면서 내지르는 비명 소리에 그 애의 몸이 경련하듯 꿈틀거렸다.

카밀도 어느새 일어나 자비에르와 안젤루를 안아주고 있었다. 카밀이 나를 바라보았다. 어떻게 해야 하는지 아는 사람은 아무도 없었다.

"산투스, 괜찮니……?" 내가 입을 열었다.

"신경 쓰지 마!" 그 애가 사납게 쏘아붙였다.

카밀은 산투스 옆에 와서 그 애를 안아주었다.

산투스는 카밀을 뿌리치고 벌떡 일어났다. "개새끼! 머저리! 할 줄 아는 짓이라고는 저런 것뿐이지! 자기가 뭔데 엄마를 때려! 죽여버릴 거야!"

"산투스, 우리 딴 데 가야 하지 않을까?" 나는 약간 주저하면서 그렇게 물었다. 집 안 분위기가 점점 험악해지는 것이, 계속 듣고 있으면 안 될 것 같았다. 산투스 입장에서 얼마나 견디기 힘들까?

"내가 들어가야지, 가긴 어딜 가!" 산투스는 그렇게 말하고 문 쪽으로 걸어갔다. 카밀이 그 앞을 가로막았다.

"지금 들어가면 안 돼. 까딱했다가는 네가 죽어! 지금 취해서 제정신이 아닌 거야. 조금만 있으면 곯아떨어질 테니까 그때 들어가."

산투스는 카밀을 옆으로 밀쳤다. "죽이라고 해! 그래 주면 나야 고맙지!" 산투스는 집으로 들어가 문짝이 부서져라 쾅 소리 나게 닫았다.

카밀, 안젤루, 자비에르, 나는 밖에 그대로 서 있었다. 우리는 산투스가 그러는 게 아무 소용이 없다는 것을 잘 알고 있었다. 산투스는 당분간 자기 힘으로 걸어 다니지 못할 정도로 심하게 두들겨 맞을지도 모른다. 아들이 반항하고 나섰다는 이유로 산투스 엄마도 더 크게 피를 보고 어쩔 수 없이 아들을 쫓아내야 할지도 모른다. 카밀이 나를 바라보았다. 우리 모두 대책도 없이 속상해할 수밖에 없었다.

산투스가 제 발로 집에 뛰어들어갈 수밖에 없었던 이유는 엄마가 계속 두들겨 맞고 있었기 때문이리라. 그 애에게는 너무 가혹한 일, 게다가 오래전부터 걸핏하면 일어나는 일이었다. 새아빠는 허구한 날 엄마를 때렸고 산투스의 몸도 늘 멍투성이였다. 산투스는 자기가 집을 나가지 않는 이유는 단 하나, 엄마를 그 머저리와 둘만 내버려둘 수 없어서라고 했다. 어쩌면 자기가 엄마를 구해줄 수 없다는 사실에 죄책감을 느끼고 자신의 무력함을 절감했는지도 모른다. 어쨌거나 그 집구석에서 일어나는 일을 내처 들으면서 우리 모두가 그렇게 느꼈다. 산투스를 돕고 싶었지만 방법을 몰랐다. 우리는 모두 그저 어린애들이었다. 다 함께 집 안으로 달려 들어가 힘을 합쳐 산투스의 새아빠를 공격해야 했을까? 하지만 그다음에는 어쩌려고? 그렇게 해서 산투스와 그 애 엄마의 삶이 조금이라도 나아질까? 우리가 할 수 있는 유일한 일은 가만히 기다리면서 그 모든 상황에 귀를 기울이는 것이었고, 실제로 그렇게 했다. 혹시라도 산투스가 우리를 필요로 할까 봐 대기하고 있었던 것이다. 우리는 그 애를 버려두고 가기 싫었다. 산투스는 우리의 일원이었고 가족이나 다름없었다. 갑자기 새아빠의 고함 소리가 들렸다.

"그걸로 뭘 하겠다는 거냐? 망할 놈의 새끼, 머리에 피도 안 마른 게 뭐 하는 거야? 네가 그걸 쏠 수 있을 것 같아?"

잠시 조용해지는가 싶더니 우리 모두 잘 아는 소리가 들렸다. 우리는 펄쩍 뛰었고, 심장 박동을 주체할 수가 없었다. 의심의 여지가 없었다. 그건 분명히 총소리였다. 나는 경악에 빠져 카밀의 얼굴을 보았지만 그 애의 표정도 말이 아니기는 나와 마찬가지였다. 여자의 비명 소리가 정적을 갈랐다. 카밀, 자비에르 형제, 나는 본능적으로 움찔하면서 그 집에서 물러났다.

"산투스는?" 내가 카밀에게 속닥거렸다. 카밀은 그저 내 얼굴만 바라보았다. 카밀도 산투스가 살았는지 죽었는지 모르기는 마찬가지였다. 우리 중 그 누구도 입을 뻥긋하지 못했다.

문이 열리고 산투스가 걸어 나왔다. 그 애는 공포와 결의에 찬 눈으로 우리를 한 번 보고는 홱 돌아서서 미친 듯이 달리기 시작했다.

"무슨 짓을 한 거냐? 이게 무슨 일이야, 산투스?" 산투스 엄마가 울부짖었다. 그 엄마는 히스테릭하게 흐느껴 울었다. 멀쩡한 어른이 미친 사람처럼 행동하는 모습을 보고 들으려니 머리가 쭈뼛할 정도로 무서웠다. 사람들이 하나둘 몰려오기 시작했다. 우리 어린애들은 빠질 때가 된 것이다. 우리는 무슨 일이 일어났는지 이미 알고 있었다.

마법처럼 환상적인 밤은 갔고 새날은 우리의 현실을 아프게도 일깨워주었다.

산투스는 겨우 열 살에 사람을 죽였다. 카밀과 내가 또 이렇게 끔찍한 일을 볼 날이 있을까 궁금해했던 기억이 난다. 내 나이 일곱 살 때 있었던 일이다.

우리는 산투스를 찾아내려고 애썼다. 며칠을 돌아다니며 수소문했지만 그 애가 어디로 갔는지 아는 사람은 아무도 없는 듯했다. 산투스는 말 그대로 사라져버렸다. 산투스가 어떻게 살고 있을지, 과연 '살아 있기는 할지' 나는 늘 궁금했다. 산투스가 우리에게 도움을 청했다면 좋았겠지만 그 애는 종적을 감추는 편을 택했고 우리가 할 수 있는 일은 없었다. 나는 산투스를 좋아했다. 어른이 되면 나하고 결혼하자고 몇 번이나 졸랐을 만큼. 그러면 산투스는 나를 안고서 "그래, 그래, 네가 원하는 건 뭐든지 하자!"라고 말하면서 환하게 웃어줬다.

산투스의 묘비에는 어떤 글귀가 새겨질까 생각해본 적이 있다. 산투스, 열 살에 자신과 어머니에게 폭력을 행사한 남자를 총을 쏘아 죽이고 도주한 후 행방이 묘연해진 살인자.

아니면, 이건 어떨까. 산투스, 비행기를 좋아하고 세계 최고의 축구선수를 꿈꾸었던 열 살 소년. 그리운 영웅.

비행기는 부드럽게 착륙하고

2015년 상파울루

마침내 상파울루 구아룰류스 국제공항에 도착했다. 리비아와 나는 짐 찾는 곳에 서서 우리 가방이 나오기를 기다린다. 비행은 원만했고 착륙도 매끄러웠다. 나는 비행기가 착륙할 때마다 공포를 느끼는 사람이라서 조종사들에게 고마운 마음이 든다. 리비아는 브라질 여권을 가지고 있어서 줄이 짧은 내국인 입국 심사대로 갔지만 나는 줄이 어마어마하게 긴 데다가 좀체 전진도 안 되는 외국인 입국 심사대로 가야 했다. 장시간 줄 서서 기다리는 건 아주 질색이다. 게다가 이 줄은 만리장성처럼 구불구불하니 휘어지고 뻗어나가면서 공항 전체를 차지하다시피 했다. 넓고, 두껍고, 그야말로 난공불락의 성벽 같은 줄. 줄을 서서 기다리는 문화는 스웨덴이 물론 더 앞서 있다. 스웨덴 사람들은 질서를 잘 지키는 국민으로서 세계 어디다 내놓아도 빠지지 않고 나 역시 그 나라에 오래 살다 보니 줄 서서 기다리는 태도를 배웠다. 그런데도 이게 참 힘들다. 브라질에서 보낸 유년기의 흔적일까, 나는 이것만은 '제이치뉴 브라질레이루(jeitinho brasileiro)', 즉 '브라질 식으로' 때우고 싶다. 이를테면, 아무한테나 쓱 다가가서 중요한 약속에 늦게 생겼다고 거짓말을 하고 내가 먼저 볼일을 보면 안 될지 양해를 구하는 식으로. 이런 말 하기 겸연쩍지만, 어렸을 때는 실제로 몇 번 그러기도 했다. 어른이 된 지금은 이를 악물고 기다린다. 나뿐만 아니라 여기 줄 서서 기다리는 사람들 모두가 이 시간이 아깝기는 마찬가지일 거라고 생각하면서.

벌써 지친다. 공항 밖에서 이제 막 해가 상파울루에 떠올랐다. 주위를 둘러본다. 줄에 서 있는 사람들을 구경하고 있으려니 세계 각국의 언어가 들린다. 나는 스웨덴 여권을 꺼내고 내 사진을 본다. 영원처럼 기나긴 시간이 흐르고 나서 겨우 내 차례가 왔다. 입국 심사대의 유리 부스로 다가가 세상 따분한 표정의 땅딸막한 여자에게 여권을 보여준다. 나는 여권을 건네면서 미소를 짓고 포르투갈어로 인사도 했다. 입국 심사대 직원이 여권과 내 얼굴을 몇 번이나 번갈아 본다. 그 여자가 약간 놀란 표정으로 포르투갈어로 뭐라고 물었는데 나는 못 알아들었다. "포르투갈어는 못 합니다. 영어로 말씀해주실 수 있나요?" 나는 포르투갈어로 준비해온 이 말을 건넸다. 여자가 고개를 젓는다. 영어를 못 하는가 보다. 그녀는 바로 내 여권에 스탬프를 찍어줬다. 드디어 입국이다.

리비아가 수하물 컨베이어 벨트 쪽에서 기다리고 있다. 그쪽으로 걸음을 옮긴다. 중간에 어떤 노부인과 부딪혀 사과를 하려고 했는데 포르투갈어로 '미안합니다'가 뭔지 몰라서 그냥 영어로 말했다.

이 나라 말을 모르니 위축이 되고, 지금껏 배울 시간을 내지 못했다는 사실이 당황스럽다. 리비아에게 가서 '미안합니다'가 포르투갈어로 뭔지 물어봤다. '데스쿨피(Desculpe)'라고 그녀가 가르쳐줬다. 우리 가방이 컨베이어 벨트를 타고 나온다. 리비아는 연두색 가방을 가뿐하게 챙긴 반면, 나는 묵직한 가방을 어설프게 들어 올리느라 비틀거린다. 리비아가 웃는다. 우리는 공항을 빠져나가 택시를 타러 간다. 리비아가 차를 잡는다. 뒷좌석에 몸을 싣고 우리가 묵을 호텔 주소를 운전사에게 알려줬다. 자르징스 구역•에 있는 호텔이다. 도로를 달리기 시작하면서 녹지, 숲, 나무, 이런저런 냄새와 도로 상황마저 예전에 본 듯한 느낌으로 다가온다. 갑자기 나라는 사람이 둘로 쪼개진 것 같다. 24년 만에 돌아왔는데, 그동안 시간이 하나도 흐르지 않은 이 기분은 뭘까. 결코 짧지 않은 시간이 흘렀는데. 기분이 묘하다. 이 기분이 뭘까 생각한다.

나는 미소를 머금고, 그동안 잊혔거나 감춰져 있었다고 생각했건만 지금 또렷이 알아볼 수 있는 것들에 주목한다. 경찰차 한 대가 옆으로 지나가는데 내 반응이 즉각 나온다. 리비아에게 나는 경찰이 싫다고 말한다. 어떤 상처들은 지독히도 깊이 남는다.

콘크리트 도시를 가로지르다 보니 그래피티 태그가 있는 건물들이 많이 눈에 띈다. 색감은 전혀 없고, 그냥 검은색 스프레이를 아무렇게나 휘갈긴 듯한 인상이다. 그 꼴이 너무 흉해서 실망한 표정

• 상파울루의 상류 지역.

을 감추기가 어렵다. 추하고 더럽고 거친 느낌의 도시. 이런 건 보고 싶지 않다. 내가 스웨덴 생활에 너무 익숙해져서 이런 광경을 그 자체로 바라보지 못하는 걸까? 하지만 택시가 도시를 파고들수록 기분이 조금씩 나아진다. 음울한 근교 지대를 통과하고 시내로 들어갈수록 흥미로운 광경들이 눈을 사로잡는다. 공항에서 호텔까지는 한 시간쯤 걸린 것 같다. 우리는 택시에서 내린다. 날씨는 화창하지만 내가 생각했던 것만큼 덥지는 않다.

호텔 안내대에 짐을 맡기고 아침부터 먹으러 간다. 각자 접시를 하나씩 들고 빵, 과일, 페이스트리 따위를 담는다. 리비아는 작고 동그란 롤빵을 가리키면서 이건 꼭 먹어야 한다고 말한다. 나도 저런 빵을 예전에 본 적이 있는 것 같다. 리비아는 빵 지 케이주(pão de queijo)라는 정식 명칭을 알려주고 치즈 퍼프의 일종이라고 설명한다. 나는 그 빵 세 개와 망고, 파파야를 접시에 담는다. 자리에 앉아 본격적으로 먹기 시작하는데 이 치즈 퍼프가 정말 끝내준다! 어렸을 때 먹어본 기억이 난다. 정확히 언제였는지는 몰라도 이 맛은 기억난다. 내 혀가 이 빵을 알아본 거다. 나는 치즈 퍼프를 몇 개 더 가져왔다. 브라질의 맛을 음미하려고 이러는 걸까.

한 시간 후, 우리는 엘리베이터를 타고 호텔 로비로 간다. 오래 시간을 들여 샤워를 했더니 새사람이 된 기분이다. 우리는 상파울루를 잠깐 둘러보기로 했다. 이비라푸에라라는 유명한 공원이 첫 번째 행선지다. 공원을 돌아다니다가 코코넛 워터를 사서 마시는데 살짝 알딸딸한 기분이 든다. 식물, 야자, 냄새, 언어가 낯설지 않다. 따뜻한 햇살이 살갑게 와 닿는다. 주위에서 사람들이 뭐라고 떠드는지 못 알아듣는데도 언어 자체는 친숙한 느낌이 든다.

15분도 지나지 않아 나는 나무를 한 그루 찾아 타고 오르기 시작한다. 하지만 나무 타기를 하기에는 청바지가 너무 꽉 끼어서 그냥 잠시 나무에 걸터앉아 있다가 경비들을 보고 내려왔다. 우리는 계속해서 돌아다녔다.

그래피티로 뒤덮인 두 개의 거대한 벽을 봤다. 공항에서 오는 길에 봤던 그래피티와는 비교도 안 되게 멋지다. 그 앞에서 사진을 찍고 좀 더 배회하다가 어느 가판대에서 사탕을 산다. 리비아가 자기가 제일 좋아하는 사탕이라고 해서 샀다. 어떤 것은 나도 아는 맛이고, 어떤 것은 처음 먹어본다. 밤늦게 근사한 데 가서 저녁을 먹고, 잠자리에 든다.

오만 가지 새로운 인상과 감정에 지친 까닭일까, 호텔 침대에 누웠는데 잠이 오지 않는다. 저 바깥, 도시와 차량의 소음이 벽을 뚫고 그대로 전해진다. 이렇게 누워 있으니 우메오의 내 집은 참 조용하고 편안한 거였구나 싶다. 밤사이에 제설차가 지나가기는 하지만 말이다. 하지만 이 도시에는 늘 누군가가 깨어 있다.

내 생명을 구해준 가장 친한 친구

1980년대 상파울루

전말이 기억나는 것은 아니다. 우리의 밑바닥 동네보다 조금 더 나은 어느 동네에 가서 노숙을 하자고 카밀과 작당했던 것만 기억난다. 그날은 다른 날들과 다르지 않았다. 요컨대, 늘 그렇듯 먹거리를 찾느라 고군분투한 하루였다. 우리는 구걸을 하면서 거리를 돌아다녔고, 지갑이라든가 그 밖에 사람들 주머니에서 슬쩍할 수 있는 온갖 것을 훔쳤다. 가끔 누군가에게 들켰다 싶으면 최대한 빨리 내빼는 것 외에는 대책이 없었다. 우리는 숨을 곳을 여러 군데 미리 봐뒀고, 어쩌다 헤어지게 될 경우 나중에 다시 만날 장소도 정해두었다. 소매치기 노릇을 전략도 없이 할 수는 없는 법, 들켰지만 붙들리지는 않았다면 무조건 튀어라! 들켰는데 붙들리기까지 했다면 손을 물어뜯거나 정강이를 걷어차라! 저쪽에서 손을 놓쳤을 때가 기회다, 목숨 걸고 튀어라! 물어뜯기거나 걷어차인 사람은 화가 나서 제정신이 아닐 테니까. 상대가 절대로 놓아주지 않을 경우,

이렇게 완벽하게 제압당했을 경우에는 할 수 있는 일이 별로 없다. 최대한 세게 때리고, 물어뜯고, 발로 차고, 할퀴는 게 다다. 상대가 남자라면 다리 사이를 노려라. 이 방법으로 풀려나거든 잡히면 죽는다는 생각으로 튀어라!

좀도둑질을 하다가 잡혔을 경우, 다른 방법이 하나 있다. 이 방법은 적어도 두 명 이상이 함께 움직일 때에만 쓸 수 있다. 아직 잡히지 않은 사람이 알짱대면서 상대를 교란시키면 이미 잡힌 사람은 그 틈에 상대를 있는 힘껏 뿌리치고 튀는 거다. 이때에도 잡히면 죽을 각오로 달려야 한다.

그날은 평소와 다를 바 없는 하루였다. 우리는 함께 싸웠고, 함께 웃었다. 늘 그렇듯 친자매처럼 콩 한 쪽도 나눠 먹었고 어른들이나 우리보다 큰 언니 오빠들, 갱단 일원들은 가급적 피해 다니려고 했다. 카밀과 나는 우리보다 어린 갱단 조직원들도 우리에게 쓴맛 보여주는 건 일도 아니라는 것을 고된 경험으로 잘 알고 있었다. 싸움이 업이나 다름없는 아이들이 열 명씩 달려들면 카밀과 내가 무슨 수로 당하겠는가. 그 애들은 때리고 차고 할퀴고 물어뜯는 게 특기였다. 그러니 우리가 피해 다녀야 했다.

거리의 아이들이 있는 듯 없는 듯 살기란 어렵지 않다. 어차피 사람들은 대부분 우리를 보고도 못 본 체했다. 우리가 코앞까지 가서 구걸을 해야만, 옷자락을 잡아당기면서 먹을 것 사게 푼돈이라도 달라고 애원해야만 우리를 봐준다. "아저씨, 제발요, 동전 몇 푼이라도 주시면 안 될까요? 배가 너무 고파요. 며칠째 아무것도 못 먹었어요." 혹은 "예쁜 아주머니, 저희 너무 배가 고파요."라고 말을 건네야만 우리를 봐준다. 우리의 호소가 먹히는 경우는 드물다. 그래도 뭔가를 건네주는 사람에게는 성인(聖人)의 가호가 있기를 바란다든가 그 비슷한 예쁜 말로 보답을 한다. 아무것도 주지 않고 밀어내거나 때리기만 하는 사람에게는 우리도 큰 소리로 저주를 퍼붓는다. 우리가 아는 가장 나쁜 말을 다다다다 뱉어내는 거다. 우리는 나쁜 말에 일가견이 있었다. 정말이다.

그런 게 매일의 일상이었다. 그리고 우리는 매일매일 사람들에게 '쥐새끼' 소리를 들었다. 그런 말을 들으면 그냥 무시하고 못 들은 체했다. 침 뱉기, 밀치기, 아예 무시하기 중에서 우리가 당한 가장 나쁜 일이 뭐였는지 모르겠다. 우리에게 침을 뱉었다면 적어도 우리를 보고 우리 존재를 확인하기는 했다는 거다. 대놓고 못 본 체한다는 것은 사람으로 치지도 않는다는 뜻, 존재하지도 않는 셈 친다는 뜻 아닌가.

돈은 주지 않지만 우리를 잠시 눈여겨보고 인사를 하거나 다정하게 웃어주는 사람들도 더러 있었다. 그러면 마음이 조금 따뜻해졌다. 우리 같은 거리의 아이들은 외부에서 사랑받는 일이 드물지만 그래도 춤추고 웃으면서 서로에게 온기를 주었다. 어쨌든 우리는 아직 애들이었으니까. 늘 신나게 웃으면서 뛰어놀고 싶은 어린 애들이었으니까.

스웨덴에서 살면서부터 그렇게 경이롭고 진심 어린 웃음이 폐부에서부터 치고 올라오는 경우가 드물었다. 브라질에서는 슬픔도 기쁨도 날것 그대로의 생생한 감정, 훨씬 더 강렬한 감정이었다. 여기서는, 일단 행복하다 싶으면 그 기쁨이 압도적이었다. 진짜 음식다운 음식을 먹거나 아이스크림을 먹거나 하는 사소한 일로도 주체할 수 없을 정도의 기쁨을 맛보았다. 그러다가 또 괴로움을 겪을 때면…… 그 고통에는 바닥이 없는 성싶었다.

조금 더 나은 동네로 갔다가 어떤 가게 밖에 서 있던 아저씨를 봤다. 카밀이 가서 실수로 부딪히는 척했더니 아저씨가 야단을 쳤다. 카밀은 얌전히 서서 아저씨가 하는 말을 듣고 있었다. 아저씨는 눈은 폼으로 달고 다니느냐, 주위를 잘 보고 다녀야지, 대충 그런 말을 늘어놓았다. 카밀은 민망하고 부끄러운 척하면서 죄송하다고 했다. 나는 그 사이에 아저씨의 오른쪽 뒷주머니에서 지갑을 빼냈다. 아저씨는 곧바로 가게로 들어갔다. 계산대에 가서 지갑을 향해 손을 뻗은 순간, 아저씨가 당황하는 표정을 지었다. 아저씨는 주머니란 주머니는 다 뒤지기 시작했다. 아저씨는 지갑이 사라진 걸 깨달았다. 당혹스러운 표정이 화난 표정으로 바뀌었다.

카밀과 나는 진열창 밖에서 가게 안을 엿보고 있었다. 자기야말로 눈을 폼으로 달고 다니는 주제에 누구한테 훈계람! 우리는 배가 아플 정도로 웃어댔다. 아저씨가 우리를 발견한 순간, 우리는 죽을힘을 다해 도망쳤다. 이제 잡힐 걱정 없다고 생각될 만큼 멀리까지 도망가서는 벤치에 앉아 지갑을 열어봤다. 지폐 몇 장, 동전 몇 닢이 다였다. 우리는 돈만 빼고 지갑은 버렸다. 식당에 들어가서 눈이 휘둥그레질 만큼 맛있는 소스에 재웠다가 구워낸 고기 꼬치 두 개를 사 먹었다. 태어나서 그렇게 맛있는 고기는 처음 먹어봤다.

그래도 돈이 조금 남아서 친절한 아저씨가 파는 막대 아이스크림도 하나씩 샀다. 그 아저씨는 앞에는 크고 좁은 바퀴 두 개가 있고 뒤에는 길쭉한 막대형 손잡이 두 개가 달려 있는 흰색 손수레를 밀면서 아이스크림을 팔러 다녔다. 막대 아이스크림은 아주 달콤하고 시원했다. 그날은 말도 안 되게 더웠기 때문에 더욱더 맛있었다. 나는 분홍색과 오렌지색이 섞인 아이스크림을 골랐고 카밀은 노란색을 골랐다. 노란색은 망고 맛, 내 것은 파파야 맛이었다. 당연한 얘기지만 남의 아이스크림이 더 맛있는 것 같았다. 카밀은 웃으면서 나와 아이스크림을 서로 바꿔 먹었다. 길쭉한 원기둥 모양 튜브에 주스를 넣고 꽁꽁 얼려서 손에 들고 쪽쪽 빨아 먹는 아이스크림이었다. 이걸 아주 세게 빨아들이면 윗부분은 색소가 없어지고 거의 투명해지는데 맛도 그냥 얼음과 별로 다르지 않다. 그래도 우리는 정말 맛있게 먹었다. 그날은 아주 재미있게 놀았다. 너무 신나게 놀아서 해가 질 무렵에는 둘 다 무척 피곤했다. 날씨도 무더웠고, 워낙 많이 뛰어다녔으니까. 아마 그 점도 우리가 잽싸게 도망칠 수 없었던 이유 중 하나이지 싶다.

나는 카밀에게 더 빨리 뛰라고, 속도를 높여야 한다고 화를 냈다. 그게 화를 낼 이유가 못 된다는 것은 나도 안다. 그때 일어난 일은 분명히 카밀이나 나의 잘못이 아니었다. 하지만 나는 뜀박질이 더 빨랐기 때문에 살아남았다.

우리의 하루가 저물고 어둠이 내려앉으면서 카밀과 나는 잠잘 곳을 찾아야 했다. 괜찮은 동네에서 노숙을 하면 위험하다지만 훨씬 더 위험한 빈민가에서도 굴러먹던 우리 아닌가. 우리는 때때로 한밤중에 잘사는 동네에서 어슬렁대면서 부자들이 집 안에서 뭘 하고 있는지 창문으로 들여다볼 수 있는 거리까지 접근하곤 했다. 담장 혹은 울타리에 올라갔다가 덩치 큰 두 마리 개에게 쫓긴 적도 있다. 그때 카밀과 나는 철조망 울타리 위에 올라갔다. 대형견이 내뿜는 입김이 나의 맨발에 느껴졌다. 개가 조금만 더 높이 뛰어오르면 내 발을 물어뜯을 것 같았다.

어느 밤에는 하얗고 예쁜 집이 보이기에 살금살금 기다시피 다가가 창문으로 들여다보았다. 우리는 그 방을 보고서 숨 쉬는 것도 잊을 뻔했다. 인형과 장난감이 넘쳐나는 분홍색 방. 하얀색 침대는 동물 인형들로 뒤덮여 있었다. 어떤 백인 여자아이가 침대에서 자고 있었다. 그 모습이 얼마나 평화로워 보였는지 부럽기도 했고 질투가 나기도 했다. 소녀의 침대 옆에는 스탠드 불이 켜져 있었고 방문은 살짝 열려 있었다.

하지만 우리가 목숨 걸고 뛰었던 그날 밤도 카밀과 내가 부잣집을 염탐할 만큼 호기심이 넘쳤던 것은 아니다. 비록 우리 동네도 아닌 데서 잠을 자기로 작정하긴 했지만 말이다. 밤인데도 후덥지근해서 우리는 평소처럼 서로 껴안고 잘 필요가 없었다. 시계가 없었으니 그때가 몇 시쯤이었는지도 모르겠다. 솔직히 시계가 있었다고 해도 시곗바늘 읽는 법을 몰랐으니 소용없었겠지만.

우리의 하루는 대개 판에 박힌 것처럼 굴러갔다. 해가 뜨면 배에서 나는 꼬르륵 소리와 함께 일어난다. 조금 있으면 가게들이 문을 연다. 걸어가는 사람들, 차를 모는 사람들. 어떤 이는 일을 하러 나가고, 어떤 이는 갈 곳 모른 채 돌아다닌다. 빈민가에는 늘 빨래를 하는 아낙네, 뛰어다니는 어린애, 으스대며 돌아다니는 깡패, 응애

응애 우는 아기, 킬킬대고 웃는 사람, 판잣집에 기대어 앉아 햇볕 쬐는 사람이 있다. 임시변통으로 피워놓은 모닥불에서는 매캐한 연기가 올라오고 공기 중에는 향신료 냄새가 떠돈다. 여기저기 빨랫줄에 널려 있는 울긋불긋한 옷가지, 언제나 휙휙 날아다니는 축구공. 빈민가에는 애들이 많았다. 어디를 봐도 애들이 있었다. 가끔은 어른은 없고 애들만 있는 세상인가 싶을 정도로. 시간은 흐르고 배에서는 다시 꼬르륵 소리가 난다. 사람들이 피곤에 찌든 것처럼 굼뜨게 움직인다. 밤이 오고 어둠이 내려앉으면 사람들은 저마다 점찍어놓은 곳, 조금이나마 안전하다고 생각하는 곳에 누워 잠을 청한다. 잘사는 동네에는 잘 곳을 찾아 돌아다니는 사람이 별로 없겠지만 우리는 그 동네 사람이 아니었다.

카밀과 내가 얼마나 오래 자고 일어났는지는 모르겠다. 어쨌든 잠에서 깨는데 배 속에서부터 기분 나쁜 예감이 들었다. 무슨 소리를 들은 것이다. 카밀을 팔꿈치로 슬쩍 찔러서 깨웠다. 그 애는 눈을 동그랗게 떴고 나는 손가락을 들어 조용히 하라는 신호를 보냈다. 카밀은 바로 알아듣고 살그머니 일어나 앉았다. 나는 무슨 소리를 들었다고 내 귀를 가리키는 몸짓으로 알리고 건물 모퉁이를 가리켰다. 카밀의 표정이 긴장과 염려로 굳어졌다. 내가 느꼈던 두려움이 카밀에게로 옮겨갔던 것 같다. 우리는 얼굴을 마주 보면서 내가 들은 소리가 뭐였을까 생각했다. 얼마 지나지 않아 사람 목소리가 들렸다. 남자들이 주고받는 말소리였다. 대화를 자세히 듣지는 못했지만 심술궂은 말투, 시끄러운 웃음소리로 미루어보건대 우리가 알 필요가 있다는 느낌이 들었다. 우리는 빨리 거기서 도망쳐야 한다고 직감했다. 그자들은 이 동네에서 '쥐새끼들'을 박멸하려는 듯했다.

모퉁이를 돌면 도망칠 수 있을지 그쪽 사정을 좀 살펴봤다. 줄 세워놓은 어린애들이 보였다. 우리가 작은 머리통을 빼꼼 내민 순간, 한 남자가 우리를 봤다.

"저기 봐! 또 있었네! 저쪽으로 가서 잡아!" 우리를 발견한 남자가 외쳤다.

"튀자, 크리스티아나! 튀어!" 카밀의 고함 소리가 들렸다.

"잡아라!" 우리가 미친 듯이 내달리기 전에 마지막으로 들은 말이었다.

카밀은 나에게 빨리 도망치라고 계속해서 소리를 질렀다. 나는 무서워서 죽기 살기로 뛰었다. 그 애의 목소리에 깃든 공포와 두려움이 전해져서 나는 제대로 무슨 생각을 할 수도 없었다. 이제 온통 두려움뿐이었다. 나는 마지막으로 살짝 뒤를 돌아보고는 카밀이 뒤처져 있는 것을 보았다. 그 애가 따라잡을 수 있도록 속도를 약간 늦췄더니 카밀이 눈치를 채고 나에게 더 빨리 뛰라고 소리를 질렀다. 나도 카밀에게 더 빨리 뛰라고 외쳤다. 나는 미친 듯이 뛰었고, 우리를 쫓는 남자들이 카밀에게 바싹 따라붙는 것을 보았다. 그 애의 눈에서 공포를 보았다. 나는 어디로 도망가야 할지 몰랐다. 마침 조금 낮은 담장이 보이기에 손을 뻗고 뛰어서 담장 윗면을 붙잡았다. 그다음에는 팔 힘으로 매달리면서 맨발로 담을 타고 올라갔다. 팔다리가 긁히고 난리도 아니었지만 그런 걸 느낄 겨를도 없었다. 나는 번개처럼 담장 위로 올라갔고 카밀을 끌어올리려고 손을 내밀었다. 그 애는 멀리 있지 않았다. 하지만 나는 그 애가 달려오다가 결국 남자 두 명에게 붙잡히는 모습을 보았다. 나는 빨리 도망치라고 목이 터져라 외쳤지만 그 애의 눈빛을 보고 이제 그럴 수 없다는 것을 알았다. 남자 둘에게 끌려가면서 카밀은 고함을 지르고 어떻게든 풀려나려고 몸부림쳤다.

나는 카밀을 도와주러 담장에서 도로 뛰어내리려고 했다. 우리는 원래 늘 그랬으니까. 하지만 그때 카밀은 나에게 도망치라고 외쳤다.

두 남자 중에서 하나가 나를 잡으러 달려오기 시작했다. 나는 어떻게 해야 할지 몰랐다. 카밀이 다시 한 번 외쳤다. "도망쳐!"

나는 생각할 겨를도 없이, 사실상 결정하고 말고 할 것도 없이, 무조건 도망쳤다. 카밀을 붙잡고 있던 남자가 나를 쫓아오던 남자에게 소리를 질렀다. "그만둬, 이년부터 끌고 가자." 나는 머릿속이 조금이나마 진정될 때까지, 생각이라는 것을 다시 할 수 있을 때까지 무작정 달렸다.

더는 아무도 쫓아오지 않는다는 것을 알고서 그제야 멈춰 섰다. 심장이 쿵쾅거리다 못해 가슴에서 뛰는 건지 입속에서 뛰는 건지 알 수 없었다. 숨이 막혔고, 다리가 아파 죽을 것 같았다. 다리를 내려다보니 정강이와 무릎에 까지고 긁힌 상처가 한가득이었지만 전혀 아프지 않았다. 이제 어떡한담? 카밀을 구하러 가야 했다. 그 애를 도와야 하는데! 나는 건물들 사이를 어슬렁거리면서 돌아갈 길을 찾기 위해 내가 어느 길로 달려왔는지 파악하려고 애썼다. 그러다 마침내 아이들의 서러운 울음소리를 들었다. 아까 그 남자들

말소리가 그리 멀지 않은 곳에서 들렸다. 속에서 끔찍한 욕지기가 치밀어 올랐다. 숨을 크게 들이마시고 모퉁이에 숨어서 상황을 살폈다. 아이들 대여섯 명이 한 줄로 서 있었다. 검은색 밴이 그 옆에 세워져 있었고, 남자 어른은 모두 세 명이었다. 열 살에서 열두 살쯤 된 소년이 자기보다 어린 여자애 손을 꼭 잡고 있었던 게 기억난다. 둘 다 몹시 겁에 질린 얼굴이었고 여자아이는 울고 있었다. 카밀은 그 여자애 바로 옆에 서 있었다. 카밀도 정신이 쏙 빠진 얼굴을 하고 있었다. 그 애는 뭔가를, 누군가를 찾는 사람처럼 계속 주위를 두리번거렸다. 카밀은 아주 작고 겁 많은 아이처럼 보였다.

나는 카밀을 작고 겁 많은 아이라고 생각한 적이 한 번도 없었다. 카밀은 나보다 모든 면에서 영리하고 똑똑했다. 여러모로 뛰어난 아이였다. 그런 친구가 작고 약해진 모습을 하고 있으니 기분이 너무 이상했다. 카밀이 나를 찾고 있다는 생각이 들었다. 내가 도우러 오기를 기다리는 것 같았다.

세 남자는 나를 등지고 서 있었다. 그래서 나는 용기를 내어 조금 더 다가갔다. 카밀이 내 쪽으로 고개를 돌리다가 나와 눈이 딱 마주쳤다. 나는 어떻게 해야 할지 몰라서 일단 뭐 없을까 하는 심정으로 주위를 두리번거렸다. 정말이지, 대책이 없었다. 내가 한 명에게 달려들면 다른 아이들이 힘을 합쳐 나머지 두 명을 제압할 수 있을까? 하지만 남자 어른들에게는 무기가 있었고 나 혼자서는 한 명도 상대할 수 없을 것 같았다. 솔직히 어린애 다섯 명, 아니 열 명이 한꺼번에 달려들어도 한 명을 제압할까 말까였다. 나는 다시 두려움에 사로잡혔다. 카밀을 바라보았다. 그 애가 아마 내 생각을 다

읽었을 거라 생각한다. 카밀이 '바보 같은 짓 하지 마.'라는 듯한 눈빛으로 조용히 고개를 가로저었기 때문이다.

남자들이 아이들에게서 조금 더 물러났다. 어떤 애들은 울었고, 어떤 애들은 소리를 질렀다. 카밀은 그냥 슬프고 겁에 질린 눈을 하고 가만히 서 있었지만 그 눈, 그 표정에는 뭔가가 있었다. 그때 나는 너무 어려서 말로 표현하지는 못했지만 느낌은 틀리지 않았다. 그녀의 희미한 미소는 나를 향한 것이었다. 그다음에 일어난 일은 죄다 뚜렷이 기억한다. 지금도 그때 일이 느린 화면처럼 눈앞에서 펼쳐진다. 카밀의 이마에 뭔가 이상한 일이 일어났다. 그 애의 몸뚱이가 기묘하게 풀썩 쓰러졌고 나는 오른손으로 내 입을 틀어막았다. 내가 마지막으로 들은 소리는 총소리였다. 총소리가 나고 카밀이 땅바닥에 쓰러지기까지의 짧은 순간이 한없이 길게 느껴졌다. 이미 생명이 떠난 내 친구의 몸뚱이를 2~3미터 거리에서 지켜보는 동안 총소리가 몇 번 더 일어났다. 나는 본능적으로 뒤돌아서서 달리기 시작했다.

나는 달렸다. 더 빨리 달리기란 불가능할 정도로. 발, 무릎, 폐가 터지는 게 아닌가 싶을 정도로. 나는 울었다. 정말 많이 울었다. 눈물이 앞을 가려 아무것도 보이지 않는데도 내 몸뚱이는 미친 듯이 달리고 있었다. 귀신 들린 사람처럼 미친 듯이 달리는 와중에도 내 눈에는 땅바닥에 쓰러지는 카밀이 보였다. 그 애의 얼굴이 보였다. 그 애의 미소가 보였다. 그 애가 심호흡을 하고는 그 숨을 미처 뱉기도 전에 몸뚱이가 휙 나동그라지는 모습이 보였다. 누군가와 부딪혔다. 뭔가에 부딪혔다. 누군가 나에게 짜증을 냈다. 그래도 무작정 달렸다. 총 든 남자들, 카밀의 시신, 모든 것으로부터 멀리멀리 달아났다. 몸이 멋대로 움직였다. 자동 조종 상태 비슷한 걸까. 어떻게 하겠다는 생각도 없었고, 어디로 가야 할지도 몰랐다. 힘없이 쓰러지는 카밀의 모습만 눈앞에 자꾸 떠올랐다.

정신을 차려보니 나는 무릎에 턱이 닿을 만큼 몸을 쪼그리고 누워 있었다. 카밀을 끌어안으려고 팔을 뻗었더니 그 애가 없었다. 카밀의 슬픈 미소가 머릿속에서 번쩍 떠오르면서 나는 무너져 내렸다. 나는 혼자였다. 그렇게 울었던 적은 한 번도 없었다. 우리가 늘 함께 지내던 콘크리트 계단참 아래에 이제는 나 혼자뿐이었다. 카밀을 두 번 다시 보지 못할 것이다. 그 애의 예쁜 목소리, 그 애의 놀라운 이야기도 두 번 다시 듣지 못할 것이다. 이제 어떡하지? 카밀 없이는 나도 살고 싶지 않았다. 너무 괴로우니 정말로 창자가 끊어지는 것처럼 아팠다. 숨을 쉴 수가 없었다. 갑자기 숨 쉬는 법을 잊어버린 것처럼. 심장이 뭔가 이상했다. 너무 아팠다. 천 개의 칼날에 찔린 것처럼 아프다가, 갑자기 눈앞이 시커메졌다…….

얼마나 오래 그러고 있었는지는 모르겠다. 깨어나보니 나는 내가 게워낸 토사물 옆에 누워 있었다. 눈이 따끔거렸다. 그 상태로 가만히 있었다. 토사물이고 뭐고 상관없었다. 나를 향한 카밀의 미소만 떠올렸다. 카밀의 이마에 일어난 일, 그 애가 쓰러지던 모습만 떠올렸다. 카밀 없는 내 삶은 한층 더 암울할 것이 분명했다. **제발, 돌아와. 오, 제발!**

알고 있었다, 카밀이 돌아올 수 없다는 것을. 나는 오랫동안 계단참 아래에 누워 있었다. 주위가 밝아졌다가 한참 있으면 어두워졌다가 했던 기억이 난다. 그렇게 밤낮이 몇 번은 바뀌었던 것 같다. 혼란스러운 정신 상태에서 깨어나고서부터 나는 변했다. 뭔가가 달라졌다. 세상은 더 어두워졌다. 나도 더 어두워졌다. 카밀이 죽을 때 내 영혼의 한 부분이 함께 죽었다. 천 개의 칼날이 나를 찌르고 쑤시는 것 같던 그때, 나의 일부가 죽었다는 것을 알았다. 나는 상체를 일으키고 무릎을 감싸 안았다. 나의 토사물이 눈앞에 있었다. 너무 피곤했다. 배고픔, 기쁨, 슬픔, 아무것도 못 느꼈다. 거기 앉아 있는 건 나의 빈 껍데기였다. 카밀이 돌아올 때까지 거기서 기다리다가 죽어버려야겠다 생각했다.

엄마는 나에게 가슴이 너무 아파서 못 참겠으면 일단 잠을 자라고, 자고 일어나면 뭐든지 조금은 나아 보인다고 말하곤 했다. 나는 죽음도 그럴까 의문이 들었다. 잠이 들었다가 하늘나라에서 깨어나면 모든 게 한결 좋아 보일까.

카밀은 돌아오지 않았지만 엄마가 왔다. 엄마는 카밀과 내가 그 계단참 밑에서 종종 같이 잔다는 것을 알고 있었기 때문이다. 엄마가 왔다. 엄마는 내 머리를 쓰다듬어주고 안아줬다. 내가 나쁜 꿈을 꾸지 않도록 다정한 말을 속삭여줬다. 조금 살 것 같았다. 그 후에는 아주 조금 더 살 것 같아졌다. 부모의 사랑으로 어떤 일이 가능한지, 믿을 수 없을 정도다. 엄마가 없었다면 나는 절대로 그 상태에서 벗어나지 못했을 것이다. 나 또한 허깨비로 전락했을 것이고 거리에서 무방비로 당하고 살았을 것이다.

엄마는 내 이마와 뺨에 입을 맞춰주고 나와 함께 울어주었다.

"크리스티아나, 사는 게 끔찍하고 불공평하지. 그래도 걸음을 멈추지 마. 우리는 계속 걸어가야 해." 엄마가 말했다. 왜냐고 물었던 기억이 난다. "별의별 일을 다 겪고 난 후에도 우리 마음은 선하고 좋은 것을 원하잖아. 우리 마음만 그런 게 아니야. 너는 혼자가 아니란다. 너를 바라보고 지켜주는 사람들이 있어. 알겠니?"

아니, 나는 알 수 없었다. 누가 카밀을 바라봐줬나? 누가 그 애를 지켜줬나? 말도 안 되는 엉터리였다. 나는 이해하고 싶지도 않았다.

"언젠가는 알게 될 거야. 그때까지는 멈추지 않고 걸어가겠다고 약속해. 아무리 큰 아픔을 겪더라도 넌 계속 살아가야 해!"

"어디를 향해 걸어가라는 거야, 엄마?"

"어디는 중요하지 않아. 그냥, 절대로 멈추지만 않으면 돼. 알았니?"

엄마가 일어나서 나에게 손을 내밀었다. 나는 엄마 손을 잡고 걷기 시작했다.

저기 구름 위에서

2015년

나중에 내가 육상선수가 된 것은 그리 놀라운 일이 아닐지도 모른다. 나는 200미터, 400미터, 800미터 선수로 뛰었다. 주 종목은 400미터였다. 어쨌든 어릴 때 기반을 잘 닦아놓은 셈이다. 아무것도 없는 아이도 달리기는 할 수 있었다. 어릴 적에 나는 거의 늘 달리다시피 했다. 나는 정말 날쌨다. 안타깝게도 육상은 오른발 수술을 받는 바람에 그만두었다. 그게 내가 열아홉 살 때였는데 의사가 나보고 발이 완전히 망가졌다고, 발 나이는 쉰 살이라고 그랬다.

나는 어렸을 때부터 신체 활동이 활발했다. 잠시도 가만히 있지를 못했고 나무 타기, 달리기를 좋아했다. 운동은 나의 이러한 욕구를 충족해주었을 뿐 아니라 스트레스를 해소하는 배출구 역할도 했다.

호텔 객실에 서서 저 아래 펼쳐진 상파울루 시가지를 내려다보다가 문득 이 객실 발코니에서 베이스 점프●를 할 수도 있을까 하는 의문이 들었다.

20년도 더 된 일이지만 그때는 구름 위에 앉아보는 꿈, 하늘을 나는 꿈을 꾸었다. 그러다 2011년에 우메오 스카이다이빙 클럽 홈페이지를 찾아서 등록을 했다. 친구들에게 스카이다이빙을 할 거라고 했더니 왜 그러느냐, 무슨 문제가 있느냐라고들 했다. 하지만 나는 내가 스카이다이빙을 사랑하게 될 거라는 확신이 있었다. 물론 비행기에서 몸을 홱 던지듯 뛰어내린다는 게 매우 어렵고 보통 긴장되는 일이 아니지만 그런 상황에서 느끼는 불안은 건강한 사람이 응당 보여야 하는 반응일 것이다.

나는 남자 여섯 명과 함께 우메오에서 스카이다이빙 강습을 받았다. 일단 이론적인 부분을 숙지하고 나면 점프 연습, 윙(낙하산)을 펴는 연습, 연착륙을 꾀하는 연습을 한다. 우리 일곱 명은 차를 몰고 쇠데르함까지 가서 흥분 반 긴장 반으로 최초의 점프를 시도했다. 그날이 바로 어제처럼 생생하게 기억난다. 내가 영원히 잊지 못할 기억이다.

스카이다이빙은 날씨 영향을 많이 받는 스포츠다. 바람이 너무 강해서도 안 되고 구름이 너무 낮게 깔려서도 안 된다. 비 오는 날도 당연히 별로다.

그 주에는 곳에 따라 구름이 많이 끼었고 간간이 소나기도 내렸다. 우리를 도와줄 교관들과 자격증을 따려고 훈련 중인 스카이다

• 건물 등에서 뛰어내리는 낙하산 점프.

이버 지망생들이 와 있었다. 교관이 빨대로 제비뽑기를 만들어 와서는 누가 맨 먼저 뛰어내릴지 공평하게 정하자고 했다. 나는 빨리 뛰어내리고 싶었지만 제비뽑기 결과 마지막 조에 속했다. 생각을 오래 하고 싶지 않았다. 신경이 곤두섰다. 다른 사람이 뛰어내리는 모습을 앉아서 구경하고 싶지 않았다. 일단 뛰어내리기로 결심이 서면 빨리 끝을 내고 싶어진다. 원래 그런 거다.

시간은 잘만 흐르는데 나는 내처 앉아서 다른 강습생들이 한 명씩 올라갔다가 뛰어내리는 모습을 구경하고 있었다. 다들 잘 내려왔다. 어떤 사람은 온갖 미사여구를 동원해가며 열광했고, 어떤 사람은 얼굴이 해쓱해졌다. 나는 첫날은 점프도 하지 못하고 앉아만 있다가 들어갔다. 짜증이 치밀어 올랐다. 다음 날은 마음을 비웠다. 나는 바닥에 앉아서 머릿속으로 점프를 연습했다. 내가 뛰어내릴 비행기는 AN-28기였다. 이 비행기는 뒤쪽에 이동 트랩이 있었다. 다시 말해, 거기에 탑승할 나와 두 명의 교관은 비행기 뒤쪽에 서 있다가 뛰어내려야 했다. 공중에서는 등을 활처럼 구부리고 안정된 낙하 자세를 취해야 한다. 나는 해발 1만 3,000피트에서 뛰어내리고 5,000피트 지점에 이르면 내 얼굴 바로 앞에서 손을 흔들어 교관들에게 이제 낙하산을 편다는 신호를 하기로 되어 있었다. 그다음에는 얼굴 앞에 왼손을 들어 균형을 유지한 상태에서 오른손을 뒤로 뻗어 해키(hacky, 기어 오른편에 달린 작은 공)를 잡고 낙하산을 펼쳐야 한다.

나는 근육 기억이 중요하다는 것을 잘 알기 때문에 기어와 낙하산을 장착하고 땅바닥에 엎드려 누워 등을 활처럼 구부렸다. 고도

계를 장착할 왼손을 본다. 자, 지금 해발 5,000피트 지점에 왔다고 생각하고 손을 흔든다. 그와 동시에 오른손으로는 공을 잡고 당겨 낙하산을 펴는 시늉을 한다. 같은 동작을 여러 번 반복한다. 매번 오른손으로 공을 곧바로 잡으니 자신감이 붙는다. 아무 문제도 없을 거야. 나는 제때 낙하산을 펼 수 있어. 두 교관이 나에게 다가온다. 그들은 내가 장비를 잘 착용했는지 검사하고 예비 낙하산을 확인한다. 제1교관 엔스가 나에게 어떻게 뛰어내려야 하는지 아느냐고 묻는다. 나는 내가 공중에서 어떻게 할 건지 자세하게 설명한다. 두 사람 다 흡족한 듯했다. 그다음에 나를 포함한 스카이다이버들이 전원 비행기에 탑승했다. 신경이 날카로워지고 땀샘이 바빠졌다. 심장이 엄청 빠르게 뛴다.

나는 담담하게 보이고 싶었지만 다른 스카이다이버들이 나를 열심히 격려하고 응원했던 걸 보면 긴장한 기색이 역력했던 모양이다. 비행기 탑승 인원은 24명이었다. 엔진이 돌아가기 시작했고 비행기가 활주로로 나아갔다. 심장이 묵직하게, 빠르게 뛰었다. 내가 제1교관인 엔스와 눈을 마주치자 그는 안심되는 미소를 지어주었다. 비행기가 이륙했고 이제 물러설 곳은 없었다. 15분——비행기가 1만 3,000피트까지 올라가는 데 걸리는 시간——후면 나는 저 높은 하늘을 나는 비행기에서 몸을 던질 것이다. 이거 미친 짓 아닌가? 도대체 무슨 생각이었던 거지?

나는 심호흡을 여러 번 하고 스카이다이빙을 하는 이유가 뭔지, 이걸 통해서 내가 성취할 수 있다고 생각했던 게 뭐였는지 다시 한 번 떠올려본다. 그리고 그 와중에 눈을 감고 나의 두 다리를 떠올려본다. 동굴 가장자리에 걸터앉은 내 다리, 그 바로 옆에서 엄마 다리가 건들거린다. 나는 어렸을 때부터 얼마나 하늘을 날고 싶어 했던가. 불가능은 없다고 말하는 엄마 목소리가 들린다.

눈을 뜨자 내 앞에 앉아 있는 스카이다이버들이 보인다. 저 친구들이 할 수 있다면 나도 할 수 있다. 지금 해발 8,000피트 상공까지 올라왔다. 옌스가 나를 돌아보더니 어떻게 뛰는지 아느냐고 한 번 더 묻는다. 나는 그를 똑바로 쳐다보면서 스카이다이빙 요령을 다시 한 번 줄줄 읊는다. 그다음에 우리는 고글을 썼다. 갑자기 현실감이 확 든다. 다른 스카이다이버들은 웃으면서 헬멧, 장갑, 고글을 착용하고 있다. 다들 아주 편안해 보인다. 스피커에서 조종사 목소리가 나온다. 비행기 후미의 트랩이 열린다. 찬 공기가 확 밀려든다. 나는 비행기 뒤쪽에 앉아 있지만 둥근 창을 통해서 여전히 하늘을 볼 수 있다. 이제 심장이 미친 듯이 두근거린다. 다시 한번 조종사가 기내 방송을 한다. "그린 라이트(green light)●, 그린 라이트, 점프, 점프!" 나는 생각했다. '뭐라고? 지금 우리보고 뛰어내리라는 건가? 준비할 시간도 안 주고 다짜고짜?'

스카이다이버들이 비행기 밖으로 몸을 던지기 시작한다. 나와 교관도 자세를 취한다. 나는 다리가 이상하게 후들거리는 것을 느낀다. 다른 스카이다이버들이 하나둘 뛰어내리는 동안 나도 흐름을 따라가면서 그 모습을 지켜본다. 개폐구에 접근한 순간, 내가 정

● 그린 라이트, 즉 초록불이 켜지면 문이 열리고 뛰어내리게 되어 있다.

말로 이걸 원하는 게 맞나라는 생각도 든다. 뒤를 돌아보니 다른 사람들이 자기 차례를 기다리고 있다. 이제 선택의 여지가 없다. 어떤 남자의 눈을 들여다보면서 나 자신의 두려움이 그의 얼굴에 그대로 비친다는 것을 알았다. 이제 트랩에 다 왔다. 뒤돌아서서 가장자리로 돌아온다. 공포감을 머릿속에서 몰아내고 해야만 하는 일에 초점을 맞추려 애쓴다. 옌스에게 눈으로 신호를 보내자 그도 나에게 눈으로 신호를 보낸다. 내가 고개를 끄덕이자 그도 똑같이 한다. 다른 쪽에 서 있던 제2교관 망누스아도 그런 식으로 신호를 주고받는다. 나는 후들거리는 다리를 구부리고 저 아래 땅에서 그렇게나 여러 번 연습했던 구호를 외친다. "준비 완료, 간다!"

그러고 나서 허공으로 발을 내디뎠다.

뛰어내리는 순간 교관 중 한 명이 비행기에 살짝 부딪혔고 나는 바람을 잘못 받았다. 부드러운 공기층을 타고 떨어지기는커녕 공중에서 빙글빙글 돌았다. 내 몸은 허공에서 계속 회전을 했다. 1분은 땅을 보고 내려오다가 다음 1분은 하늘에 떠 있는 비행기를 보면서 내려오는 식이었다. 그래도 '하늘을 나는 기분이 이런 거구나!'라고 생각하면서 가슴이 한껏 벅찼던 기억이 난다. 웃음이 비어져 나왔고 하강 단계에서 취해야 할 자세 따위는 까맣게 잊었다. 망누스 교관이 손을 놓는 느낌이 나서 그제야 나는 현실로 돌아왔다. 일 초만 기다렸다가……. 이거 뭐야, 쉽지 않겠는걸. 고개를 돌리고 보니 옌스 교관은 계속 나의 오른팔과 오른쪽 다리를 꽉 붙잡고 있었다. 우리는 여전히 빙글빙글 돌고 있었다. 옌스는 내 낙하 자세의 균형을 잡아주려고 고군분투하고 있는 듯했다. 불안정한 낙하 상태에서 낙하산을 펴면 위험하다고 배웠다. 까딱 잘못하면 뒤틀린 자세로 떨어져서 부상을 입는다. 나는 즉각 현실을 깨닫고 등은 활처럼 구부린 채 다리를 살짝 들고 두 손을 뻗어 반원형을 만든다. 고도계를 확인했더니 1만 1,000피트 상공이다. 나는 1,600피트를 떨어지는 동안 계속 빙글빙글 돌았던 것이다.

스카이다이빙 동작에 들어간다. 대지를 내려다보니 전부 초록색 덩어리로만 보이지만 지평선에 펼쳐진 목초지를 '헤딩(heading, 방향을 잃지 않기 위해 항상 주시해야 하는 지점)'으로 삼는다. 5,000피트 상공에서 얼굴 앞에서 손을 흔들고 오른손을 뻗어 공을 찾는다. 공이 손에 잡히지 않는다. 한 번 더 더듬어보아도 공은 없다. 백 번도 더 연습했건만. 당연히 공이 손에 잡혀야 하건만……. 하지만 못 찾겠다. 공포가 스멀스멀 일어난다. 망할, 이놈의 공 어디 갔지? 이젠 립코드(ripcord)[●]를 당겨야 한다.

갑자기 몸이 젖혀지는 느낌이 든다. 위를 쳐다보면서 나의 빨간 낙하산 셀[●●] 하나하나에 바람이 채워지며 서서히 펼쳐지는 광경을 끝까지 지켜본다. 옌스가 내 낙하산의 립코드를 대신 당겨준 것이다. 초보자가 낙하산을 제때에 펼치지 못하면 교관이 대신 펴줘야 하니까. 하지만 아직 끝나지 않았다. 이제 낙하산에 매달린 채 3,000피트를 내려가야 한다. 그리고 지금부터는 나를 도와줄 교관도 없다. 내 근처에 다른 낙하산이 있는지 둘러본다. 브레이크 라인

● 스카이다이빙에서 낙하산 팩의 잠금장치를 풀기 위해 잡아당기는 줄 혹은 띠.

●● 낙하산의 공기구멍.

두 개를 조작하면서 내가 착륙할 지점만 보려고 애쓴다. 조금 무섭다. 교관 없이 혼자서 착륙하기, 이 부분이 제일 걱정스러웠다. 낙하지점의 위치가 잘 파악되지 않을 때면 점점 초조해진다. 내가 지금 바람을 제대로 받고 있는지조차 의심스러워진다. 낙하지점으로 접근하고 있는 거 맞나? 되레 멀어지고 있는 거 아닌가? 바람 방향을 확인하기 위해 아래를 내려다봐도 온통 초록색 천지라서 분간이 잘 안 간다. 그러다 문득 태양을 등지고 내려가야 하는데 내 왼쪽에 태양이 있으니 방향을 수정해야 한다는 것을 깨달았다. 마침내 내가 착륙할 목초지가 눈에 들어온다. 낙하산에 제동을 걸고 완만하고 깔끔하게 풀밭으로 내려간다.

착륙은 연석을 뛰어넘는 것만큼이나 별다른 충격 없이 부드럽게 진행됐다. 해냈다! 나는 1만 3,000피트 고도의 비행기에서 뛰어내렸다. 평균 시속 200킬로미터로 떨어졌고, 낙하산을 타고 내려왔으며, 다른 스카이다이버들이 기다리는 장소로 멋지게 착륙했다. 정말로 기쁘고 뿌듯했다. 내가 기억하는 모든 시간을 통틀어 난생처음, 정말로 자유롭다는 생각이 들었다.

내 힘으로 낙하산을 펴지 못했으니 인증서는 물 건너갔다. 그러면 어떠랴, 내가 이렇게 기쁜데.

내가 무의식적으로 죽고 싶다는 생각을 하거나 '아드레날린 중독자'라서 위험하기 그지없는 스포츠에 매달린다는 식의 얘기를 참 많이도 들었다. 하지만 그런 게 아니다. 나는 살고 싶고, 살기 위해 평생을 악착같이 싸웠다. 내가 스카이다이빙을 좋아하는 이유는 이걸 할 때 비로소 자유로운 느낌이 들기 때문이고, 저기 구름 위 세상이 참 아름답기 때문이다. 스카이다이빙을 할 때는 뇌가 100퍼센트 현재에 집중한다. 무슨 말이냐 하면, 낙하산을 펼치기 전 자유낙하 60여 초 동안은 이전의 일도, 이후의 일도 생각할 수 없다. 살면서 그렇게 온전히 지금 이 순간만 생각할 수 있는 활동은 그리 많지 않다.

낙하산을 정리하고 다른 스카이다이버들에게 걸어가는 동안에도 아드레날린이 혈관을 타고 흐르는 느낌이 들었다. 모두들 나에게 어땠느냐고 물었다. 나는 그냥 웃으면서 잘하지 못한 것 같다고 말했다. 옌스가 나에게 와서 오늘 점프에 대해서 말해보라고 했다. 나는 생각나는 대로 전부 말했다. 옌스는 아주 놀라는 표정으로 첫 번째 실전에서 그렇게 세세한 부분까지 기억하는 경우는 드물다고 했다. 그때 문득 '나는 생사의 기로에 한두 번 놓였던 게 아니니까.'라는 생각이 들었다. 나는 그렇게 최초의 스카이다이빙을 경험했다.

스웨덴에는 이 익스트림 스포츠 활동을 즐기는 사람이 드문데 나는 그 드문 사람 중 하나다. 자격증을 취득한 사람은 1,500명쯤 되고 여성은 그중 20퍼센트에 불과하다. 나는 스카이다이빙을 하는 여성들에게는 어떤 공통점이 있는지 궁금하다. 우리는 이 스포츠를 좋아한다는 점을 빼면 출신 배경, 성격, 연령, 사회 계층 등이 각기 다르다. 나는 우리가 스카이다이빙에 빠지게 된 이유도 각기 다를 거라 생각한다. 나의 이유는 대서양 건너 다른 나라에서 살던 어린 시절, 작은 동굴 위에 올라가 걸터앉곤 했던 그때부터 싹텄다. 친엄마가 해준 말 가운데 내가 지금까지 고이 품고 살아온 몇 마디가 있는데 "불가능은 없다."도 그중 하나다. 나는 엄마 말씀대로 살려고 노력했다. 두려움은 극복하라고 있는 거다. 열여덟 살이 되자마자 하늘을 날아보고 싶다는 꿈을 실현할 수도 있었겠지만 내가 실제로 낙하산을 펴기까지는 그로부터 10년이 더 걸렸다. 모든 일은 준비가 됐을 때 해야 한다고 생각한다. 일단 문을 열면 그냥 닫기가 곤란해진다. 나는 뭔가에 실패했다든가 어떤 일을 충분히 잘 해내지 못하면 나 자신을 심하게 질책하는 편이다. 그런데 정작 그토록 오랫동안 꿈꾸었던 스카이다이빙은 실패했을 때에도 찬란한 기쁨과 자유를 만끽했다.

나는 스카이다이빙을 계속하고 있다. 구름을 통과할 때마다 엄마와 카밀이 나와 함께 있는 것 같다. 어릴 적에 꿈꾼 것처럼 이 구름에서 저 구름으로 옮겨 다니진 않지만 구름 사이로 떨어지는 기분은 정말 짜릿하다. 지금도 스카이다이빙을 할 때마다 얼굴이 찌그러질 정도로 웃음이 난다. 맨 처음 구름 사이로 뛰어내렸을 때 군뢰그라는 교관은 내가 손으로 얼굴을 막으려고 해서 너무 웃겼다고 했다. 이제 나는 구름이 고체가 아니라는 사실을 알지만 구름 위로 폴짝폴짝 뛰어다니고 싶다는 아이의 환상이 얼마나 내 안에 깊이 뿌리를 내렸으면 20년이 지난 후에도 얼굴이 구름에 부딪힐까 봐 반사적으로 그런 행동이 나왔을까. 실은 두 번째 점프 때에도 무의식적으로 손이 얼굴에 가서 군뢰그가 배를 잡고 웃었다.

구름 나라 이야기

1980년대 후반 상파울루

스카이다이빙을 하면서 카밀을 생각할 때가 많다. 그 애가 들려준 이야기가 잊히지 않는 까닭일까. 그 이야기가 너무 인상적이어서 어릴 때 글로 남겨둔 적도 있다. 카밀을 떠나보내기 전에 마지막으로 들었던 이야기라서 잊히지 않는지도 모른다.

카밀과 나는 콘크리트 계단참 밑에 판지를 깔고 앉아 있었다. 밤이었고, 우리가 있던 그곳은 어둡지만 아늑했다. 바깥에는 공장이 있었는데 뭘 만드는 곳이었는지는 모르겠다. 나는 늘 어둠을 좋아했다. 엄마랑 숲에서 살 때부터 그랬다. 어둠에 둘러싸여 있으면 따뜻하고 안심되는 느낌이 있었다. 숲에 밤이 깃들면 별과 개똥벌레가 얼마나 많이 보였는지 모른다. 나는 한때 밤하늘의 별들이 너무 높이 날아올랐다가 새까만 벌레잡이 끈끈이에 달라붙은 개똥벌레들이라고 생각한 적이 있었다. 엄마가 개똥벌레는 그렇게 높이 날 수 없고 별은 아주 커다란 불의 공인데 너무 멀리 있어서 작게 보이는 거라고 설명해줘서 그때야 알았다. 나는 비록 어둠을 좋아할 지언정 어둠 속에 악이 숨을 수 있다는 것을 알았다. 밤에는 낮 동안 일어나지 않는 일이 일어난다. 어둠은 악을 숨겨주고 그러다 세상이 환해지면 어둠은 온데간데없다.

카밀과 나는 오렌지 한 알, 빵 한 쪽, 그리고 내가 식당 옆 쓰레기통에서 찾아낸 누군가가 반쯤 먹다 버린 소시지를 나눠 먹었다. 우리는 뭐든지 똑같이 나눠 먹었다.

"나 이야기 하나 해주라." 내가 빵을 우적거리면서 말했다. 카밀은 괴상한 동물, 못된 악당, 다른 세상들이 나오는 이야기들을 맛깔나게 들려주곤 했다. 그 이야기들은 늘 해피엔딩이었다.

"그래, 좋아."

우리는 잠시 조용히 앉아 있었다. 카밀은 무슨 이야기를 할까 궁리하는 중이었다. 나는 늘 성미가 급한 편이었지만 재미난 이야기를 듣고 싶으면 조용히 기다리는 게 상책이었다. 그 잠깐이 아주 길게 느껴졌다. 마침내 카밀은 입을 열었고 나는 자세를 잡고 귀를 쫑긋 세웠다. 카밀은 소곤대듯 부드러운 음성으로 이야기를 시작했다. "땅과 하늘 사이, 저 위 어딘가에 구름 나라가 있는데 말이지."

나는 구름하고 관련된 얘기는 뭐든지 좋아했기 때문에 절로 웃음이 났다. 카밀도 내가 구름을 얼마나 좋아하는지 잘 알고 있었다. 그 애가 들려준 이야기는 다음과 같다.

구름 나라 이야기

카밀

땅과 하늘 사이, 저 위 어딘가에 구름 나라가 있답니다. 그런데 그거 아세요? 구름 나라에는 착한 사람들만 산대요. 구름 나라 사람들 피부색에는 무지개를 이루는 모든 색깔이 다 있기 때문에 여기선 아무도 피부색을 보고 사람을 차별하지 않아요. 그들은 자칭 '색깔 있는 사람들'이라고 한대요. 구름 나라에는 미움이나 아픔이 없지만 눈물은 있어요. 이 눈물로 사람들이 다른 사람들에게 하는 좋은 일과 나쁜 일을 분별할 수 있지요. 예를 들어 이 나라 사람들은 누군가가 못된 짓을 하는 광경을 보면 금세 슬퍼서 눈물을 뚝뚝 흘립니다. 반면에 착한 행동을 보면 너나 할 것 없이 다가와 손을 잡아주고 세상에서 가장 아름다운 무지개를 이룬답니다.

하루는 구름 나라에서 두 아이가 지구로 내려왔어요. 한 아이는 노란색이었고 다른 아이는 파란색이었지요. 두 아이는 인간을 조사할 임무를 띠고 지구에 내려왔던 거예요. 노란 사람은 인간의 좋은 면을 조사하고 파란 사람은 인간의 나쁜 면을 조사하기로 했어요. 노란 사람은 숲에서 동물과 조화롭게 살아가는 인디언 부족을 만나러 갔어요. 파란 사람은 상파울루에 가서 거리의 갱단과 함께 지내기로 했고요. 인디언들은 노란 사람을 자기네 마을로 안내하고는 음식을 주고 잠잘 곳도 마련해주었어요. 그들은 노란 사람을 반갑게 맞이하고 마음껏 지내다 가라고 했어요. 노란 사람은 행복하게 지내면서 인간에게서 얻을 수 있는 모든 기쁨을 맛보았지요. 그때부터 노란 사람에게서 빛이 나기 시작했어요. 노란 사람의 머리 주위에 정말로 후광이 비쳤던 거예요. 인디언 추장이 그의 정체를 물었어요. 노란 사람은 자기가 구름 나라 사람이고 인간을 조사하러 왔다고 솔직하게 대답했어요. 추장이 그에게 자기네 부족을 보고 실망하지 않았느냐고 했더니 노란 사람은 이렇게 대답했어요. "우리 구름 나라 사람들은 사랑과 기쁨이 가득한 곳에서만 이렇게 빛난답니다." 노란 사람은 인디언들에게 고맙다고 인사를 하고 구름 나라로 돌아갔어요. 노란 사람이 사라지기 직전, 인디언 마을 위로는 그 어느 때보다 예쁘고 선명한 무지개가 떠올랐어요.

한편, 파란 사람은 못된 인간들을 만나러 상파울루로 갔어요. 파란 사람은 악에 찌든 마음들을 다시 한번 사랑으로 빛나게 할 수 있다면 얼마나 좋을까 생각했어요. 마침 어떤 갱단을 만나서 그들을 관찰하기 시작했지요. 갱단이 악행을 저지를 때마다 파란 사람은 절망했어요. 그들에게 접근하면 구역질 나는 짓을 요구당한다는 것도 알게 됐고요. 하루는 갱단 두목이 어떤 아이가 자기 물건을 훔쳤는데 파란 사람이 그 아이를 죽이면 정식으로 조직에 넣어주겠다고 했어요. 파란 사람은 지구에 머무는 동안 자기 안에서 악한 기운이 자라나는 것을 느꼈어요. 어느 날 파란 사람은 그 소년을 찾아가 죽이고 말았어요. 그러고 나서 그 자리에 주저앉아 꺼이꺼이 울었지요. 파란 사람은 밤새 울었어요. 자기 안에서도 뭔가가 죽은 것 같았고, 어떤 빛이 완전히 꺼진 것 같았거든요. 마침내 그가 돌아갈 날이 왔어요. 파란 사람이 자기 살던 곳으로 돌아왔더니 모두가 그를 곱게 보지 않았어요. 구름 나라 사람들은 그가 지구에서 저지른 죄를 도저히 보아 넘길 수 없었기 때문에 그를 구름 감옥에 가두고 경비를 열 명이나 붙였지요. 파란 사람은 이제 미움을 알게 됐어요. 그 후 날이 갈수록 미움이 쑥쑥 자라서 그의 마음은 지독한 미움 그 자체가 되었지요. 그는 경비들의 마음에도 어둠을 퍼뜨리고 못된 꾀를 써서 감옥을 탈출했어요. 구름은 그때 폭발적으로 퍼진 미움에 물들고 말았지요. '색깔 있는 사람들'은 위험을 깨닫고 방어책을 강구하기 시작했어요. 지금도 색깔 있는 사람들과 사악한 구름 나라 사람들의 전쟁은 계속되고 있답니다.

"그래서 하늘에는 흰 구름도 있고 시커먼 구름도 있는 거야." 카밀은 또 한 편의 기발한 이야기를 이렇게 매듭지었다.

"카밀?"

"음, 그래." 카밀은 내가 오만 가지 질문을 퍼부을 줄 알았다는 듯이 대꾸했다.

"이름도 없이 노란 사람, 파란 사람 이렇게 부르는 거 이상하지 않아? 색깔로만 구분하면 누가 누구인지 어떻게 알아? 그 사람이 누구인지 남들이 어떻게 알겠어? 가령, 내가 널 잃어버리면 난 너를 어떻게 불러?"

카밀은 웃으면서 대답 대신 이렇게 물었다. "왜 나를 잃어버려?"

"따로따로 떨어졌는데 못 찾는다든가."

"크리스티아나, 인디언들이 노란 사람을 잊을 거라 생각해?"

"아니!"

"그래, 그러면 그들은 노란 사람을 잃지 않은 거야. 우리도 어떻게 되든 절대 서로를 잃지 않을 거야."

카밀은 우리 엄마의 축소판 같은 친구였다. 가끔은 나보다 훨씬 똑똑한 그 애에게 짜증이 나기도 했다. 나이 차가 얼마 나지도 않았는데 나와는 차원이 달랐다. 카밀은 정신 연령으로는 어른, 말하자면 애늙은이였다. 카밀은 수수께끼를 많이 냈는데 나는 한참을 걸려도 못 푸는 문제들이어서 나 자신이 바보처럼 느껴진 적이 한두 번이 아니었다.

"너랑 나는 노란 사람이야, 파란 사람이야?" 내가 물었다.

"왜 그런 생각을 해?"

"너는 두 사람이 나오는 얘기를 많이 하더라고. 그게 꼭 우리 얘기 같아서."

"아니, 우리와는 상관없는 얘기야. 이게 만약 우리 얘기라면 너와 나는 둘 다 노란 사람일 거야." 카밀은 웃으면서 내 손을 잡았다. 우리는 으레 그랬듯 그날 밤도 판지를 넓게 깔고 누워서 서로 꼭 끌어안고 잤다.

지금 와서 카밀을 떠올려보면 내가 판타지 소설에 빠지게 된 게 우연이 아니었구나 싶다. 나는 그런 책을 읽으면서 카밀의 존재를 느끼고 싶었던 거다. 뭐든 가능한 마법의 세계에 빠지면서도 인생과 사람에 대해서 생각하게 되니까. 패트릭 로스퍼스의 판타지 소설 『바람의 이름(Name of the Wind)』이 호텔 침대맡 탁자에 놓여 있다. 아직 어린애였던 카밀이 당한 일, 아직 어린애였던 내가 경험한 바닥없는 절망이 떠오를 때면 이 작가의 글이 마음을 달래준다. 작가는 우리 모두가 고통에 맞서는 놀라운 능력을 지니고 있는데 그러한 능력을 발휘하면서 네 단계를 거친다고 말한다. 첫 번째 단계는 잠이다. 잠은 우리를 고통으로부터 보호해주고 거리를 둘 수 있게 해준다. 두 번째 단계는 망각이다. 어떤 상처는 너무 깊어서 아물지 않으니까. 세 번째 단계는 광기다. 현실이 고통뿐이라면 현실에서 도망치는 수밖에 없다. 네 번째 단계는 죽음이다. 어떤 것도 죽은 사람에게는 해를 끼칠 수 없다.

나는 패트릭 로스퍼스가 묘사한 처음 세 단계가 어떤 것인지 정확히 안다. 마지막 단계인 죽음은 경험해보지 못했지만 너무 아프고 괴로워서 손만 뻗으면 죽음과 닿을 것 같았던 순간이 몇 번 있었다.

콘크리트 도시를 내려다본다. 잠시나마 내 삶이 있었고 내가 고통과 슬픔, 기쁨과 우정을 경험한 이 도시. 내가 만약 우리가 함께한 시간을 말할 수 있다면 카밀이 내 안에서만 사는 게 아니라고 생각하니 작은 위안이 된다. 카밀은 영원히 살 것이다. 허다한 아이들이 실종되고, 죽고, 잊혔지만 카밀이라는 이름, 그 애가 지어낸 이야기는 나와 내 글을 통해서 영원히 남을 것이다. 그 애도 진실이 밝혀지기를 원할 것이다. 그리고 진실은 이것이다. 시민을 보호해야 할 브라질 헌병대는 주거 지역에서 아동 노숙자들을 소탕

했다. 요즘 이런 얘기를 들으면 어디서 떠도는 괴담이려니 할 것이다. 안타깝지만 실화가 맞다. 더 안타까운 얘기를 해볼까. 지금도 그런 일이 일어난다.

그때 숨어 있던 모퉁이에서 용감하게 튀어나가지 못한 것이 오랫동안 부끄러웠다. 카밀에게 달려가 그 애의 손을 잡고 마지막 여행을 함께 떠나지 못한 것을 오랫동안 후회했다. 서글프다, 가장 큰 후회들이야말로 우리를 평생 따라오는 것들이니. 후회가 소용없는 줄은 안다. 후회한다고 카밀이 살아나는 것도 아니고, 그때 내가 죽었으면 뭐가 달라졌을까. 그래도 친자매 같은 친구를 버린 사람은 되지 않았겠지. 나는 카밀을 버렸다. 웃기는 일이지만 오랫동안 나는 남이 저지른 악행에 대해서까지 나 자신을 꾸짖고 자책하기 일쑤였다. 고작 예닐곱 살짜리가 사랑하는 친구와 함께 죽든가, 함께 죽지 못한 괴로움을 안고 살든가 둘 중 하나를 선택해야 하는 상황이었다고 생각해보라. 그 생각을 하면 미칠 것 같다. 비참해서 견딜 수가 없다.

우리의 사람됨, 우리가 하는 일에는 온갖 종류의 꼬리표가 붙는다. 그래 봤자 꼬리표는 말[言]일 뿐이다. 말은 행동이 아니다. 우리의 행동이 우리가 누구인가를 규정한다. "사랑하는 사람을 자유로이 풀어줘야 한다. 운이 좋으면 그 사람이 돌아오는 길을 찾을 것이다."라는 말이 있다. 나는 미움에 대해서도 똑같은 접근이 가능하다고 본다. 미움을 놓아버릴 때 본인이 자유로워진다. 미움이 깊으면 자신이 말라 죽는다. 어린 나와 내 친구에게 악행을 저지른 그 남자들을 미워하면서 많은 세월을 보냈다. 그 남자들은 카밀을 죽였고 내 생명의 일부를 앗아갔다. 그들 때문에 내 삶을 조금이라도 더 소진해서야 되겠는가. 그들은 그럴 가치가 없다.

아이들은 말에 날개를 달아준다

카밀은 나에게 아주 큰 의미였고 지금도 그렇다. 우리는 어린이들만의 모험과 뼈아픈 경험을 나눈 사이다. 카밀, 그리고 그 애와 함께한 시간은 기쁨, 웃음, 따뜻한 정으로 기억될 것이다. 카밀은 이야기꾼의 재주를 타고난 영특한 아이였고, 자기가 아는 사람들 모두에게 행복과 애정을 전해주었다. 그래서 내게는 어둡고 끔찍한 기억만이 아니라 이 친구와 행복했던 기억도 남아 있다.

하루는 카밀이 나를 보고 조약돌을 집어 들더니 나를 향해 확 던졌다.

"왜 그렇게 우거지상을 하고 앉아 있냐?" 그 애가 약간 시비조로 물었다.

"어른들이 쓰는 말은 참 어렵지 않아? 어른들끼리는 서로 잘만 알아듣는 것 같은데 왜 나는 가끔 어른들이 하는 말을 못 알아먹을까? 내가 바보라서 그런가?"

"네가 좀 바보 같기는 하지." 카밀이 활짝 웃으면서 약을 올렸다. "그래도 네가 어른들이 쓰는 말을 못 알아듣는 건 아니잖아? 어른들이 말하는 내용을 모르겠다는 뜻 아니야?"

"바로 그거야!"

"하지만 넌 '말'이 어렵다고 했어, 크리스티아나. 말이 어려운 것과 말하는 내용이 어려운 것은 엄연히 다르지."

"그래, 내 말이 그거야!"

"그래, 너 바보 같아!"

"아니, 네가 바보 같아!" 나는 이렇게 받아치고 혀를 날름 내밀었다. 카밀이 눈을 부라렸다. 나는 아까 카밀이 던진 돌을 주워서 도로 던졌다. 그 애는 까르르 웃음을 터뜨렸다. 우리는 둘 다 땅바닥에 책상다리를 하고 앉아서 시뻘건 흙으로 집도 짓고 동물 모양도 만들고 놀았다. 카밀은 연신 웃어댔고 나는 뭐가 그렇게 우스우냐고 핀잔을 주었다. 내가 보니 자기도 웃음을 참으려고 애는 쓰는데 그럴수록 더 웃음이 터졌던 모양이다. 나는 골을 내는 척했지만 카밀의 웃음에 전염되지 않을 수가 없었다. 결국 우리는 데굴데굴 구르면서 웃어댔다.

웃음이 겨우 잦아들었을 때 그 애가 말했다. "하느님은 우리에게 말을 주셨지."

카밀은 그게 얼마나 대단한 일인지 표현하고 싶은 듯 양손을 써서 큰 원을 그려 보였다.

"어른들은 말을 이해하려고 애써." 그 애가 오른손 검지로 자기 머리를 가리켰다. "하지만 우리 아이들은 말에 날개를 달아주지."

그러고 나서 자기가 닭이 된 것처럼 두 팔을 펄럭거렸다.

"우리 덕분에 말은 날아다녀."

카밀이 일어나 나에게 손을 내밀었다.

나는 그 손을 잡고 일어났다. 카밀이 양팔을 비행기 날개처럼 쭉 펴고 달리기 시작했다. 그 애가 몸을 오른쪽이나 왼쪽으로 갸우뚱 갸우뚱 기울 일 때마다 나도 똑같이 따라 했다. 우리는 함께 웃었다. 카밀이 뒤돌아 나를 보고 입이 찢어져라 웃었다. 그 애는 앞을 보지 않고 뛰어가다가 표지판에 부딪혀 엉덩방아를 찧었다.

나는 멈춰 섰다. 처음에는 카밀이 다친 줄 알고 놀랐지만 괜찮다는 걸 확인하니 웃음이 터졌다. 카밀은 기분 상한 표정을 지었고 나는 웃느라 발음이 다 샜지만 겨우 이 말을 건넸다. "그래, 네가 땅에서 사는 게 하느님 뜻인 건 알겠다. 네가 날려고 하니까 호되게 바닥으로 끌어 내리시는 거 봐."

카밀은 나에게 혀를 내밀었고 나는 계속 웃느라 정신을 못 차렸다. 결국은 카밀도 웃어버렸다.

카밀은 그런 아이였다.

파벨라

1989~1991년 상파울루

동굴에 살 때 엄마에게 새총 만드는 법을 배웠다. 엄마는 나무와 고무줄로 안정적이고 명중률 높은 새총을 만들려면 어떤 점을 고려해야 하는지 가르쳐줬다. 산투스는 이미 새총이 있었고 카밀에게는 내가 새총 만드는 법과 목표물을 겨냥하고 쏘는 법을 전수했다. 빈민가에서 새총으로 쏠 만한 것은 보통 다른 아이들이나 동물들, 혹은 길에서 흔히 볼 수 있는 물건 따위였다.

내가 제대로 가르치지 못해서 그랬는지 카밀이 그쪽으로 젬병이어서 그랬는지 모르지만 카밀은 새총을 잘 다루지 못했다. 한번은 새총으로 빈 병을 겨냥했는데 돌멩이가 정반대 방향으로 튀어서 카밀의 눈에 맞았다. 어떻게 하면 새총을 쏘다가 자기가 맞을 수 있는지 난 지금도 모르겠다.

산투스와 나는 늘 반바지 뒷주머니에 새총을 꽂고 다녔다. 카밀이 없으면 우리는 주로 새총을 가지고 놀았다. 우리 둘뿐이라면 자기가 쏜 돌에 눈을 맞아 장님이 될 걱정은 없었다.

카밀과 산투스가 나에게 연 만드는 법을 아는지 물어본 적이 있다. 나는 엄마가 만드는 것을 본 적이 있지만 어떻게 하는지는 몰랐다. 우리는 연 만들 재료를 모았다. 산투스는 대나무를, 카밀은 줄을 가져왔다. 나는 쓰레기 비닐봉지들을 구하러 냉큼 달려갔다. 재료가 다 모이자 우리는 앉아서 연 만들기에 돌입했다. 산투스는 대나무를 잡고 얇게 쪼개어 연살을 만들었다. 살이 너무 무거우면 연을 날리기가 어렵다. 반대로 살이 너무 약하면 자칫 부러져버리기 때문에 안 된다. 카밀은 어디서 줄을 뭉치로 찾아와서 엉킨 곳을 풀었다. 풀어낸 줄은 다시 엉키지 않도록 플라스틱 병에다가 돌돌 말았다. 나는 비닐봉지 하나를 길쭉한 직사각형 조각들로 잘랐다. 준비 작업이 끝난 후에는 본격적으로 연을 조립했다. 산투스가 멋지게 잘라낸 두 개의 연살을 내가 찾아온 커다란 비닐봉지에 붙였다. 카밀과 나는 직사각형 비닐 조각들을 세 개의 긴 줄에 묶어서 연 꼬리를 만들었다. 그런 다음 연의 본체에 꼬리를 붙이고 카밀이 깨끗하게 풀어서 플라스틱 병에 감아둔 줄을 두 개의 연살이 교차하는 연의 중심부에 잡아맸다. 산투스가 자랑스럽게 연을 높이 들어 보이자 카밀과 나는 좋다고 춤을 추었다. 이제 연을 날릴 차례였다. 산투스가 맨 먼저 나섰다. 한 손에는 연을, 다른 한 손에는 얼레 역할을 하는 플라스틱 병을 들고 달렸다. 연이 바람을 받아 공중에 떠오를 때까지 나와 카밀은 맨발로 산투스와 나란히 달렸다. 내가 하늘을 나는 연이라면 얼마나 좋을까 하고 생각했던 게 지금도 기억난다.

끝이 좋지 않은 싸움

소년이 죽었다. 내 잘못이었다. 그렇게 될 줄 모르고 한 일이지만 나는 내가 저지른 일을 평생 안고 살아야 한다.

충격을 받아 망연자실한 그 눈이 나를 바라보는 꿈을 꾸다가 화들짝 깨면 온몸이 식은땀에 젖어 있던 밤이 얼마나 많았던가. 뭐라 형용할 수 없는 섬뜩한 느낌이 나와 같은 처지에 있던 다른 아이가 나 때문에 죽었다는 사실을 일깨우고 나를 갉아먹는다. 악몽에서 깨어날 때마다 늘 그 눈, 늘 그 느낌이다. 내가 이번 생에서 행복해질 수 없다면 그건 내가 행복할 자격이 없기 때문이다.

가장 센 놈이 살아남는다고들 하지만 나는 오히려 가장 자포자기한 놈이 살아남는 게 아닐까 생각한다. 그때만큼 굶주림에 시달리고 형편없이 약해진 적은 없었다. 지금 생각해보면 그 일을 나쁜 방향으로 몰고 간 가장 큰 이유는 절망이었던 것 같다. 나는 단짝친구 카밀과 산투스를 모두 잃은 후였고, 그때까지 엄마와 함께 온갖 지독한 일을 견디기만 했다. 더는 부당한 일을 참고 견디기만 할 수 없었다. 그게 설령 나와 비슷한 처지에 있는 사람이 저지르는 일이라고 해도, 더는 봐줄 수 없었다. 누가 뭐라고 하든 그 무렵 겪은 일로 치자면 나보다 억울한 사람, 나보다 한 많은 사람은 없을 성싶었다. 매일 아침 일어나 거울 속에 비친 나를 보면서 내가 아는 모든 것을 모른 체하기는 쉽지 않다. 그건 나의 일부고, 나 자신에게서 도망칠 방법은 없으니까. 어떤 면에서는, 도망치고 싶지 않았다. 그건 너무 쉬운 길이다. 사람 몸이 그렇게 연약하고 망가지기 쉽다는 건 상상도 하지 못했다. 조금 전까지 숨 쉬고, 웃고, 떠들고, 뛰고, 현재를 잘만 살던 사람이 당장 죽어버릴 수도 있다는 걸 몰랐다. 당연하게 생각했던 것이 그렇게 허무하게 사라질 줄이야. 어른도 감당하기 어려운 일인데 어린아이에게는 오죽했으랴. 나는 일곱 살이었다. 칼에 베면 피가 난다는 것은 당연히 아는 나이였다. 아스팔트 바닥에 넘어지면 살이 까지고 아프다는 것쯤은 알았다. 사람이 죽는다는 것도 알았고, 누가 죽었다는 소식을 듣기도 했다. 하지만 그날 나는 내가 배고프다는 것 외에는 뭔가를 안다고 할 수 없었다.

나는 늘 배가 고파서 음식을 구걸하러 다녔다. 음식 냄새만으로 배고픔을 달래는 데 익숙했지만 그것도 한계가 있었다. 아무것도 먹지 못한 날이 며칠이었는지 정확히는 몰라도 하루 이틀은 아니었던 것 같다. 해가 쨍쨍한 날, 낮에 햇볕에 나가기가 고역스러울 만큼 브라질 날씨 기준으로도 무더운 날이었다고 기억한다. 그날도 여느 날처럼 먹을 것을 구하러 나갔다. 그날도 카밀이 보고 싶었다. 그 애를 잃어버린 후로 보고 싶지 않은 날이 하루도 없었다. 엄마는 어디 있었는지 기억이 안 나지만 일거리를 찾으러 다녔을 것이다. 나는 쓰레기통들이 모여 있는 식당 옆 골목에 들어섰다. 골목에는 나 말고 아무도 없었기 때문에 쓰레기통을 뒤지기 시작했다. 삶아서 튀긴 콩을 넣은 플랫브레드(flat bread)● 쪼가리가 보였다. 먹다 남긴 것치고는 덩어리가 제법 커서 횡재했다 싶었다. 입에 침이 고였고, 그걸 먹고 난 후의 만족감이 벌써부터 상상이 되었다.

● 밀가루, 소금, 물을 이용해 만든 반죽을 굽거나 튀겨 납작한 모양으로 만든 빵.

그런데 그 빵이 자기 거라고, 당장 내놓으라고 어떤 애가 소리를 질러서 깜짝 놀랐다. 내 걸 저 애에게 주다니! 나는 내가 찾았으니까 내 거라고 말했다. 그 애는 다른 쓰레기통을 뒤지면 될 일이었다. 나는 그 소년이 그냥 물러나지 않을 것을 알았고 골치 아프게 됐구나 생각했다. 나보다 덩치도 크고 나이도 많아 보이는 상대였지만 싸울 각오를 했다. 소년이 성큼성큼 다가와 내 음식을 빼앗으려고 했다. 나는 발로 차고 때리면서 저항했다. 그러다 빵을 빼앗겼지만 나도 질세라 그 소년의 손을 깨물었다. 소년은 비명을 지르면서 빵을 떨어뜨렸지만 바로 내 얼굴에 주먹을 날렸다. 우리는 정말 치열하게, 죽자 사자 싸웠지만 결판은 금세 났다. 나는 내가 아는 비겁한 편법들까지 동원해가며 열심히 싸웠지만 상대가 너무 셌다. 소년은 나를 쓰레기통 있는 데로 확 밀쳤고 그 바람에 쓰레기통 하나가 엎어졌다. 넘어지면서 바닥을 짚은 손이 까지고 돌멩이와 자갈에 쓸려 손바닥이 찢어졌다. 옆에서 뭐가 깨지는 소리가 났다. 유리병에서 깨진 큰 조각이 보였다. 나는 상체를 일으켰지만 한쪽 다리는 넘어진 쓰레기통에 여전히 걸쳐 있었다. 엄청나게 많은 쓰레기가 쏟아졌는데도 내 눈에는 그 유리 조각밖에 보이지 않았다. 나는 오른손으로 유리 조각을 집어 들었다. 서럽고 배가 고파 눈에 뵈는 게 없었다. 무엇보다, 내가 당한 취급이 부당하다는 생각이 앞섰다. 그건 내 빵이었다고! 그 빵을 도로 빼앗아야만 했다. 나는 일어나서 소년을 향해 달려갔다. 소년은 빵을 주워서 딴 데로 가는 중이었다. 나는 내 빵 내놓으라고 소리를 지르면서 온 힘을 다해 돌진했다. 소년이 뒤돌아선 순간, 미친 듯이 달려가던 나는 손에 들린 유리 조각으로 그의 배를 찔렀다.

소년은 나와 마찬가지로 맨발이었고 무릎까지 내려오는 청반바지만 걸치고 있었다. 나는 일곱 살, 그는 여덟 살이나 아홉 살쯤이었을 것이다. 그는 나보다 피부색이 약간 더 밝았다. 나처럼 검은 눈이 아니라 갈색 눈이었다. 짧게 친 갈색 직모, 삐죽한 귀, 귀염성 있는 얼굴이었다. 소년이 나를 바라봤던 그 순간, 처음에는 놀라움을 드러내다가 충격과 고통으로 서서히 변해갔던 그 눈을 기억한다. 그동안에도 나는 유리 조각을 꽉 붙잡고 있었다. 처음에는 아무 느낌도 없었다. 그러다가 손이 점점 뜨뜻해지는 느낌이 들어서 그제야 유리 조각을 놓았다. 겨우 몇 초 사이에 일어난 일이지만 내 머릿속에는 훨씬 더 긴 시간으로 기억되었다. 뭔가 제대로 된 생각이 떠올랐더라면 좋았겠지만 압도적인 두려움, 내가 잘못을 저질렀다는 두려움이 나를 집어삼켰다. 그리고 두려움은 내가 정말로 끔찍한 짓을 저질렀다는 실감으로 변했다. 나는 소년의 손에서 빵을 빼앗았다. 소년은 이제 저항하지 못했다. 나는 빵을 들고 도망쳤다. 도망치다가 뒤를 한 번 돌아보니 소년은 바닥에 주저앉아 울부짖고 있었다. 내 귀에는 아무 소리도 들리지 않았다. 그냥 달리고 또 달려 그곳에서 멀리멀리 도망갔다.

한참을 달려간 후에 털퍼덕 주저앉아 허겁지겁 빵을 먹었다. 하지만 먹으면 뭐하나, 마지막 한 입까지 목구멍으로 삼키자마자 토하기 시작했는데. 나는 피로 물든 내 손을 보았고 그다음부터 계속 토했다……. 나는 내가 저지른 짓에 충격을 받았다. '용서해줘, 카밀. 용서해주세요, 하느님.' 속으로 계속 그 생각만 했던 게 기억이 난다.

나중에 그 동네 다른 아이에게서 그 골목길에서 소년이 죽은 채로 발견됐다는 말을 들었다. 내가 무슨 짓을 한 건지 깨달았다. 아무에게도 그 일을 말하지 않았다. 엄마에게도 비밀로 했다. 카밀이 살아 있었다면 그 애에게만은 말했을 것도 같다. 다른 아이들은 그 소년이 왜 죽었을까 추측하고 있었지만 나는 답을 알고 있었다. 이건 말하지 않겠다고, 아무에게도 말할 수 없다고 생각했다. 누가 살인지를 좋아할 수 있겠는가?

나는 폭력이 이해되지 않았고, 지금도 이해되지 않는다. 무슨 말이냐 하면, 나는 나쁜 사람들이 저지르는 폭력은 도무지 이해되지 않는다. 한편으로, 폭력은 내가 이해할 수 있는 것이기도 하다. 나에게 정당방위를 위한 폭력은 아주 자연스러운 것이다. 위험에 처한 사람을 보호하고자 사용하는 폭력도 나는 당연하게 여긴다. 폭력은 반드시 최후의 수단이어야 한다고 생각하지만 나 혹은 타인의 목숨이 달린 상황에서 나는 그 최후의 선택지를 반드시 동원할 만한 사람이다. 내 경험을 토대로 했을 때 다른 결론은 나오기 힘들다. 스웨덴에서 고등학교 수업 시간에 했던 토론이 잊히지 않는다. 선생님이 제시한 토론 주제는 사형 제도였다. 우리는 독극물 주사를 맞을 날만 기다리는 미국의 어느 사형수에 대한 다큐멘터리 영화를 봤다. 사형 제도 토론은 나에게 영 내키지 않는 일이었다. 우리 반 친구들은 찬성 혹은 반대 의견을 개진했고 몇몇은 어느 한쪽을 지지할 수 없다는 식으로 말했다. 문제는 "어떤 상황에서는 타인의 목숨을 빼앗을 수도 있느냐?"라는 것이었다.

어릴 적 내 눈으로 충분히 본 바가 있어서 하는 말인데, 세상에는 다른 사람들로부터 반드시 격리해야 할 사람들이 있다. 악으로 똘똘 뭉친 사람들은 존재한다. 그들을 사형시켜야 하는가라는 문제는 토론의 여지가 있지만 나는 인생이 흑 아니면 백으로 확실히 구분되지 않는다는 것을 잘 안다. 반 친구들의 토론을 지켜보면서 이런 생각이 들었다. '아동 노숙자가 어떻게 사는지 너희가 알기나 해? 뭘 안다고 저렇게 자신 있게 떠드는 거지? 너희가 안다면, 가령 자기 손에 다른 사람의 피를 묻히고 살아간다는 게 어떤 건지 안다면, 그렇게 쉽게 대답할 수 있을까? 남의 목숨을 빼앗은 사람이 얼마나 망가질 수 있는지 너희가 아니? 해서는 안 될 일을 해버렸다는 게 어떤 건지 아니?'

자기 자신에게 "난 너를 용서해."라고 말하기는 힘들다. "내가 사람을 죽였어."라는 말은 혼잣말이라고 해도 입 밖으로 내기 힘들다. 나를 용서할 수 있는 유일한 사람은 그 소년인데 그 소년은 이 세상에 없다. 그 소년도 나처럼 그저 먹고살려고 했을 뿐인데. 어떡하면 좋은가? 내가 어떻게 나를 용서할 수 있을까? 정말 모르겠다! 더 나은 사람이 되고 싶지만 난 일개 인간일 뿐이다. 유일한 위안은 나에게 그 소년을 해칠 뜻은 정말 없었다는 거다. 너무 어릴 때였고 극도로 열악한 환경에 놓여 있어서 그런 일을 저질렀다고 생각해본다. 지금 내 삶의 자리에서는 거울 속의 나를 바라보고, 내 속을 들여다보고, 그럼에도 내 눈에 비치는 나를 여전히 좋아할 수 있다. 나는 지독한 어둠을 헤치고 여기까지 걸어왔고, 내 안에는 선하고 좋은 것도 많기 때문에 내가 바라보는 나의 내면을 좋아할 수 있다. 그 소년이 어떤 식으로든 나를 볼 수 있고 내 기분을 알 수 있다면 나를 용서할 수도 있지 않을까.

그 일에 대해서 말할 수 있기까지, 이렇게 누군가에게 털어놓을 수 있기까지 20년 이상이 걸렸다. 맨 처음 이 얘기를 했을 때 나는 해방감을 느꼈지만 뭔가 실망스럽기도 했다. 책에서 읽은 내용이나 사람들 얘기로는 진실이 나를 자유롭게 할 거라고 했는데 그런 기분이 들지 않았기 때문이다. 다른 한편으로, 나는 내게 있었던 일을 비로소 받아들였다. 감정적으로는 아닐지언정, 머리로는 나 자신을 용서할 수 있었다. 소년은 나를 평생 따라다녔고 나는 내가 그를 잊는 것을 용납할 수 없었다. 그를 위해서도, 나 자신을 위해서도. 인간이 상황에 따라서는 어떤 일까지 저지를 수 있는가를 잊으면 안 된다고 생각했다. 그 소년에게 가족이 있는지, 그를 그리워하는 사람, 그가 어떻게 살았는지 말할 수 있는 사람이 있는지는 모르겠다. 그를 기억하고 증언할 의무가 나에게 있는 것 같다. 우리가 다른 환경에서 태어났다면, 그 나이대의 가장 큰 고민이 부모님의 이혼이나 크리스마스 선물을 받지 못하는 것 정도였다면 어땠을까. 우리는 대부분의 아이들과는 차원이 다른 현실을 살았다. 우리는 목숨이 하루 더 붙어 있기만 해도 좋았다.

내가 나를 용서할 수 있었던 유일한 이유는 애초에 그를 죽이려는 의도가 없었기 때문이다. 나는 그저 빵을 돌려받고 싶었다.

브라질에서 맞이한 생일

2015년

리비아와 상파울루의 호텔에서 자고 일어났다. 오늘은 내 생일이다. 나는 서른두 살이 되었다. 사람들은 대부분 나이가 들면 생일을 대수롭지 않게 여기는 듯하다. 사실 생일이 뭐 대수랴. 그래도 나는 생일이 좋다. 일찍 일어나서 운동복과 스니커즈를 착용하고 도시를 한 바퀴 뛰러 나갈까 생각했다. 하지만 나는 방향 감각이 엉망이니 길을 잃을지도 모른다. 그래서 리비아와 아침 일찍 산책이나 나가기로 한다. 호텔 밖으로 나갔더니 날씨가 꽤 쌀쌀하다. 브라질이 그리 따뜻하지 않다는 데 놀랐고, 얼른 햇빛이 나서 기온이 좀 올랐으면 좋겠다. 짐을 무식하게 많이 쌌으면서 정작 필요한 건 안 챙겨 왔다. 도톰한 긴 옷을 한 벌도 가져오지 않은 것이다. 나 자신도 의아할 만큼, 이번 여행에서는 다른 해외여행을 준비할 때와 영 다르게 행동했다. 해외여행을 많이 해봤으니 익숙할 법도 하건만, 이 여행을 앞두고는 정신이 자꾸 딴 데 팔리곤 했다. 세계에서 제일 큰 여행 가방——적어도 내가 들어 올린답시고 낑낑댈 때 체감상으로는——을 싸질 않나, 보따리장수처럼 옷을 바리바리 싸왔는데 입을 옷은 하나도 없질 않나. 리비아도 입을 옷이 없기는 마찬가지지만 그 친구는 가방이라도 작지. 다시 말해, 리비아에게 옷을 빌려 입을 수도 없다는 얘기다.

우리는 작은 카페를 발견하고 들어가 바게트 샌드위치를 주문한다. 수다 떨고, 웃고, 함께 눈물도 몇 방울 흘렸다. 여덟 살 때 이후로 '홈그라운드'에서 처음 맞는 생일이다. 이따가 오후에는 나와 남동생이 입양 전에 지내던 고아원을 방문하기로 했다.

고아원은 브라질에 오기 전에 인터넷으로 찾아두었다. 여행을 며칠 앞두고서는 리비아의 집에 가서 함께 단서들을 찾기도 했다. 나는 입양 문건을 모두 살펴봤고 스웨덴 법원, 스웨덴 국립의료복지평가원, 스웨덴 국제입양센터, 국제입양가족협회, 브라질 대사관, 브라질 영사관에 전화를 걸었다.

내가 희망을 거의 버렸을 즈음, 아버지가 계신 람셀레 본가에 갔다가 낡은 사진첩과 오래된 서류 뭉치 사이에서 웬 로고가 붙어 있는 봉투를 발견했다. 스웨덴 엄마 릴리안은 원래 뭐든지 잘 보관해두는 사람이었다. 브라질에서 샌들과 아기용 이유식을 구입한 영수증까지 그대로 있었다. 하지만 고아원 주소를 바로 알 수는 없었다. 그래도 이번에는 왠지 찾을 수 있겠다는 예감이 들었다. 리비아가 그 봉투에 찍힌 로고를 보더니 '어린이들의 집' 대충 그런 뜻이라고 알려줬다. 그 친구가 봉투에 적혀 있는 주소와 이름을 검색 엔진에 넣어보았다. 검색 결과 중에 어느 고아원 웹 페이지가 있었다. 사진이 거의 없는 텍스트 위주의 웹페이지였기 때문에 리비아가 "여기 맞아?" 물었을 때에도 나는 "모르겠어."라고 대답했다. 그곳이 맞기를 간절히 원했지만 헛된 희망을 품고 싶지는 않았다. 나는 좀 더 확실히 알고 싶었다. 우리는 고아원 관계자와 접촉하기 전에 그곳이 맞는지 확인하는 방법이 뭐가 있을지 논의했다. 리비아의 남자 친구 옌스가 주방 탁자 너머에 앉아 있다가 우리에게 구글 지도 검색을 해보라고 했다. 리비아가 구글 지도 검색에 고아원 주소를 넣었더니 스트리트 뷰로 건물 전경을 볼 수 있었다. 나는 기억을 더듬었다. 나는 늘 브라질에서 살던 기억을 생생하게 간직하고 있다는 자부심이 있었다(비록 내 기억이 두렵기는 했지만). 그런데 한참을 앉아 컴퓨터 화면을 노려봤는데도 긴가민가했다. 어디서 본 건물 같기는 한데 색상이 전혀 달랐다. 내 기억 속의 고아원 출입문은 검은색이 아니라 노란색이었다. 그리고 건물도 내 기억보다 너무 작아 보였다. 나는 리비아에게 고아원 주변 일대도 볼 수 있는지 물었다. 우리는 몇 번의 시도 끝에 고아원을 한 바퀴 돌아볼 수 있었다. 불현듯 내가 보았던 언덕, 문, 벽 따위가 떠올랐다. 나도 모르게 내 입에서 "여기 맞아, 파트리크와 나는 여기서 살았어."라는 말이 튀어나왔다. 나는 안도의 눈물을 줄줄 흘리면서 리비아를 쳐다보았다. 그 고아원이었다. 구글 지도에서 내 역사의 한 조각을 찾았다.

리비아가 이따가 고아원에 갈 건데 기분이 어떠냐고 묻는다. 나는 너무너무 행복하다고 대답한다. 속에서는 오만 가지 감정이 휘몰아치는데 하나하나가 어떤 감정인지는 모르겠다. 그래도 내 생애 최고의 생일이 될 거라는 예감은 있다. 오늘 나는 아무도 내게 줄 수 없었던 놀라운 선물을 받을 것 같다.

고아원

1990년 상파울루

엄마, 동생, 나는 골목을 하나 찾아서 거기에 판지를 깔고 자기로 했다. 엄마와 나는 잿빛 콘크리트 벽에 기대어 앉았고, 동생은 엄마 품에 안겨 있었다. 새근새근 잠자는 내 동생은 참 귀여웠다. 동생은 정말 편안해 보였다. 나도 아기 때에는 저렇게 편안한 얼굴로 엄마 품에 안겨 잤을까 궁금했다. 나도 틀림없이 그랬겠지, 엄마는 나에게 정말 잘해줬으니까. 파트리키는 볼이 통통하고 새까만 곱슬머리를 한 아기였다. 팔다리도 포동포동하고 몸에 비하면 머리가 참 컸다. 나는 동생이 세상이 어떤 곳인지는 알까, 우리가 돈도 없고 집도 없다는 걸 알까 궁금했다. 또한 내가 누구고 엄마가 누구인지는 알까 그것도 궁금했다. 아기에게 가르쳐야 할 것도 너무 많았고, 아기를 위해서 막아줘야 할 것도 너무 많았다. 정말, 셀 수 없이 많았다. 엄마는 나를 보호했던 것처럼 아기를 보호해야 했고, 나는 엄마를 도와야 했다.

우리는 조용히 앉아 있었다. 밤인데도 무더웠고 하늘은 컴컴했다. 별이 하나도 보이지 않았지만 나는 하늘에 별이 있다는 것을 알고 있었다. 보이지 않지만 존재할 수 있다는 건 참 희한하다. 어떻게 어젯밤에는 보였던 별이 오늘 밤에는 흔적조차 없을 수 있담? 왜 낮에는 별을 볼 수 없을까? 엄마는 낮에는 햇빛이 너무 환해서 희미한 별빛이 다 묻히기 때문이라고 했다. 말이 되는 얘기 같기는 했다. 그래도 나는 사물이 존재하면서도 눈에 보이지 않는다는 게 이상했다. 엄마는 사랑도 볼 수 없지만 느낄 수 있으니까 분명히 있는 거라고 했다. 나는 한참을 말없이 앉아 있었다. 다리 한쪽에 쥐가 났다. 나는 원래 말수가 적은 아이가 아니었다. 엄마는 늘 나보고 재잘재잘 질문이 많은 아이라고 했다. 엄마가 대답해줘야 할 게 참 많은 아이라고 했다.

엄마를 쳐다봤다. 엄마는 그냥 앉아서 멀거니 허공을 보고 있었다. 나도 같은 것을 바라보고 싶었지만 엄마가 뭘 보고 있는지 알 수 없었다. 나는 다시 엄마를 쳐다봤다. 엄마는 슬픈 것 같았다. 엄마를 기쁘게 해주고 싶어서 무슨 말을 하면 엄마가 기운이 날까 열심히 생각했다. 엄마가 슬퍼할 때마다 나는 점점 불안해졌다. 생각난 거라고는 이 말뿐이었다.

"엄마?"

"응?"

"내일 내가 돈 많이 생기면 진짜 좋은 거 사드릴게요." 돈이 생길 가능성이 거의 없다는 걸 알고 있었지만 노력은 해봐야 한다는 것도 알고 있었다. 그냥 가게에 불쑥 들어가서 아무거나 낚아챈 후 튀고 보자 생각했던 적도 많았다. 하지만 엄마는 도둑질은 절대 안 된다고 했다. 엄마는 나에게 그러지 않겠다는 약속까지 받아냈다. 나는 그 약속을 여러 번 깨뜨렸고 톡톡히 대가를 치러야 했다.

엄마는 슬픈 미소를 띠고 벌써 새날이 됐다고 말했다. 나는 아직 컴컴한데 왜 새로운 하루가 왔다고 하는 건지 이해하지 못했다. 엄마는 하루가 한 바퀴 돌아가는 데 24시간이 걸리는데 그 24시간은 낮과 밤, 빛과 어둠으로 나뉘어 있다고 설명해줬다. 그 말을 듣고 나니 낮과 밤 중에서 뭐가 먼저인지가 궁금했다. 어디서부터 낮이고 어디서부터 밤인지는 어떻게 알 수 있을까? 엄마가 빙그레 웃었다. 엄마가 아까보다 기분이 좀 나아 보여서 나도 기분이 좋았다.

"시계는 동그랗게 생겼잖아, 알지?"

"응."

"분필 좀 줘볼래?"

내가 어떤 남자아이와 싸워서 분필 한 조각을 빼앗은 적이 있었다. 나는 그 분필을 소중히 아껴가면서 아스팔트에 그림 그리는 데 썼다. 나는 글을 몰라서 내 이름조차 쓰지 못했다. 나는 그 점이 좀 슬펐다. 카밀은 부자들만 글을 쓸 수 있고 우리 쥐새끼들은 평생 부자가 될 일이 없기 때문에 글을 배울 필요도 없다고 했다. 분필 조각이 얼마 안 남아서 아까웠지만 나는 엄마에게 건네주었다. 엄마는 땅에 크게 동그라미를 그리고 숫자를 썼다. 동그라미 윗부분 가운데에 12라고 쓰고 1부터 11까지 차례로 써넣어 시계의 문자반을 그렸다.

"시계는 이렇게 생겼어." 엄마가 말했다. 나도 시계를 몇 번 훔친

적이 있어서 어떻게 생겼는지는 알고 있었다. 하지만 시계가 어떻게 작동하는지는 몰랐다.

엄마는 숫자 12 밑에다가 0을 썼다.

"엄마, 왜 여기는 숫자가 두 개야?"

"쉿, 조용히 해야 엄마가 설명해주지. 네가 자꾸 떠들면 엄마는 아무 말도 안 할 거야." 엄마는 장난스럽게 미소를 지어 보였다. 엄마가 진짜 화내는 게 아니라 괜히 엄포를 놓는 척한다는 것을 알고 나도 씩 웃어 보였다. "자, 우리 예쁜이, 호기심덩어리, 엄마 기분 빼기 좋아하는 꼬마 원숭이, 이제 엄마가 설명할 테니 잘 들어봐." 엄마는 내가 나무를 잘 탄다는 이유로 가끔 '꼬마 원숭이'라고 불렀다. "우리가 말하는 새로운 날은 밤에 시작돼." 나는 당장 질문을 던지고 싶었지만 엄마가 좀 더 들어보라는 신호를 했다. "엄마가 여기에 0이라고 썼잖아?"

"응."

"이 0부터 새로운 하루가 시작되는 거야. 0시부터 시작해서 1시, 2시, 3시, 4시, 5시, 6시, 7시 이렇게 쭉 나아가는 거야. 그사이에 해가 뜨고 밖은 점점 환해져. 아침이 오는 거지. 아침에도 시계는 계속 돌아가. 9시, 10시, 11시, 12시. 12시가 되면 하루의 중간까지 온 거야. 여기서부터 오후로 넘어가서 또 1시, 2시, 3시 이렇게 흘러가. 그러면서 해는 점점 저물고 밖은 어두워지지. 시계는 8시, 9시, 10시, 11시로 넘어가고. 그다음에는 다시 0시로 돌아오는 거야. 이 0시부터 또 다른 하루가 다시 시작돼. 이렇게 하루하루가 가는 거야. 시계는 계속 돌아가고. 무슨 말인지 알겠니?"

나는 잠시 생각을 해보고 엄마가 땅에 그린 시계를 연구했다.

"엄마, 그럼 하루에 시계가 두 바퀴 돌아?"

"그래, 맞아."

"다음 숫자로 넘어갈 때마다 한 시간이 가는 거야?"

"그래, 잘 알아들었구나."

나는 0에서부터 12까지 숫자를 세고 한 바퀴를 더 돌았다. "그럼 하루는 23시간이겠네?"

"아니, 하루는 24시간이야. 0에서부터 숫자를 매기면 24시간 맞아."

"엄마, 0은 아무것도 없는 거잖아. 엄마가 전에 0은 하나도 없다는 뜻이라고 가르쳐줬잖아."

"아냐, 시계 읽을 때에는 0도 하나의 시간이라고 생각해야 해."

"0은 아무것도 없다는 뜻인데 어떻게 그럴 수 있어? 나한테 0원이 있다고 하면 돈이 전혀 없다는 뜻이잖아."

엄마가 웃었다. 엄마는 동그라미를 다시 한번 보여주면서 함께 큰 소리로 시간을 세어봤다. 나는 또 0을 빼먹었다. 그러고 나서 다시 세어봤다. 그런데 이번에는 두 바퀴 돌고 0로 왔을 때 입에서 24가 튀어나왔다.

"자, 네가 24까지 세고 나면 하루는 어떻게 되겠니?" 엄마가 물었다.

나는 잘 모르겠다는 느낌이 들었다. 시계를 두 바퀴 돌면 하루다. 24까지 셌으면 두 바퀴를 돈 거니까 새로운 하루가 시작되겠지.

"새날이 시작돼?" 나는 긴가민가하면서 대답했다.

"맞았어, 우리 꼬마 원숭이 정말 똑똑하네." 엄마가 웃으면서 말했다. "이제 새날이 어떻게 시작되는지 알았지?"

우리는 다시 조용히 앉아 있었다. 나는 시계가 어떻게 돌아가는지 생각했고 새로운 것을 알게 되어 뿌듯했다. 엄마를 흘끗 쳐다봤다. 엄마는 다시 슬픈 얼굴을 하고 있었다.

"크리스티아나, 엄마가 너한테 할 말이 있어. 꼭 해야 되는 얘기야."

"뭔데?"

"엄마가 지난주에 어떤 일자리 구하려고 했던 거 기억나? 음, 거기서 일하게 됐어."

"와, 엄마!" 나는 좋아서 열광했다. 그동안 엄마가 일자리를 구하려고 얼마나 애를 썼는지, 거절당할 때마다 얼마나 속상해했는지 알고 있었으니까. 게다가 지난번 청소 일은 나 때문에, 아니 나에게 있었던 일 때문에 그만두지 않았는가. 이번에 엄마가 새로 하는 일은 내가 꼭 열심히 도와드려야겠다는 생각이 들었다.

"어떤 부잣집에서 하녀로 써준대. 그런데 너하고 파트리키를 데려가면 안 된대."

"엄마, 내가 도와주면 되잖아!"

"엄마도 네가 도움이 되는 거 알아. 하지만 엄마를 써준다는 집에서 애들은 데리고 오지 말래."

나는 슬펐다. 엄마가 어디 가서 나 혼자 거리에서 지내는 건 질색이었다. 카밀이 그리웠다. 혼자 지내는 노숙자는 온갖 위험에 취약하다. 게다가 파트리키는 누가 키운단 말인가?

"엄마, 파트리키는 내가 잘 보살필게."

"아니야, 크리스티아나. 너 혼자 이 거리에서 파트리키를 돌보면서 지낼 순 없어. 그건 너무 위험해. 아기를 돌봐준다는 고아원이 있어서 그쪽에 말을 해두었어. 내일 거기에 갈 거야. 그 사람들이 파트리키를 받아줬으면 좋겠어. 너도 그쪽에 들어갈 수 있게 해달라고 말하려고 해."

"우리, 엄마와 헤어지는 거야?"

"아냐, 최대한 빨리 너희 만나러 올게. 엄마가 약속해."

나는 아무 말도 하지 않았다. 엄마는 내가 속상해하는 것을 알고 두 팔을 벌려 나를 감싸 안았다.

"크리스티아나, 엄마가 너에게 돌아오지 않은 적 있니?"

"그래도……."

"그러니까 이번에도 우린 다시 만날 거야. 우리는 결코 헤어지지 않아."

그날 밤 우리가 나눴던 얘기는 이게 다다. 마음속 깊은 데서부터 이상한 느낌, 내가 아주 싫어하는 느낌이 스멀스멀 피어올랐다. 커다란 변화를 예상하면서도 그게 뭔지는 모를 때의 느낌이.

다음 날 엄마는 파트리키를 데리고 가버렸다. 나는 우리가 밤을 보내는 좁은 골목에서 판지만 깔고 앉아 아주 오랜 시간을 보냈다. 엄마가 나에게 시계를 그려줬던 아스팔트 바닥을 보았다. 엄마가 우리와 따로 살 생각을 했다는 게 화가 났다. 엄마랑 헤어지는 거라고 확신했다. 나는 시위라도 하듯 모든 것에서 손을 놓고 앉아 있었다. 배가 고팠지만 너무 화가 나서 그런 건 안중에도 없었다. 몇 시간이나 지났을까, 엄마가 돌아왔는데 파트리키는 없었다. 엄마가 내 옆에 앉았다.

"뭐 좀 먹었니?" 엄마가 물었다.

"아니!"

"이거라도 먹어." 엄마가 바나나를 내밀었다.

"파트리키는 어디 있어?"

"엄마가 어제 말한 곳에."

"엄마는 파트리키를 버린 거야? 그리고 이제 나도 버리는 거야?" 내가 볼멘소리로 고함을 질렀다.

"크리스티아나, 너도 알잖아. 엄마도 너희와 헤어지고 싶지 않아. 엄마는 너희를 사랑해. 하지만 노숙 생활이 얼마나 위험한지 너도 알잖니. 넌 파트리키에게 나쁜 일이 생겨도 괜찮아?"

"나도 그런 건 싫어."

"지금 파트리키가 있는 곳에는 아이들을 돌봐주는 사람들이 있어서 안전하게 먹고 자고 할 수 있어."

"하지만 내가 파트리키를 못 보잖아!"

"엄마가 원장님한테 말해놓았어. 원장님이 너도 맡아줄 수 있을 것 같다고 했어."

"난 거기 들어가기 싫어!"

"카밀이 당했던 일 생각 안 나? 엄마는 너도 그런 꼴 당할까 봐 무서워. 넌 그렇게 되어도 괜찮아?"

"아니!"

"그렇다면 엄마가 너를 거기 보내는 게 최선이야. 우리가 독하게 변하지 않으면 우리 사는 꼬락서니가 조금이라도 나아질 가망이 없어. 크리스티아나, 너도 나이가 들면 이해할 거야. 엄마가 이렇게 살면 너에게 무슨 도움이 되겠니. 이래서는 아무것도 나아지지 않아. 엄마가 계속 만나러 올 거고 너도 거기서 잘 적응할 거야. 엄마가 약속할 수 있어."

나는 말없이 앉아 있었다. 어떤 면으로는 엄마 말이 옳다고 생각했던 것 같다. 카밀과 다른 어린이 노숙자들이 당했던 일을 내가 어떻게 잊겠는가. 그래도 나는 엄마와 따로 살고 싶지 않았다. 사랑하는 사람들은 헤어지지 않는다. 그때는 그 생각만 들었다.

* * *

얼마 지나지 않아 나도 고아원에 들어갔다. 내가 맨 먼저 한 일은 동생을 보러 간 것이었다. 파트리키는 잘 지내는 것처럼 보였다. 그 애는 울타리가 있는 자기만의 아기 침대에 누워 다른 아기들과 한방에서 자고 있었다.

"엄마가 우리를 보러 올 거야. 엄마가 나한테 그랬어. 나보고 너에게도 금방 온다는 말 전해주랬어. 우리 형편이 조금이라도 나아지려면 돈을 벌어야 한댔어. 엄마는 절대로 우리를 버리지 않는다고 약속했어." 동생에게 이렇게 말해주면서 되레 내가 점점 더 겁이 났다. 내 입에서 나오는 말을 나도 전적으로 믿지 못했기 때문이다. 엄마가 과연 돌아올지 확신할 수 없었다. 우리를 두고 떠나던 엄마의 마지막 표정이 잊히지 않았다. 엄마는 슬픈 얼굴로 눈물을 철철 흘리고 있었다.

"크리스티아나, 엄마가 꼭 올게. 파트리키 잘 돌봐주고 너도 잘 지내렴. 말썽부리면 안 돼. 알았지?" 엄마는 마지막으로 그렇게 말하고 떠났다. 입구에서 엄마는 나를 으스러져라 껴안고 한참 그대로 있었다. 그 후 원장님이 나를 고아원 안으로 데리고 들어갔다. 문이 닫혔다. 뒤를 돌아보니 엄마가 한 손으로 문짝을 잡고 울고 있었다. 내 눈에서도 눈물이 왈칵 솟아나더니 주르르 흘러내렸다. 원장님이 나에게 원장실을 보여주고 따라 들어오라고 했다. 나는 원장님 책상 맞은편 갈색 의자에 앉았다. 원장님은 나를 찬찬히 뜯어보았다. 나는 눈물을 훔치고 허리를 똑바로 폈다.

"이름이 뭐니?"

"크리스티아나 마라 코엘류."

"여기 왜 왔는지 아니?"

"엄마가 돈이 없어서요. 그리고 거리에서 사는 게 위험하니까요."

"몇 살이지?"

"일곱 살요."

"얼마나 오래 거리에서 살았는데?"

"아주 오랫동안요."

"고아원이 어떤 곳인지는 아니?"

"엄마나 아빠가 없는 아이들이 사는 집요."

원장님은 나를 잠시 관찰했다. 뭔가를 지켜보고 싶은 듯했다. 나는 이 사람이 이미 답을 알면서 나에게 질문을 하는 게 이상하다고 생각했다. 원장님은 다시 한번 나를 물끄러미 바라보았다.

"크리스티아나, 여기 있고 싶니?"

원장님의 말투나 질문을 던지는 태도에서 이 질문은 왠지 위험하다는 감이 왔다. 나는 매사에 똑소리 나는 아이까지는 아니었지만 바보도 아니었다. 어떤 질문이나 견해를 액면 그대로 받아들이기에는 내가 너무 오랫동안 길에서 산전수전을 겪었던 모양이다. 나는 잘못 대답해서는 안 된다고 느꼈다. 고아원에서 살고 싶다고 하면 엄마를 잃게 될지도 몰랐다. 어쩌면 엄마를 두 번 다시 못 볼지 누가 알겠는가. 그렇다고 거기서 살기 싫다고 하면 나는 다시 거리로 내몰릴지도 몰랐다. 그러면 파트리키는 고아원에 혼자 남아야 한다. 엄마가 나에게 실망할지도 모르고 나 역시 파트리키를 잘 돌보겠다는 약속은 꼭 지키고 싶었다. 어쨌든 대답은 해야 했다. 이도 저도 아닌 대답을 하면 함정을 피해갈 수 있을지도 몰라, 라는 생각이 들었다.

"동생하고 같이 있고 싶어요. 하지만 엄마도 정말 보고 싶어요. 동생이랑 엄마가 없으면 너무 슬플 것 같아요. 어쨌든 제가 길에서 지내지 않아도 되게 여기에 받아주셔서 고맙습니다." 나는 숨을 죽였다. 내가 제대로 말한 걸까? 내가 할 수 있는 한에서 가장 싹싹한 태도를 취했고 거짓말이 아님을 호소하려고 원장님의 눈을 보면서 말했다. 원장님은 잠시 내 눈을 바라보았다. 그다음에 원장님이 던진 질문은 내가 전혀 준비하지 못한 것이었다.

"너는 왜 엄마와 너희가 길에서 살게 됐다고 생각하니?"

"아무도 우리를 돌봐주지 않아서요."

"왜 아무도 너희를 돌봐주지 않는다고 생각해?"

"돈 있는 사람이 우리에게 아무것도 주지 않으니까요. 우린 일자리를 구하지도 못해요. 사람들은 우릴 미워해요."

"으흠." 원장님은 계속 말해보라는 듯이 추임새를 넣었다.

"사람들은 우리를 쥐새끼라고 부르고 막 때려요. 경찰도 그런 사람들을 말리기는커녕 우리를 때려요."

"그건 참 안타까운 얘기로구나. 넌 나이에 비해 똑똑한 것 같아. 많은 아이들이 그렇지만 너도 너무 빨리 철이 들었구나."

원장님은 서류를 몇 장 꺼내서 뭐라고 휘갈겨 썼다. 나는 원장님이 메모를 하는 동안 얌전하게 앉아 있었다. 내가 제대로 대답을 했는지 그게 계속 궁금했다.

"크리스티아나, 너는 지금부터 여기서 지내게 될 거야. 당분간은 여기가 너의 새로운 집이야. 너는 네 또래 다른 여자아이들과 같은 방을 쓸 거야. 이 고아원에는 갓난아기부터 열다섯, 열여섯 살까지 다양한 연령대 아이들이 있어. 그리고 네가 꼭 지켜야 할 규칙들도 있고. 만약 규칙을 어기면 여기서 쫓겨나 다시 길바닥에서 자게 될 거야. 크리스티아나, 규칙이라는 게 뭔지는 아니?"

"네, 알아요."

"한번 설명해볼래?"

"규칙은 모두가 꼭 지켜야 하는 거예요. 책임을 져야 하는 사람들이 규칙을 만들면 나머지 사람들은 그걸 따라야 해요."

"아주 잘 말했다! 여기서 결정을 내리는 사람은 나란다. 내가 책임을 져야 하는 사람이야. 나뿐만 아니라 여기서 일하는 어른들도 책임져야 할 것이 아주 많아. 나와 그 어른들 말씀을 잘 들어야 해. 알았니?"

"네!"

"말썽 일으키면 안 돼. 그리고 여기서 몇 가지는 반드시 정해진 시간대로 해야 해. 학교에도 다녀야 하고, 공부도 열심히 해야 해. 알았니?"

"네!"

"좋았어! 무슨 일 있으면, 그게 뭐가 됐든 중요한 일이라면 늘 나에게 말해주렴. 알았니?"

"네!"

"좋아! 이제 새로운 집에 적응하는 시간을 갖도록 하렴."

나는 살짝 언짢았다. 물어보고 싶은 것은 많았지만 내가 던질 수 있는 질문은 하나뿐이었다. 가장 중요하다고 생각되는 질문 하나. 다른 질문들은 나중에 해도 괜찮을 성싶었다. 나는 그 단 하나의 질문을 꺼내는 최선의 방법을 고심했다.

"원장님, 죄송하지만……. 꼭 알고 싶은 게 있어서요……. 파트리키와 저는 엄마를 다시 만날 수 있는 거죠? 그것만 알고 싶어요."

원장님이 책상 앞에서 일어나 내 쪽으로 걸어왔다. 기분이 불편해졌다. 나는 원장님의 눈을 쳐다보기 위해 고개를 바짝 들었다.

"일요일마다 여기로 애들을 보러 오는 부모님들이 있어. 한 번 오면 몇 시간 정도 지내다 가지. 엄마가 너희를 보고 싶어 하고 실제로 보러 올 여건이 된다면 그때 오면 돼. 그렇지만 나라면 크게 기대하지는 않을 것 같구나, 크리스티아나." 원장님은 생각에 잠긴 듯 묘한 눈으로 나를 바라보았다. 그러고는 돌아서서 앞장서서 걸었다.

나는 조용히 그 뒤를 따라갔다. 과감하게 질문을 던졌고 대답도 받았다. 원장님은 엄마가 올 거라고 기대하지 않는다고 했다. 하지만 엄마는 꼭 온다고 약속했다. 나는 엄마를 다시 만날 거라고 믿었다. 완전히 자신하지는 않았지만 그런 믿음은 있었다.

겁이 난 나는 으레 하던 대로 했다. 등을 쭉 펴고 마음속의 감정을 밀어낸 채 원장님을 따라 아이들이 잔뜩 있는 방으로 들어갔다. 우리가 들어가자 방 안이 삽시간에 조용해졌고 모두의 시선이 나에게 쏠렸다. 나는 내 맨발을 내려다보았다. 원장님이 나의 이름이 크리스티아나이고 이제부터 그들의 새 친구로서 함께 살 거라고 하는 말이 어디선가 아득하게 들리는 듯했다.

고아원에 들어가서 처음에는 모든 게 좋았다. 나는 일요일을 목 빼고 기다렸다. 친구도 금세 사귀었다. 나는 그곳에서 파트리시아라는 여자아이와 단짝이 되었다. 파트리시아는 내가 본 여자아이 중에서 가장 예뻤다. 나보다 한 살 어렸을 거라 생각하지만 실제로는 나보다 한 살 많았을지도 모른다. 그 애가 어쩌다가 고아원에 왔는지 얘기를 들었던 것 같은데 지금은 기억이 나지 않는다. 파트리시아는 수줍음이 많고 차분하면서도 신중했다. 나랑은 정반대였다. 그 애는 갈색 눈의 백인이었고 굵게 컬이 진 금발이었다. 머리 모양은 나처럼 짧았다. 고아원에서는 머릿니를 박멸하기 위해 남자아이 여자아이 가릴 것 없이 머리를 짧게 쳤다. 파트리시아는 착한 아이였고 혼자 놀 때가 많았다. 나는 그 애가 절대로 다른 사람을 힘들게 하거나 아프게 하지 않는다는 점을 높이 샀다. 하지만 내가 파트리시아에게 마음을 완전히 주었던 것은 아니다. 가장 친한 친구를 잃은 기분을 아니까 그럴 수 없었다. 두 번 다시 그런 기분을 느끼고 싶지 않았으니까. 그렇지만 파트리시아와 나는 늘 붙어 다니지는 않으면서도 점점 가까워졌고 고아원 안에서 제일 친하다고 말할 수 있는 사이가 되었다. 우리는 나란히 앉아서 슈샤(Xuxa)의 노래를 함께 부르곤 했다. 우리가 제일 좋아한 노래는 「일라리(Ilarie)」였다. 슈샤는 우리가 일주일에 한 번 시청하는 어린이 방송 프로그램에 나오는 연예인이었다. 파트리시아는 내가 노래를 부를 때마다 웃었다. 나보고 엉터리 소리를 성량으로 때운다고 말한 적도 있다. 노래를 몇 곡이나 불러서 파트리시아를 대판 웃긴 후에야 내 노래가 음정이 안 맞아서 그 애가 그런 말을 했다는 것을 알았다. 내가 가수로 성공해서 돈방석에 앉을 일은 절대 없을 거라고 인정하기까지 그로부터 몇 년이 더 걸렸다. 내가 살면서 저 사람 말은 귀담아들어야 한다고 생각한 경우는 몇 명뿐인데 파트리시아는 그중 한 명이다. 그리고 파트리시아가 고아원에서 생활하면서 학교에 다닌 기간도 나보다 훨씬 길었기 때문에 나는 여러모로 그 친구에게 많이 의지했다.

나는 파트리시아를 만나서 운이 좋았다. 많은 아이들이 한집에서 생활하면 골치 아픈 일을 피할 수 없다. 그런 곳에는 반드시 따라야 할 규칙이 있다는 사실이 나에게도 점점 명확히 다가왔다. 고아원에서는 그날이 그날 같았다. 매일 아침 아이들은 샤워실 밖에 모여 줄을 섰다. 샤워실은 한 번에 몇 명밖에 쓸 수 없었으므로 자기 차례가 오기를 기다려야 했다. 타월도 늘 모자라서 다들 먼저 샤워실에 들어가고 싶어 했다. 샤워를 하고 나면 엄청 추운데 타월까지 없으면 여간 낭패가 아니니까. 보통은 힘세고 목소리 큰 아이들이 억지로 앞으로 밀고 들어오곤 했다. 나는 늘 일찍 일어나 앞쪽에 줄을 서는 아이였지만 매일 늦게 나오는 파트리시아를 내 앞에 세워주었다. 한번은 꼴찌로 샤워를 해봤는데 두 번 다시 꼴찌로 하지는 않겠다고 이를 갈았다. 축축한 수건밖에 안 남은 데다가 앞에서 더운물을 다 써버린 바람에 이게 샤워인가 고문인가 싶기도 했지만, 더 중요한것은 원칙의 문제, 말하자면 자존심의 문제였다. 샤워실 앞에 줄 세우기, 그 밖에도 고아원 안에서의 수많은 줄 세우기는 아주 단순하게 작동했다. 힘센 아이는 앞에, 약한 아이는 뒤에 서게 마련이었다. 앞으로 가고 싶으면 자기 앞에 선 사람과 싸워야 하는 거다. 싸움에서 이기면 앞에 있던 사람을 내 뒤로 보낼 수 있다. 파트리시아는 싸울 필요가 없었다. 우리 뒤에 서 있던 아이들이 그 애를 걸고 넘어지진 않았으니까. 하지만 파트리시아를 줄에 끼워준 사람, 다시 말해 나는 내 뒤에 있는 아이들과 싸워야 했다. 싸움을 작정했는데 그 결과가 패배라면 맨 끝으로 밀려날 위험도 있다.

고아원에서도 거리에서처럼 위계 서열이 있었고 아무도 맨 밑에서 놀고 싶어 하지 않았다. 나는 이곳 생활이 쉽지 않겠구나 실감했다. 고아원에서 일하는 사람들이 나를 좀 좋게 봐준다는 이유로 나를 정말로 미워하는 애들이 몇 명 있었다. 엄마는 나에게 기본적인 예의를 가르쳤고 늘 남들에게 친절하고 도움이 되는 사람이 되라고 당부했다. 엄마의 가르침은 내 삶에 큰 힘이 되었다. 하지만 아이들 틈바구니에서 살아남으려면 바로 그 아이들과 어울리면서 피차 서로 뒤를 봐주는 사이가 되어야 한다. 혼자는 약하다. 거리에서 살아보면 그 사실을 금세 배우게 된다. 나는 늘 다소 계산적이었고 세상 물정에 밝았다. 그 점이 때로는 크게 도움이 됐고 때로는 그리 좋게 작용하지 않았다. 고아원 어른들에게 인정받는 데에는 톡톡히 도움이 됐다. 하지만 금세 적들도 생겼다. 그중 한 명이 가브리엘라였다.

고아원에는 암묵적인 규칙들도 있었다. 첫째, 고자질을 하지 말 것. 둘째, 나쁜 사람들과 친하게 지내지 말 것. 셋째, 고아원 관계자에게 알랑대지 말 것. 넷째, 남들에게 없는 물건을 갖지 말 것(가족이나 관계자에게 받은 물건이 산산조각 나는 일은 아주 흔했다). 다섯째, 고아원에서 벌 받을 만한 일은 애초에 하지를 말 것.

허구한 날 이 간단한 규칙들에 대한 위반이 발생했다. 내가 위반을 하는 경우도 더러 있었다.

일요일은 내가 제일 좋아하는 날

엄마는 일요일마다 나와 파트리키를 보러 왔다. 우리는 고아원 뒷마당에서 만났다. 뒷마당에는 수풀이 우거져 있었고 아보카도 나무들도 자랐다. 거기에는 무대 비슷한 공간도 있었다. 마당은 굉장히 넓었지만 우리 원생들이 뒷마당에 가도 좋은 때는 정해져 있었다. 일요일이 바로 그런 때였다. 부모님이나 친척, 친한 친구가 면회를 온 원생들은 뒷마당에 가도 좋았다. 찾아올 사람이 아무도 없는 원생들은 대개 고아원 건물 안에 남아 있었다. 어떤 아이들은 굳이 밖에 나와서, 보고 싶던 사람들을 만난 다른 원생들을 시샘하면서 구경하곤 했다. 나는 일요일이 좋았다. 일요일은 좋은 날, 매일매일이 일요일이었으면 좋겠다고 생각했다.

때때로 원생들이 고아원을 찾아온 손님들에게 장기자랑 같은 것을 선보이기도 했다. 우리가 연극을 했던 기억이 난다. 우리는 『마르셀루, 마르멜루, 마르텔루』라는 책을 본 적이 있었다. 그 책에 어떤 소년과 신발과 망치에 대한 이야기가 나왔다. 그 이야기를 가지고 연극을 하기로 했고, 나는 엄청나게 긴장을 했다. 사람들 앞에서서 모두가 들을 수 있는 소리로 말을 해본 적도 없었으니까. 게다가 나 아닌 다른 사람인 척해야 하다니, 눈앞이 캄캄했다. 내가 무슨 역을 했는지 기억도 안 난다. 그때 그렇게 긴장했으면서 지금도 그 책을 가지고 있다는 게 좀 희한하다. 그래도 나는 행복했다. 엄마가 자랑스러워하기를 바랐기 때문이다. 나는 엄마의 웃는 얼굴을 보고 싶었고, 무대에서 다른 아이들보다 단연 뛰어난 모습을 보여주고 싶었다. 엄마는 늘 내가 마음만 먹으면 뭐든지 잘 해내는 아이라고 했다.

공연 당일, 다른 아이들이 짓궂게 약을 올리고 나를 더 초조하게 만들려고 용을 썼지만 나는 엄마가 했던 말만 생각했다. 내가 마음만 먹으면 뭐든지 잘 해낼 거라는 예전 그 말만 마음에 새겼다. 나는 최고로 해내겠다고 마음을 먹었다. 그 책을 마르고 닳도록 읽었다. 나는 아주 느리게, 시간을 많이 들여서 읽었다. 소리를 내는 데 그치지 않고 내가 정말로 의미를 이해해야 했기 때문이다. 나는 글을 배운 지 얼마 안 되어 읽기를 별로 해보지 않았기 때문에 읽는 속도가 느렸다.

일요일이 다가올수록 긴장이 되었다. 엄마가 자랑스러워했으면 좋겠다는 생각 말고는 아무 생각도 할 수 없었다. 나와 엄마는 일주일에 겨우 몇 시간 얼굴 보는 게 다였다. 나는 엄마가 고아원을 떠날 때 내 딸이 참 착하고 재주도 많구나, 다음 주 일요일에도 꼭 와서 우리 딸을 봐야겠다, 라고 생각하기를 바랐다. 공연을 하루 앞두고 우리 원생들은 마당에서 총연습을 했다. 나는 내 차례를 기다리는 동안 덤불 옆에 앉아서 작고 단단한 열매를 땄다. 그 열매는 꼭 구슬 같았다. 나는 그 열매 이름은 몰랐지만 그걸 실에 꿰어 팔찌를 만들 수 있다는 건 알았다. 열매는 초록색이었고 진짜 구슬처럼 작고 동글동글하면서 돌처럼 단단했지만 구멍이 나 있어서 실로 꿰는 건 어렵지 않았다. 나는 그 자리에 앉아서 엄마에게 줄 팔찌를 만들었다. 팔찌 하나를 만들려면 열매가 몇 개나 필요할까 궁리했던 기억이 난다. 엄마 손목이 내 손목보다 굵을 테고, 내가 만약 팔찌를 너무 작게 만들면 엄마 손에 들어가지도 않을 테니까. 반면, 팔찌가 빠지면 낭패니까 너무 커서도 안 되었다. 그날 오후에 팔찌를 완성하진 못했지만 밤에는 끝낼 수 있도록 열매는 충분히 따두었다.

나는 밤늦도록 피곤한 줄을 몰랐다. 내일에 대한 기대와 흥분 때문에, 다른 한편으로는 긴장 때문에 몇 번이나 잠에서 깼다. 그러고 아침에 일어났더니 잔 것 같지도 않았다.

우리는 여느 날처럼 샤워를 하고 옷을 갈아입고 잠시 빈둥거리다가 아침을 먹으러 식당으로 갔다. 우리는 저마다 가장 좋은 옷을 차려입었다. 식당에 내려가서 파트리시아 옆에 앉았다. 너무 떨려서 음식이 목구멍으로 잘 넘어가지 않았다. 그래서 우유와 설탕을 넣은 커피만 마셨다. 설탕을 잔뜩 들이부은 커피를! 그러고 나니 허기도 가라앉고 기분도 좀 나아졌다. 커피 덕분이었는지, 옆에 앉은 파트리시아 덕분이었는지는 잘 모르겠다. 어쨌든 그 애가 탁자 밑으로 내 손을 꼭 잡아준 건 맞다.

그날은 오후가 영원히 오지 않을 것처럼 느껴졌다. 부모님들이나 친척들은 일요일 오후에 오기로 되어 있었다. 시간이 흐를수록 나는 심하게 초조해졌다. 숨을 천천히 고르고 긍정적인 생각을 하려고 노력했다. 그러다 드디어 시계가 열두 시를 알렸다. 연극에 출연하기로 되어 있던 원생들은 모두 이미 뒷마당에 나와 있었다. 연극에는 참여하지 않더라도 밖에 나가도 된다는 허락을 받은 아이들도 나와 있었는데, 그날은 면회 손님이 없는 아이들도 굉장히 많이 나왔다. 다들 연극을 보러 나온 아이들이었다. 몇몇은 재미있는 구경 삼아 나왔고, 몇몇은 연극에 출연하는 아이들의 실수나 바보짓을 지켜볼 속셈으로 나왔다. 가브리엘라도 자기네 패거리와 함께 나와 있었다. 그 애는 나를 보고 대뜸 야유를 퍼부었다. 내가 자기 옆으로 지나가자 휘파람 소리를 내면서 이렇게 말했다. "잘해봐, 망할 쥐새끼 계집애! 열심히 해, 어차피 개망신을 당하겠지만!"

면회 온 가족들이 모여들었다. 내 눈은 엄마를 찾기에 바빴다. 일요일마다 그랬듯이 나는 엄마에게 달려가 안기고 싶었고, 나를 꼭 안아주는 엄마 손길을 느끼고 싶었다. 그러나 엄마는 보이지 않았다. 모두 이미 뒷마당으로 들어왔고 더는 아무도 오지 않았다. 우리 엄마는 어디 있지? 왜 못 왔을까? 내가 뭘 잘못했나? 엄마는 그냥 조금 늦는 걸지도 몰라. 그럴 거야. 늦게라도 달려올 거야. 나는 구슬 열매가 달리는 수풀 옆에 앉아서 기다리고 또 기다리다가 오늘은 엄마를 볼 수 없음을 깨달았다. 무슨 이유인지는 몰라도, 엄마는 오지 않기로 했거나 올 수 없는 사정이 있었던 것이다. 나는 행복해 보이는 다른 아이들을 바라보았다. 다들 포옹을 나누고 깔깔 웃으며 좋은 시간을 보내고 있었다. 나는 시무룩하니 그 애정 넘치는 현장을 구경만 하고 앉아 있었다. 그제야 가족들이 찾아오지 않는 원생들은 어떤 심정일지 이해가 갔다. 그리고 엄마가 왜 오지 않았는지 궁금했다.

"어머, 크리스티아나가 불쌍하게 됐네. 너희 엄마가 남자랑 붙어먹느라 널 버렸구나?" 가브리엘라의 야유에 나는 꼭지가 돌았다. 다른 집 부모들도 다 와 있는 자리에서 그 애에게 달려들 수는 없었다. 그랬다가는 무서운 벌을 받게 될 게 분명했으니까. 그래서 나는 가브리엘라를 쏘아보면서 "네가 뭘 알아?"라고만 했다. 가브리엘라는 그쯤에서 멈추지 않았다. "알고말고, 너희 엄마가 지금 어디 있는지도 알겠는데? 길에서 남자 잡느라 너 같은 건 생각도 안 할걸?"

나는 당장 그 애의 치아를 몽땅 부숴버릴 각오로 벌떡 일어났다가 가까스로 참았다. "너, 그 말 후회하게 될 거야." 나는 뒤돌아서서 가브리엘라 패거리의 잡소리가 들리지 않는 곳으로 걸어갔다.

"뭐 때려 부술 거 찾으러 가?" 가브리엘라가 들으란 듯이 외치자 그 패거리가 깔깔대고 웃었다.

너무 속상하고 화가 났다. 엄마에게 실망했다. 뒷마당에서 원장님 목소리가 들렸다. 원장님은 무대에 서서 오늘 원생들이 연극을 준비했는데 이제 곧 공연을 시작할 거라고 했다. 세상에, 난 그냥 도망가서 숨고 싶은 마음뿐이었다! 하지만 그럴 수 없다는 것을 알았다. 그랬다가는 가브리엘라 패거리가 더 의기양양해서 설쳐댈 테니까. 나는 무대로 돌아갔고, 그게 그날의 마지막 기억이다.

나는 나 자신과의 약속을 지켰다. 나중에 가브리엘라를 보자마자 그 애에게 달려들었다. 현장에 있던 아이들이 금세 우리를 빙 둘러쌌다. 싸움 구경꾼이 제법 많아서 잘됐다 싶었다. 가브리엘라의 굴욕을 가급적 많은 사람이 지켜보기 원했으니까. 나는 가브리엘라에게 연거푸 주먹을 날리면서 소리 질렀다! "죽여버릴 거야! 죽여버릴 거야!" 내가 그런 말을 농담 아닌 진담으로 하기는 난생 처음이었다.

"네 엄마 창녀라고 해서 열 받았냐? 네가 왜 미쳐 날뛰는지 알아? 그게 사실이니까 찔려서 그러지!" 가브리엘라는 한술 더 떴다.

거기까지였다. 나는 눈에 뵈는 게 없었다. 그대로 가브리엘라에게 몸을 날려 그 애를 차갑고 딱딱한 바닥에 쓰러뜨렸다. 싸움을 부추기는 함성이 뒤에서 들렸다. 어차피 상관없었지만. 우리는 서로 엉겨 붙어 바닥에서 구르며 싸웠다. 무슨 일이 일어나든 내가 이긴다고 확신했다. 나는 바닥에 뻗은 가브리엘라의 배를 타고 앉기에 이르렀다. 그 애는 발버둥을 치며 빠져나가려 했지만 온몸의 무게를 실어 내리누르는 나를 떨쳐낼 수는 없었다. 일단 가브리엘라의 손을 제압하고 그 애의 왼쪽 팔을 내 오른쪽 무릎으로 짓눌렀다. 그다음에 나는 한 손으로 그 애의 오른쪽 팔을 휘어잡고 남은 한 손을 높이 쳐들었다. 그 애의 눈에서 공포를 보았다. 가브리엘라는 나에게서 순도 100퍼센트의 미움을 보았을 것이다. 그 애의 얼굴을 후려쳤다. 코피가 확 터졌지만 그런 건 안중에도 없었다. 가브리엘라는 울부짖었고 나는 있는 힘을 다해 쉬지 않고 주먹을 날렸다. 내가 다시 일격을 날리려고 쳐든 주먹을 고아원 선생님 한 명이 뒤에서 잡아채고는 나를 가브리엘라에게서 떼어냈다. 나는 발길질을 하고 허우적거리면서도 가브리엘라를 죽여버리겠다고 고함쳤다.

"너 딱 기다려! 네가 생각지도 않을 때, 널 꼭 죽여버릴 테니까!" 나는 으르렁댔다.

훗날 그 싸움을 돌이켜 보면 섬뜩한 일이지만, 고아원에서 일하는 분이 달려와 나를 억지로 끌어내지 않았어도 과연 내가 그 애를 살려놓았을지 솔직히 잘 모르겠다. 정말로 그 애가 미워서 견딜 수 없었고 그 순간에는 그 애를 죽여야겠다는 생각밖에 없었다. 내 몸의 세포 하나하나까지 가브리엘라가 고통에 몸부림치고 그 생명이 확실히 뿌리 뽑히는 광경을 보기 원했다. 가브리엘라 같은 인간들은 지구상에서 씨를 말려야 한다고 생각했다. 난 비열하고 역겨운 인간들을 수없이 봐왔고, 외롭고 비참한 상태였다. 고아원 선생님이 제때 나서줘서 지금도 고맙다.

선생님이 나를 안아줬고 나는 조금 진정이 됐다. 가브리엘라를 보니까 분이 조금 풀렸다. 사방에 피가 튄 것을 보고 슬쩍 만족감이 들었던 것이다. 선생님은 누가 싸움을 시작했느냐고 물었다. 그녀는 둘 중 어느 쪽에게 벌을 줘야 할지 몰랐다. 가브리엘라는 피투성이로 쓰러져 있었다. 선생님은 완전히 질린 표정이었지만 그래도 싸움을 먼저 건 사람에게 벌을 줘야 한다고 생각했던 것 같다. 고아원에서는 늘 그랬다. 싸움이 어떻게 흘러가든 먼저 시작한 사람이 규칙을 어긴 것으로 간주했다. 선생님은 다시 한번 묻고는, 그 자리에 있던 아이들에게 사실대로 말하지 않으면 단체로 벌을 받을 거라고 엄포를 놓았다.

아무도 입을 열지 않았다.

그 자리에 있던 아이들은 이제 나를 두려워하고 있었다. 누구든 고자질을 했다가는 나에게 보복을 당할 거라 생각했던 것이다. 하지만 나 역시 얼른 자진 신고를 해서 단체 기합만은 피해야 한다는 것을, 그렇지 않으면 아이들에게 미운털이 박힌다는 것을 알고 있었다. 그래서 나는 영리하게 행동했다. 그게 옳은 일이라고 생각해서가 아니라 순전히 타산적으로, 아이들을 내 편으로 만들기 위해서 그렇게 행동했다. 더욱이 내가 고아원 선생님들을 두려워하지 않는다는 것을, 기꺼이 벌을 받을 용기가 있다는 것을 보여줄 기회였다. 그러면 이제부터 모두들 나에게 시비를 걸기 전에 한 번 더 생각하지 않겠는가.

선생님들이 가브리엘라를 데려가서 상처를 치료했다. 무엇이 나를 기다릴지는 알 만했다. 내 주위에는 어린아이들뿐만 아니라 나이가 많은 원생들도 와 있었다. 싸움을 말린 선생님이 나에게 왜 가브리엘라를 때렸는지 물었다. 나는 대답하지 않았다. 선생님이 다시 한번 묻는데 목소리가 얼음장 같았다. 그래도 대답하지 않았다. 나는 고개를 빳빳하게 쳐들었다.

나는 겁먹지 않았으며 외려 당당하다는 것을 보여주고 싶었다.

도전적으로 묵비권을 행사하면 내 입장이 더 불리해지는 줄은 나도 알고 있었다. 하지만 결과를 받아들일 각오는 되어 있었다. 아이들이 다 있는 자리에서 가브리엘라가 우리 엄마를 두고 뭐라고 했는지 밝히고 싶지 않았다. 그 애들이 이제 감히 나에게 대놓고 조롱하지 못한다 해도 자기들끼리 뭐라고 쑥덕거릴지 알 게 뭔가. 엄마에 대한 중상모략을 굳이 내 입에 담고 싶지 않았다.

선생님은 나에게 티셔츠와 바지를 벗으라고 했다. 나는 아이들 앞에서 달랑 팬티 한 장만 걸치고 서 있었다. 그녀는 나의 한쪽 손을 잡고 등이 보이게 돌려세웠다. 그러고는 다른 쪽 손에 허리띠를 들고 나의 등과 다리에 매질을 했다. 나는 도망치려고 했지만 그때마다 그녀는 나를 자기 쪽으로 잡아끌었다. 나는 허리띠로 매질을 당하면서 계속 선생님 주위를 뱅뱅 도는 꼴이 되었다. 어떻게든 매질을 피하려고 몸부림쳤지만 소용이 없었다.

매질은 아팠다. 끔찍이도 아팠다. 그날 밤 등이 너무 아파 잠도 못 잤다. 앉아 있는 것조차 힘들었다. 온몸이 부었다. 등과 다리의 상처가 활활 타는 것 같았고 피가 나는 곳도 있었지만 나는 한 점 후회도 없었다. 엄마는 이걸 잘한 일이라고 생각하지 않겠지, 내가 저지른 짓을 좋아하지 않겠지, 그래도 상관없다. 왜 내가 엄마 뜻대로 살아야 하는데? 엄마는 나와 파트리키를 버렸잖아. 우릴 보러 온다는 약속을 어겼잖아. 엄마는 우릴 버리지 않겠다고 약속해 놓고서 결국 그 약속을 어긴 거야. 나는 소리 없이 혼자 울었다. 선생님이 잘못했다고 사과하고 다시는 그러지 않겠다고 약속하라고 했지만 나는 아무 말도 하지 않았다. 그 순간이 자랑스러워서가 아니었다. 믿을지 모르겠지만 그때는 정말 너무 아파서 선생님이 죽으라고 하면 죽는시늉까지 할 수 있을 것 같았다. 그래도 맞을 짓을 한 애를 때렸는데 사과를 하라니, 안 될 말이었다. 내가 잘못했고 가브리엘라가 우리 엄마를 두고 한 나쁜 말이 다 사실이라고 인정하라는 건가. 절대로 그럴 순 없었다. 가브리엘라는 백 번 천 번 맞아도 쌌다.

그 생각이 바뀌는 데는 오랜 시간이 걸렸다. 이제는 가브리엘라가, 그리고 크리스티아나가 안타깝다는 마음밖에 없다. 우리 둘은 지독한 미움이 일상의 일부인 세상에서 살고 있었다. 아이들이 그런 세상에서 자라서는 안 된다. 지금이라면 가브리엘라가 고아원에 들어오기 전까지 어떻게 살았을지 짐작해볼 수 있다. 어린애가 이유도 없이 분노와 미움으로 똘똘 뭉쳐 살았을 리 없다. 나는 알아야 한다. 여덟 살의 나 역시 분노와 좌절이 그렇게 심하지만 않았더라면, 이렇게 어른이 되어서 그 일을 돌아보고 정말로 그 애가 죽을 때까지 그 애를 때렸을지도 모른다는 생각은 하지 않으리라. 가브리엘라도 나도, 그리고 길에서 먹고 자는 모든 아이들도, 훨씬 더 좋은 것을 누릴 자격이 있었다. 그 애는 더 많이 사랑받고 더 행복하게 살아도 좋았을 아이였다.

스웨덴에서 산 지 한참 됐을 때 어떤 브라질 여자가 나에게 브라질 어느 지방 출신인지, 어느 지역에서 살았는지 물어본 적이 있다. 나는 빈민가에서 먹고 자고 했다고 솔직하게 대답했다. 그 여자는 미소를 지으면서 이렇게 말했다. "아, 거리의 아이들은 행복하지요.

진짜 신명 나게 사는 아이들이잖아요."

이 말을 어떻게 생각하는가? 아주 틀린 말은 아니다. 그 아이들에게는 믿기지 않을 정도의 환희가 있다. 그렇지만 믿기지 않을 만큼 압도적인 고통과 슬픔도 있다.

왜 엄마를 만나면 안 되나요?

가브리엘라와 피 튀기게 싸우고 나서 나는 원장실에 불려 갔다. 원장님이 어떻게 된 일인지, 왜 먼저 주먹을 휘둘렀는지 설명해보라고 엄포를 놓았다.

나는 있는 그대로 말했다. 원장님은 내 얘기를 듣고 나서 내가 화가 난 건 이해하지만 그래도 내 행동은 용납할 수 없는 거라고 했다. 그러고 나서 두 번 다시 이런 일이 없어야 한다고 했다. 원장님은 이제 엄마를 만날 수 없을 거라고, 엄마가 나와 동생을 보러 와도 원장님은 반기지 않는다고 했다. 엄마가 일요일에 오지 못했던 이유는 원장님이 반기지 않아서였던 것이다.

나는 원장님이 하는 말을 이해할 수 없었다……. 이게 무슨 말이지? 그때까지 엄마는 다른 부모들과 마찬가지로 일요일마다 우리를 보러 왔다. 내가 알기로, 엄마도 일요일만 손꼽아 기다리며 살았다. 그런데 엄마가 왜 우리를 보러 오지 않는단 말인가? 내가 뭘 잘못했나? 내가 나쁜 짓을 했나? 아보카도를 몰래 따서 주방 냉장고에 숨겨놓았는데 그걸 원장님이 알았나? 그래서 원장님이 지금 나에게 벌을 내리는 건가? 그럼, 나 때문에 동생까지 엄마를 못 보는 건가? 나는 화가 났다. 눈물을 참으려고 했지만 쉽지 않았다. 늘 그렇듯 애써 꾹 참은 눈물 한 방울이 기어이 뺨으로 흘러내렸다. 나는 내가 잘못한 게 있느냐고 묻지 않을 수 없었다.

"아니, 크리스티아나, 네 잘못 아니야!"

"그럼 왜 저하고 동생에게 벌을 내리시는데요? 착하고 친절한 아이가 되려고 노력했어요. 학교 공부도 열심히 했어요. 왜 제가 엄마를 만나면 안 되는데요?"

"벌을 내리는 게 아니야. 원장님은 니 잘되라고 이러는 거야!"

"엄마가 다시 우리를 보러 온다는 거예요?"

"나는 그런 말은 하지 않았다. 있잖아, 크리스티아나, 너희 엄마는 아파. 많이 아파."

"엄마는 나한테 그런 말 한 적 없어요! 엄마는 잘 지내고 있어요! 일도 하고, 나한테 선물도 사줬어요!"

원장님은 잠시 아무 말 하지 않았다. 생각에 잠긴 듯 보였다. 그녀는 책상 앞에 앉은 채 숨을 크게 들이마시고 한 손을 들어 까맣고 긴 생머리를 뒤로 넘겼다. 평소에는 하나로 올려 묶는 머리를 그날은 길게 늘어뜨리고 있었고, 흰색 블라우스와 그에 잘 어울리는 치마를 입고 있었다. 원장님이 내 이름을 불렀지만 내 귀에는 들리지도 않았다. 그녀는 우리 엄마가 아프다고 했다. 왜 그런 말을 했을까? 엄마는 늘 나에게 뭐든지 말하는 편이었고 거짓말하는 성격도 아니었다. 나는 한 번 더 내 이름이 불리자 고개를 들었다.

"크리스티아나, 너희 엄마는 정신적 문제가 있어. 무슨 말인지 알겠니?"

무슨 말인지는 몰랐지만 비슷한 얘기를 들은 적은 있었다. 엄마가 예전에 나에게 쌍둥이 오빠들이 있다는 말을 했다. 나는 움베르투라는 이름은 기억나는데 다른 한 명의 이름은 몰라서 내 멋대로 질베르투라고 불렀다. 엄마 말로는 그 오빠들이 '이상하게' 태어났다고, 정신이 온전치 못했다고 했다. 내가 그게 무슨 뜻이냐고 물었더니 엄마는 그저 그 오빠들이 좀 달랐다고 대답했다. 하지만 엄마는 그 오빠들도 사랑했다.

그런데 지금 원장님이 나보고 우리 엄마가 '이상하다고' 하는 게 아닌가. 엄마는 '이상하지' 않다. 우리 엄마는 내가 안다. 엄마는 '이상한' 사람이 아니다.

"크리스티아나, 우리는 너와 네 동생이 엄마와 만나는 게 좋지 않다고 생각해. 그래서 너희 엄마의 면회를 허락하지 않기로 결정했단다. 너희 엄마에게도 이미 얘기했어."

더는 참을 수가 없었다. 나는 원장님에게 분노했다. 어떻게 이럴 수가? 나는 고아원에서 늘 도움이 되려고 노력했다. 주방 일도 거들고, 아기도 돌보고, 세탁이나 청소도 거들었다. 이렇게까지 했으면 나에게 잘해줘야 하는 것 아닌가? 어떻게 이런 벌을 내릴 수가 있나? 인생은 더럽게도 불공평했다. 나는 속이 부글부글 끓어올라 결국 폭발하고 말았다.

"우리 엄마는 이상한 사람 아니에요! 내가 엄마를 만나고 말고를 원장님이 결정할 순 없어요! 당신 미워! 나쁜 사람이야! 지옥에나 떨어져!"

원장님이 깜짝 놀라 굳어졌다. 내가 그렇게 행동하는 걸 처음 봐서 충격을 받은 듯했다. 나는 싸움을 하거나 잘못된 행동을 했을 때마다 매를 맞았지만 반항은 하지 않았다. 매를 맞으면 아파서 소리를 지르긴 했지만 울지는 않았다. 다른 아이들은 매를 맞으면 울고불고 난리를 피우곤 했다. 나는 약해빠진 사람이나 남들 앞에서 눈물을 보이는 거라고 생각했다. 그리고 이 세상에 약한 모습을 보여서 좋을 일은 없었다. 약점을 드러내면 더 무시당하거나 이용당하거나 할 뿐이다. 아무에게도 내가 우는 모습은 보이고 싶지 않았다. 자존심이 허락하지 않았다. 그리고 나에게 매질을 하는 사람들에게 아픔을 드러내어 만족감까지 주고 싶진 않았다.

나는 원장실에서 이유도 없이 벌을 받고 있었다. 잘못한 게 없는데도 벌을 받고 있었다. 내가 엄마를 빼앗기고도 군소리 없을 줄 알았나? 난 이미 사랑했던 것들을 너무 많이 잃었다. 그때부터 원장님이 세상 그 누구보다 미웠다. 나는 다시 한번 죽어버리라고 소리를 지르고는 원장실을 박차고 나왔다. 뒤에서 내 이름을 부르면서 거기 서라고, 당장 돌아오라고 외치는 목소리가 들렸다. 그러나 나는 아랑곳하지 않고 힘껏 뛰어 달아났다.

나는 극도로 화가 날 때마다 정신을 잃곤 했다. 그날도 분이 가라앉은 후에야 비로소 생각이라는 것을 다시 할 수 있었다. 나는 화가 나면 미움 외에는 아무 감정도 느낄 수 없었다. 그런 면이 나 자신이나 다른 사람들을 놀라게 했다. 특히 스웨덴에서 살면서부터는 문제가 되기도 했다. 스웨덴 아버지 스투레가 한번은 이런 말을 했다. "크리스티나, 너는 눈이 참 예뻐. 하지만 성질을 한번 냈다 하면 그 예쁜 눈이 완전히 새까매져. 완전 마녀 같아. 아빠도 네가 무서울 정도야."

내가 어릴 때 그런 면을 다스리지 못하고 날뛰었던 것도 당연하다. 나는 기막힌 일들을 끌어안은 채 살아가고 있었다. 고통, 슬픔, 회한 등 어른도 감당하기 힘든 감정들로 썩어 문드러진 내 속을 누군가와의 대화를 통해서 달랠 수도 없었다. 나는 아무도 나를 볼 수 없는 곳에 숨어서 울었다. 고통을 그렇게 쏟아내고 난 후에는 아무 말 없이 시뻘게진 눈을 하고 코를 훌쩍이면서 몽상에 젖었다.

나는 카밀의 동화 속 세상으로 도망쳤다. 그 세상에서 우리는 함께 말을 달렸고, 축구 경기를 승리로 이끌었다. 그 세상에서는 동물과도 말할 수 있고 맛있는 음식과 사탕을 마음껏 먹을 수 있었다. 엄마와 저 하늘 위 구름에 나란히 앉아 브라질을 내려다본다고 상상했다. 숲속에서 놀 때처럼 하늘을 날아다니면서 신나게 장난치는 상상을 했다. 천사들과 사는 세상은 얼마나 평화롭고 아름다울지 상상의 나래를 펼쳤다.

원장님에게 그렇게 쏟아붓고 나서 마침내 마음이 가라앉았다. 정신을 차려보니 나는 무릎을 팔로 감싼 채 화장실 변기 뚜껑 위에 앉아 있었다. 아무도 내가 있는 줄 모르게 하려고 칸막이 안에서 다리를 변기에 올리고 있었던 것이다. 나는 문을 잠그고 흐느껴 울었던 모양이다. 기운이 하나도 없었고 완전히 맥이 빠져서 사는 게 왜 이리 힘든가 생각했던 기억이 난다. 더는 살고 싶지 않았던 기억도 난다. 별들이 낮 동안 사람들 눈에 보이지 않듯 나도 그랬으면 좋겠다고 생각했다. 아무도 나를 보거나 나에게 말을 걸지 않으면 좋을 것 같았다. 그냥, 엄마와 동생하고 살고 싶었다. 마음껏 놀고 나무도 타고 뛰어다니고 헤엄치던 숲으로 돌아가고 싶었다. 화장실에 얼마나 오래 숨어 있었는지는 모르겠다. 가끔 아이들이 다른 칸을 쓰는 소리가 들렸다. 그때마다 나는 숨을 죽이고 가만히 있었다. 조금 있으려니 머리가 다시 돌아가기 시작했다. 무슨 일이 있었는지, 무슨 말을 들었는지 이해하려고 노력했다. 원장님에게 내가 한 말은 단어 하나, 토씨 하나까지 진심이었지만 그런 식으로 이성을 잃고 날뛴 건 어리석었다는 생각이 들었다. 그래서 나는 다시 생각했다. 분명히 엄마를 다시 만날 방법이 있을 성싶었다. 고아원에서 도망칠 수 있을지도? 하지만 내가 뛰어넘기에는 담장이 너무 높았고 문은 늘 잠겨 있었다. 원생들은 학교에 갈 때만 외출이 가능했는데 학교와 고아원은 아주 가까이 있었다. 학교에 가 있는 시간 동안 몰래 빠져나가 죽자 사자 뛰면 되지 않을까. 나는 화장실 변기에 앉아서 탈출 계획을 궁리하다가 파트리키에게 생각이 미쳤다. 동생만 고아원에 두고 도망갈 수는 없었다. 엄마가 날 용서하지 않을 터였다. 누가 그 애를 돌봐준단 말인가? 내가 끔찍이 사랑하는 동생을 두고 어딜 간단 말인가? 그 애는 자기 발로 뛸 수도 없고 생각할 수도 없는 아기였다. 내가 동생을 안고 도망칠 수 있을까?

나는 낙담했다. 내가 세운 탈출 계획은 쓸모가 없었다. 고아원에서 도망치더라도 파트리키는 데려가야 했다. 그런데 아무리 궁리해도 그 애를 데려갈 방법이 없었다. 내 방에서 슬쩍 나와 파트리키에게 간다 치자. 그다음은 어떻게 해야 하나? 열쇠를 몇 벌 훔칠 수도 있을 터였다. 나는 소매치기에 일가견이 있었으니까. 내가 믿을 수 있는 아이들, 나를 도와줄 것 같은 아이들을 몇 명 떠올려보았다. 그 애들이 직원들의 주의를 딴 데로 돌려준다면 그사이에 내가 열쇠를 훔칠 수 있을 것 같았다. 하지만 열쇠가 없어지면 직원들이 금방 알아챌 거다. 파트리시아와 얘기해서 함께 탈출할까도 생각해봤다. 어쩌면 파트리시아도 우리 집 식구가 되어 함께 살 수 있을지 몰랐다. 나는 머릿속이 과열되는 느낌이 들었다. 며칠은 버틸 만한 먹거리를 확보해야겠지. 학교생활도 열심히 하는 걸로 보여야 해. 아무 일도 없는 척하다가 아무도 의심하지 않을 때 파트리키를 데리고 도망치는 거야.

나는 화장실에서 나와 원장실로 돌아가 노크를 했다. 원장님이 큰 소리로 "들어오세요."라고 했다. 나는 문을 열고 고개를 살짝 숙인 후 어깨를 축 늘어뜨렸다. 내 모습은 아마 꼬리를 늘어뜨린 풀 죽은 개처럼 보였을 것이다. 나는 안으로 들어가 소리를 지르고 멋대로 도망쳐서 죄송했다고 사과했다. 나는 그냥 엄마가 보고 싶어서 그랬다고 말했다.

그러자 와락 눈물이 났다. 나는 눈물을 끝내 참지 못한 나 자신에게 미치도록 화가 났다.

원장님이 일어나 책상을 돌아 나오더니 나를 꼭 안아주었다. 그녀는 내가 엄마를 보고 싶어 하는 마음은 이해하지만 앞으로 나에게 더 좋은 일이 많이 생길 거라고 했다. 그때 나는 지금 칼이 있다면 이 사람 등을 찔러버리겠다는 생각만 했다.

그러고 나서 아기 방으로 올라가 파트리키를 아기 침대에서 끌어냈다. 나는 동생을 꼭 안아주었지만 그 애가 별로 좋아하지 않는 것 같아서 팔에 힘을 뺐다. 동생을 안고 앞뒤로 살살 흔들어줬다. 나는 팔을 내처 흔들면서 소곤소곤 말했다. "파트리키, 누나가 여기서 나갈 방법을 찾아볼게. 우린 꼭 엄마를 다시 만날 거야. 이 똑똑한 누나가 계획을 짜볼게."

내가 모르고 있던 일, 내가 알 도리가 없었던 일이 있었다. 원장님은 벌써 나에 대해서 계획이 다 있었던 것이다. 그 계획에는 나를 고아원에서 내보내는 것도 포함되어 있었지만 내 엄마, 내 세계로 돌려보낼 작정은 아니었다. 나는 도망칠 기회조차 갖지 못했고, 어쩌면 그래서 다행이었는지도 모른다. 그때 나는 어린애였고 원장님이 얼마나 마음을 써주고 나와 내 동생이 잘되기를 바랐는지 몰랐다. 나중에 커서 스웨덴 부모님에게 원장님과 전화 통화를 많이 했다는 말을 들었다. 부모님이 입양 수속을 밟고 스웨덴에 우리를 데려갈 준비를 하면서 상파울루에 체류하던 5주 동안, 원장님은 몇 번이나 전화를 걸어 우리가 어떻게 지내고 있는지 확인했다고 한다. 그 얘기를 듣고 참 기뻤다. 별의별 일이 다 있긴 했지만 고아원에서 지낸 시간은 좋은 기억으로 남았다.

초콜릿 서른 상자를 안고서

2015년

리비아와 나는 호텔을 나와 차를 타고 고아원으로 향한다. 10년 혹은 15년 전에 고아원을 찾아갔다면 여전히 분노가 내 안에 남아 있었을 것이다. 지금은 그렇지 않다. 원망이 사라진 지는 오래되었다. 교통 상황에 따라 다르지만 얼추 한 시간은 있어야 도착할 것이다. 상파울루와 그 근교에 사는 인구만 2,200만 명이니 교통 체증은 늘 각오해야 한다. 우리는 운전사에게 고아원 근처 사탕 가게에 차를 잠시 세워달라고 했다. 빈손으로 가고 싶지 않다. 스웨덴에서부터 아이들에게 뭘 가지고 가면 좋을지 적잖이 고민했다. 그러다 결국 초콜릿이나 한 상자씩 돌려야겠다 생각했다. 고아원에서 언제 제일 기뻤던가 기억을 더듬어보고 그렇게 결정했다. 엄마가 면회오면서 사 왔던 봉 오 봉(Bon O Bon) 초콜릿을 영원히 잊지 못할 것이다. 얼마나 행복하던지! 초콜릿 한 상자가 아이들의 삶이나 그들의 미래를 바꾸지는 못하겠지만 내가 어릴 때 좋아했던 것처럼 그들도 좋아할 수 있겠다 싶었다.

차창 밖으로 우리가 달리는 거대한 고속 도로를 바라본다. 버스 한 대가 무서운 속도로 차와 차 사이를 비집고 빠져나간다. 비록 나는 상파울루 운전자처럼 운전하지만, 스웨덴의 교통 상황이 좋다. 고층 빌딩과 대형 공연장이 즐비한 도심에서 벗어나자 작은 건물, 소상점, 주렁주렁 매달린 전선들이 심히 위험해 보이는 거대한 나무 전신주 들이 우리를 반겨준다. 차가 고속 도로를 빠져나가 아기자기한 거리로 들어선다. 슬리퍼 차림으로 거리를 돌아다니는 사람들이 보인다. 우리가 탄 차는 코코넛 워터를 파는 가판대 앞을 지나간다. 옥수수를 통째로 파는 사람도 보인다. 이 광경이 무척 친숙한 느낌이 든다. 설명하기는 힘들지만 여기는 내가 아는 세계로구나 싶으면서도 뭔가 낯선 기분도 든다.

운전사가 가게 앞에 차를 세운다. 우리는 가게에 들어가 봉 오 봉 초콜릿부터 찾는다. 진열대를 여러 개 지나서 추억의 노란색 초콜릿 상자들을 발견한다. 내가 기억하는 포장지가 거의 변하지 않은 것 같다. 나는 리비아에게 찾았다고 손짓을 하고 초콜릿 상자를 집어 들어 자세히 본다. 상자가 20년 전보다 작아진 것 같다. 미소를 짓는데 눈물이 차오른다. 초콜릿을 들고 울다니, 바보 같지만 그 바보가 바로 나다. 나는 초콜릿 상자를 있는 대로 집어 들기 시작한다. 나 혼자 안고 가기에는 무리가 있어서 리비아가 직원을 불러 큰 상자를 하나 준비해줬다. 지금 고아원에서 생활하는 아이는 스무 명 전후라고 들었다. 넉넉하게 서른 개를 챙겨서 상자에 담고 차에 싣는다. 사탕 가게에서 고아원은 멀지 않다. 잠깐 차를 타고 이동하는 그 시간에 나는 왜 고아원에 애들이 스무 명밖에 없을까 하는 의문이 든다. 내가 지낼 때만 해도 200명, 아니 300명 정도가 함께 생활했던 것 같다. 내가 원생 수를 세어본 건 아니지만 20명과는 비교도 안 될 만큼 아이들이 바글바글했다.

나는 내 기억이 꽤 정확하다고 자신하지만 어릴 때 기억을 다 믿을 수 없다는 것도 안다. 일례로, 나는 엄마와 지아만치나에서 열린 카니발을 보러 갔다가 거리에서 춤추는 악마를 본 기억이 있다. 내가 아주 어릴 때부터 엄마는 하느님, 예수님, 악마에 대한 이야기를 많이 해줬다. 그런데 악마가 거리에서 춤을 추고 있어서 깜짝 놀랐고 저 악마에게 잡혀가면 어떡하나 겁이 났다. 내가 질겁하면서 엄마 뒤에 숨었던 기억이 난다. 그 후로도 오랫동안 나는 내가 본 게 진짜 악마였다고 믿었다. 네 살 때는 진짜처럼 실감 나던 것이 어른이 되어서는 한 번 웃고 넘어갈 농담거리가 되기도 한다. 그렇다고 그 당시의 경험이 변하는 것은 아니다. 나는 초콜릿 상자를 차에 싣고 다시 고아원을 향해 달려가면서 생각했다. '내 기억이 틀렸나? 그때 애들이 몇 명이나 있었지?' 내 기억을 완전히 믿는 건 아니지만 나는 기억에 많이 의지한다. 그래서 내 기억이 정확한지 확인하는 일이 나에게는 무척 중요하다.

차에서 내린다. 고아원 밖에서 잠시 기다린다. 내 눈앞에 노란색 작은 문이 있다. 예전에는 이 문이 검은색이었다. 노란 칠이 군데군데 벗겨진 자리에서 그 옛날의 검은색이 보인다. 문득 내가 여전히 이 문을 필사적으로 움켜잡고 있음을 깨닫는다.

세상에 홀로 남겨진 여덟 살 인생

1991년

나는 사실 무슨 일이 일어난 건지 몰랐다. 뭐가 변했을까? 왜 그 사람들이 우리 엄마는 좋은 엄마가 아니라고 생각했는지 모르겠다. 그저 누군가가 내가 더는 우리 엄마의 딸로 살아서는 안 된다고 결정을 내렸다는 것만 안다. 그들은 우리 모녀가 만나지 못하게 했고 엄마가 나에게 접근조차 할 수 없게끔 강경한 조치를 취했다.

원장님에게 이제 엄마를 만나면 안 된다는 통보를 받고서부터 나는 고아원 생활이 정말 괴로웠다. 언제부터 그랬는지도 또렷이 기억난다. 일요일, 어느 화창한 일요일, 뒷마당에서 어떤 아이들은 부모님을 만났고, 찾아올 사람이 없는 다른 아이들은 그 주위에서 뛰어놀기 시작했다. 그러던 중 몇몇 아이가 수군거렸고 어떤 아이들은 고함을 질렀다. 일상에서 벗어난 무슨 일이 일어난 듯했다. 파트리시아와 나는 궁금증이 일어서 다른 아이들을 따라가보았다. 고아원 정문에서 무슨 일이 있는 모양이었다. 아이들이 문 앞에 몰려 있었고 우리는 너무 뒤에 있어서 아무것도 보지 못했다. 고아원 선생님들이 아이들에게 모두 안으로 들어가라고 호통을 쳤다. 파트리시아가 옆에 있던 여자아이에게 무슨 일인지 물었다. 그 여자아이가 어떤 엄마가 와서 애 이름을 부른다고 했다. 파트리시아가 움찔하더니 나를 바라보았다. 우리는 똑같은 생각을 하고 있었다. 그 애의 손이 벌써 내 손을 찾아서 꼭 잡고 있었다. 나도 내가 어떻게 알았는지는 모르겠다. 엄마와 딸만 느낄 수 있는 특별한 기운이 작용했던 걸까. 엄마에게 받은 사랑으로 내 마음속 깊은 곳에서는 무슨 일이 있어도 엄마는 나를 사랑한다는 것을 알고 있었던 걸까. 엄마가 고아원 앞에 왔구나, 라고 나는 단박에 알았다. 나는 아이들에게 비키라고 소리를 지르면서 앞으로 밀고 나갔다. 거의 다 왔을 즈음, 엄마의 목소리가 들렸다. 엄마가 그렇게 고함지르는 건 처음 들었다. 두려움, 분노, 속수무책이 느껴지는 절망적인 외침. 나는 내 이름을 부르는 엄마 목소리를 똑똑히 들었다.

"크리스티아나! 어디 있니, 크리스티아나! 내 딸 만나게 해줘! 왜 내 딸을 못 보게 해! 크리스티아나!"

"그 애는 여기 없어요!" 성난 여자 목소리가 대꾸했다.

"여기 있는 거 알아! 왜 내 딸을 빼앗아 가는데!" 엄마가 맞받아쳤다. 엄마는 미친 사람처럼 내 이름을 불러댔다.

너무 가슴이 아팠다. 그러면서도 마음이 확 놓였다. 엄마가 왔어. 엄마는 날 버린 게 아니었어. 엄마는 날 사랑해. 엄마가 지금 여기 와 있어. 나는 사람들을 밀치면서 앞으로 더 나아갔다. 드디어 엄마가 보였다. 엄마는 완전히 정신이 나간 사람 같았다. 엄마가 눈물을 줄줄 흘리면서 소리를 지르고 있었다. 엄마가 그렇게 이성을 잃은 모습은 처음 봤다. 내가 큰 소리로 엄마를 부르고 달려 나가려는 순간, 누군가가 나를 잡았다. 바로 그 순간, 엄마가 내 이름을 또 불렀다. 고아원에서 일하는 직원 중 누군가가 나를 꽉 붙들고 있었다. 너무 화가 나고 약이 올라 미칠 것 같았다. 나는 상대의 정강이를 냅다 발로 찼고, 붙들리지 않은 손으로 상대의 얼굴에 주먹을 갈겼다. 그러고는 풀려나자마자 문으로 뛰어갔다. 있는 힘껏 손을 뻗어 엄마 손을 잡았다.

"엄마!"

"크리스티아나!"

"엄마!" 나는 통곡하고 흐느꼈다. 엄마도 함께 울었다.

어떤 여자가 나를 뒤에서 확 잡고 끌어당겼다. 엄마가 내 오른손을 꽉 잡았고 나도 왼손으로 문을 움켜잡고 끌려가지 않으려고 안간힘을 썼다. 여자가 나를 문에서 떼어내기 시작했다. 난 엄마 손과 문을 잡고 버텼고, 엄마도 내 손을 더 꽉 잡았다. 엄마는 여자에게 내 딸 놓으라고 소리를 질렀고 나는 엄마, 엄마, 소리 지르면서 울었다. 나는 나를 끌어당기는 고아원 직원 여자에게 놓으라고 소리 지르고 헛발질도 하면서 필사적으로 버텼다. 또 다른 여자가 와서 나보고 문에서 손 놓으라고 하면서 억지로 손가락을 떼기 시작했다. 나는 몇 번이나 "싫어!"라고 외쳤고 엄마는 내 딸을 놓아주라고, 내 딸을 그냥 내버려두라고 호통을 쳤다.

내 손가락들이 하나하나 문에서 떨어지기 시작했다. 나는 소리 지르면서 저항했다. 손가락이 아팠지만 절대로 문을 놓지 않으려고 이를 악물었다. 고아원 여자는 나보고 바보 같은 짓 하지 말라고 윽박지르면서 자기 두 손을 다 써서 내 손을 풀려고 했다. 나는 그녀에게 나가 죽으라고 소리 질렀다. 그녀는 아이들에게 빨리 와서 돕지 않고 뭐 하느냐고 외쳤다. 나는 문을 잡고 있던 왼손을 놓고 두 손으로 엄마 손을 잡고 매달렸다. 이제 아이들도 나에게 매달려 엄마와 나를 떼어놓으려고 힘을 쓰고 있었다. 두 여자는 한참을 매달려 기어이 엄마와 나를 떨어뜨려 놓았다. 엄마는 끌려가는 나를 보고 울부짖었고 나도 엄마를 목이 터져라 불렀다. 엄마는 나에게 사랑한다고 외쳤고 나도 엄마를 사랑한다고 소리 질렀다. 사방에 주먹을 휘두르고 발버둥을 치면서, 나는 끌려갔다. 마지막으로 기억나는 건, 모두 문에서 물러나 자기 자리로 돌아가라고 명령하는 원장님의 목소리다. 그 순간, 원장님이 너무 미웠다. 고아원에서 일하는 어른들 모두와 거기서 생활하는 아이들 모두가 미웠다. 나는 거의 미쳤던 것 같다. 내 속은 미움으로 꽉 찼다. 모두가 나를 아프게 했고 나는 그 이유를 납득할 수 없었으므로, 나 또한 모두를 아프게 하고 싶었다. 나는 절규했고, 그다음은 기억이 나지 않는다.

침대에서 깨어나 보니 나는 온몸을 동그랗게 말고 누워 있었다. 파트리시아가 내 곁을 지키고 앉아서 눈물을 흘리고 있었다. 그 애는 나보고 괜찮으냐고 물었다. 나는 대답 없이 고개만 흔들었다. 목구멍이 따갑고, 머리가 아프고, 눈도 따갑고, 온몸이 쑤셨다. 손가락이 욱신거리고 힘이 하나도 없었다. 그래도 몸의 아픔은 마음의 아픔에 비할 바가 아니었다. 그날 있었던 일, 고아원 앞에서 울부짖으며 나를 붙잡으려 했던 엄마가 다시 생각났다. 나는 또 흐느껴 울기 시작했고 파트리시아는 내 손을 잡고 토닥토닥 쓰다듬어주었다. 나는 저녁 먹으러 내려가지도 않았고 그 애는 내처 내 곁을 지켰다. 나는 울다가 자다가, 깨어서 또 울다가, 잠들었다가 깨어났다. 그날 밤 내내 그랬던 것 같다. 파트리시아는 그 시간 동안 줄곧 나와 함께 있었다. 잠잘 시각이 되자 같은 침실을 쓰는 아이들이 조용히 방으로 들어왔다. 나는 아이들이 소곤거리는 소리를 들으면서 자는 척했다. 불이 꺼지고 방 안이 캄캄해졌다. 아이들의 속삭임도 차차 잦아드는가 싶더니 모두 잠이 들었다. 나는 잠을 이루지 못하고 울면서 소리를 내지 않으려고 애썼다. 그래도 파트리시아는 내가 흐느끼는 소리를 듣고 나에게 한 침대에서 자도 되느냐고 물었다. 내가 응, 이라고 했더니 그 애는 내 침대로 건너와 나를 꼭 안아주었다.

그날 일이 얼마나 많이 꿈에 나왔는지 모른다. 엄마가 고아원 앞까지 왔는데 나는 억지로 끌려 들어간 이 기억, 이 감정은 말로 표현하기가 힘들다. 고아원 사람들은 나를 엄마와 생이별시켜놓고 아무런 설명도 해주지 않았다. 나는 여덟 살 즈음이었고 심장이 완전히 부서지는 것 같았다. 나의 외로움은 점점 더 깊어갔다. 무엇보다, 엄마를 생각하면 한이 맺힐 만큼 속상했고, 지금도 속상하다. 나는 아직 자식이 없지만 누군가 내 자식을 나와 떼어놓으려고 억지로 끌고 간다는 상상만 해도 가슴이 미어진다. 그들이 그날, 그리고 그 이후에 나와 엄마에게 얼마나 잔인하고 무서운 짓을 했는지 말로는 표현할 방법이 없다.

*

다음 날 깨어보니 파트리시아는 나를 껴안은 채 옆에서 자고 있었다. 나는 지치고 힘들고 허무했다. 다른 아이들은 대부분 일어나 있었지만 나에게 눈길을 주지 않았다. 어쩌다 눈이 마주친 아이들은 나를 가엾어하는 눈치였다. 나는 그게 싫어서 아무것도 모르는 체했다. 내가 얼마나 속상한지 다른 아이들에게 보이고 싶지 않았다. 가브리엘라 패거리가 나를 비웃었다? 그건 내 선에서 처리할 수 있는 일이었다. 나는 그 애들이 미웠고, 미움은 모든 일을 한결 쉽게 만들었다. 다른 아이들이 나 때문에 속상해하는 것도 싫었다. 속상한 건 나 하나로 족했다. 아무도 그 일을 다시 떠올리지 않기를 원했다. 파트리시아와 나는 샤워실에 가서 줄을 섰다. 모두가 자기 자리를 확실히 알고 있었고 그날은 어떤 소란도 일어나지 않았다. 하루가 참 빨리 갔다. 샤워실에 들어가고, 나오고, 눅눅한 타월로 물기를 대충 닦고, 옷을 입었다. 식당에 내려가 아침을 먹었다. 고아원에서 먹은 아침밥은 단 한 끼도 기억에 남지 않았다. 그때 뭘 먹고살았는지 모르겠다. 설탕과 우유를 잔뜩 들이부은 커피만 기억난다.

식사를 마치고 학교 갈 시각이 되었다. 정문에 나가보니 원장님과 다른 직원 한 명이 서 있었다. 무슨 일이 생겼구나 싶었다. 원장님은 평소 등교 시각에 우리를 배웅하러 나오지 않았다. 학교 갈 아이들이 다 모이자 원장님이 나를 불렀다. 나는 어리둥절했다. 왜 나를 보자고 하지? 내가 또 뭘 잘못했나? 내가 앞으로 나갔더니 원장님은 자기 옆에 서 있으라고 했다. 그러고 나서 원장님은 아이들에게 내 주위로 몇 개의 원형 대열을 만들라고 했다. 이제부터 학교 갈 때마다 그 대열을 깨뜨리지 않고 움직여야 한다는 것이었다. 내가 가장 중심에 서고, 내 주위를 대여섯 명이 둥그렇게 둘러쌌다. 이 대열 바깥에 더 큰 원형 대열이 있고, 그 바깥에는 또 더 큰 원형 대열이 있었다. 같은 대열에 속하는 아이들은 손을 잡고 걸으라고 했다. 원장님은 아이들을 감옥 삼아 내가 도망가지 못하게 가둬 놓을 속셈이었던 것이다. 그녀는 아이들에게 각자 서야 할 자리를 정해줬다. 제일 나이가 어린 아이들이 중심부에서 원형 대열을 이루었고 키 크고 힘센 아이들이 가장 바깥쪽을 차지했다. 나는 원장님이 아이들에게 지시를 내리고 나서 하는 말에 충격을 받았다. 그녀는 무슨 일이 있어도 서로 손을 놓아서는 안 되며 우리 엄마가 나에게 접근하지 못하게 해야 한다고 했다.

원장님은 우리 엄마가 나에게 접근하는 것을 막지 못하면 모두에게 벌을 내리겠다고 했다. 나는 아이들에게 겹겹으로 둘러싸인 채 멀거니 서서 이게 도대체 무슨 일인지 어리둥절해하고 있었다. 문이 열리고 다 함께 학교를 향하여 출발했다. 나를 한가운데 두고 다른 아이들은 모두 손을 잡고 있었다. 학교 가는 길 중간쯤 왔을 때 엄마가 내 이름을 부르는 소리를 들었다. 고개가 절로 두리번거려졌고 저만치서 뛰어오는 엄마가 보였다. 아이들이 갑자기 걸음이 빨라졌다. 몇몇은 눈에 띄게 걱정스러운 표정을 지었다. 엄마는 여러 번 내 이름을 부르면서 다가왔고 아이들이 막아서자 당장 비키라고 소리를 질렀다. 나는 더 빨리 걸음을 옮기는 아이들에게 떠밀리면서도 엄마에게 가려고 했다. 엄마는 울면서 가장 바깥쪽 아이들을 붙잡고 실랑이를 벌였다. 그 아이들이 엄마를 밀쳤다. 나는 그만하라고, 우리 엄마를 만나게 해달라고 소리 지르고 발악했다. 엄마에게 가려고 했지만 아이들의 수가 너무 많았다. 저만치서 아이들이 엄마를 발로 차고 거칠게 떠미는 모습이 보였다.

나에게 오려고 울부짖던 엄마의 모습은 또 다른 악몽이 되어 평생 나를 따라왔다. 엄마의 눈에서 보았고 내 심장이 느꼈던 비탄은 내가 가장 아프게 경험한 것 중 하나다.

우리는 학교에 거의 다 왔고 학교 직원이 나와서 아이들이 나를 교실로 끌고 가는 것을 도왔다. 교문이 닫혔지만 엄마가 울부짖는 소리가 들렸다. 엄마는 이럴 수는 없다고, 어미에게서 자식을 빼앗아가는 법이 어디 있느냐며 울었다. 나는 그날 학교에서 아무것도 하지 않았다. 쉬는 시간에 다른 아이들은 학교 마당으로 놀러 나갔다. 마당에는 포석이 깔려 있었고 정글짐 같은 구조물이 하나 있었다. 나는 쉬는 시간마다 그 구조물에 매달려 나무 타기나 균형 잡기 연습을 하곤 했다. 정글짐 말고는 그네가 세 개 있었는데 늘 그네를 먼저 타려는 아이들 때문에 다툼이 일어나곤 했다. 하지만 그날은 쉬는 시간 내내 복도 구석에 처박혀 눈물만 흘렸다.

나와 엄마에게 도대체 왜 그러는지 이해할 수가 없었다. 모두가 하나같이 못되게 구는 것도 이해할 수 없었다. 원장님, 고아원 직원, 학교 직원, 다른 아이들까지 어쩌면 세상 전부가 우리 엄마에게만 그렇게 모질게 굴 수 있을까? 부모나 친척이 있는 아이들은 나 빼고 모두 일요일 면회 시간을 누렸다. 그런데 왜 나는 엄마가 있는데도 만날 수 없단 말인가? 학교가 끝나자 고아원 애들이 또다시 나를 에워쌌다. 우리는 고아원으로 돌아갔다. 이번에는 엄마가 나타나지 않아서 마음 한구석으로는 차라리 다행이라고 생각했다. 슬픈 엄마를 보면서도 다가가지 못하는 게 너무 괴로웠기 때문이다. 고아원에 도착해서 아이들이 대열을 풀 즈음, 직원 한 명이 나와서 아이들에게 어떻게 됐는지 물었다. 사람들이 주고받는 얘기를 듣기도 싫어서 서둘러 걸음을 옮기며 힐끗 보니 가장 바깥쪽 원에 있던 큰 아이들이 나를 노려보고 있었다.

그날 밤, 그들 중 네 명이 나를 찾아왔다. 싸움이 벌어졌다. 내가 이겼다고 말하고 싶지만 결과는 나의 참패였다. 내가 무참하게 뻗어 있는데 그들은 '빌어먹을' 우리 엄마가 내일은 문제를 일으키지 않았으면 좋겠다고 떠들어댔다.

나는 이 생각만 했다. '내일? 내일 또 이런 일을 겪으란 말이야? 얼마나 오랫동안 버텨야 하는 거지?'

밤에 침대에 누워서도 어떻게 하면 고아원 탈출에 성공할 수 있을까만 머리에 열이 나도록 궁리했다.

잠이 들기는 했지만 아침에 일어나서도 온몸이 노곤했다. 머리가 깨질 것처럼 아팠고 간밤의 싸움 때문에 손가락 마디까지 욱신거렸다. 그날은 화요일이었다. 그날 아침 일정은 그 전날과 똑같이, 평상시와 다름없이 샤워, 옷 입기, 아침 식사 순으로 흘러갔다. 학교 갈 시각이 되자 치가 떨리게도 아이들이 전날과 똑같이 나를 가운데 두고 원형 대열을 짜기 시작했다. 그들은 전날처럼 손에 손을 맞잡고 나를 억지로 밀어붙이면서 학교로 출발했다. 엄마가 나타나서 나에게 다가오려고 했고 나도 아이들 틈에서 빠져나가려고 했다. 그날 밤, 나는 또 큰 아이들에게 두들겨 맞았다. 똑같은 일이 그 주 내내 반복되었다. 매일 엄마는 울부짖으면서 나를 만나려 했고, 매일 나는 엄마에게 가려다가 억지로 떠밀려갔다. 나는 쉬는 시간마다 구석에 처박혀 울기만 했다. 숙제도 하지 않았고, 식사도 거부했다. 나는 내 친구들에게만 가끔 말을 했는데 친구들까지 내 편을 들거나 싸움을 말리려 했다는 이유로 큰 아이들에게 두들겨 맞기도 했다.

금요일 즈음에 나는 몸도 마음도 만신창이가 되어 있었다. 그 주 내내, 가브리엘라는 내 옆으로 지나갈 때마다 우리 엄마는 미친년이고 나는 매춘부 딸내미라고 내 귀에 대고 속닥거렸다. 나는 대꾸도 하지 않았다. 그날은 처음으로 식당에 내려가 밥도 먹었다. 하지만 파트리시아 외에는 아무하고도 말을 하지 않았다. 파트리시아가 나를 안아주고 함께 울어준 것만 해도 몇 번이었는지 모른다. 다른 아이들이 모두 잠든 밤에도 나는 침대에 누워 있기는 했지만 깨어 있었다.

나는 일어나서 가브리엘라의 침대로 달려갔다. 오른쪽 주먹에 힘을 주고 그 애의 얼굴을 힘껏 갈겼다. 가브리엘라는 뺨에 주먹을 맞고 날카로운 비명을 지르면서 일어났다. 나는 쉴 새 없이 얼굴을 공격했다. 다른 아이들도 깨어나서 방 안에 한바탕 난투극이 벌어졌다. 가브리엘라는 나에게 참패를 당했다. 주먹이 그 애 얼굴을 갈길 때마다 내 울분이 조금 풀리는 것 같았다. 상대를 때리는 느낌이 좋았다. 소란 통에 잠을 깬 고아원 직원이 우리 방으로 달려왔다. 다른 아이들은 바로 싸움을 그쳤지만 나와 가브리엘라는 개의치 않고 계속 싸웠다.

직원은 우리 둘을 겨우 떼어놓고서 누가 먼저 때렸는지 물었다. 나는 가브리엘라가 먼저 시작했다고 악을 썼고 가브리엘라는 내가 먼저 때렸다고 펄쩍 뛰었다. 직원은 다른 아이들의 증언을 기대하는 눈치였지만 돌아온 것은 침묵뿐이었다. 대부분은 곤히 자느라 누가 먼저 시작했는지 몰랐고, 자초지종을 아는 몇몇은 입을 다무는 편이 낫다고 판단했다. 나는 대차게 거짓말을 했다. 우리 엄마가 날 데려가려고 실랑이를 하다가 가브리엘라를 쳤는데 그 일로 그 애가 화가 나서 나에게 앙갚음을 한 거라고 말했다. 가브리엘라는 거짓말이라고 악을 썼다. 직원 여자는 나를 믿어줬다. 내가 거짓말을 기차게 잘했던 건지, 그 여자가 그냥 빨리 사태를 정리하고 싶어서 그랬는지는 모르지만. 어쩌면 내가 한 주 내내 충분히 불쌍했기 때문에 굳이 매질을 할 것도 없어서 가브리엘라에게 벌을 주기로 했는지도 모른다. 가브리엘라가 침대로 돌아가라는 말을 듣고 나를 쳐다보기에 나는 입이 찢어져라 미소를 지어 보였다. 직원은 불을 끄고서 한 번 더 찍소리라도 났다가는 이 방에 있는 사람 모두 허리띠로 매질을 당하게 될 거라고 으름장을 놓았다. 방 안은 쥐 죽은 듯 잠잠해졌다. 문 닫히는 소리가 났다. 그러고 나서 나는 홀가분하고 편안하게 잠이 들었고 토요일 아침에 일어나서는 비로소 푹 쉬었다는 기분이 들었다. 가브리엘라는 그 후 다시는 나를 도발하지 않았다.

항복하는 수밖에 없다는 생각이 들기 시작했다. 내 역할을 연기해야만 할 터였다. 나는 다른 아이들과의 충돌을 삼갔고, 때로는 그들에게 동조하여 골치 아픈 일을 피했다. 내 쪽에서 순응하지 않으면 고아원은 나에게 정신적으로나 육체적으로나 위험한 곳이었다. 서열에서 밀려나서는 안 되었다. 밤마다 몰래 울며 하느님께 용서해달라고 빌면서도 낮에는 애들이 하자는 대로 했다. 더는 싸울 여력이 없었으니까. 큰 애들에게 두들겨 맞기 싫었고, 친구들이 내 편을 들다가 두들겨 맞고 하나둘 떠나는 모습도 보고 싶지 않았다. 나는 엄마가 미쳤다고 말하는 아이들에게 동조하는 딸내미 역을 연기하기 시작했다. 다른 아이들과 함께 있을 때 문 앞에서 고래고래 내 이름을 부르는 엄마를 보면 이제 당혹감부터 들었다. 파트리시아만이 나의 진실한 마음과 한없는 슬픔을 알아주었다. 사람이 감당할 수 있는 구타와 고통과 슬픔에는 한계가 있나 보다. 내가 약해빠져서 굴복했는지도 모르지만 어쨌든 내가 더는 엄마 편을 들 수 없겠다고 생각했다.

끔찍하게도, 엄마를 편들지 않는 걸로는 충분치 않았다. 나는 엄마에게 문제가 있다는 주장에 동조하는 척까지 해야 했다. 어차피 내가 이길 수 없는 싸움이라고 생각했다. 입으로는 엄마가 나쁘다고 떠들지언정 마음에 진실을 굳게 간직하면 되는 거 아닌가. 처음부터, 내가 엄마에 대해 하는 못된 말은 나 자신을 아프게 했다. 나는 궁지에 몰릴 때에만 그런 말을 했다. 그렇게 지내면서 내 심장에 철옹성을 두르는 법을 배웠다. 그런 못된 말이 내 심장으로 파고들지 못하도록 막아야 했으니까. 나는 나쁜 엄마와 함께 살기를 거부하며 고아원 측의 배려에 감사하는 아이를 연기함으로써 고아원 사람들의 환심을 얻기 시작했다. 어떤 면에서 사람들, 특히 어른들은 객관적 진실이 아니라 자기네 입맛에 맞는 진실에만 관심이 있다는 것을 알게 됐다. 어른들은 자기들에게 편리하게 작용할 수 있는 일만 알고 싶어 했다. 내가 마음 한쪽에 벽을 쌓든지 말든지, 아예 다른 사람이 되든지 상관없었다. 내가 행복하거나 말거나, 내가 매일 밤 혼자 울면서 잠들더라도, 그런 건 중요하지 않았다. 그런 건 아무도 몰랐다. 나는 태어나 처음으로 내가 왜 사는지, 굳이 살아야 하는지 고민했다. 어차피 내 감정이나 생각에 신경 쓰는 사람도 없는데 왜 내가 살아야 하나?

고아원 친구들을 제외하면 나에게 마음 쓰는 사람은 이미 죽었거나 내 삶에서 떨어져나갔거나 둘 중 하나였다. 왜 내가 이런 일을 당해야 하는지 생각하고 또 생각했다. 내가 뭘 잘못했는데? 매일 밤 하느님께 용서를 구했다. 우리 엄마와 내 동생을 보호해달라고 간절히 기도했다. 얼마 후부터 내 죄를 용서해달라는 기도는 그만두고 엄마와 동생이 행복하게 해달라는 기도만 했다. 어차피 내 몫의 행복은 없음을 깨달았기 때문이다. 겨우 여덟 살에 자신의 쓸모없음을 절감한다는 게 얼마나 이상한 기분인지. 나는 나의 진솔한 모습을 드러낼 수 없었다. 나는 나의 진솔한 감정을 느껴서는 안 되었다. 나는 내 어머니의 사랑을 받아서는 안 되었다.

그전까지는 늘 나답게 살아왔다. 엄마와 친구와 지내느냐, 내가 모르는 사람들과 지내느냐의 문제가 아니었다. 나는 늘 내 모습 그대로 살아왔다. 나의 감정, 생각, 욕망을 억압해야만 한다는 그 압박감은 심히 불편했다. 뜨뜻하고 끈끈하며 습한 안개가 내 몸을 감싸고 있는 것 같은 그 느낌, 온몸을 랩으로 휘감은 듯한 그 느낌이 어제 일처럼 생생하다. 안개는 불편했지만 그 나름의 장점이 있었다. 확실한 것은, 내가 고아원에 있는 동안에는 비록 이미 가면을 쓰기 시작했다 해도 나 자신의 알맹이를 안개 밖으로 노출해서는 안 된다는 것이었다. 크리스티아나는 안개 속에서 길을 잃었지만 죽지는 않았다. 언젠가 안개가 싹 걷히고 나면 집으로 돌아가는 길을 찾을 수 있을 터였다.

나의 일생에서 오랫동안 중요한 비중을 차지하게 될 생존 전략 두 가지가 고아원에서 형성되었다. 시작은 거리에서부터였지만 발전과 완성은 고아원에서 보았다고 할까. 첫째 전략은 나의 가면, 달리 말하자면 적응하고 거짓으로 둘러대는 능력이었다. 또 하나의 전략은 허깨비가 되지 않기 위해 내 안의 기쁨과 아름다움을 잃지 않는 것이었다. 물론 이 전략들에는 좋은 점도 있고 나쁜 점도 있었다. 그 전략들이 나의 영혼과 자아를 확실히 둘로 쪼갰다. 크리스티아나는 안개 속에 숨었고 새로운 인격, 훗날 크리스티나라고 불리게 될 소녀가 나타났다.

나중에 스웨덴 부모님과 나는 어느 브라질인 선생님에게 일정 나이가 지나서 입양된 아이는 적응이 어렵다는 말을 들은 적이 있다. 그런 입양아들은 정신이 이상해지거나 무반응으로 일관한다나. 나로서는 그 모든 일을 당하고서도 미치지 않는 유일한 길은 새로운 사람이 되어 예전의 나를 속으로만 감추는 것이었다. 예전의 나와 새로운 나, 동시에 그 둘이 될 수는 없었다. 입양이 되어 스웨덴으로 건너간 후로, 빈민가나 고아원에서의 경험을 내가 소화할 수 있도록 방법을 제시하거나 도움을 주는 이는 아무도 없었다. 나는 그런 경험을 양부모님이나 친구들과 공유할 준비가 되어 있지 않았다. 인생이 우리에게 주는 경험이 너무 제각각이어서 나는 감히 그들에게 내 영혼을 드러낼 수 없었다.

어느 날 원장실로 오라는 호출을 받았다. 나는 내가 또 뭘 잘못했을까, 원장님이 왜 화가 났을까 하는 생각부터 했다. 원장실까지 가는 길에 내가 잘못했을지도 모르는 일들을 하나하나 꼽아보았지만 딱히 생각나는 것은 없었다. 나는 공손히 인사하고 원장실에 들어가서는 경계를 풀지 않았다. 원장님은 미소를 지으며 나보고 자기 책상 앞 갈색 의자에 앉으라고 했다. 긴장이 살짝 풀렸다. 원장님이 나에게 벌을 내릴 작정이었으면 그렇게 상냥하게 굴지 않을 테니까.

원장님은 나에게 고아원 생활이 어떤지 물었고, 고아원 출신이 성공적인 인생을 살기가 얼마나 힘든가를 잠시 얘기했다. 노숙자의 삶이 얼마나 가혹한가에 대해서도 얘기했다. 그러고는 자기가 한 말을 다 이해하느냐고 묻기에 나는 고개를 끄덕이고 나도 그렇게 생각한다고 우물우물 대꾸했다. 원장님은 흡족해하는 것 같았다. 그때 느끼기에 좀 괴상망측한 대화였던 것 같다. 원장님은 내가 뭔가를 크게 잘못했거나 아주 훌륭한 일을 했을 때만 자기 방으로 불렀으니까. 그런데 이 밑도 끝도 없는 대화는 뭘까. 그녀는 나를 어른 대하듯, 마치 내가 원생이 아니라 외부인인 것처럼 말하고 있었다. 원장님이 이윽고 하얀색 사진첩을 꺼냈다. 나는 사진첩이라는 물건을 그때 처음 봤지만 사진이 뭔지는 알고 있었다. 사진첩은 놀랄 만큼 두툼했다. 원장님은 사진첩을 보여주기 전에 나에게 고아원을 나가고 싶지 않으냐고 물었다. 나는 생각하거나 망설일 겨를도 없이, 어쩌면 다소 너무 열렬하게, 그러고 싶다고 대답했다. 고아원이 나쁜 곳이라서 떠나고 싶었던 게 아니다. 고아원 생활은 길에서 먹고 자는 것보다 백 배 천 배 나았다. 원생들끼리 싸움이나 갈등을 겪긴 했지만 재미있고 신났던 기억도 굉장히 많았다. 하지만 나에게 고아원을 나간다는 것은 엄마를 만날 수 있다는 것과 같은 뜻이었다. 엄마가 너무 보고 싶었다. 원장님은 기분이 좋은지 생글생글 웃었다. 그녀가 나에게 사진첩을 보라고 했다. 그러고는 책상 앞에서 일어나 의자를 내 옆으로 당겨 와 앉아서 함께 사진첩을 들여다보았다. 표지에는 '사진첩'이라는 글자가 박혀 있었고 내가 잘 모르는 이상한 단어들이 잔뜩 쓰여 있었다. 원장님은 그게 스웨덴어라고 가르쳐주면서 스웨덴은 아주 먼 곳에 있는 나라라고 했다. 그 나라 사람들은 우리와 전혀 다른 말을 쓰고 생활 방식도 많이 다르다나. 나는 스웨덴은 동화 속 나라 같은 곳인지 물었다. 원장님은 이상한 표정을 지었지만 이내 따뜻한 미소를 지으면서 내 짐작이 맞을 거라고 했다. 나는 재미있는 옛날이야기나 동화라면 사족을 못 쓰는 아이였다.

"스웨덴이 동화 속 나라 같은 곳이라고요?"

"그렇다고 말할 수 있겠지."

"그러면 신비한 동물들도 살겠네요?"

"브라질에서는 볼 수 없는 동물들이 있긴 해."

"스웨덴에 사는 동물들은 착해요?"

"브라질에 사는 동물들만큼 착하지."

"브라질에 사는 동물이 모두 착하진 않잖아요!"

"그건 스웨덴에 사는 동물도 마찬가지란다." 원장님이 웃음을 띠고 대답했다.

나도 원장님이 그렇게 웃으면서 친절하게 대해줄 때는 좋았다.

"스웨덴에 가고 싶니?" 원장님이 물었다.

나는 잠시 생각에 잠겼다. 카밀의 신기한 이야기 속 나라로 여행을 떠나고 싶다, 새롭고 신나는 일을 많이 경험하고 싶다, 그런 생각은 늘 있었다. 스웨덴에서는 내가 공주가 되어 하늘하늘한 흰색 드레스를 입고, 왕관을 쓰고, 아름다운 흰색 구두를 신고 다닐지도 몰라. 사탕을 산더미처럼 쌓아놓고 먹을 수 있을지도 몰라. 엄마와 파트리키도 동화 속 나라 같다는 스웨덴을 좋아하게 되겠지. 스웨덴이 정말로 동화 속 나라처럼 근사하다면 당연히 가고 싶고 말고.

"네, 가고 싶어요! 하지만 제가 어떻게 가요?"

"비행기를 타고 가야지." 원장님이 대답했다.

'비행기?!' 세상에, 입이 떡 벌어졌다! 부자들만이 하늘을 나는 그 거대한 쇳덩어리를 타고 아주 먼 곳까지 여행할 수 있었으니까.

"다른 친구들도 스웨덴에 가요?"

"아니, 크리스티아나, 너만 가는 거야. 한 가지만 더 물어볼게. 네 동생도 너와 함께 갔으면 좋겠니?"

그건 물어보나 마나 한 질문이었다. 당연히 나는 파트리키도 함께 가기를 원했다! 동생을 두고 어디 갈 마음은 꿈에도 없었다.

"파트리키와 함께가 아니면 아무 데도 안 가요!" 나는 단호하게 대답했다.

원장님은 웃으면서 내가 그렇게 대답할 줄 알았다고 했다. 그러고는 이제 사진첩을 펼쳐보라고 했다. 사진첩을 펼치기 전에 아래쪽의 토끼 그림이 내 눈에 들어왔다. 좀 재미있었다. 누군가가 나 보라고 토끼를 그렸을지 모른다는 생각이 들었다. 나의 성(姓) 코엘류는 '토끼'라는 뜻의 포르투갈어이기 때문이다. 사진첩 안에는 사진이 굉장히 많이 들어 있었다. 전부 어떤 백인 여자와 백인 남자가 가정집 실내와 마당에서 찍은 사진들이었는데 뭔가 되게 이상해 보였다. 나는 검은색 글씨로 포르투갈어가 쓰여 있는 하얀 종이 띠들을 보았다. 거기에 쓰여 있는 글을 읽어보았다.

주방에 있는 스투레

침실에 있는 스투레

사무실에서 일하는 릴리안

마당에서 스투레와 배드민턴을 치는 릴리안

사진첩 전체에 그런 식으로 설명이 붙어 있었다. 나는 그 두 사람이 좋은 집에서 장소만 계속 옮겨가면서 카메라를 바라보고 미소를 지으며 서 있는 게 이상하다고 생각했다. 원래 백인들은 이런 걸 즐기는지도? 원장님이 사진을 손가락으로 가리키며 설명을 하기 시작했다.

"크리스티아나, 이제 여기가 너의 집이 될 거야."

그녀는 빨간 지붕과 하얀 창틀이 있는 집을 가리켰다. 그 집은 아주 좋아 보였다. 집 주위는 온통 잔디밭이었는데 잔디 손질도 잘되어 있었다. 그렇게 관리가 잘된 잔디는 부잣집에만 있었다. 또 다른 사진에서는 흰색 가구와 흰색 벽, 분홍색 커튼과 침구로 예쁘게 꾸며놓은 방을 볼 수 있었다. 사진첩을 한 장 더 넘겨 보고 깜짝 놀랐다. 커다란 흰색 침대에 공주 인형, 동물 인형이 빼곡하니 놓여 있었다. 릴리안이라는 그 백인 여자가 침대 가장자리에 걸터앉아 기쁜 표정을 짓고 있었다. 침대 위에는 캐노피가 드리워져 있었다. 나는 늘 그런 캐노피 침대를 동경했다. 나도 저런 침대를 갖게 되는 걸까? 생각만 해도 황홀해서 기대조차 할 수 없었다.

"이게 제 침대예요?" 나는 사진을 가리키며 원장님에게 물었다.

"그래, 크리스티아나. 마음에 드니?" 원장님이 미소 지었다.

"너무 예뻐요! 진짜 제 침대예요?" 나는 의심을 떨치지 못했다. 세상에 공짜는 없다는 사실을 나는 거리에서 몸으로 구르며 배웠으니까.

"네 침대 맞아. 이 사진 속에 보이는 물건은 다 네 거야."

뭔가 잘못됐다.

"왜 파트리키하고 제가 동화 나라 스웨덴에 가는 건데요?"

"너희가 지금보다 더 낫게 살기를 바라니까. 원장님은 너희가 이 사진 속에 보이는 좋은 것들을 다 누리고 살았으면 좋겠어. 너도 그러고 싶지 않니?" 원장님이 이렇게 묻자 나는 내 물음이 배은망덕하게 들리지 않았을까 걱정이 되었다.

"그러고 싶어요, 정말로!" 나는 미소를 지으면서 힘차게 대답했다.

사실이었다. 정말로, 정말로, 정말로 그러고 싶었다. 비행기를 타고 하늘을 날아 스웨덴이라는 동화 나라로 가서 세상에서 제일 예쁜 침대와 맛있는 사탕과 근사한 장난감을 갖고 싶었다. 내 것이 된다는 그 집에는 방도 많았고, 귀여운 토끼 인형도 있었다. 세상 어떤 아이가 그런 복을 마다할까? 원장님이 일어섰다. 나보고 사진첩을 가지고 가서 다른 친구들에게 보여줘도 된다고 했다. 그 사진첩은 내 것이니 잘 간수하라나.

"다른 친구들은 잠깐이라도 나랑 같이 스웨덴에 갈 수 없는 거예요? 파트리시아만은 같이 가면 안 될까요?" 내가 물었다.

"크리스티아나, 너희들 모두를 보낼 수만 있다면 나도 기꺼이 그러고 싶어! 지금은 네게 주어진 기회에 기뻐하렴. 기회를 행복으로 만들렴. 스웨덴에서는 네가 원하는 그 무엇이라도 될 수 있어. 변호사든, 의사든, 네가 원하고 노력하기만 하면 뭐든지 될 수 있어. 너는 수많은 아이들이 부러워할 만한 기회를 누리게 될 거야. 너랑 동생은 거기서 행복해질 거야. 너희의 행복을 세상 그 무엇보다 소중히 여기는 두 사람을 만나게 될 거야. 기쁘지 않니?" 원장님이 그렇게 묻는데 그 눈빛, 그 몸짓이 나에게 바라는 대답은 하나뿐이라는 것이 여실히 느껴졌다.

"네!" 나는 환하게 웃으면서 그 대답을 했다.

얼마 지나지 않아 고아원 아이들도 나와 내 동생이 새 가족이 생겨서 입양 간다는 사실을 알게 되었다. 입양은 아이들 사이에서 늘

중대한 화젯거리였다. 원생의 상당수는 고아였기 때문에 어른에게 사랑과 정을 듬뿍 받고 싶어 하는 아이들이 많았다. 우리는 모두 자기만의 방과 장난감과 사탕을 꿈꾸었고 방과 후에는 진짜 자기 집으로 돌아가고 싶어 했다. 우리 남매가 선택받았다고 샘을 내는 아이들이 있었는데 나는 그게 기뻤다. 모두가 탐내는 것을 우리가 차지하는구나 싶었기 때문이다.

고아원 아이가 으레 그렇듯 나도 진짜 집에서 살고 싶었다. 하지만 내 집이 어디인지는 확실히 알고 있었다. 내 집은 엄마가 있는 곳, 엄마의 정을 느끼며 지낼 수 있는 곳이었다. 게다가 나는 어려서부터 동화와 환상에 취하는 법을 배웠지만 현실은 완전 딴판이라는 것도 잘 알고 있었다. 삶은 늘 그대로였고, 여덟 살쯤 되면 매일매일 감당할 것도 많아서 상상에 깊이 빠질 수도 없었다. 어떤 날은 재미있고 행복했다. 어떤 날은 고역스럽고 지루했다. 하지만 다른 아이들이 나에 대해서 쑥덕거린다는 것을, 나를 눈엣가시처럼 여긴다는 것을 차츰 느낄 수 있었다. 다른 아이들은 질투하고 있었다. 그들이 행동에 나서는 건 시간문제였다.

고아원에서는 늘 그랬다. 우리는 함께 어울려 잘 놀았지만 언제나 판이 한 번씩 뒤집히곤 했다. 나는 다른 아이들을 두려워하는 기색을 보이지 않으려 했고, 실제로 그리 두려워하지도 않았다. 나는 약한 아이로 보이고 싶지 않았기 때문에 다른 아이들이 나를 불쌍해하거나 동정할까 봐 두려웠다. 나와 동생이 입양될 거라는 말을 듣고 나서 얼마 후, 고아원 위층 복도를 걸어가다가 샤워실 옆을 지나가는데 그 일이 일어났다.

가브리엘라와 잘 어울려 지내던 여자아이 네다섯 명이 나를 다짜고짜 샤워실로 밀어 넣고 마구 때리고 발로 찼다. 나는 있는 힘을 다해 저항하고 여자아이 한 명을 붙잡고 바닥에 쓰러뜨렸다. 하지만 그 애에게 주먹을 휘두르기도 전에 다른 아이들에게 깔렸다. 나는 가망이 없었다. 싸우면 싸울수록 더 세게 얻어맞을 뿐이었다. 나는 때로는 고통을 감수하고 자존심을 접고 받아들여야만 한다는 것을 거리에서 배웠다. '아프겠구나, 그래도 죽기야 하겠어.' 아, 그래, 혹시 저들의 손에 죽는다면 저들도 무시무시한 벌을 받겠지. 나는 몸을 최대한 웅크려 태아 자세를 취하고 발길질과 주먹질을 받아냈다. 머리만은 맞지 않으려고 애썼다. 구타가 얼마나 오래 계속됐는지는 모르겠다. 그냥 머릿속 한구석에서 나는 이렇게 맞아도 싸다는 생각이 들었다. 엄마를 외면했으니 이 정도는 참을 수 있었다. 난 맞을 짓을 했다. 아픔은 사라진다. 하지만 내가 한 짓은 결코 사라지지 않을 것이다.

구타가 끝나고 나서 내가 정신을 차렸는지, 아니면 차가운 바닥에 그대로 누워 있었는지 잘 모르겠다. 그냥 몸이 아프고, 마음이 더 아프다는 것만 알았다. 나는 특별 대우를 받았고, 그러니까 맞아도 쌌다. 고아원이라는 사회는 그랬다. 그날 내가 어떻게 일어났는지, 어디로 갔는지 기억이 나지는 않는다. 어쨌든 나는 파트리시아를 만났고, 그 애는 바로 무슨 일인지 알아차렸다. 파트리시아가 괜찮냐고 물어서 "괜찮아."라고 대꾸했다. 그 이상은 말할 필요 없었다. 나를 이해할 수 있는 사람이 한 명이라도 있다면 그건 바로 파트리시아였다. 내가 슬플 때면 늘 파트리시아가 곁에 있었고, 그 애가 얻어맞을 때에는 늘 내가 곁에 있었다. 실제로 그 시공간에 함께 있고 없고는 중요하지 않았다. 나는 늘 가해자를 찾아내어 파트리시아의 복수를 해주었다. 내가 늘 이겨서 파트리시아를 괴롭히는 애들이 자취를 감췄다고 말하고 싶지만 실제로는 승보다 패가 많았다. 그 애의 복수를 하느라 나 역시 괴롭힘을 더 많이 당한 면이 없지 않았다. 하지만 그건 원칙의 문제였다.

저녁 먹을 때가 다 되었기 때문에 파트리시아가 먼저 일어나 손을 내밀었다. 나는 그 손을 잡고 일어나려고 용을 썼나. 온몸이 너무 아팠다. 파트리시아가 도와줄 사람을 부르겠다고 했다. 나는 벌떡 일어나 그럴 필요 없다고 했다. 하지만 그 애는 사람을 부르러 갔다. 자기가 말하면 무슨 일이 일어날지 알면서도 그렇게 했다. 나도 그 애를 잡지 않았다. 애들이 파트리시아도 때리겠구나 생각했지만 할 수 없었다. 그저 파트리시아가 당하는 것보다 내가 당하는 게 차라리 더 견딜 만하다는 차이가 있을 뿐이었다. 나는 고아원을 떠날 터였고, 파트리시아는 나 때문에 애들에게 두들겨 맞을 터였다. 그게 그 애가 나에게 주는 마지막 선물이었다. 그 애는 내가 곧 털고 일어날 줄 알고 있었지만 나에게 우정을 표현하기 위해 굳이 사람을 부르러 갔던 것이다. 그게 파트리시아의 방식이었고, 나 또한 그 애를 이해했기 때문에 말리지 않았다. 나는 여덟 살에 고통도 아름다울 수 있고 용감할 수 있다는 것을 알았다. 나는 이미 맞을 만큼 맞았고 파트리시아도 그걸 알고 있었지만 그 애가 돌봐준 것은 몸의 상처가 아니라 마음의 상처였다. 그 애는 내 안의 상처를 보듬어주었다. 우정, 배려, 사랑으로만 치료할 수 있는 내면의 상처를.

파트리시아와 헤어진 후로는 오랫동안 그런 상처를 돌봐줄 사람이 없었다. 나는 아무에게도 그만큼 가까워질 여지를 주지 않았다. 내게 의미 있는 사람, 내가 사랑한 사람은 모두 내 삶에서 사라졌으니까.

나는 겨우 여덟 살에 아무도 내 삶에 들여놓지 않겠다고, 아무도 진심으로 사랑하지 않겠다고 결심했다. 사랑하는 사람을 떠나보내거나 빼앗기는 고통을 더는 감당할 수 없었으므로.

고아원에서 보낸 마지막 날

원장님이 사진첩에서 봤던 백인 부부가 내일 아침에 고아원으로 나를 데리러 올 거라고 했다. 그들이 나를 그들의 집으로 데려갈 것이고 내 동생도 함께 데려갈 거라고 했다. 그날 오후 늦게, 그들을 만나게 됐다. 나는 흥분되기도 하고 기분이 좀 이상하기도 했다. 그들은 이름이 괴상했고 값비싸 보이는 옷을 입고 있었다. 원장님은 진즉부터 나에게 얌전하게 굴고 방긋방긋 미소를 지으라고 신신당부를 했다. 나는 시키는 대로 했다. 원장님은 또 나에게 이제부터 훨씬 좋은 환경에서 살게 됐으니 감사하게 생각하라고 했다. 나 대신 그 집에 가라고 하면 가겠다고 할 애들이 줄을 섰다나. 맞는 말이기는 했다. 부모님이 없는 원생들은 대놓고 나를 시기하고 질투했다. 그 애들은 내가 이미 엄마가 있고 아무 데도 가고 싶어 하지 않는다는 것을 이해하지 못했다. 나는 나대로, 왜 먼 나라까지 가서 남의 딸이 되어야만 하는지 이해하지 못했다. 나는 새

가정을 원치 않았다! 입양은 좋은 일이라고 생각했지만 내가 언제 입양해달라고 했나? 나는 '입양'이라는 단어의 의미조차 정확하게는 알지 못했다.

엄마에게 내가 커서 부자가 되면 엄마와 동생을 잘살게 할 수 있느냐고 물어본 적이 있다. 엄마는 세상에 불가능은 없다고, 세상도 특별하고 하느님도 특별하신 분이니 정말로 간절하게 원하면 기적이 일어날 수 있다고 말했다. 노력하면 무엇이든 이룰 수 있다. 그래서 나는 부자가 되고 싶었다. 백인들만큼 띵띵거리며 살고 싶었다.

나는 원장님이 웃으라고 해서 연신 방긋방긋 웃기는 했지만 속으로 울부짖었다. 원장님에게 정면으로 반항할 용기는 없었다. 너무 겁이 났다. 우리 고아원 아이들은 모두 원장님을 조금은 무섭고 어려운 사람으로 여겼다. 원장님은 나에게 친절하면서도 엄하게 굴었다. 나와 원장님 사이가 어떤지는 나 자신도 몰랐고, 다행히도 내가 원장님을 대면할 일은 많지 않았다. 그녀가 잔인한 사람이었다고 생각하진 않았다. 내가 이해하기에도 원장님은 나에게 잘해주고 싶어 했고, 좋은 기회와 더 나은 삶을 제공해주고 싶어 했다. 그러니까 다른 아이를 선택할 수도 있었는데 나와 내 동생을 선택한 게 아닌가. 하지만 그 과정에서 그녀는 내 의사를 묻지 않았다. 내 감정을 고려하지 않았고, 사실상 제대로 설명해줬다고 할 수도 없다. 나는 여덟 살 어린애였다. 그리고 어른은 자기가 아이보다——아이 본인의 감정조차도——잘 안다고 믿어버리곤 한다.

내가 어떻게 싫다고 하겠는가? 내게 무슨 선택권이 있었나? 원장님은 그 후 내가 치르게 될 대가를 상상하지 못했을 것이다. 내 영혼이 조각나고 나 자신이 온전치 못하다는 느낌으로 평생을 살게 될 줄은 몰랐을 것이다. 나는 크리스티아나와 크리스티나로 쪼개졌고 내가 정말로 누구인지 모른 채로 살아왔다. 지독한 가난을 면한 대가로는 나쁘지 않은 건가? 그래, 나쁘지 않다! 하지만 뭔가 더 수월해지거나 나아지지는 않았다. 내 안의 한 부분은 아이라면 누구나 원할 만한 모든 것을 거절하지 않았다. 나도 가난은 그만 사양하고 싶었다.

원장실에서 시간은 더디게 흘렀고——실제로는 30분 남짓, 하루의 한때에 불과했던 것 같지만——그 시간 동안 나는 입양을 가겠다고, 새로운 엄마 아빠와 살겠다고, 동생도 데려가 잘 보살피겠다고, 스웨덴이라는 동화 나라에 가겠다고 말했다. 거기서 백인 부부가 우리를 애지중지 잘 키워준다고 했다. 내가 그 자리에서 열성적으로 물어봤어야 했는데 묻지 않은 것이 있다. 우리 엄마도 스웨덴에 같이 가도 되나요? 글쎄, 내가 그렇게 묻지 않았다는 사실 자체가 의미심장한지도 모른다. 원장님이 백인 부부 앞에서 우리 친엄마를 절대로 화제에 올리지 않았던 이유가 있었는지도 모른다. 내가 무슨 일이 일어났는지 이해하기도 전에, 나의 세계는 이전에 상상조차 하지 못했던 방향으로 뒤집히기 시작했다.

고아원에서 마지막으로 보낸 밤, 그 밤에는 한숨도 못 잤다. 고아원 침대는 내가 태어나 처음으로 가져본 침대였다. 거기 누워서 천장만 쳐다보며 엄마를 그리워한 밤이 얼마나 많았던가. 이제 한층 더 큰 변화가 일어나고 있었다. 그 변화가 무엇을 몰고 올지 나는 전혀 몰랐다. 그래도 왠지 내가 실수했다는 감은 들었다. 내가 엄마, 동생, 나 자신까지도 저버린 것 같았다. 그러므로 내일부터 일어날 일은 모두 내 책임이었다. 동생은 다른 방에서 아기들 여러 명과 함께 자고 있었다. 그 애는 내가 한 일을 몰랐다. 내가 우리를 위해서 무엇을 결정했는지 그 애는 알 턱이 없었다. 나 역시 내 결정의 결과를 몰랐지만 벌써 예감이 좋지 않았다. 그래서 두려웠다. 굉장히 두려웠다. 어떤 것도 생생하게 와닿지 않아서 악몽, 백일몽, 현실을 구분하는 것조차 힘들었다. 그날 밤, 나는 오만 가지 생각을 다 하면서 울었다. 울어봐야 소용없는 줄 알면서도, 어차피 아무도 보지 않을 눈물이요, 설령 누가 본다 한들 신경 쓰지 않을 줄 알면서도 울었다. 내 편은 파트리시아와 엄마뿐이었다. 엄마는 틀림없이 나를 그리워하며 왜 엄마가 나를 만나면 안 되는지, 내가 어떻게 지내는지 궁금해하고 있을 터였다. 엄마는 나를 사랑했다. 엄마는 조금 있으면 내가 엄마가 따라갈 수 없는 곳으로 가버린다는 사실을 꿈에도 모른 채 어딘가에서, 아마도 고아원에서 그리 멀지 않은 곳에서 지내고 있을 터였다. 나는 우리 엄마가 그랬던 것처럼 소리도 없이 혼자 울었다. 내 머릿속에서는 계속해서 이 말만 터져 나왔다. '엄마, 거기 있어? 내가 다 망쳐버렸어. 엄마, 내 말 들려? 대답해줘, 엄마. 정말 미안해!'

침대에 누운 채로 하느님을 생각했다. 어릴 적 동굴에서 발견한 아기 새가 그 후에 다른 친구 새들을 만났을지 궁금했다. 천사들이 정말로 나를 지켜보는지, 하느님이 정말 내 편이 맞는지 궁금했다. 고아원에서 지내는 모든 아이들을 생각했다. 그 애들은 어떻게 될까? 파트리시아는 앞으로 어떻게 될까? 나와 파트리시아가 다시 만날 수 있을까? 그 애도 내 마음속에서만 사는 존재가 되는 건가? 파트리시아를 바라보았다. 그 애는 곤히 자고 있었다. 내일이면 무슨 일이 일어날 터인데 내가 모퉁이를 도는 순간 무엇과 부딪히게 될지는 예상조차 되지 않았다.

어느새 새날이 밝았다. 나는 피곤한 줄도 몰랐다. 꼬리에 꼬리를 무는 생각을 멈추지 못하고 밤새 두려움과 수면 부족에 시달렸지만 그런 건 안중에도 없었다. 나는 바짝 긴장해 있었다. 특별한 날이라더니, 과연 샤워실에 줄을 설 필요도 없었다. 그날 나를 전담해서 몸단장을 시켜주기로 되어 있던 직원이 샤워실에 바로 넣어주었기 때문이다. 한참 뒤에 서 있는 파트리시아가 보였다. 심장을 한 대 맞은 것처럼 급격한 아픔이 일어났다. 내가 떠나면 누가 파트리시아를 챙겨줄까. 그 애가 걱정됐지만 다른 여자아이들에게 파트리시아를 잘 부탁한다고 말할 엄두가 나지 않았다. 내가 고아원에서 떠나고 난 후 파트리시아가 괜한 분풀이 대상이 되지는 않을까 두려웠다. 내가 줄을 서지도 않고 샤워실로 들어가는 순간, 모두의 시선이 나에게 쏠렸다. 나는 눈을 피하며 얼른 안으로 들어갔다. 다른 아이들은 내가 씻고 나올 때까지 기다려야 했다. 나는 온몸을 꼼꼼하게 씻었다. 직원들이 비누는 물론, 목욕 스펀지 같은 것도 챙겨주었기 때문이다. 그들은 이미 며칠 전에 내 머릿니도 다 없애준 참이었다. 나는 그들에게 받은 과일향 나는 샴푸로 거품을 내고 머리 구석구석을 문질렀다.

샤워를 끝내고 물기를 잘 말린 다음, 직원에게 받은 깨끗한 팬티를 입었다. 고아원에서 우리가 평소에 입는 팬티가 아니었다. 좀 더 좋은 물건, 덜 낡은 물건이었다. 나는 팬티를 입고 나가면서 다시 한번 다른 아이들 앞을 지나쳤다. 어떤 여자애가 파트리시아를 줄에서 조금 앞쪽으로 세워주는 모습을 보았다. 고마운 마음이 와락 솟았고, 나의 소중한 봉 오 봉 초콜릿을 그 여자애와 나눠 먹었던 게 참 다행이라는 생각이 들었다. 여자애와 눈이 마주쳤다. 그 애가 살짝 웃었고 나도 고맙다는 미소를 지어 보였다. 나는 큰 선물을 받았고, 그 애도 그 사실을 알고 있었다. 내가 그 자리에서 미적대고 있었더니 직원이 내 등을 밀면서 빨리 가라고 했다. 나는 그 여자를 쳐다보면서 잠시만 기다려달라고 했다. 보통은 원생이 그런 말을 해도 직원들은 콧방귀도 뀌지 않는데 그날은 달랐던 걸 보면 내 눈빛이 예사롭지 않았나 보다. 나는 파트리시아를 눈으로 찾았다. 우리가 서로 얼굴을 보는 마지막 순간이었다. 마음 같아서는 달려가 껴안고 싶었지만 그 애가 남들 앞에서 약한 모습 보일까 봐 참았다. 무엇보다, 그 애에게 달려갈 상황이 아니었다. 그래서 나는 미소만 지었고 그 애도 미소 지으면서 손을 들어 '피가(figa)'를 만들어 보였다. 브라질에서 피가는 엄지를 검지와 중지 사이에 집어넣고 주먹을 쥐는 손동작인데 행운을 빈다는 의미가 있다. 나도 손을 들어 피가를 만들어 보였다. 나는 그래도 고아원을 나가기 전에 파트리시아는 한 번 더 보고 인사를 할 수 있을 줄 알았다. 하지만 그게 우리의 마지막이었다. 그 애를 한번 안아주지도 못하고 온 게 지금도 후회된다.

직원이 나의 몸단장을 도와주었다. 나는 병아리처럼 노란 운동복 바지와 긴소매 운동복 상의를 입었다. 흰색 양말과 흰색 신발도 받아서 신었다. 내 발에는 치수가 너무 작아서 아주 불편했다. 직원은 머리 뿌리를 잡아주는 빗 같은 것으로 내 머리칼을 부풀려주었다. 내 마음에는 별로 들지 않았다. 나는 진짜 치약으로 양치질을 하고 나서 직원을 따라 복도와 계단을 거쳐 고아원 출입문이 있는 다른 복도로 이동했다. 혹시 엄마가 보이지 않을까 해서 문 쪽을 계속 흘끔거렸다. 엄마는 보이지 않았다. 우리는 계속 그 복도를 따라가 원장실까지 갔다. 원장님은 직원에게 아침 내내 내가 준비하는 걸 도와줘서 고맙다고 말하고는 이제 그만 나가봐도 좋다고 했다.

나는 심장이 너무 쿵쾅거려서 가슴팍을 뚫고 나올 것 같았다. 눈을 내리깔고 혹시 밖에서 내 모습이 보이는지 확인했다. 원장님은 나를 세워놓고 뭐라고 한참 얘기를 했다. 원장님 말씀을 주의 깊게 들어야 하는 줄은 알고 있었지만 도무지 집중이 안 됐다. 그러고 나서 원장실 문이 열렸고, 어떤 여자가 파트리키를 안고 들어왔다. 파트리키도 행복해 보이지는 않았다. 그 애는 울거나 보채지 않았지만 기분이 좋아 보이지도 않았다. 원장님이 자리를 잡고 앉으라고 하기에 벽에 붙어 있는 갈색 의자에 앉았다. 그녀는 내 입양 건이 얼마나 좋게 풀렸는지, 나의 싹싹한 태도가 얼마나 중요한지 설명하고는 양부모가 데리러 오면 방긋방긋 웃으라고 했다. 나는 고개를 끄덕였지만 말이 한마디도 나오지 않았다. 처음으로 원장님 눈에서 나에게 희망을 주는 뭔가를 보았다. 그녀가 걱정하고 불안해하는 것처럼 보였고 약간 겁을 먹은 것 같기도 했기 때문이다. 나는 원장님이 마음을 바꾸기를, 자기가 얼마나 큰 실수를 저지르고 있는지 깨닫기를 간절히 원했다. 하지만 나는 바보가 아니었다. 내가 노숙자로 살면서 배운 게 뭔가? 꿈과 환상을 좇는 건 자유지만 현실과 혼동하지는 말 것, 현실은 꿈과 다르다는 것 아닌가.

갑자기 노크 소리가 났다. 어제 오후에 처음 만났던 백인 부부가 원장실 안으로 들어왔다. 그들은 미소를 지으면서 기쁜 얼굴을 했지만 다소 긴장한 듯 보였다. 잠시 어른들끼리 얘기가 오갔고 그 중 누군가가 나에게 인사를 하라고 해서 시키는 대로 했다. 파트리키를 안고 있던 여자가 나의 양엄마가 될 거라는 백인 여자에게 아기를 넘겨주었다. 백인 여자는 웃으면서 조심스럽게 아기를 받아서 품에 안았다. 그 순간, 파트리키가 울음을 터뜨렸다. 그 애는 웬일로 닭똥 같은 눈물을 흘려가며 제법 크게 울었다. 파트리키는 조금 전까지 자기를 안고 있던 여자를 향해 두 팔을 내밀었다. 나는 속이 온통 따끔거렸다. 어른들 사이에 끼어들어 내가 파트리키를 빼앗아 안고 누나가 여기 있다고, 다 잘될 거라고 달래주고 싶었다. 그러나 나는 착하고 얌전한 여자아이답게 아무 말 없이 앉아 있었다. 원장님이 나보고 양부모님께 가서 안아드리라고 했다. 나는 일어나서 시키는 대로 했다.

원장님이 우리 남매와 양부모님 모습을 사진으로 남겨주었다. 이번에도 나는 미리 언질을 받은 대로 웃는 얼굴로 카메라 앞에 섰다. 5분이었는지 5시간이었는지 모를 시간이 흘렀고, 어느덧 가야 할 때가 됐다. 양부모님과 나, 파트리키, 원장님, 그리고 내가 특히 좋아했던 고아원 선생님 두 명이 함께 문 앞까지 갔다. 양어머니가 파트리키를 안고 갔다. 그 애는 이제 울음을 그치고 양어머니의 머리칼이나 안경을 손으로 잡아당기려고 용을 쓰고 있었다. 기분이 좋아져서 그런다기보다는 낯선 백인 여자 품에서 호기심이 동했던 모양이다. 문이 열리자 양아버지가 내 손을 잡았다. 기분이 정말 이상했다. 나는 혼자 걸어갈 수 있었고 그때까지 늘 혼자서도 잘만 돌아다녔다. 누군가가, 더구나 낯선 백인 어른이, 내 손을 잡아줄 필요는 전혀 없었다. 우리는 고아원에서 나와 보도를 따라 걸어갔다. 조금 가다가 뒤를 돌아보니 고아원 원장님과 선생님들이 웃으면서 손을 흔들어주었다. 일이 내가 생각했던 것 이상으로 꼬여버렸다는 느낌이 들었다. 지독한 공포가 나를 덮쳤다. 갑자기 너무 무서워졌다. 나는 현실에 발목이 잡혀 있었던 것이다. 이제는 다 잘될 거라고, 다 행복해질 거라고 믿는 척할 수가 없었다. 나는 내 양아버지라는 낯선 남자의 손을 뿌리치려고 버둥거렸다. 나는 악을 쓰면서 울기 시작했다. 길에서 드러누울 듯 몸부림치면서 원장님에게 외쳤다. 떠나고 싶지 않다고, 착하고 쓸모 있는 아이가 될 테니까 보내지 말라고 외쳤다. 원장님은 불편한 얼굴을 하고 있었지만 무슨 조치를 취하지는 않았다. 낯선 남자가 내 손을 잡아끌었다. 원장님은 나에게 마지막으로 손을 흔들어 보이며 다 잘될 테니 걱정하지 말라고 말하고는 돌아서서 고아원 마당으로 들어가 문을 닫았다. 이제 내가 악을 쓰고 저항해봤자 소용없었다. 나는 고아원을 등지고 나의 새 부모를 따라갔다. 내 속에서 안도감이라는 것이 다 말라버린 것 같았다. 길을 잃고 슬픔에 짓눌린 기분이었다. 철저하게 혼자가 되었는데 세상은 압도적으로 광대했다. 작디작은 내가 뭘 할 수 있었겠는가? 내 양아버지라는 남자가 내 손을 잡고 있었다. 내 양어머니라는 여자는 함께 걸어가면서 이따금 한 번씩 걱정스러운 눈길을 나에게 보냈다. 그러나 나는 얼빠진 사람처럼 내처 멍하니 걷기만 했다. 우리는 고아원 근처에서 대기 중이던 택시에 탔다. 나는 울음이 터졌고 그다음부터는 멈출 수가 없었다. 나는 그런 일을 꿋꿋이 치러낼 만큼 강한 아이가 아니었다……. 세상에 이보다 더 억장이 무너지는 일이 있을까 싶었다. 이미 육체적으로는 내가 못 견딜 고생이 없었다. 노숙자로서 살아남으려면, 요행을 바랄 수 없고 희망도 없는 상황에서 자긍심이라도 지키려면 지독한 고생을 참아내는 법부터 배워야 했기 때문이다. 나는 잔뜩 겁을 먹었지만, 자긍심의 벽 속에 숨어 있는 나의 한 부분을 새로운 미지의 세계로 끌고 나아갔다.

내가 얼마나 겁을 먹었는지는 아무도 몰랐을 테지. 너무 겁이 나서 기절할 것 같았는데도!

고아원 방문

2015년

얼마나 기다렸는지는 모르지만 고아원 관계자가 나와서 리비아와 나를 안내해주었다. 일곱 살쯤 된 소년이 다가와 호기심 어린 눈빛으로 나를 쳐다보았고 그제야 내가 고아원 문을 죽기 살기로 붙잡고 있다는 것을 깨달았다. 내가 먼저 인사를 했더니 소년도 인사를 했다. 관계자는 우리를 건물 안으로 안내하고는 잠시만 기다려달라고 한다. 주위를 둘러보는데 도무지 현실 같지가 않다. 나는 눈물이 그렁그렁해서는 고아원 출입문 쪽으로 다시 걸어가본다. 리비아는 다정하게 미소 지으면서 나에게 기분이 어떠냐고 조심스럽게 묻는다. 나는 엄마가 저 문에서 내 이름을 목 놓아 불렀던 일을 이야기한다. 이상하게도, 그 얘기를 하는데 슬프지 않다. 그 시간은 이제 끝났다는 것을 깨달았다. 결코 끝나지 않을 것 같았던 시간이 끝났다. 시간은 이 상처조차도, 적어도 조금은 치유해주었다.

이제 이 문 앞에서 분노가 아닌 사랑을 느낀다. 엄마와 억지로 떨어져야 했던 아픔은 영원히 사라지지 않을 것이다. 그런 걸 원하지도 않는다. 그 아픔도 나의 일부요, 지금의 나를 만들었다. 하지만 지금은 그때와는 전혀 다른 큰 그림을 볼 수 있다. 나는 오랫동안 내가 기회를 잡고 더 나은 삶을 살게 됐으니 감사해야 한다고 말하는 사람들을 많이 만났다. 나는 그런 말이 정말로 짜증 났다. 우리 인간은 자기 생각, 의견, 감정을 보편화해서 남들에게까지 적용하는 경향이 있다. 내 기분, 내가 겪어온 일은 나밖에 모른다. 내가 어떤 감정을 느껴야 하고 어떤 감정을 느끼면 안 되는지를 왜 남이 정해주는가. 물론 나는 더러운 빈민가에서 벗어나 좋은 교육을 받았고, 좋은 직장에서 일하며, 민주 사회에서 살아가는 행운을 얻었다. 하지만 인생에는 내 명함에 박힌 직책, 자가용, 내가 몇 벌이나 가지고 있는 디자이너 브랜드 청바지 외에도 의미가 있는 것들이 얼마나 많은가. 여덟 살 때의 기억보다 훨씬 작게 느껴지는 이 문 앞에서, 지금 나는 가슴 벅차게 감사하다. 좋은 집과 차, 멋진 물건을 가지고 살아서 감사한 게 아니다. 내가 감사함을 느끼는 이유는 전혀 다르다. 나는 입양이 결정되기 전에, 그보다 훨씬 더 전에, 제비뽑기에서 이겼다. 나는 살아남았으니까. 카밀도, 쓰레기통 옆에서 만났던 소년도 그 제비를 뽑지 못했다. 나는 사람답게 살아볼 기회를 얻었지만 그런 기회를 꿈꾸고도 얻지 못한 아이들이 너무 많았다. 그래, 나는 정말 힘들게 살았다. 이렇게 미쳐버리는구나, 혹은 그냥 죽어버렸으면 좋겠다 싶었던 순간도 많았다. 하지만 그런 순간에도 사랑, 우정, 가족이 있었고 멋지고 놀라운 사람들이 내 곁에 있었다. 그러니 어떻게 지금 내가 가슴 벅찬 사랑과 기쁨을 느끼지 않을 수 있을까?

리비아와 함께 왔으니 이제 조금 있으면 내 의문들이 풀릴 것이다. 나는 정확히 어떤 과정을 거쳐 입양이 됐을까? 어떻게 입양이 그렇게 일사천리로 진행됐을까? 왜 우리 모녀는 면회조차 허락되지 않았을까? 지금까지도 의문스러운 점이 한두 가지가 아니다. 나는 이 고통스러운 경험을 껴안은 채 몸부림치며 이 부재(不在)와 함께 살아왔다. 우리 엄마와 나의 안정감과 생이별을 해야 했던 이 문 앞에 서보니 기억이 조금도 변하거나 사라지지 않았다는 것을 알겠다. 지금도 기억은 그대로다. 하지만 지아만치나 거리에서 춤추는 악마를 보았던 기억이 그렇듯 이 기억도 달리 이해하게 되었다. 나는 훗날에야 그때가 사람들이 변장을 하고 거리로 뛰쳐나오는 카니발 기간이었다는 것을 알았다. 고아원 문에 얽힌 기억은 지금도 나를 아프게 하지만 그 기억을 이해하고 이야기하는 방식은 달라졌다. 내가 잃어버린 것, 빼앗긴 것, 부당하게 당한 일들을 주목하기보다는 내가 받은 것이 얼마나 강력한지 깨닫는다. 그건 나 자신이 만들어낸 것이다. 나는 나 자신을 피해자로 생각하지 않기로 했고, 그 선택대로 살아왔다. 오랫동안 아픔이었던 이 노란색 문 앞에서 나는 내 삶이 나 자신을 발견하는 것이 아니라 나 자신을 만들어 가는 여정이었음을 깨닫는다.

내가 이런 생각을 하고 있는 동안 마흔다섯에서 쉰 살 정도로 보이는 날씬하고 활력 넘치는 여자가 환하게 웃으면서 다가왔다. 그녀는 나를 보고 크리스티아나, 라고 내 이름을 부르더니 와락 끌어안는다. 어디선가 본 듯 낯익은 느낌이 드는데 누구인지는 모르겠다. 그녀에게서 향수와 담배 냄새가 난다. 그녀는 자기 이름이 이젤라우지아이고 이 고아원의 원장을 맡고 있다고 말한다. 우리가 문 앞에서 대화를 나누자 리비아가 바로 통역을 한다. 이젤라우지아는 내가 원생이었을 때부터 이 고아원에서 일을 했다고 한다. 그 말을 듣자 예쁘장했던 여선생님 얼굴이 떠오르면서 그녀를 고아원에서 봤던 기억이 난다. 우리는 이젤라우지아의 안내를 따라 안으로 들어간다.

맨 먼저 눈에 들어온 것은 예수님을 나타낸 거대한 모자이크화다. 24년간 완전히 잊고 있던 것이 갑자기 눈앞에 나타나면 어떤 기분인지 이제 알겠다. 그 그림을 보자마자 아주 세세한 부분까지 기억이 난다. 그 모자이크화 앞에 서서 완벽한 백인 모습의 예수님을 보고 얼떨떨해하던 어린 소녀가 기억난다.

이젤라우지아는 원장실에 들어가 자기 책상 앞에 앉고 우리는 그 맞은편에 자리를 잡는다. 원장실을 둘러보니 예전의 그 갈색 의자들과 철제 캐비닛이 그대로 있다. 이젤라우지아가 작은 선물을 꺼내어 나에게 건넨다. 고맙다고 인사를 하고 받기는 하지만 원장 선물을 따로 준비해 오지 않았기 때문에 조금 민망스럽다. 포장을 뜯어보니 자그마한 빨간색 보석함이 있다. 뚜껑을 열었더니 예쁜 성모상 메달이 들었다. 스웨덴에 가면 체인을 사서 달고 다녀야겠다는 생각이 든다. 나는 내 선물까지 준비할 필요는 없었는데 마음 써줘서 고맙다고 다시 한번 인사를 한다.

이젤라우지아는 이어서 사진 한 장을 꺼내어 나에게 건넨다. 그녀는 말이 아주 빠르다. 들숨과 날숨에 단어들이 섞여 나온다. 이

말의 속도와 리듬을 알겠다. 나도 아주 기쁜 일이나 짜증 나는 일이 있을 때, 뭔가 흥분했을 때 이런 식으로 말한다. 1991년에 찍은 그 사진에서 고아원 뒤편에 서 있는 나와 내 동생, 그리고 이젤라우지아가 보인다. 리비아가 통역한 말로는, 이젤라우지아는 내가 언젠가 꼭 찾아올 거라 생각해서 이 사진을 오랫동안 간직했다고 한다. 사진을 뒤집어보니 메모가 있다. 파트리크와 나의 브라질 이름, 그리고 사진을 촬영한 날짜가 적혀 있다. 사진을 다시 뒤집어서 내가 아는 가장 어릴 적 모습의 크리스티나, 아니 크리스티아나를 본다. 나한테는 여덟 살 이전에 찍은 내 사진이 한 장도 없다. 나의 어릴 적 모습을 몰라서 조금 서글프다는 생각도 했다. 그래서 친구들이 어릴 적 사진을 보여줄 때마다 샘이 났다. 내가 나중에 애를 낳더라도 엄마의 어릴 적 모습을 보여주지 못한다 생각하면 아쉬웠다.

이젤라우지아는 파트리크, 그러니까 파트리키의 안부도 묻는다. 그러고 나서 우리가 떠난 후 고아원이 어떻게 변했는지 그 이야기로 넘어간다. 내가 어릴 때 살았던 이 건물이 지금은 고아원 원생들뿐만 아니라 동네 아이들도 이용하는 유치원 겸 아동 돌봄 센터가 되었다고 한다. 매일 부모님들이 아이를 이 앞에서 내려주거나 집으로 데려간다. 이젤라우지아가 여기서 조금 떨어진 곳에 신축한 고아원 건물에 우리와 함께 가서 아이들에게 인사를 시켜주기로 한다. 그녀의 말로는 브라질 법이 바뀌어서 지금은 고아원에서 예전처럼 많은 아이들을 데리고 있을 수 없다고 한다. 실제로 내가 지내던 시절에는 원생이 거의 200명이었지만 지금은 브라질의 어느 고아원을 가도 원생은 20명 안팎이라나. 슬쩍 웃음이 난다. 내 기억을 믿어도 된다는 증거가 생겨서 기분이 좋다. 그리고 지금은 원생들이 원래 가족에게 돌아갈 수 있도록 돕는 추세라고 한다. 그게 여의치 않으면 위탁 양육의 힘을 빌리고, 그조차도 여의치 않으면 마지막 수단으로 입양을 추진한다나.

이젤라우지아가 1991년에 나와 내 동생에게 있었던 일은 오늘날 일어날 수 없는 일이라고 말한다. 나는 그 말을 듣고 정신이 번쩍 나서 그녀를 쳐다본다. 이 여자는 다 알고 있구나. 내가 여기 와서 이런 말을 듣게 되다니. 나는 리비아를 통해서 이젤라우지아에게 우리의 입양에 대해서 아는 대로 말해달라고 부탁한다.

이젤라우지아가 다소 심각한 표정으로 얘기를 시작한다. 우리 엄마는 나와 파트리키를 데리고 고아원을 찾아왔다. 파트리키가 너무 어린 데다가 건강도 좋지 않았기 때문에 고아원은 일단 그 애만 받아줬다. 그리고 한 달 후, 고아원은 나도 받아줬다. 고아원 관계자들은 우리 엄마에게 문제가 좀 있다고 보았다. 엄마가 과연 아이들을 키울 수 있는 사람인지 의심했던 것이다. 그러다 엄마가 쌍둥이를 낳은 적이 있지만 그들을 양육할 역량은 없는 것으로 판별되었다는 사실을 법원 기록으로 확인했다. 고아원 관계자들은 엄마가 다른 두 아이, 즉 나와 동생도 양육할 수 없기는 마찬가지라고 판단했다. 법원은 시간을 절약하기 위해 서로 다른 두 건, 즉 쌍둥이 오빠들의 양육에 대한 판단과 우리 남매의 양육에 대한 판단을 하나로 합쳐버렸다. 고아원 관계자들은 내가 한 살이라도 더 먹으면 입양 보내기가 힘들어진다는 것을 잘 알고 있었기에 신속한 판결을 원했다. 엄마는 양육권 심사일에 법원에 출두하지 않았고, 그래서 우리 남매에 대한 권리를 잃었다. 법원은 엄마에게 자녀들에 대한 면접권조차 주지 않았다.

이젤라우지아는 내가 이미 아는 사실도 말해준다. 법원의 판결에도 불구하고 엄마는 고아원에 와서 우리를 만나게 해줄 때까지 난동을 부리곤 했다. 그러다가 나와 파트리키의 입양이 결정되자 당장 엄마를 못 만나게 해야만 했다. 그래야만 애들이 정을 떼고 새로운 곳에 적응을 잘한다는 이유에서였다. 그래도 엄마는 계속 고아원에 찾아와서 애들을 보게 해달라고 악을 썼다. 엄마는 아주 오래 그 힘겨운 싸움을 했다. 이젤라우지아가 내 얼굴을 보면서 그때 내가 얼마나 곤혹스러워하고 힘들어했는지 기억한다고 말한다. 나는 그냥 고개만 끄덕거린다. 이젤라우지아는 지금은 절대로 그런 일이 있을 수 없다고 재차 힘주어 말한다. 지금은 고아원 관계자들이 나서서 원생의 가족, 친척과 연락을 취하고 아이들이 자기 가정에서 살 수 있도록 돕고 있다나. 그녀에게 뭐라고 말해야 할지 모르겠다. 나는 내게 있었던 일의 책임을 물으려고 여기 온 게 아닌데. 고아원 측에서 나와 파트리키의 건강한 삶을 최우선으로 생각했다는 것도 잘 알거니와, 어차피 다 지난 일 아닌가. 나는 고아원 측의 설명과 입장을 듣게 되어 고맙다고 인사를 한다. 하지만 나에게는 내 관점이 있고 나의 가족에게도 분명히 그 나름대로의 관점이 있다. 나는 그저 그때 일이 어떻게 된 건지 알고 싶었고, 이제는 알았다. 이젤라우지아는 당시의 법원 서류를 다 찾을 수 있을 거라면서 원한다면 자기가 도와주겠다고 말한다. 나는 서류를 보고 싶다고 말한다.

우리는 원장실에서 나와 고아원을 둘러본다. 내가 어릴 적 기억을 더듬어가며 알아서 돌아다녀도 되는지 리비아를 통해 허락을 구한다. 식당과 주방부터 찾아간다. 그 장소들이 그대로인 것을 확인하자 웃음이 난다. 인형의 집에 들어온 거인이 된 기분이다. 건물이나 공간이 실제로 작아서라기보다는, 내가 기억하는 것보다 참 작게 느껴지기 때문이다. 복도도 내 기억보다 훨씬 좁고 짧다. 식당의 탁자들도 앙증맞다 싶을 정도로 작다. 거의 일 년간 매일 밥을 먹었던 공간에서 내가 즐겨 앉던 자리를 리비아에게 알려준다. 비상구 바로 옆의 저 끝자리, 언제 잽싸게 탈출해야 할 일이 있을지도 몰라서 그 자리가 좋았다.

식당에서 주방으로 들어가니 금속 탁자에 과일 한 쟁반이 놓여 있다. 탐스러운 파파야, 파인애플, 아보카도. 나는 아보카도를 하나 들어서 리비아에게 보여준다. 세상에, 아보카도만은 내가 기억하는 그대로 아주 크고 묵직하다. 우리가 스웨덴에서 먹는 아보카도는 비교가 안 된다. 고아원 뒷마당에서 아직 다 익지도 않은 아보카도를 따서는 주방 아주머니들을 구워삶아 냉장고에 보관했던 기억이 난다. 나는 아주머니들의 비위를 잘 맞췄을 뿐 아니라 냉장고를 빌려 쓰는 대신 시간 날 때마다 여기 내려와 일손을 거들었다. 나는 세상 물정을 좀 아는 아이였고, 그런 꾀가 어디서 났는지도 잘 알고 있었다. 언제 또 먹을 게 생길지 모른다는 두려움, 내 앞가림은 내가 해야 한다는 자각, 늘 앞일을 생각해서 대비해야 한다는 강박관념이 나를 그렇게 만들었다. 리비아에게 내 얼굴만 한 아보카도를 들고 있는 내 모습을 사진으로 찍어달라고 부탁한다. 웃음이 터졌다. 내가 여덟 살 때 누군가가 내게 아주 먼 나라에서 24년을 살다 오면 브라질산 아보카도가 몹시 신기하고 재미있을 거라고 말했다면 과연 그 말을 믿었을까.

이젤라우지아는 주방에서 일하는 다른 여자분을 소개해준다. 그분도 내가 고아원에서 살 때부터 일하던 분이라는데 이젤라우지아처럼 낯이 익은 느낌은 없다. 그분이 주방 한가운데 탁자에 커피와 쿠키를 차려줘서 잠시 간식 시간을 갖는다.

커피를 마시고 나서 이젤라우지아, 리비아, 나는 작은 언덕을 올라 신축 고아원으로 이동한다. 이젤라우지아가 담뱃불을 붙이고 뻐끔뻐끔 빨면서 이 신축 건물에 대해서 말해준다. 2004년에 브라질에서는 고아원에서 20명 이상 원생을 수용해서는 안 된다는 법을 제정하고 시행까지 2년의 유예 기간을 두었다. 그래서 2006년부터는 고아원 원생들도 시설이 아니라 집에서 사는 것처럼 생활하게 되었다고 한다.

우리는 언덕 꼭대기에서 좌회전을 한다. 이젤라우지아는 계속 담배를 피운다. 나는 그녀에게 들은 말을 다시 생각해본다. 내가 지내던 때에는 원생이 거의 200명이었다고 했다. 그러면 고아원에서 계속 살 수 없게 된 아이들은 어떻게 됐을까? 어느새 검은 문이 눈앞에 나타났다. 그 문 너머에 아담하고 예쁜 갈색 집이 있다. 아이들이 살풍경한 시설 건물이 아니라 진짜 집 같은 집에 산다는 사실을 확인하니 나도 마음이 좋다. 집에서 어떤 여자가 나와 우리에게 문을 열어준다. 나는 초콜릿 상자를 들고 가서 그녀에게 인사를 한다. 살짝 긴장되려고 한다. 이제 곧 온갖 연령대의 아이들을 만나게 될 거다. 분명히 힘든 일을 겪었을 아이들, 내가 알기로는 앞으로도 힘든 시간을 겪게 될 아이들. 내가 그 애들에게 무슨 말을 한담? 심호흡을 하고 안으로 들어간다. 열 살에서 열여섯 살 사이의 아이들 몇몇이 거무스름한 소파에 앉아 있다. 텔레비전을 보는가 보다. 좀 더 안으로 들어가 가까이서 보니 비디오 게임을 하는 중이다. 우리가 고아원에서 「슈샤」나 「로보캅」을 즐겨 봤던 생각이 나서 슬며시 웃음이 난다. 그래, 요즘 애들은 비디오 게임이로구나.

나는 초콜릿 상자를 내려놓는다. 이젤라우지아가 아이들에게 뭐라고 말을 한다. 아이들이 비디오 게임을 잠시 멈추자 그녀는 나와 리비아를 소개한다. 내 이름이 나오자 아이들의 시선이 일제히 나에게 쏠린다. 그들이 나를 머리끝부터 발끝까지 낱낱이 뜯어보는 것 같다. 나는 웃으면서 아이들의 눈을 바라본다. 리비아가 옆에서 방금 이젤라우지아가 한 말을 통역해준다. 고아원에서 살다가 스웨덴으로 입양되었고 아주 오랜만에 고국 방문을 왔다고 했다나.

이젤라우지아가 하는 말을 리비아가 통역하는 동안, 유독 내 눈길을 사로잡는 소년이 있다. 그 소년의 눈빛, 몸짓, 표정에서 왠지 어린 날의 크리스티아나가 생각난다. 나는 왜 이런 생각을 하게 됐는지 곰곰이 생각하다가 그 애도 거리에서 세상을 배운 아이, 길에서 먹고 자고 자란 아이임을 알아차린다. 그 아이가 눈을 굴리는 모습, 그 아이의 미소, 머릿속이 바쁘게 돌아가는 듯한 눈치를 보면 알 수 있다.

내가 자기소개를 할 차례다. 리비아가 통역을 해준다. 나는 내가 누구인지, 내가 고아원에서 지낼 때는 어땠는지 이야기한다. 아이들 표정을 보아하니 처음 듣는 스웨덴어가 엄청 이상하게 들리는가 보다. 초콜릿을 사 왔는데 먹지 않겠느냐고 했더니 아이들이 신이 나서 고개를 끄덕끄덕한다. 나는 아이들에게 노란색 상자를 돌리면서 무척 기뻤지만 내가 줄 수 있는 게 그것뿐이어서 조금 슬프기도 하다. 어떤 아이들은 나에게 와서 덥석 안겼고, 내 쪽에서 아이들을 안아주기도 한다. 아까 그 소년은 나를 안아주고서 붙임성 좋게 수다를 떤다. 그 아이는 내가 쓰는 말이 신기한가 보다. 그리고 내가 왜 포르투갈어로 말하지 못하는지 이상한가 보다. 나는 스웨덴에 갔더니 포르투갈어를 쓰는 사람이 아무도 없어서 다 까먹었다고 설명한다. 아이는 생각나는 대로 질문을 퍼붓고, 나는 오늘 처음 본 이 아이를 왠지 알 것 같은 느낌이 마음 한편으로 든다.

이젤라우지아에게 혹시 원하는 아이가 있으면 내가 조금 깊은 얘기까지 나눠도 될지 미리 물어두었다. 다른 방으로 자리를 옮겼더니 여자아이 두 명이 기다리고 있다. 나탈리는 열두 살, 라이스는 열한 살이라고 한다. 리비아와 나까지, 넷이서 동그랗게 둘러앉는다. 귀엽고 깜찍한 여자아이들을 정작 마주하고 보니 처음에는 괜찮은 생각 같았던 이 자리가 조금 불편하다. 내가 트라우마가 있는 아이들과 대화하는 훈련이 되어 있는 사람도 아니지 않은가. 나는 심리학자가 아니다. 혹시 내가 이 아이들에게 좋지 않은 영향을 미치면 어떡하지? 아이들에게 해줄 수 있는 것도 없으면서 얘기를 들려달라니, 이러면 안 되는 거 아냐? 내가 지식 교육으로는 줄 수 없는 뭔가를 가지고 있다고 생각하자. 어쨌든 나는 비슷한 성장 환경에서 자란 사람이니까. 이 아이들이 나를 믿고 마음을 열어준다면 내가 아는 것을 정서적으로 전달해보겠다는 각오를 한다. 나는 리비아에게 눈짓을 하고, 지금부터 괴롭고 힘든 시간이 될 수도 있다고 말한다. 이 친구에게 이런 얘기를 어떻게 해야 하나 잠시 생각에 잠긴다. 리비아는 사려 깊고 공감 능력이 뛰어난 사람이기 때문에 통역을 하다가 울음을 터뜨릴지도 모른다. 아이들이 그런 모습을 보지 않았으면 좋겠다. 리비아는 특히 곤란한 입장에 놓일 수밖에 없다. 그도 그럴 것이, 그녀는 아이들이 하는 말을 듣는 데 그치지 않고 다른 언어로 다시 한번 말해야 하기 때문이다. 나는 아이들이 어떤 이야기를 하든 우리가 먼저 눈물을 보이지는 말자고 리비아에게 말한다. 공감하고 경청하는 자세를 보이되, 아이들이 먼저 울음을 터뜨리지 않는 이상 우리는 절대로 울면 안 된다. 이 말이 조금 정 없게 들릴지는 모르지만 그게 이 아이들을 가장 위하는 길이다. 리비아와 나는 감정을 조절할 수 있는 어른이다. 나중에 감정을 표현하고 쏟아낼지언정, 이 아이들 앞에서는 그러지 않기로 한다. 생판 남에게 자기가 살아온 이야기, 자기가 겪은 역경을 털어놓으라니, 이 아이들에게 너무 많은 것을 요구하는 것 같다. 그래서 나도 내가 살아온 이야기를 일부나마 들려줘야겠다고 작정하고, 그러기를 원한다.

내가 입양이 되기 전까지 어떻게 살았는지 얘기해줄까, 라고 물어본다. 아이들은 내 이야기를 듣고 싶다고 한다. 그래서 나는 이야기를 시작하고, 아이들은 꿈쩍도 않고 귀를 기울인다. 빈민가에서 살았을 때 이야기를 하는데 아이들이 다 안다는 듯 고개를 끄덕거린다. 쟤들도 나처럼 살았구나 생각하니 마음이 아프다. 내 말이 다 사실이라고 부연 설명하거나 근거를 댈 필요조차 없다. 애들은 다 안다.

스웨덴에서 강연을 할 때는 거리에서 실제로 어떤 일이 일어나는지 청중을 이해시키기 위해 상세한 묘사와 설명을 동원해야 한다. 이 여자아이들에게 내 친구 카밀 얘기를 하는데 내 목소리가 갈라지자 나탈리가 얼른 그 작은 손을 내밀어 내 손을 잠시 잡아준다. 나탈리는 내가 입양 간 가정과 나라에 대해서 가장 먼저 질문을 한다. 휴대 전화를 꺼내어 사진을 보여준다. 아이들 눈에 호기심이 가득하다. 얘들이 무슨 생각을 하는지 알 것 같다. 자기는 절대로 이렇게 살 수 없을 거라 생각하겠지. 갑자기 조금 괴로워진다. 내가 얘들에게 좋은 영향을 끼치기는커녕 되레 더 힘들게 하는 건 아닐까. 여자아이들은 나에게 포르투갈어를 배울 생각이 있는지, 나도 장차 입양을 할 생각이 있는지 묻는다. 나탈리는 내가 만약 입양을 한다면 아기가 좋은지 다 큰 아이가 좋은지 묻는다. 나는 다들 아기만 입양하려고 하기 때문에 나라도 큰 아이를 입양하는 게 좋지 않을까 생각한다고 대답한다. 나도 웬만큼 나이가 들고 나서 입양이 됐기 때문에 그런 경우에 대해서는 잘 안다는 말도 한다. 나탈리는 내 대답에 만족한 것 같다.

나탈리가 먼저 자기 이야기를 시작한다. 그 애는 빈민가에서 5년을 살았고, 가난한 엄마가 푼돈이라도 벌어 오면 아빠의 술값으로 다 나갔다. 아빠는 늘 취해 있었고 나탈리는 여동생 두 명과 남동생을 돌봐야 했다. 그 애는 아빠가 엄마와 아이들을 어떻게 학대했는지 얘기하고 자기가 그들을 보호하려고 노력했지만 쉽지 않았다고 털어놓는다. 동생들은 현재 모두 이탈리아로 입양을 갔다. 나탈리는 그 애들을 무척 그리워한다. 이탈리아에서는 일정 연령 이상의 아동은 입양하지 못하게 되어 있는데 자기는 나이가 너무 많아서 동생들과 함께 갈 수 없었단다. 나탈리의 남동생은 네 살, 여동생들은 각기 일곱 살, 아홉 살이다. 나탈리는 언젠가 동생들을 만나면 좋겠지만 그럴 수 있을지 모르겠다고 말한다. 나탈리가 이런 이야기를 하는 게 얼마나 힘든지 알 수 있다. 이런 이야기를 하기 위해 단단히 마음을 먹었다는 것도. 눈물 한 방울이 그 애의 뺨에서 노르르 굴러떨어지는데 내 심장이 터질 것 같다. 나도 저런 눈물을 안다. 눈에 보이는 한 방울 너머에 아픔, 상실, 그리움의 강이 흐른다는 것을 안다. 내 뺨에서도 뭔가 흐르는 느낌이 난다. 내가 저 아이에게 손을 내밀어 잡아줄 차례다. 손만 잡아서는 한없이 부족한 것 같아서 나탈리를 내 품에 안아준다. 이 아이에게 많은 것을 주고 싶은데, 사랑을 주고 싶은데, 방법을 모르겠다. 앞으로는 괜찮을 거라고, 행복하게 살 수 있을 거라고 말하고 싶다. 하지만 거짓말을 할 수는 없다. 이 아이에게 그런 말은 통하지 않을 터요, 나 자신이 사기꾼처럼 느껴질 테니까. 나는 포옹을 풀고 다시 나탈리의 이야기에 귀를 기울인다. 나탈리는 엄마가 보고 싶다고 한다. 엄마가 자기들을 버린 것 같다고, 엄마 얼굴을 못 본 지 몇 년이나 됐다고 한다. 나는 혹시 나탈리의 엄마가 이미 돌아가셨을 수도 있다는 생각이 들었지만 그런 말은 하지 않는다. 나탈리가 갑자기 표정이 환해지면서 고아원에서 카포에이라•를 배우는 여자아이는 자기밖에 없다고 자랑한다. 자기는 노는 것을 좋아하고 침대 정리를 싫어한다는 말도 한다. 리비아와 나는 그 말이 귀여워서 웃음이 난다. 나는 나탈리에게 침대 정리는 정말 귀찮다고, 왜 하는지 모르겠다고 맞장구를 친다.

그다음에는 라이스 차례다. 짧은 머리를 하고 안경을 쓴 예쁘장한 소녀가 나와 리비아를 쳐다보고 수줍게 웃는다. 라이스는 부끄러움을 많이 타는 편이다. 이 아이의 목소리, 몸짓만 봐도 알 수 있다. 라이스는 두 손을 깍지 끼고 허벅지 위에 얌전히 올려놓았다. 심호흡을 한 번 하고 하는 말이, 엄마와 함께 살긴 했지만 돌봄을 받지는 못했다고 한다. 엄마는 쇼핑몰에서 장시간 근무를 했기 때문에 집에서 얼굴 보기도 힘들었다나. 새아빠는 라이스와 일곱 명의 다른 자식들을 걸핏하면 두들겨 팼다. 라이스는 자기 형제자매 모두를 사랑하고, 막내를 제외한 나머지 형제자매들과는 오랫동안 함께 지냈다고 말한다. 그 애는 잠시 친부와도 살았지만 친부가 약물 남용으로 걸리는 바람에 엄마 집으로 돌아가야 했다. 그사이에 새아빠는 감옥에 들어가 있었고 엄마는 새아빠를 감옥에서 꺼내려고 애쓰는 중이었다. 엄마는 늘 자정이 되어서야 집에 돌아왔기 때문에 라이스가 동생들을 다 키우다시피 했다. 라이스는 새아빠가 아이들을 자주 때린다고 엄마에게 말했지만 엄마는 그 말을 믿지 않았다. 라이스는 슬픈 표정으로 자기 손만 내려다보았다. 엄마가 자기 말을 믿어주지 않는 게 너무 이상했다나. 여덟 살이 될 때

• 브라질의 전통 무술. 무술, 음악, 춤의 요소들이 결합되어 있다.

까지 그렇게 살았는데 어느 날 사회복지사가 찾아와 그 애를 데려왔다. 라이스는 고아원에서 사는 게 좋다고 한다. 여기서 함께 사는 친구들도 좋다고 한다. 혹시 바라는 것이 있는지 물었더니 라이스는 동생들을 보고 싶다고 한다. "적어도 한 번은 봤으면 좋겠어요." 나중에 커서 뭐가 되고 싶은지 물었더니 라이스는 수줍게 웃으면서 "발레리나요."라고 대답한다.

동화 나라 스웨덴

1991년

스웨덴의 새집에 도착한 때는 한여름이었다. 하얀 창틀이 있는 빨간 집, 문에 '6번지'라고 적혀 있고 안마당 전체가 갈색 울타리로 둘러싸여 있는 집. 내 기억으로, 나는 고아원을 떠나면서 영혼까지 탈탈 털린 상태였지만 릴리안 마마와 스투레 파파와 출국 준비를 하면서 브라질에서 다섯 주를 함께 보내고 나서부터 변화를 받아들이기 시작했다. 하지만 여전히 그 상황을 다 이해하지는 못하고 있었다. 사람이 한꺼번에 감당할 수 있는 고통과 슬픔에는 한계치가 있나 보다. 내가 새로이 살 집을 보고 슬퍼했다면 그건 거짓말이다. 나는 진짜 집에서 살아본 적이 없었다. 거기가 나와 파트리키——이제는 모두가 파트리크라고 부르는——의 새로운 집이라는데 호기심이 앞서지 않겠는가.

집 안에 들어갔을 때 그 벅차오르던 감정은 설명할 수가 없다. 우리, 부자구나! 나는 부자들과 사는 거구나. 릴리안은 맨 먼저 내 방부터 보여주었다. 내 방에 처음 발을 들여놓았던 그 순간이 바로 어제처럼 생생하다. 분홍색과 파란색 무늬가 약간 들어간 흰색 벽지는 매끈한 종류가 아니라 오돌토돌 요철이 있어서 손톱이나 날카로운 물건으로 긁어낼 수 있었다. 그 방에서 한동안 지내고 나서부터 나는 요철을 긁어내 벽지에 무늬를 만들곤 했다. 흰색 책상, 흰색 벽장형 옷장이 나란히 있었고 반대쪽 벽에는 약간 옛날식으로 침대 머리 쪽 나무판 중앙에 손잡이가 달린 소파 겸 침대가 있었다. '여기는 내 방이 아니야' 그게 맨 처음 든 생각이었다. 내가 스웨덴에 오기 전에 사진첩에서 봤던 내 방은 침대가 훨씬 더 크고 공주풍이었으며 포근한 흰색 이불이 바닥에 닿을 듯 늘어져 있었다. 사진에서는 속이 비치는 천으로 침대 위 천장에서 캐노피를 늘어뜨려 방 안에 작은 집이 또 있는 것 같은 느낌이 났고 예쁘고 푹신한 베개도 많았다. 그런데 지금 이 방은 사진에서 본 것과 영 딴판 아닌가. 나는 진짜 내 침대의 행방을 묻고 싶었다. 그래서 고아원에서 챙겨온 사진첩을 꺼내 릴리안에게 보여주면서 침대 사진을 가리켰다. 릴리안은 바로 알아듣고 고개를 가로젓더니 눈앞의 침대와 나를 손가락으로 번갈아 가리켰다. 나는 하늘이 무너지는 것 같았고, 실망을 굳이 감추려고 하지도 않았다. 공주 침대는 내가 정말로 갖고 싶어 했던 몇 가지 중 하나였는데 그 사진이 가짜였다니, 사기당한 기분이었다. 나 자신이 바보스럽게 느껴지면서 화가 났다. 카밀 말이 맞아, 백인들은 믿으면 안 돼.

내 것이 될 거라 철석같이 믿었던 사진 속 침대를 릴리안의 친구이자 이웃인 구닐라 산스트룀의 집에서 나중에 발견했을 때의 환멸감은 상처에 소금 뿌리기였다. 그 침대는 구닐라의 딸 리사의 것이었다. 리사는 나보다 한 살이 많았다. 나는 속으로 생각했다. '그래, 그럴 줄 알았어. 공주 침대는 백인 여자애만 가질 수 있는 거지.'

릴리안과 스투레는 집 안 곳곳을 구경시켜주었다. 주방이 말도 안 되게 예쁘고 넓었다. 거실——나중에는 가족 모두 그 방을 응접실이라고 부르게 됐지만——을 보여줬는데 한눈에도 그들 부부가 무척 아끼는 공간이라는 것을 알 수 있었다. 거실에 있는 물건은 아무것도 만지면 안 된다고 했다. 그곳은 일상적으로 사용하는 공간이 아니었고 대단히 부티가 났다. 나만 해도 새 아빠 엄마가 정말 부자 맞을까 하는 일말의 의심이 거실을 구경한 순간 사라졌다. 우리는 지하로 통하는 계단을 내려갔다. 집 안을 둘러보는 동안 릴리안은 파트리크를 계속 안고 다녔다. 지하 공간에는 커다란 텔레비전이 있었고 그 아래에는 어떤 장치가 놓여 있었다. 특히 방 한가운데 놓여 있던 나무로 된 괴상한 기계가 눈길을 끌었다. 그 기계에는 현(絃)이 쭉 걸려 있고 현에는 알록달록한 실들이 얽혀 있었다. 나는 놀란 눈으로 릴리안을 쳐다보았다. 릴리안은 호기심 가득한 내 얼굴을 보고는 파트리크를 스투레에게 넘겼다. 스투레가 아기를 안는 자세가 영 어색해서 저러다가 떨어뜨리면 어떡하나 불안했다. 내 동생이 바닥에 떨어지는 일만은 절대로 원치 않았다. 엄마가 행여 그런 일을 알면 나를 절대로 용서하지 않을 테지. 릴리안은 그 기계로 다가가면서 그게 '베틀(vävstol)'이라고 했다. 왜 이 사람들이 쓰는 말은 하나같이 발음이 괴상하고 어려울까? 내가 아는 말을 그냥 쓰면 안 되나? 릴리안은 베틀을 어떻게 사용하는지 시범을 보여주고는 나에게 한번 해보겠느냐고 했다. 나는 도리질을 하고 냉큼 물러났다. 나답지 않은 행동이었다. 나는 원래 호기심이 유난스러운 아이, 처음 보는 물건은 일단 건드려봐야 직성이 풀리는 아이였다. 그렇지만 나는 릴리안에게 살갑게 군다는 인상을 주고 싶지 않았다. 나는 이미 엄마가 있었고, 릴리안에게 내가 진짜 엄마를 잊게 될 거라는 희망을 주고 싶지 않았다.

우리는 다시 위층으로 올라가 릴리안과 스투레의 침실을 구경했다. 하얀 벽지, 하얀 침대, 분홍 이불, 분홍 커튼, 하얀 벽장형 옷장. 어른 공주님의 침실처럼 예쁘게 꾸며진 방이었다. 방을 가로질러 베란다에도 나갔다. 뒷마당이 아주 넓고 잔디가 쫙 깔려 있었다. 작은 온실과 가시로 뒤덮인 나무 한 그루, 그리고 은색 전나무 한 그루가 눈에 들어왔다. 나는 그렇게 생긴 나무는 처음 봤다. 릴리안과 스투레가 나를 마당에 데려가서 잔디밭 가장 끝쪽에 자리한 크고 하얀 사각형을 가리켰다. 나는 그게 뭔지 몰랐지만 수영장일 거라고 짐작했다. 그래서 나는 두 팔을 휘저으며 헤엄치는 시늉을 해 보였다. 스투레가 확인해주기도 전에 나는 수영장이 맞을 거라고 지레짐작했다. 우리는 부자고, 부자라면 당연히 수영장 있는 집에서 살아야지. 내가 당장 뛰어들려는 순간, 억센 손이 나를 잡아다가 조금 뒤로 옮겨놓았다.

스투레가 그곳에서 하얀 덮개를 걷어내자 각종 채소와 식물 들이 모습을 드러냈다. 그가 채소를 뽑아서 자그마한 갈색의 흙투성이 덩이줄기를 흔들어 보였다. 그곳은 수영장이 아니라 감자밭이었던 것이다.

* * *

스웨덴 집에서 보낸 첫날 밤은 영원히 잊지 못할 것 같다. 나는 완전히 녹초가 되어 있었다. 별의별 새로운 것을 접하면서 아주 긴 하루를 보낸 참이었다. 복잡한 감정이 들었다. 새로운 환경에 흥분되기도 했고, 충격을 받기도 했다. 긍정적인 감정과, 정반대되는 부정적인 감정이 함께 왔다. 너무 많은 감정이 한꺼번에 밀어닥치니 감당이 안 됐다. 더욱이 그 모든 감정의 바탕에는 내 영혼을 잠식하는 두려움과 걱정이 깔려 있었다.

그날 밤, 나는 예쁘게 꾸며진 욕실에서 이를 닦았다. 이를 닦으면서 분홍색 칫솔과 콜게이트 치약을 썼다. 릴리안이 꽃무늬가 있는 흰색 면 잠옷을 줬다. 내 무릎까지 내려오는 잠옷이었는데 처음에는 되게 불편한 옷이라고 생각했다. 파트리크는 이미 한참 전부터 아기 침대에 누워서 자고 있었고 나는 몇 번이나 동생을 보러 갔다 왔다. 파트리크의 아기 침대는 부부 침실에 있었다. 나는 입안에 남은 치약을 헹구고 세수를 하고 잠자리에 들기 전에 으레 하는 일들을 했다. 릴리안과 스투레가 내 방에 와서 이불을 덮어줬다. 나는 고마움을 표현하기 위해서 생긋 웃어 보였다. 하지만 내가 불편해하는 일을 이 사람들이 하고 있는데도 내가 방관하고 있다는 느낌이 더 컸다. 그들이 내 허락도 없이 내 자유를 빼앗는 것 같았다. 하지만 언제는 인생이 내 맘대로 되었던가. 사람들이 자기 마음대로 하더라도 그냥 받아들여야만 하는 때도 있다.

릴리안은 나에게 기도를 시키려고 했다. 그녀는 내가 예쁘게 두 손을 마주 잡기를 바랐다. 하지만 나는 브라질에서 그런 자세로 기도한 적이 없었다. 그리고 나는 기도만큼은 잘못된 자세로 하고 싶지 않은 아이였다. 그래서 나는 브라질에서 우리 엄마와 하던 대로 손가락이 위로 가게 손바닥을 쭉 펴고 두 손을 모았다. 릴리안은 천천히 스웨덴어로 기도를 시작했다. "아이들을 사랑하시는 주님, 아직 어린 저를 돌보아주시고……."

괴상하게 들리는 기도였다. 나는 뜻은 전혀 몰랐지만 릴리안이 읊조리는 단어들의 리듬감만으로도 그게 기도인 줄은 알았다. 릴리안과 스투레는 잘 자라고 인사를 하고 불을 껐지만 문은 살짝 열어두었고 복도 불도 그냥 켜두었다. 그들이 나가고 난 후 나는 침대에 양반다리를 하고 앉았다. 두 손을 모으고 손가락을 천장으로 치켜세웠다. 고개를 살짝 앞으로 숙이고 기도를 시작했다. 나는 내가 옛날에 하던 기도를 했다. 나는 친엄마 딸이었고, 대외적으로는 양부모가 하라는 대로 했지만 나 혼자 있을 때, 아무도 나를 소유하지 못하는 때에는 이렇게 기도했다. "Santa Maria, cheia de graça. o senhor é convosco(은총이 가득하신 마리아님, 기뻐하소서. 주님께서 함께 계시니)."

이것이 엄마와 내가 곧잘 함께 읊조렸던 기도문이다. 양반다리를 하고서 기도를 올리는데 눈물이 하염없이 흘렀다. 눈물은 늘 어찌나 뜨거운지 눈알이 타는 것 같았다. 너무 지쳤고, 너무 막막했다! 엄마 목소리가 들리는 것 같았다. **크리스티아나, 얼른 누워서 자! 무슨 일이든 자고 일어나면 한결 괜찮아져.**

그날 밤, 푹신푹신한 하늘색 방에서 깨어나는 꿈을 꾸었다. 그 방은 구름이었다. 등 뒤에서 뭔가가 환하게 빛을 내면서 따뜻한 온기를 뿜고 있었다. 그래서 뒤돌아보는 순간, 태양을 보았던 것 같다. 어쨌든 눈을 똑바로 뜰 수 없을 만큼 환한 빛을 마주했다. 손을 들어 눈을 가리면서 도대체 내가 어디에 와 있는 건지 알아내려 애썼다. 온몸으로 따뜻하고 기분 좋은 느낌을 감지했다. 안정감이랄까, 사랑받는 느낌이랄까. 그 방 안에는 호의와 인정이 넘쳤다. 나는 구름 나라 사람들과 함께 있구나 생각했다. 카밀, 너도 여기 있니? 내가 이렇게 묻자마자 누군가가 대답했다. 아니, 크리스티아나, 카밀은 여기 없어! 그 음성은 다정하고 온화했지만 확실히 힘이 있었다. 그 음성의 주인공은 반드시 우러르고 따라야 할 사람, 두려워할 필요는 없지만 거슬러서는 안 될 사람 같았다. 여기가 어디예요? 나는 조금 주저하면서 물었다. 물음을 마치기 무섭게 대답이 주어졌다. 너는 여기가 어디인지 안단다. 내가 누구인지도 알고 있잖니. 나는 거대한 옥좌를 보았다. 내 주위에는 구름 나라 사람들이 아니라 천사들이 오가고 있었다. 나는 천사들을 보고 미소 지었지만 나를 바라보는 그들의 표정은 알쏭달쏭했다. 화가 난 것 같지는 않은데 기분 좋아 보이지도 않는 표정이랄까. 나는 옥좌에 앉으신 분을 똑바로 쳐다보면 안 된다고 생각했다. 내 몸의 모든 세포와 조직이, 고개를 들면 안 된다고 말하고 있었다. 그렇지만 당연히 나는 그놈의 호기심 때문에 고개를 들고 옥좌를 보았다. 그 순간, 나는 감정에 압도되었다. 기억난다, 나는 하느님을 보았다. 옥좌에 앉으신 하느님의 모습을 보았다. 나는 곧바로 무릎을 꿇고 엎드려 얼굴과 가슴에 성호를 그었지만 이미 내가 모든 것을 망쳐버렸구나 깨달았다. 나는 허락도 받지 않은 주제에 하느님의 얼굴을 보았다. 그래도 이미 엎질러진 물,

주워 담을 길은 없었다. 방 안의 공기가 바뀌었다. 불쾌한 느낌이 뚜렷해졌다. 그 느낌이 나를 짓누르고 있었다. 내 몸을 짓누르다 못해 심장까지 뚫고 들어올 것 같았다.

크리스티아나, 네가 왜 여기 있는지 아니? 너는 잘못을 저질러서 여기 오게 된 거야. 너무 많은 죄를 지어서 여기 온 거야.

잘못했어요, 제발 용서해주세요! 제가 뭘 고쳐야 착한 아이가 될 수 있는지 가르쳐주세요. 제발요!

너는 네 마음이 시키는 대로 하지 않았어. 네 마음이 옳은 길을 가르쳐줬지만 너는 그 길을 따르지 않았지. 그 길을 따를 때까지는 천국에도 갈 수 없고 나에게도 두 번 다시 오지 못할 거야.

갑자기 내가 서 있던 바닥이 구름으로 변했다. 나는 허공으로 추락하면서 하느님과 천사들을 필사적으로 바라보았지만 그들은 모두 온데간데없었다. 나는 살려달라고 울부짖으면서 구름들 사이로 떨어졌다. 나는 끝없이 추락했다. 너무 무서웠다. 나는 엎드린 자세로 떨어지면서 행성과 태양과 은하를 스치고 갔다. 우주는 그 와중에도 아름다웠지만 추락의 공포는 무시무시했다. 겁이 나 죽을 것 같았다. 은하수를 향해서, 태양계를 향해서 나는 계속 추락했다. 행성들을 하나하나 거치다가 지구를 발견했다. 지구를 향해서, 대기권을 향해서 떨어지던 나는 어느새 불길에 휩싸여 있었다. 나는 스웨덴으로 떨어졌다. 빈델른의 우리 집이 보였다. 그 집으로 나는 떨어지고 있었다. 나는 공포에 사로잡혔다. 하느님이 나를 이렇게 벌주시는구나, 나는 저 집과 충돌해서 즉사하겠구나. 나는 집에 점점 더 가까워지고 있었다. 공포와 두려움을 걷잡을 수 없었다. 이제 집은 코앞이었다. 나는 목이 터져라 소리를 질렀다. 내 몸이 지붕과 부딪히려는 순간, 누군가의 손이 나를 홱 뒤집었다. 그래서 나는 등부터 떨어졌고 지붕을 뚫고 집 안으로 떨어졌다. 말로 표현할 수 없는 아픔이 일었다. 척추가 둘로 쪼개지는 것을 느꼈다. 갈비뼈는 산산조각이 났다. 나무토막이 내 등을 꿰뚫었다. 나는 비명을 지르다가 내 몸뚱이가 침대로 떨어지기 직전에 깨어났다. 나는 침대에 일어나 앉아서 미친 사람처럼 비명을 지르고 있었다.

릴리안이 내 방으로 달려왔다. 그녀는 내 침대 가장자리에 앉아서 괜찮냐고 물었다. 릴리안도 겁에 질린 얼굴을 하고 있었다. 나는 너무 아파서 악 소리가 절로 나왔다. 통증이 사라지는 것 같긴 했지만 여전히 아팠다. 릴리안은 울면서 몸부림치는 나를 안아주었다. 나는 뿌리치지 않았다. 어차피 희망도 없는 내가 이 사람을 밀어내봐야 뭐 하나 싶었다. 하느님이 뭐라고 하셨더라? 크리스티아나, 너에게 실망했다. 하느님은 내가 두 번 다시 천국을 보지 못할 거라고 했다. 양어머니가 나를 껴안든지 말든지, 나는 어차피 끝난 인생, 만민을 사랑하신다는 분에게조차 사랑받지 못하는 인생이었다. 하느님은 날 사랑하지 않아. 잠시 후, 마음을 조금 추스른 나는 양어머니의 품에서 가만히 빠져나왔다. 내가 양어머니를 원치 않는다는 인상을 주고 싶지는 않았다. 나는 그게 어떤 기분인지 알고 있었다. 내가 다시 침대에 눕자 릴리안은 이불을 덮어주었다.

그 꿈의 의미를 분석해보려고 한 적이 여러 번 있다. 그날 밤을 맞이하기 전에 내가 겪은 일, 새로이 보고 접한 모든 것, 감정의 격랑과 나라는 존재의 상실, 나의 뿌리와 안전지대에서 끌려 나온 상황을 두고 나는 나 자신을 무섭게 질책했다. 아이들은 너무 많은 것을 자기 탓이라고 생각해버린다. 나는 나를 용서할 수 없었다. 하지만 내 경우에는 그게 다가 아니었다. 나는 어릴 때부터 엄마에게 하느님과 천사 얘기를 많이 듣고 자랐고 환상적이고 신기한 이야기를 유독 좋아했다. 나는 늘 세상에는 이성과 논리로 해명되지 않는 마법적인 면이 있다고 믿고 싶어 했다. 우리보다 고아원에 오래 있었던 아이, 입양 조건에 더 잘 부합하는 아이도 많았는데 나와 내 동생이 더 나은 삶의 기회를 잡을 수 있었다는 것 자체가 기적 아닐까?

하지만 그 당시만 해도 그런 깨달음을 얻으려면 아직 갈 길이 멀었다.

나는 그 밤에 혼자서 기도문을 읊조리다가 잠이 들었다. 나의 속삭임이 양어머니에게 들렸을지도 모르지만 어차피 나는 상관없었다. 양어머니는 포르투갈어를 모르고, 솔직히 알아도 상관없었다. 나는 그때 마지막으로 기도를 바쳤고 그걸로 끝을 냈다. 하느님이 나를 버렸는데 왜 나는 하느님을 버리면 안 되나?

속에서 뭔가가 딱 부러진 기분으로 아침을 맞이했다. 나는 망가졌다. 사람이 느낄 수 있는 감정은 이미 다 느껴봤지만 더 끔찍해지지 않는다는 보장은 없었다. 감정적으로 더 힘들어질 거라는 사실을 그때 몰랐던 게 차라리 다행이었다.

양어머니가 아침을 먹으라고 불렀다. 나는 하얀 잠옷 차림으로 주방에 내려갔다. 새집에 들어온 지 24시간이 지났지만 나는 살아 있었다. 간신히 살아 있었다고 해야겠지만 어쨌든 숨이 잘만 붙어 있었다. 아침은 참 맛있었다. 릴리안은 오트밀을 만들었다. 처음에는 저걸 어떻게 먹나 싶었다. 오트밀이라는 음식은 희끄무레하고 질퍽질퍽한 흙 반죽처럼 보였다. 내가 '여기 독이라도 탄 거 아냐?' 라는 눈빛으로 릴리안을 쳐다봤던 기억이 난다. 스투레와 파트리크는 벌써 식탁에 자리를 잡고 있었다. 스투레가 자기 몫을 먹은 것을 보고 나는 비로소 먹어도 되겠다는 판단을 내렸다. 오트밀에 설탕을 타고 우유를 조금 부었다. 아침 식사에는 내가 좋아하는 달걀 완숙도 있었다. 햄, 치즈, 얇게 썬 토마토, 피클, 잼, 바나나, 그리고 처음 보는 튜브 같은 것도 있었다. 금발 소년의 얼굴이 있는 파란색 튜브였다. 내가 잘 지켜보니 릴리안과 스투레는 그 튜브의 내용물을 짜서 달걀에 발라 먹고 있었다. 릴리안이 나에게도 좀 짜줄까 묻는 것 같기에 미소를 지으며 네, 라고 대답했다. 먹을 것을 사양할 내가 아니었다. 릴리안은 대구알 맛이라고 말해줬지만 나는 그냥 손가락으로 조금 찍어 맛을 보았다. 맛이 아주 고약했다! 나는 퉤 하고 뱉어내고 바로 앞에 있던 물컵을 들어 꿀꺽꿀꺽 들이켰다. 릴리안과 스투레는 웃음을 터뜨렸다. 나도 그 상황이 웃기다고 생각했다. 나는 식탁에 차려진 음식을 실컷 먹고 오트밀은 그릇 바닥까지 손가락으로 싹싹 긁어가면서 깨끗하게 먹어치웠다. 배가 부르다 못해 터질 것 같았다. 그래도 다음 끼니를 언제 먹을지 모르며 살아왔던 나는 그 아침이 참 좋았다. 식사 후에는 내 방에 올라가 옷을 갈아입었다. 청바지와 티셔츠를 꺼내 입었다. 릴리안은 나에게 샤워를 하라고 했지만 나는 그 말을 듣지 않았다. 내 몸은 깨끗했고 굳이 또 씻을 필요가 없었다. 이곳 사람들은 물을 심각하게 낭비하고 있었다. 스웨덴에서는 저녁에 샤워를 하고 아침에 또 샤워를 한단 말인가? 물을 그렇게 마음대로 펑펑 써도 괜찮은 건가?

나는 옷을 갈아입고 릴리안과 스투레의 사무실에 갔다. 책상에 지구본이 놓여 있었다. 파란색 지구본이었는데 버튼이 달려 있어서 그걸 누르면 지구본에 불이 들어왔다. 나는 '릴리안'라고 이름을 불렀다. 처음에는 그랬지만 호칭은 금세 '마마'로 바뀌었다. 내가 마마라고 부르지 않는다고 릴리안이 속상해했기 때문이다. 나는 릴리안과 스투레를 '마마'와 '파파'로 부르기 시작했다. 마마는 지구본에서 남아메리카와 브라질을 찾아서 나에게 보여주었다. 나는 지구본에 '브라질'이라고 쓰여 있는 것을 보았다. 마마는 스웨덴도 찾아주고 브라질과 스웨덴 사이의 대양을 가리키더니 '물'이라는 스웨덴어와 포르투갈어를 차례로 발음했다. 내 머리가 바쁘게 돌아가기 시작했다. 나는 지구본을 돌려가며 브라질과 스웨덴을 번갈아 보았다. 마마는 스웨덴을 손가락으로 짚으며 우리가 있는 곳이라고 했다. 스웨덴은 참 길쭉하게 생겼다는 생각이 들었다. 릴리안 마마를 쳐다보았다. 마마는 나보다 키가 컸다. 파파는 마마보다 더 컸다. 우리가 사는 집은 아주 컸다. 이 동네에서 보았던 이웃집들을 생각했다. 지구본에서 본 스웨덴은 아주 작은데 어떻게 그런 것들이 다 들어갈 수 있는지 의아했다. 브라질을 보면서도 상파울루처럼 큰 도시가 어떻게 저 작은 그림 속에 들어간다는 건지 이해가 안 됐다. 그러다가 실제로는 나라들이 아주 크고 브라질과 스웨덴 사이의 물도 엄청 넓은 면적을 차지한다는 것을 깨달았다. 그다음에야 비로소 내가 브라질 아닌 다른 나라, 그것도 아주 먼 나라에

와 있음을 알아차렸다. 브라질과 친엄마가 이제는 아주 먼 곳에 있다고 생각하니 울음이 나왔다. 릴리안 마마는 내 마음을 알았는지 내가 울음을 그칠 때까지 내처 안아주었다.

"유니버소(Universo : 우주)?" 내가 물었다. 마마가 나를 바라봤다. 나는 이번에는 발음을 천천히 하면서 한 번 더 물었다. 마마는 책장으로 다가가 책 한 권을 꺼냈다. 페이지를 넘기다가 자기가 찾던 대목이 나왔는지 아빠 책상에 펼쳐놓고 나에게 우주를 촬영한 사진을 보여주었다. 사진은 아주 근사했다. 전날 밤 꿈에서 본 광경을 제외하면 나는 우주의 이미지, 그런 사진이나 그림을 본 적이 없었다. 나는 분명히 그때 처음 우주를 보았는데 어떻게 한 번도 본 적 없는 것이 꿈에 나올 수 있었는지 모르겠다. 마마와 나는 사무실에 앉아서 한참 수다를 떨었다. 대화를 나누지는 못했지만 소통을 위해서 여러 가지 시도를 해봤다고 할까. 어쨌든 예상보다는 할 만했다. 우리는 몇 개의 단어만으로도 대충 의사소통이 가능했다. 마마는 사물을 손가락으로 가리키고 그게 스웨덴어로 뭔지 가르쳐주면 나는 그 말을 따라 했다. 스웨덴어는 아주 괴상했다. 단어들은 전부 거꾸로 발음해야 할 것 같았고 부정관사——en 혹은 ett——를 모든 말 앞에 붙이는 건가 싶었다. 나는 그 부정관사의 쓰임새를 도무지 이해할 수 없었다. 어떤 운율 혹은 규칙에 따라서 어떤 경우에는 en을 쓰고 또 어떤 경우에는 ett를 쓰는 건지 이해하지 못했다. 솔직히 지금도 가끔 엉뚱한 부정관사를 쓰곤 한다.

초인종 소리가 나서 문을 열러 나갔다. 어떤 아주머니가 여자아이와 함께 서 있었다. 마마가 반갑게 인사를 하면서 그들을 맞이했다. 이웃에 사는 마마 친구 구닐라와 그 집 딸 리사, 공주 침대를 가지고 있는 바로 그 아이였다. 다 함께 주방으로 건너갔고 마마는 커피를 준비했다. 마마와 구닐라 아주머니는 식탁에서 수다를 떨면서 가끔 나에게 눈길을 주었다. 리사와 나는 바닥에 앉아 있었는데 갑자기 리사가 나에게 선물 상자를 내밀었다. 상자를 열었더니 바비라고 하는 예쁜 여자 인형이 나왔다. 바비는 분홍색 드레스와 분홍색 구두 차림이었고 옆에 분홍색 수영복이 따로 들어 있었다. 나는 리사에게 고맙다고 했다. 우리는 같이 바닥에 앉아서 놀았다. 스웨덴어를 몇 마디 배웠다고는 하나 내 머릿속은 아직 스웨덴어와 포르투갈어가 빨리빨리 구분되지 않는 상태였다. 그래서 두 나라 말이 마구 섞여 나왔다. 이를테면 "리사, 물 줄까?" 정도는 스웨덴어로 할 수 있었는데도 입에서는 "리사, 아구아(água) 줄까?"라는 말이 튀어나오는 식이었다. 스웨덴 생활 초기에는 그렇게 손님을 맞을 일이 꽤 많았다. 다들 마마와 파파에게 드디어 아이들이 생겼다고 축하해주러 왔던 것이다. 나는 음악을 자주 틀었다. 브라질을 떠나기 전에 릴리안 마마는 내가 제일 좋아하는 슈샤와 뉴 키즈 온 더 블록(New Kids on the Block)의 카세트테이프를 사주었다. 나는 마마 친구가 집에 올 때면 늘 슈샤의 테이프를 틀었다. 노래를 틀어놓고 춤을 추기도 했고, 좋아하는 몇 곡은 테이프 되감기를 해서 다시 틀었다. 마마와 마마 친구들은 내가 춤추는 모습을 구경했다. 노래 한 곡이 끝나면 박수갈채를 보냈고, 그러면 나는 또 다음 곡에 맞춰 춤을 추었다. 나는 이 딱한 관객들이 지겨워할 때까지 춤을 추었고, 결국은 마마가 나서서 나에게 이제 그만하라고 해야만 했다.

나는 이제 그곳을 불안해하지 않았다. 양부모님이 두렵지도 않았다. 하지만 내가 느끼는 안정감은 기본적으로 나의 내면에서, 속 깊은 곳에서 나오는 것이었다. 나는 내 자긍심의 한 조각을, 내가 살던 세계의 파편을 품에 안고 새로운 왕국으로 건너왔으니까. 나한테는 동생이 있었다. 내가 그 애를 잘 키워야 했다. 나는 다시 현실을 직시하고 살아남기 위해 적응하기 시작했다.

내가 가장 사랑하는 사람에게 책임지고 지켜야 할 약속이 있었다.

24년을 기다려 손에 넣은 정보

2015년

오늘은 내가 가장 고대하던 날이자 가장 두려워하던 날이다. 오늘 리비아와 나는 내 친엄마와 가족에 대해서 알아봐주기로 한 조사원을 만난다. 내 삶이 과연 달라질지 그 여부도 오늘이면 알게 되리라.

우리 둘은 호텔 객실에서 기다린다. 조사를 맡아준 브라이언은 원래 미국인이지만 브라질에서만 20년을 살았다. 브라이언은 브라질 여성과 결혼해서 상파울루에 산다. 나는 안절부절못하며 괜히 발코니 문을 열고 나가본다. 우리 객실은 초고층에 있기 때문에 발코니 철책 너머를 내려다보면 현기증이 일어난다. 주위의 건물들을 구경한다. 상파울루는 수백만 인구가 복작대는 콘크리트 도시, 결코 잠들지 않는 도시다. 다시 방으로 들어가 길거리에서 올라오는 소음을 차단하기 위해 발코니 문을 닫는다. 기다림. 감정을 다스리려고 노력하지만 불가능하다. 앞으로 20분 사이에 어떤 일이 일어나든 크리스티나와 크리스티아나, 우리 둘은 잘 처리할 수 있다고 생각한다. 우리 둘은 오랜 세월 아주 많은 일을 잘 해냈으니까.

노크 소리가 나자마자 리비아와 나의 눈이 마주친다. 24년을 기다려왔던 순간이 지금부터 펼쳐진다. 내가 일어나서 문을 열어준다. 브라이언이 드디어 왔다. 나하고는 오늘 처음 만나는 사이다. 그는 표정이 밝고 살갑지만 살짝 긴장한 것 같다. 나는 그의 표정이 긍정적인 신호려니 짐작해본다. 나쁜 소식을 들고 왔다면 저렇게 표정이 밝을 리 없잖아? 나는 브라이언과 탁자를 사이에 두고 앉는다. 맥박이 갑자기 빨라지면서 진땀이 나기 시작한다. 그는 내 가족 몇 명의 소재를 파악했다고 보고한다. 심장 박동이 더 거세어진다. 나도 모르게 오른손을 코로 가져가서 미세한 땀방울을 닦아낸다. 브라이언은 나의 이모들과 사촌들을 찾았다고 한다. 나도 모르게 미소를 짓고 나도 모르게 이 말이 튀어나온다. "잘됐네요, 이모네 식구들을 만나려면 어떻게 해야 하나요?"

그는 자기가 이미 말을 해두었다고 말한다. 나는 그들이 나를 기억하기는 하는지 물어봤다. 내 기억 속에는 엄마밖에 없다. 엄마의 가족이나 친척은 본 적이 없는 것 같다. 하지만 어떤 여자를 가끔 봤던 기억이 나는데 그 사람이 엄마와 자매간이었을지도 모른다. 엄마와 그 사람이 함께 내 귀를 뚫어줬던 기억이 난다. 귀를 뚫을 때는 엄청 아팠지만 나중에 기분이 으쓱했다.

"네, 기억하시더라고요. 브라질에 왔다고 말씀드렸더니 아주 기뻐하셨습니다. 꼭 만나고 싶다고 하셨어요. 크리스티나 씨의 어릴 적 이야기도 많이 들려주셨고요."

웃음이 난다. 내가 기억하지도 못하는 친척 얘기를 오늘 처음 보는 사람과 나누는 게 당황스럽지만 따뜻하고 기분 좋은 느낌이 속에서부터 차올랐다. 브라이언에게 내가 심한 장난꾸러기에다가 나무 타기 대장이었다는 말을 듣지 않았느냐고 묻는다. 그는 껄껄대면서 정확히 그런 말을 들었다고 대꾸한다. 내 짐작이 들어맞아서 더욱더 기분이 좋아졌다. 이모네 가족과 나는 피만 섞인 게 아니라 공유할 수 있는 추억도 조금은 있다는 얘기다.

브라이언이 조사한 바에 따르면, 이모네 식구가 벨로 오리존테에 살고 있으며 나를 매우 보고 싶어 한다. 그 얘기를 들으니 기쁘지만 내가 정말로 알고 싶은 것은 엄마 소식밖에 없다.

"우리 엄마는요?"

나는 브라이언의 몸짓 언어에 주목한다. 그는 편안해 보인다. 내가 엄마 얘기를 꺼냈을 때에도 눈동자가 흔들리지 않았다. 엄마를 찾지 못했다든가 엄마가 이미 돌아가셨다면 저런 태도는 나올 수 없다. 나는 눈치가 빠르다. 어렸을 때부터 사람들의 표정과 몸짓을 보고 속내를 읽는 데 익숙하다. 심장이 갈비뼈에 부딪힐 것처럼 거세게 뛰었다. 나는 자세를 고치며 나 자신을 다잡는다. 브라이언의 눈을 바라본다. 그가 입을 여는 순간, 나는 긍정적인 생각만 하려고 정신을 모은다. 나의 모든 기를 끌어모아, 저 입에서 분명히 엄마가 건강하게 살아 계시다는 말이 나올 거라고 생각한다. 긍정적 사고나 정신의 기가 객관적인 정보를 바꾸지 못한다는 것은 안다. 그렇지만 자연스럽게 내 몸의 모든 세포가 그런 식으로 집중을 하는데 어쩌겠는가. 브라이언의 목소리가 들린다. "어머님을 찾왔습니다."

묻고 싶은 것이 너무나 많은데 머릿속이 하얗게 됐다. 심장이 이상하다. 얼굴 근육이 마음대로 움직이지 않는다. 입술을 꾹 다무는데 눈물이 난다. 지금 막 들은 말을 한 번 더 확인하고 싶다. "엄마를 찾으셨다고요?" 리비아를 봤더니 그 친구도 벌써 울고 있다. 우리는 서로 얼굴을 보고 살짝 미소를 짓는다. 내 얼굴이 과연 웃는 것처럼 보였는지는 모르지만 말이다. 브라이언에게 엄마는 잘 지내는지, 어디에 계신지 묻는다.

브라이언의 보고에 따르면, 페트로닐리아라는 이름은 브라질에서는 흔치 않기 때문에 엄마를 찾는 데 큰 도움이 됐다. 브라이언은 먼저 법원 기록을 보고 나의 이모를 찾았고 이모네를 찾아가서 우리 엄마가 노숙자 신세는 면했다는 말을 들었다. 엄마는 건강은 괜찮지만 아무 문제 없이 사는 것은 아니라고 한다.

나는 뺨을 타고 흐르는 눈물을 닦는다. 엄마도 벨로 오리존테에 살고, 이번 주말에 나를 볼 수 있기를 바란다고 한다. 나는 전화기를 들고 스웨덴 동생네 집에 전화를 건다. 파트리크가 뭔가를 알게 되는 대로 전화해달라고 했으니까. 동생의 익숙한 목소리가 나를 맞아준다. 나는 지금 막 브라이언을 만났고 그가 엄마와 이모와 사촌을 찾았다는 소식을 전한다. 파트리크가 묻는다. "그 사람이 엄마를 찾았단 말이지. 엄마가 살아 계신 거야?" 나는 웃으면서 그렇다고 대답한다. "엄마는 어떻게 지내신대?" 파트리크가 그렇게 물어봐줘서 가슴이 뭉클해진다. 그 애와 엄마의 관계는 내 경우와 완전히 다르다. 나는 나를 낳아준 엄마 손에서 컸지만 파트리크는 생모에 대한 기억이 전혀 없다. 파트리크에게 생모는 자기를 낳기만 했을 뿐 키우지는 않은 사람이다. 그래서일까, 그 애와 얘기를 나누면서 나는 마음이 따뜻해졌다. 우리는 잠시 통화를 했고 그 애도 감격했다는 것을 충분히 느낄 수 있었다. 나는 좀 더 얘기하고 싶으면 나중에 다시 전화를 달라고 하고 통화를 마무리한다. 나는 동생에게 사랑한다고, 며칠 후에 브라질에서 만나자고 하고 전화를 끊는다.

오늘은 내가 아주 오랫동안 생사조차 몰랐던 우리 엄마가 여전히 살아 있고, 나를 보고 싶어 하고, 조금 있으면 우리가 다시 만난다는 소식을 들은 날이다. 오늘은 브라질에도 내 가족이 있고 그들이 나를 보고 싶어 한다는 소식을 들은 날이다. 오늘은 지난 24년이 기나긴 영원인 동시에 찰나의 순간처럼 느껴진 날이다. 이날에 대해서 내가 더 할 수 있는 말은 없다.

빈델른의 일상

1990년대

스웨덴에서 나는 여러 면에서 달라져야만 했다. 스웨덴 부모님은 나에게 모르는 사람 집에 따라가거나 낯선 이와 말을 하면 안 된다고 했다. 브라질에서 엄마는 경찰을 무조건 피하라고 했다. 절대로 믿어서는 안 될 경찰들도 있었다. 어떤 경찰은 믿어도 되고 어떤 경찰은 믿으면 안 되는지 단박에 알 수 없으니 문제다. 따라서 경찰은 무조건 상종을 말아야 한다는 것이 내가 논리적으로 끌어낸 결론이었다.

빈델른에서 경찰을 처음 보았을 때 나는 뛰어서 도망갔다. 빈델른에도 관할 경찰서가 있었는데 실상은 단 한 명의 경찰이 상근하는 치안 센터에 더 가까웠다. 그 경찰도 우리 동네 사람이었다. 나중에는 그 아저씨가 참 친절하고 좋은 사람이라는 걸 알았지만 처음부터 그런 걸 어떻게 알겠는가. 나는 스웨덴에서 맨 처음 사귄 친구 중 하나인 옆집 아이 리사와 함께 동네를 거닐고 있었다. 계절은 여름, 내가 빈델른에서 살기 시작한 지 한 달쯤 됐을 때다. 우리는 아이스크림을 먹으면서 영화관 근처를 지나갔다. 거기서 경찰서까지는 300보 정도 거리밖에 되지 않았다. 거기서 그 경찰 아저씨를 지나쳤다. 나는 경찰을 보고 말 그대로 얼어붙었다. 리사와 나는 서로 얼굴을 바라보았다. 경찰이 고개를 돌리다가 우리를 봤다. 나는 다시 리사의 얼굴을 보고 아이스크림을 땅바닥에 냅다 버린 후 그 애의 손을 잡아당겼다. "뛰어!"

리사는 깜짝 놀라서 나에게 손을 잡힌 채 같이 뛰었다. 하지만 그 애는 너무 굼떴다. 뒤를 돌아보니 경찰은 우리를 쫓아오지도 않는 것 같았다. 그 대신 내 눈에 띈 것은 얼굴이 반쯤 아이스크림 범벅이 되고 약간 짜증이 난 리사의 얼굴이었다. 나는 모퉁이를 돌고 나서 경찰이 정말로 따라오지 않는지 확인을 했다. 리사는 내가 도대체 왜 그리 달아났는지 궁금해했고 나는 엉터리 스웨덴어로 그 애에게 왜 빨리 달아나지 않았느냐고 뭐라고 했다. 거의 절반은 내가 억지로 끌고 간 거나 다름없었다. 리사는 왜 우리가 '달아나야' 하는지 몰랐다. 리사가 단단히 삐친 얼굴을 해서 그제야 내가 잘못한 건가라는 생각이 들었다.

"스웨덴 아이들은 안 배워? 경찰을 보면 뛰는 거?" 내가 이렇게 물었더니 리사는 내가 바보 같은 말을 했다는 듯한 표정을 지었다.

"우리가 왜 경찰을 보면 도망가야 해?"

"경찰은 사람을 때려."

"아니야! 경찰은 좋은 사람들이야!"

"좋은 사람들?" 나는 믿을 수 없다는 얼굴을 하면서 펄쩍 뛰었다.

"그래, 좋은 사람들이지. 네가 살던 곳에서는 그렇지 않았어?"

나는 뭐라 대답해야 할지 몰랐다. 진실을 인정하고 싶지 않았기 때문이다. 나는 내가 아는 진실이 아주 상스럽고 막돼먹은 것임을 본능적으로 알았다. 그래서 스웨덴 아이들을 관찰하면서 학습한 대로 "몰라……."라고만 대답하고서 살짝 어깨를 으쓱했다.

리사와 나는 집으로 돌아가기 시작했다. 내가 고집을 부려서 경찰서를 피하느라 약간 빙 둘러 가는 길을 택했다. 리사는 나에게 자기 아이스크림을 한 입 나눠 주었다. 나는 리사에게 왜 그렇게 빨리 못 뛰느냐고 물었다. 리사처럼 달리기가 느린 아이는 본 적이 없었다. 리사가 자기는 달리기를 싫어한다고 대꾸했다. 나는 어떻게 사람이 달리기를 싫어할 수 있는지 그것도 희한하다고 생각했다. 그래도 리사가 아이스크림을 나눠 줘서 참 좋았다.

1990년대 초 빈델른의 인구는 2,500명 남짓했다. 1,600~1,700만 명 정도가 부대끼며 살아가는 상파울루와는 완전히 딴 세상이었다. 빈델른 사람들은 외출하면서 대문을 잠그지도 않았고, 혹시 잠그고 갈 일이 있어도 열쇠를 우편함 따위에 넣어두곤 했다. 나는 그게 참 불만이었다. 문에서 가깝고 누구나 쉽게 짐작할 수 있는 장소에 열쇠를 두고 갈 거면 뭐 하러 문을 잠그나? 상파울루에서 제법 산다 하는 집들은 모두 높은 담장을 두르고 경비와 개를 상주시켰다. 물론 나는 서로 믿고 사는 스웨덴 사회가 더 좋아 보였고 그 점은 지금도 마찬가지다. 그렇지만 여덟 살의 나는 스웨덴에서 엄청난 문화 충격을 받았다. 음식, 종교, 옷차림, 눈, 학교, 우정 등 모든 면에서, 그리고 사회 구성에 있어서 두 나라는 달라도 너무 달랐다. 하나부터 열까지 다 새롭다 보니 놀랍기도 하고 흥분되기도 했다. 지금은 그러한 문화 충격이 어릴 적 나에게 끼친 영향, 그리고 어른이 된 지금도 여전히 끼치고 있는 영향을 감사하게 생각한다. 그래도 입양 초기에는 적응하기가 쉽지 않았다. 나는 빈델른에서 사는 기간이 길어질수록 새로운 가족들과 친구들의 사고방식을 이해하기가 점점 더 쉬워졌다.

나에게 익숙했던 사고방식이 변하기 시작하는 것을 느꼈다. 나는 직관적으로, 눈부신 속도로 자기 조정에 들어갔다. 브라질에서 배운 것이 스웨덴에서도 써먹을 수 있는 것인가? 스웨덴에서 새로 사귄 친구들이라면 지금 이 상황에서 어떻게 할까? 그 후, 한 번 더 그 경찰 아저씨와 마주쳤다. 내 옆에 있던 친구 사라에게 우리가 도망을 가야 하는지 물어보았다. 사라는 그럴 필요가 없다고 했고 나는 비록 경계심을 완전히 풀지는 못했지만 사라의 말대로 그 자리를 지켰다. 어떤 종류의 두려움은 뼛속 깊이 뿌리를 내린다. 나는 지금도 경찰을 보면 문득 도망치고 싶은 충동을 느낀다.

양부모님과 함께 살면서 그분들이 대답하기 곤란한 질문을 어물어물 넘기는 것을 자주 보았다. 나는 왜 어른들이 아이들에게 내가 보기에 뻔한 거짓말을 하는지 이해할 수가 없었다. 가령 아기가 어디서 오는가 하는 의문에 대해서, 황새가 아기를 부모님에게 데려다준다는 말을 진지하게 믿는 여덟 살짜리들이 실제로 있었다. 나는 그런 상황을 보면 무척 혼란스러웠다. 나는 그런 아이들에게 실제로 아기가 어떻게 생기는지 설명하는 방향으로 문제를 해결했다. 모든 부모님들이 이걸 고마워하지는 않았다.

하지만 스웨덴 생활을 시작한 지 한 주밖에 안 지났을 무렵, 나는 나중에 친구가 될 몇몇 아이를 만났다. 바로 옆집에 사는 말린, '내 공주 침대'의 실제 주인이었던 리사, 데이케어 센터 선생님이었던 마이의 세 딸 니나, 사라, 안나 등등. 날씨가 참 좋았던 어느 아침, 파트리크와 엄마 아빠, 그리고 내가 우리 집 차고 옆 마당에 나가 있었는데 마이가 다가왔던 기억이 난다. 파트리크는 풀밭에서 놀고 있었다. 그 애는 두 살도 안 됐을 때다. 엄마와 마이가 잠시 얘기를 나누는 동안 파트리크는 엄마가 키 작은 관목에 물을 주려고 울타리에 걸어놓은 호스를 움켜잡았다. 내가 그 애의 눈에 장난기가 떠오르는 것을 본 순간, 파트리크는 이미 호스를 손에 쥐고 마이에게 물을 뿌리고 있었다. 마이는 비명을 질렀고 엄마도 물에 흠뻑 젖은 채 파트리크의 손에서 호스를 빼앗으려고 허둥지둥했다. 지켜보는 내 입장에서는 그 장면이 너무 웃겼다. 나는 배를 잡고 웃어댔고 파트리크를 응원했다. 파트리크는 자기가 한 일이 아주 자랑스러운 눈치였다. 엄마도 웃으면서 물이 뚝뚝 흐르는 선글라스를 티셔츠 자락으로 닦았다.

앞에서 잠시 언급했지만 내가 스웨덴에서 맨 처음 사귄 진정한 의미의 친구는 마야였다. 내가 파트리크를 안고 우리 집 우편함 옆에 서 있는데 그 애가 왔다. 마야는 검은 고양이를 안고 있었는데 나에게 만져보고 싶으면 만져봐도 된다고 했다. 내가 고양이 이름이 뭔지 물어봤더니 쿠레라고 했다. 마야는 착하고 친절한 금발의 소녀였는데 파트리시아와 좀 닮은 데가 있었다. 나는 같이 노는 아이들의 부모님을 몇 명 만나봤고 엄마가 자주 만나는 친구 안마리에와 셸 아르네 부부도 종종 보고 지냈다. 그들은 나중에 내가 그들을 필요로 할 때 큰 힘이 되어주었다.

* * *

친엄마가 어떻게 생겼는지 잊지 않으려고 애썼던 기억이 난다. 하지만 스웨덴에서 두어 달 살고 나니 벌써 친엄마 모습을 떠올리기가 힘들어졌다. 기가 막히고 먹먹했다. 친엄마 얼굴을 떠올릴 수가 없다니. 엄마를 실제로 본다면 알아볼 수 있었겠지만 혼자서 엄마 모습을 머릿속에 그리기는 쉽지 않았다. 도대체 무슨 일이람? 나는 엄마가 검고 짧은 머리에 갈색 눈동자이고 입술이 나랑 똑같이 생겼다는 걸 알고 있었다. 엄마 키가 어느 정도이고 체형은 어떤지도 알고 있었다. 그런 세부 사항을 다 기억하는데도 엄마 모습을 그릴 수는 없었다. 갑자기 숨이 막혔다. 가슴이 답답했다. 비명을 지르고 싶었지만 숨을 못 쉬니 그럴 수도 없었다. 양부모님을 향해서 소리라도 질러야 했을까? 하지만 그랬다면 두 분은 내가 제정신이 아니라고, 애정 넘치는 가정에 입양됐지만 행복해하지는 않는다고 생각할 터였다. 나는 나 자신을 다잡으려고 노력했다. 그래서 속으로 이렇게 되뇌었다. 숨을 쉬어봐, 크리스티아나. 진정해. 너는 훨씬 더 힘든 일도 겪어왔어. 걱정하지 마. 전부 다 괜찮아질 거야. 파트리키를 생각해야지! 이렇게 괴로워하지 않아도 돼, 알잖아.

어른이 되어서 돌이켜 보니 그런 게 바로 공황 장애로구나 싶다. 그 상태가 꽤 오래가서 나는 굉장히 긴장했고, 정신적으로나 육체적으로나 희한한 고통을 경험했다. 왜 양부모님에게 도움을 청하지 않았는지 나도 이상하다고 생각했던 적이 여러 번 있다. 어쨌든 두 분 다 나에게 정말 잘해주셨는데 말이다. 복합적인 이유가 작용했던 것 같다. 나는 그들을 실망시키고 싶지 않았다. 나와 동생에게 그렇게 많은 것을 준 사람들에게 나에게 문제가 있다는 인상을 주고 싶지 않았다. 그리고 양부모님에게 도움을 청하면 그들을 내 삶 안으로 받아들인다는 뜻인데 나는 아직 그럴 준비가 되어 있지 않았다. 무엇보다도, 내 자존심이 그런 걸 허락하지 않았다. 나는 강인한 아이, 내 일은 내가 알아서 할 수 있는 아이이고 싶었다. 도움을 청하기에 나는 너무 자존심이 강했다. 이 약점이 내 삶을 아주 오랫동안 따라왔다.

그래서 나는 혼자서 나를 다잡고 불안을 밀어냈다. 내가 사랑했던 사람들에 대한 기억이 사라지는 것을 받아들일 수 없었다. 브라질에 대한 기억이 좋은 것이든 나쁜 것이든 지워지지 않기를 바랐다. 그런 기억을 잃으면 나 자신을 잃고 영원히 어둠속을 헤매게 될 것이다. 친엄마, 카밀, 파트리시아, 내가 죽인 그 소년을 저버리게 되고 결국은 나 자신과 내 동생마저 저버리고 말 터였다. 아무것도 모르는 동생에게 진실을 전하는 것이 내가 감당해야 할 몫이었다. 우리 엄마가 얼마나 놀랍고 사랑이 넘치는 사람이었는지 그 애에게 꼭 말해줘야 했다. 나는 잊으면 안 되는 사람이었다. 카밀은 우리가 서로의 마음속에 있으면 비록 몸은 떨어져 있어도 함께 있는 거라고 말했다. 나는 카밀을, 엄마를, 나의 모든 기억을 악착같이 붙잡고 거기에 매달려야 했다. 내가 그들을 잊지 않으면 그들과 헤어졌어도 헤어진 게 아니라고 생각했다. 나는 천장을 바라보고 누운 채 숲에서 살던 시절, 거리에서 먹고 자던 시절, 카밀과 그 애가 들려준 이야기, 엄마의 사랑과 고통과 희생을 기억하는 대로 쭉 되새겨 보곤 했다. 내가 죽인 소년을 생각하면서 눈물을 흘렸고, 고아원에서 겪은 일을 하나하나 짚어보았고, 엄마를 마지막으로 본 기억을 되새겼다. 나는 양부모님이 나와 동생을 빈델른의 빨간색 큰 집으로 데려온 순간까지의 기억에 매달렸다. 매일 밤 잠들기 전에 그 기억을 복기하면 내가 사랑하는 사람들과 나 자신의 정체성을 지킬 수 있을 거라 생각했다.

그때는 몰랐다. 힘들었던 과거의 기억을 놓치지 않으려고 애쓰다 보면 현재의 삶을 놓칠 수도 있다는 것을. 누군가가 이렇게 말해주었다면 좋았을 것이다. "**크리스티아나, 지금 이 순간을 충실히 살고 미래를 꿈꾸렴.**" 그런다고 해서 자기 자신을 잃게 되는 건 아니다. 현재의 지점에 멈춰 있으려고 한다면 상상 이상의 대가를 치르게 될 것이다.

* * *

스웨덴에서의 첫 여름은 아주 재미있었고 새 친구도 많이 생겼지만 내가 남들과 다르다는 생각을 많이 하게 되었다. 일단, 나처럼 생긴 사람은 주위에 아무도 없었다. 어떤 아이들은 자기네 부모님에게 나를 '갈색' 아이라고 이야기했다. 그 애들은 피부색을 따진다기보다는 순수한 호기심에서 나를 그렇게 부른 것이었다. 몇몇 부모님들은 그러한 호칭을 다소 불편해하면서 왜 내 피부색이 초콜릿 같은 암갈색인지 설명하느라 쩔쩔맸다. 그들은 내가 무척 덥고 햇볕이 쨍쨍 내리쬐는 나라에서 왔기 때문에 피부색이 갈색이라는 식으로 말하곤 했다.

그런 설명은 괴이하게 들렸다. 브라질에도 피부가 하얀 사람들이 얼마나 많은데. 더욱이 내 또래 스웨덴 아이들의 순진무구함은 가히 경이로울 지경이었다. 스웨덴 아이들은 어른들은 모두 착하다고, 어른들이 시키는 일은 무조건 해야 한다고 철석같이 믿고 있었다. 어른들은 모두 착하다는 믿음에서 벗어나는 유일한 가르침은, 모르는 사람을 따라가서는 안 된다는 것뿐이었다.

스웨덴 아이들의 유일한 걱정이나 불만은 자전거를 타다가 넘어져서 무릎이 까지거나, 자신이 원하는 바로 그 인형을 받지 못하거나, 텔레비전을 계속 보고 싶은데 밖에 나가서 놀아야만 한다거나, 잠이 오지 않더라도 정해진 취침 시각을 지켜야 한다거나 하는 것밖에 없는 듯했다. 나에게는 참 혼란스러운 경험, 이해하기가 쉽지 않은 경험이었다.

그러니 나의 경험은 그 아이들에게 순전히 비현실적인 일밖에 되지 않았다. 나는 예전에 겪은 일을 무심코 이야기했다가 후회한 적이 한두 번이 아니었다. 스웨덴 아이들에게 그런 일은 상상할 수도 없는 것이었고 그들은 정서적으로 전혀 다른 삶을 살아왔다. 내 이야기를 들려줘도 그 애들은 내가 꾸며낸 말이라고 생각하거나 무서운 동화 속 이야기라고 여겼다. 그래서 나는 이야기를 지어내기 시작했다. 내가 근사한 동화 같은 삶을 살아온 것처럼 이야기하고 다녔다. 이를테면 사자와 맞붙어 싸워봤다는 둥, 가라테를 배웠다는 둥, 사실이 아닌 얘기를 하고 다녔다. 싸움으로는 또래 아이들을 모두 제압하고도 남았기 때문에 내가 멋대로 떠들어도 감히 토를 다는 사람이 없었다. 나는 온갖 것을 지어내서 떠벌렸다. 양부모님에게도 거짓말을 했다. 그들은 가끔 내 친엄마에 대해서 물었는데 내가 친엄마를 사랑한다고 말하면 그분들이 상처를 받을까 봐 두려웠다. 나는 양부모님이 듣고 싶어 하는 말만 했다. 나는 친엄마가 좀 이상한 사람이었다고 믿는 척했고 스웨덴에서의 새 삶에 아주 만족하는 척했다. 실제로는 그러지 못했지만 그 삶에 완벽하게 어울리고 싶었던 것은 사실이다. 양부모님이 나에게 정말로 마음을 써준다는 것을 알고 있었으므로 나도 그분들에게 잘해드리고 싶었다. 하지만 마음속에 있는 나의 일부는 비명을 지르고 싶어 했다. 실제로 양부모님과 언쟁을 벌인 적도 많았다. 나에게 이래라저래라 하지 말아라, 어차피 내 진짜 부모도 아니지 않느냐, 난 내가 하고 싶은 대로 할 거다, 라고 고함을 지르면서 바락바락 대들기도 했다.

양부모님과 충돌할 때마다 나의 한 부분이 살아나서 도와달라고 외치는 것 같았다. 내가 얼마나 슬프고 처참하게 망가졌는지 제발 누군가가 알아줬으면 하는 심정이었다. 하지만 아무도 내가 왜 그러는지 알지 못했다. 그럴 때면 파파는 내 귀를 잡고 내 방으로 끌고 갔고, 차분하게 말할 수 있을 때까지 방에서 못 나오게 했다. 나는 내 속의 열화를 홀로 꺼뜨리는 법을 배웠고 나 아닌 다른 사람, 이 환경에 어울리는 사람, 양부모님과 새 친구들과 그네들의 가족이 기대하는 모습이 되기 위해 노력했다.

8월이었다. 새로운 학교생활에 들어갈 시기가 임박했다. 나의 스웨덴어는 두 달 배운 게 다였다. 그런데도 스웨덴어 특유의 억양이

자리를 잡았고 포르투갈어——당시에는 '브라질 말'이라고 불렀지만——는 벌써 거의 다 잊었다. 나는 동갑내기들보다 한 학년 아래, 다시 말해 초등학교 1학년부터 다니기로 했다. 그렇지만 불과 몇 주 만에 선생님들은 나를 원래대로 2학년을 보내도 무리가 없겠다고 판단했다. 나는 우수한 학생임을 증명하기 위해 처음 몇 주간 학교생활을 아주 열심히 했다. 내가 2학년 나이인데 1학년을 다니면 놀림을 받을 수도 있다고 생각했기 때문이다. 나는 절대로 괴롭힘이나 따돌림을 당할 만한 빌미를 제공하고 싶지 않았다.

스웨덴에서 같은 반 아이들에게 처음 자기소개를 했던 때가 기억난다. 담임은 바르브로라는 이름의 여자 선생님이었다. 차분하고 친절한 분이었다. 바르브로 선생님은 오늘부터 함께 지낼 아이들이 나를 환영할 거라고 했다. 브라질에서 온 친구 크리스티나 리카르드손과 모두 사이좋게 잘 지낼 거라고 했다. 교실 문을 열고 같은 반 친구들의 얼굴을 처음 봤을 때의 기분이 지금도 생생하다. '좋은 인상을 줘야 해. 긴장하거나 겁내는 기색을 보이는 건 금물이야. 그랬다가는 쟤들이 완전히 만만하게 볼걸. 자, 웃자, 웃어. 기분 좋은 척하자.' 나는 문을 열고 등을 쭉 펴고 얼굴이 당길 정도로 활짝 웃으면서 교실 안으로 들어갔다. 심장이 콩닥콩닥 뛰었지만 내가 구사할 수 있는 최선의 스웨덴어로 인사를 했다.

아이들의 시선이 나에게 집중되었다. 뚫어져라 쳐다보는 아이도 있었고, 살갑게 웃는 아이도 있었지만 어쨌든 모두 호기심이 동한 눈치였다. 갑자기 어떤 남자아이가 선생님과 반 친구들에게 이렇게 말했다. "선생님, 여자애 아니잖아요. 남자애잖아요."

내가 얼마나 무서운 눈을 하고 그 아이 크리스토퍼를 쏘아보았는지 기억난다. 단박에 저 자식 때문에 골치 아프게 생겼다라는 감이 왔다. 내 반바지 차림, 아프리카 흑인처럼 짧고 까만 머리가 빈델른의 여느 여자아이들 같지 않다는 것은 나도 알고 있었다. 그 여자아이들은 모두 긴 생머리였다. 내 삶의 새로운 시기가 시작됐다. 수많은 싸움이 나를 기다리고 있었다.

나는 금세 스웨덴 아이들이 나처럼 싸움에 능하지 않다는 것을 알았다. 특히 여자애들은 대부분 싸움의 기본도 몰랐다. 남자애들을 봐도 나만큼 싸움으로 단련된 애는 없었다. 나를 괴롭히려는 시도들이 있었다. 가령, 나보고 남자애 아니냐고 했던 그 애는 쉬는 시간에 모두가 모여 노는 운동장에서 나를 '깜둥이'라고 불렀다. 그 애를 두들겨 패면서 난 흑인이 아니라 라틴계라고, 나를 놀리고 싶으면 뭘 좀 똑바로 알고 놀리라고 말해주었다.

크리스토퍼가 나에게 맞아서 완전히 나가떨어졌기 때문에 나는 교장실에 불려가 꾸중을 들었다. 파파가 호출을 받아 학교에 왔다. 교장실에서 파파는 나에게 무슨 일이 있었고 내가 어떻게 행동했는지 자초지종을 들었다. 교장 선생님은 "여자애가 그러면 못 쓰지요."라고 말했다. 하지만 아버지는 깜둥이 소리에 분개해서 교장 선생님에게 나는 자기방어를 했을 뿐이고 그렇게 할 줄 알아서 참 다행이라고 말했다.

나는 초기에 싸움에 자주 말려들었고 주먹다짐까지 간 적도 여러 번 있었지만 그 덕분에 자립할 수 있었다. 얼렁뚱땅 넘어가지 않고 싸웠기 때문에 괴롭힘을 당하지 않은 것이다. 훨씬 더 거칠고 폭력적인 아이들하고도 어울려 다녔던 나, 훨씬 더 막가는 패거리하고도 싸웠던 나 아닌가. 나는 무엇보다 친구들을 사귀고 어울릴 수 있기를, 우르르 몰려다니는 무리의 일원으로 받아들여지기를 원했다.

이게 말이 쉽지, 실제로는 쉽지가 않았다. 누군가가 인종 차별적인 말을 할 때마다 상처가 되었다. 그 말에 숨어 있는 속뜻이 나를 아프게 했다. 그들이 하는 말은 내가 그들 무리의 일원이 아니요, 나는 그럴 자격이 없다는 뜻이나 마찬가지였다. 내가 아무리 노력을 해도 짙은 갈색 피부와 눈동자, 말 안 듣는 새까만 곱슬머리로 태어난 나는 절대로 그들 틈에 끼지 못할 것 같았다.

나는 아이들에게 그런 아픔을 내보이지 않았다. 아이들 앞에서 울기는커녕, 날 놀리면 안 된다는 사실을 그들이 똑똑히 깨달을 때까지 악바리처럼 싸웠다. 그리고 스웨덴에서는 브라질에서 살던 시절처럼 살지 않겠노라 결심했다. 브라질에서 사람들은 곧잘 나에게 침을 뱉고 나를 자기들보다 천하고 못난 사람 취급했다. 스웨덴 생활 초기는 아주 많은 것에 의문이 들었던 시기, 나 혼자 답을 찾고 해결책을 모색해야 했던 시기다. 학교 선생님들은 모두 좋은 분들이었지만 아무도 내 속이 어떻게 돌아가는지 몰랐다. 나는 두 갈래로 쪼개어졌다. 친하게 지내는 여자애들이 많이 생겼지만 그 애들처럼 병원 놀이를 즐기거나 플라스틱 장난감 말이 진짜인 척하면서 놀 수는 없었다. 나무를 타고 오르거나, 잡동사니를 끌어다가 작은 집을 짓거나, 뛰어놀고 싶었다. 쉬는 시간에 남자애들은 학교 운동장에서 으레 스포츠를 했는데 나는 진심으로 그쪽에 끼고 싶었다. 여자애들을 많이 사귈 필요를 느꼈지만 남자애들과 놀 때 더 마음이 편했다. 몸으로 하는 놀이가 나에게는 더 쉽고 재미있기도 했고, 남자애들의 사회적 규칙이 더 편하기도 했다. 남자애들과 여자애들은 사회적 규칙이 자못 달랐다. 남자애들은 자기 생각이나 좋고 싫음을 분명하게 말하기 때문에 상대하기가 까다롭지 않았다. 문제가 생기면 싸움으로 바로바로 해결할 수 있었다. 그런데 여자애들하고는 잘 노는 것 같다가도 나만 빼고 다른 애들이 이상한 표정을 주고받는 순간이 종종 있었다. 그럴 때마다 내가 뭐가 잘못 말하거나 행동했다는 것을 뒤늦게 깨달았지만 아무도 속 시원하게 뭐가 잘못됐는지 말해주지 않았다. 뭐가 잘못인지 말해주는 사람도 없는데 어떻게 옳고 그름을 구분하라는 건지 답답해했던 기억이 난다. 명시적이지는 않지만 내가 배워야 하는 규칙들이 아주 많다는 것을 알 수 있었다. 그 규칙들을 익히면 나는 더 잘 적응할 수 있을 터였다. 그래서 나는 사회 규범을 습득하기 위해 최선을 다했다. 나 자신을 바꿔나갔고, 내 또래 아이들과 조금씩 비슷해졌다. 그렇게 결국 그 무리에 들어갔다. 모두가 나를 스웨덴 사람으로 봐주기 시작했다. 남들은 나를 더는 브라질 사람으로 보지 않았지만 나는 그럴 수가 없었다.

난생처음 눈을 보았던 때가 기억난다. 비가 오고 어둡침침한 가을날이 계속되고 있었다. 나는 어두운 날에는 더 쉽게 지친다는 것을 알았다. 그러다가 어느 날 밤, 눈이 왔다. 다음 날 아침, 나는 평소처럼 일어나서 마마가 오트밀과 달걀 완숙을 준비하고 있던 주방으로 내려갔다. 그 두 가지는 매일 아침 우리 집 메뉴에서 빠지지 않았다. 주방의 통유리창을 내다보고서 나는 눈이 휘둥그레졌다. 그날은 어둡지도 않았고, 비가 오지도 않았다. 세상이 온통 하얀색이었다. 내가 구름 속에 들어왔나 싶었다. 손때를 타지 않은 두툼한 순백의 담요가 잔디밭, 나무, 거리를 포근하게 덮어주고 있었다. 나는 정신이 홀딱 나가서 속옷 바람으로 다짜고짜 뛰어나갔다. 내 이름을 부르는 마마 목소리가 들린 듯했지만 그러거나 말거나 상관없었다. 나는 문을 박차고 나가 새하얀 눈밭에서 데굴데굴 굴렀다.

몇 초가 지나서야 눈이라고 하는 이 희고 아름다운 것이 지독히도 차갑다는 것을 깨달았다. 눈은 따끔따끔할 정도로, 아플 정도로 차가웠다. 아이고, 아이고! 나는 비명을 지르며 일어나 도로 현관 앞 계단을 뛰어 올라갔다. 마마가 문 앞에서 내 모습을 지켜보면서 웃음을 참고 있었다. 마마는 나를 욕실로 데려가 따뜻한 물로 샤워를 하게 했다. 내 체온이 충분히 올라오자 마마는 샤워기를 내 머리에서 치우고는 이제 옷을 갈아입고 학교에 가라고 했다. 내가 이렇게 추운데 어떻게 가느냐고 했더니 마마는 다른 아이들도 다 가는데 왜 못 가느냐고 했다. 나는 다른 아이들도 다 가진 않는다고, 브라질 아이들은 이렇게 추울 때 학교에 갈 일이 없다고 맞받아쳤다. 마마는 웃으면서 여기는 스웨덴이고 스웨덴 아이들은 다 그렇게 한다고 했다. 나는 결국 방수 바지와 코트를 챙겨 입고 내 친구 사라와 다른 우리 반 친구들과 함께 학교로 출발을 했다.

첫 번째 쉬는 시간 종이 울리자 아이들은 모두 번개처럼 박차고 일어나 눈밭이 된 운동장으로 뛰어나갔다. 나도 운동장에 나가보니 아이들은 신나게 놀면서 눈밭을 망치고 있었다. 아이들이 눈사람이나 스노랜턴[●]을 만들거나 마구 뛰어다니면서 새하얀 눈의 나라를 망가뜨리는 모습을 보니 불안했다. 내가 이 아름다운 눈을 지키지 않으면 저 천둥벌거숭이 같은 아이들이 다 망쳐버릴 거라고 생각하니 불안은 공포로 변했다. 나는 정신없이 두리번거리면서 아이들이 아직 밟지 않은 운동장의 한 구역을 찾았다. 나는 그 구역에 크게 동그라미를 그린 후 그 앞에 떡 버티고 섰다. 아무도 침범하지 못하게 하려고 고래고래 소리도 질렀다. 문제는, 그때만 해도 스웨덴어가 서툴렀기 때문에 내 의도와는 달리 "전부 하던 일 멈추고 내 눈 가져가!"라고 외쳤다는 것이다. 아이들은 이미 그러고 있었다. 그 애들은 내가 무슨 놀이를 하는가 보다 생각했지만 나는 끝내주게 진지했다. 다들 내가 그린 동그라미 안으로 우르르 달려와 눈을 퍼가기 시작했다. 나는 확 돌아버렸다. 꺼이꺼이 울다시피 했던 것 같다. 아이들은 신이 나서 달려들었고, 나는 내가 지키고 싶었던 아름다운 눈이 짓밟히고 망가지는 광경을 보았다. 거리에서 굴러먹던 아이답게, 나는 내가 확실히 아는 유일한 대응 방식을 취했다. 눈을 퍼가는 아이들을 미친 듯이 때리면서 "내 눈! 이건 내 눈이야!"라고 소리를 질렀던 것이다. 같은 학년 아이들은 물론, 나보다 서너 살 많은 아이들에게도 나는 주먹을 휘두르고 깽판을 부렸다. 아무도 날 제압하지 못했다.

● 안에 촛불이나 전등을 넣을 수 있도록 눈을 탑처럼 쌓아 올린 것.

나는 또 교장실에 불려가서 혼이 났다. 군나르 교장 선생님은 눈은 모두의 것이라고 했다. 나는 교장 선생님 맞은편에 앉아서 턱 하니 팔짱까지 끼고서 속으로 말대꾸를 했다. '선생님은 바보예요? 세상에 모두의 것이 어디 있어요?'

파벨라에서 보낸 하루

2015년

브라질란지아는 세계에서 가장 큰 파벨라이자 상파울루에서 가장 큰 빈민가로서 약 420만 명이 거주하고 있다. 리비아와 나는 오늘 그곳에 가보기로 했다. 화창하지만 특별히 따뜻하다고 볼 수는 없는 상파울루의 이른 아침, 나는 착잡한 심정으로 눈을 떴다. 흥분 어린 모험심, 이걸 느끼는 건 스웨덴 사람이라는 나의 일면이다. 빈민가는 완전히 딴 세상, 텔레비전이나 영화에서나 볼 수 있는 세상이다.

나의 또 다른 면이 고개를 든다. 내가 그곳에서 보낸 시간을 아직 기억하고 있는 까닭이다. 쓰레기통에서 찾아낸 물건을 장난감이랍시고 가지고 놀며 진흙탕에서 뛰고 구르던 여자아이가 보인다. 대나무와 비닐봉지와 줄을 주워 와서 열심히 연을 만들던 카밀, 산투스, 나 자신이 보인다. 그 두 사람을 내가 얼마나 좋아했던가. 우리는 함께 얼마나 즐거웠던가. 연을 공중에 띄우려고 온 힘을 다해 달렸던 우리 모습이 떠오르면서 웃음이 난다. 우리의 웃음소리가 들린다. 우리는 맨발로 달리고, 날은 참 무덥다. 함께 헤엄치고, 누구 하나가 아프면 정성껏 돌봐주던 기억이 지금도 생생하다. 하지만 내 눈에는 외롭고 굶주리고 서러운 여자아이도 보인다. 그 아이는 연을 날리기 위해서가 아니라 도망을 치느라 죽자 사자 달린다. 그 여자아이도 나다. 문득 텔레비전이나 영화에서 본 것과는 또 다른 세상이 보인다. 그 세상은 내가 살아온 이력의 일부, 나 자신의 일부다.

가이드 없이 빈민가에 드나들면 위험하기도 하고 나는 포르투갈어를 다 잊어버렸기 때문에 안내를 맡아줄 사람이 꼭 필요하다. 현지에서 이미 톡톡히 도움을 준 브라이언이 브라질란지아의 지인들에게 연락을 해서 방문 계획을 짜주었다.

우리가 차에 오르자 브라이언은 자기가 참여하고 있는 그 지역의 빈민층 주택 단지 사업을 설명해준다. 그 지역에 사는 사람들을 돕는 사업이라고 한다. 그들이 금속 박판, 나무판자, 종이 상자 따위로 급조한 판잣집 대신 자그마한 벽돌집에서 살 수 있도록 말이다. 빈민들을 돕고자 하는 이들이 있고 어느 정도 성과도 있지만 아직도 갈 길이 한참 멀다나.

차를 타고 가는 동안 태양은 더욱더 뜨겁게 달아오른다. 브라이언은 브라질의 현 상황, 차창 밖으로 보이는 여러 동네, 정부의 부패, 역대 대통령이 잘한 일과 못한 일 등에 대해서 말해준다. 차를 타고 가면서 거대한 축구장을 봤는데 버스가 엄청나게 많이 세워져 있다. 버스는 셀 수 없을 정도로 많은데 사람은 보이지 않는다.

뭔가 횅하니 버려진 느낌이랄까. 브라질은 월드컵을 치르기 위해 전국에 크고 멋있는 축구장들을 짓느라 천문학적인 예산을 투입했다. 이제 축구장들은 텅 비었고 국민들은 극도의 빈곤에 시달리고 있다. 현재 상당수의 축구장이 주차장으로 쓰인다. 그 돈이 정말로 궁핍한 사람들에게 쓰였더라면 어땠을까?

브라질은 세계에서 다섯 번째로 큰 국가이며 인구는 2억 명이 넘는다. 천연자원이 풍부한 나라이지만 빈부 격차를 줄이는 데 실패한 나라이기도 하다. 통계를 들여다보면 헉 소리가 나온다. 총자산의 60~70퍼센트를 소득 상위 10퍼센트의 인구가 독차지한 반면, 소득 하위 20퍼센트는 총자산의 2퍼센트도 차지할까 말까 한 나라다.

구변 좋은 브라이언은 브라질 정치인들이 어떻게 자기 잇속을 챙겼는지 웃기면서도 비극적인 이야기들을 들려준다. 그는 부정부패가 브라질 문화의 한 부분이 되었다고 본다. 신문에서 그런 뉴스는 날이면 날마다 나온다. 상파울루의 갑부들은 교통 혼잡과 고급 승용차 도난을 피하기 위해 전용 헬리콥터를 애용한다. 모두가 이런 상황을 훤히 알지만 조치를 취하기란 불가능해 보인다.

차를 타고 이동하는 시간은 쏜살같이 흘렀고 어느새 빈민가 근처까지 왔다. 고층 빌딩들이 즐비한 도시가 우리 뒤쪽으로 아득하게 보인다. 우리 눈앞에는 코딱지만 한 주택들과 판잣집들이 다닥다닥 붙어 있는 달동네가 보인다. 빈민가 외곽에 차를 세우고 내린다. 우리 차 왼쪽으로 큰 개천이 흐르는데 그 특유의 냄새, 그 악취가 바로 익숙하게 다가온다. 나는 차 옆으로 가서 쓰레기와 오물이

가득한 개천을 바라본다.

우리는 피부가 거무스름하고 통통한 아낙네를 만난다. 타치아니 J. 시우바라는 이름의 그 여인은 함박웃음으로 우리를 맞아준다. 포옹과 인사를 나누면서 다시 한번 내가 이 나라 말을 다 까먹었다는 사실에 좌절감을 느낀다. 브라이언과 타치아니 둘 다 숨도 쉬지 않고 말을 하는 것 같다. 이 정도만 아니면 나도 몇몇 단어나마 알아들을 수 있으련만. 하지만 둘 다 말이 너무 빠른 데다가 결국은 감정적으로 팔을 흔들거나 언성을 높이기 바쁘다. 나는 한 번도 그래본 적이 없다. 이번 여행을 하면서 리비아가 차분한 어조와 속도로 스웨덴어를 구사하다가 포르투갈어만 썼다 하면 어조가 확 바뀌고 몸짓이 풍부해지는 모습을 보면서 얼마나 많이 웃었는지 모른다. 이렇게 구경만 해도 매혹적이지만 내가 저 말을 알아들을 수 있다면 훨씬 더 재미있을 거라는 생각이 든다.

타치아니는 우리를 자기가 사는 방 두 칸짜리 작은 집으로 데려간다. 온갖 잡동사니가 빽빽하게 들어찬 집이다. 작은 핫플레이트(hot plate)●가 두 개 있고, 뒷방에는 아주 단순한 형태의 변기가 있다. 그래도 그 집에 평면 텔레비전이 있는 걸 보니 미소가 지어진다. 이곳과 흡사한 가난뱅이 동네에서 보냈던 어린 시절과 거리에서 만난 친구들이 생각난다. 그때는 누군가의 집에 있는 조그만 브라운관 텔레비전 수상기 앞에 옹기종기 모이곤 했다. 화질이 형편없는

● 전기·가스를 열원으로 하는 철판구이용 가열기. 주로 탁상 크기의 가정용 전열 조리 기구로 고기 따위를 굽는 데 쓴다.

텔레비전으로 얼마나 많은 사람이 모여서 축구 경기를 보았던가. 우리는 너무 뒤에 앉아서 뭐가 보이지도 않았고 앞에 앉은 사람들 반응으로 경기의 흐름을 읽곤 했다.

우리는 그 작은 집에서 나와 빈민가 쪽으로 걷는다. 신문 가판대에서 어렸을 때 좋아했던 징징(dimdim)이라는 아이스크림을 샀다. 나와 카밀은 어쩌다 돈이 생기면 꼭 그 아이스크림을 샀다. 마침 내가 제일 좋아하는 코코넛 맛이 있다. 내 것과 리비아 것을 산다. 비닐 주둥이를 이빨로 뜯어서 바로 쭉쭉 빨아 먹는다. 여섯 살, 일곱 살 때로 돌아간 것 같다. 그래, 이 맛이다. 그 순간, 장난기 넘치는 놀이와 왁자한 웃음소리의 기억이 되살아난다. 레오나르두라는 청년이 우리를 맞아준다. 그가 오늘 우리의 가이드다. 브라이언은 현지 '책임자'——상황을 지휘하는 갱단이나 마약상을 가리키는 말이기도 하다——에게 우리가 들어갈 수 있도록 허락을 받아야 했다.

우리의 워킹 투어는 판잣집 구역과 벽돌집 구역 사이의 언덕을 오르는 것으로 시작한다. 하수가 여기저기 악취를 풍기면서 흐른다. 브라질 특유의 붉은 흙은 내가 기억하는 것보다 더 붉다. 내 눈에 익은 식물들이 많이 보인다. 그중에서 밤송이 같은 초록 방울들이 달린 나무가 눈에 띈다. 잊고 있던 추억이 밀려온다. 어릴 때 친구들과 함께 저 초록 방울을 다른 아이 머리카락에 붙이겠다고 마구 던지면서 놀았던 기억이 난다. 머리에 초록 방울이 제일 많이 붙은 사람이 꼴찌가 됐다. 나는 그 방울이 달린 작은 가지를 따서 계속 들고 다닌다.

우리는 다양한 사람들을 만난다. 더러 우리를 범상치 않은 눈으로 주시하는 이들이 있는 것 같다. 내가 브라이언에게 이 얘기를 하자 그는 허락 없이 사진이나 동영상 촬영을 하면 절대로 안 된다고 주의를 준다. 우리는 중간중간 멈춰서 사진을 찍는다. 나는 왕년의 '원숭이'다운 실력을 발휘해 이것저것 타고 올라가 빈민가를 배경 삼아 팔을 펼치고 리우데자네이루의 그리스도상 비슷한 자세를 취한다. 모든 게 초현실적으로 느껴진다. 꼭대기까지 올라가는 동안 뭐라 말할 수 없는 기쁨이 솟아오른다. 가족과 함께 이 동네에 사는 레오나르두가 브라질란지아의 상황과 이곳 생활에 대해서 이야기해준다.

정상까지 오르는 길에 우연히 만난 소년 갱단이 우리를 따라오기 시작한다. 한 소녀가 내 손에 들려 있던 식물을 보고 자기도 초록 방울을 따서 나에게 던지면서 깔깔 웃어댄다. 내 안의 아이가 질세라 깨어난다. 나는 역공에 나섰지만 아쉽게도 내가 던진 방울은 소녀의 머리칼에 한 개도 붙지 않았다. 소녀와 나는 서로 쫓아다니고 도망 다니고 수선을 피우며 초록 방울을 던지고 논다. 나는 오늘 컨디션이 좋지 않다. 그래서 달리기는 물론, 방울 던지기도 소녀가 나보다 한 수 위라는 것을 금세 알겠다. 리비아가 내 머리칼에 붙은 초록 방울들을 떼어준다.

거리를 두고 따라오던 아이들이 이제 바로 옆에 와서 우리에게 말을 붙인다. 나도 몇 마디라도 해보려고 애는 쓰지만 결국 리비아가 대화를 전담하게 된다. 아이들은 우리를 한참 따라온다. 그 애들이 뭔가 할 말이 있든가 보여주고 싶은 게 있는 눈치여서 일단 걸음을 멈춘다. 정상을 향하여 다시 걸어가려는데 조나스라는 아이가 나에게 자기 야구 모자와 안경을 건넨다. 나는 영문을 모르겠지만 내가 그것들을 착용해야만 할 것 같다. 내가 턱없이 작은 표범 무늬 야구 모자와 안경을 썼더니 소년은 내 아이폰을 손가락으로 가리키면서 "셀카."라고 말한다. 나도 모르게 웃음이 터진다. 빈민가의 아이들도 '셀카'는 당연히 아는구나. 그래서 우리는 함께 셀카를 찍는다. 조나스와 그의 친구가 사진을 보고 고개를 끄덕거리면서 됐다고 한다. 조나스는 나의 아이폰 4S를 가리키면서 자기 형 아이폰이 더 신형이고 좋은 거라고 자랑한다. 나는 미소를 짓다가 형은 어디서 아이폰이 생겼느냐고 물을 뻔한다. 하지만 왠지 답을 이미 알 것 같다. 그래서 나한테는 이 정도로 충분하다고 대꾸하고 소년의 곱슬머리를 헝클어뜨린다. 그는 웃으면서 물러선다. 그들은 우리의 빈민가 투어를 줄곧 따라다녔다. 아이들은 발랄하고 짓궂고 활력이 넘친다.

빈민가에서 가장 높은 곳에 도착해보니 술집, 정확히는 '바(Bar)'라고 붉은색 글자로 쓰여 있는 하얀 팻말이 붙어 있는 판잣집이 있다. 브라질 국가대표팀 운동복을 입은 남자가 맥주를 들이켠다. 아무래도 술집 주인인 것 같다. 그가 술 한잔하고 가라고 권하는 것을 우리는 정중하게 사양한다. 하지만 그는 나와 리비아가 자기를 한 번 안아줘야만 길 수 있다고 농을 진다. 우리는 언덕을 다시 내려가기 전에 우리의 시야를 꽉 채우는 판잣집과 벽돌집 들이 그려낸 환상적인 조각보를 카메라에 담는다. 세계에서 가장 큰 빈민가에 사는 420만 주민들의 생각을 어찌 헤아릴 수 있을까. 여기에는 기쁨도 있고 슬픔도 있다. 오만 가지 기억과 감정이 북받친다. 우리는 좁은 골목들을 지나서 차를 세워둔 곳까지 걷는다. 이런 골목을 내달리면서 때로는 도망쳤고 때로는 신나게 놀았던 어린 시절의 내가 보인다. 주위를 두리번거리며 내 눈에 비치는 광경들을 마음에 새긴다. 오막살이들의 알록달록 거대한 조각보, 그리고 저 멀리 상파울루의 초고층 건물들. 사실상 한 도시 안에서 하늘땅 차이가 난다. 판자촌에는 전선들이 위험천만하게 이 집에서 저 집으로 주렁주렁 늘어져 있다. 여기저기 다채로운 색감의 소형차들이 많이 보인다. 이곳에서의 생활, 그리고 스웨덴에서의 생활. 내 생각에 그 둘은 참 다르다. 하지만 행복과 기쁨은 브라질에서 좀 더 그 가치를 제대로 인정받는 것 같다. 실은 그 반대라야 하지 않을까? 스웨덴 사람들이 잘살고 있음을 좀 더 감사하고 기뻐해야 하지 않을까? 혹시 우리도 부패한 브라질 정치인들처럼 언제나 더 많은 것을 원하는 까닭에 우리가 가진 것에 기뻐하는 능력을 잃어버린 걸까?

우리 가이드가 자기네 가족을 만나보고 가면 어떻겠냐고 권한다. 그의 '집'에 도착하니 아내가 맞아준다. 가이드의 아내는 나와 동갑인데 아이가 벌써 네 명이다. 가이드의 부모님도 함께 산다. 나는 그들의 대화를 따라잡으려 애쓰면서 이 작은 집에 몇 명이 사는지 세어본다. 그런데 지금은 다른 집 아이들까지 와 있어서 결국 사람 수를 세는 것을 포기했다. 어쨌든 집 크기를 봐서는 이 사람들이 다 같이 살 수 있다는 게 신기하다. 식구들은 참 친절하고 싹싹하다. 그들은 자기네가 대접할 수 있는 가장 좋은 것——팝콘과 코카콜라——을 내왔다. 하루종일 빈민가를 둘러보면서 식물과 흙을 만진 손으로 팝콘을 집어먹고 싶지는 않다. 굳이 박테리아를 입속으로 들이고 싶지는 않으니까. 나를 호되게 꾸짖는 목소리가 들려온다. 자신이 가진 아주 적은 것을 기꺼이 나누는 멋진 사람들을 앞에 두고 기껏 생각하는 게 박테리아라니. 오른손을 그릇에 넣어 팝콘을 조금 집고 포르투갈어로 고맙다고 인사를 한 후 맛을 본다. 그래도 부디 배탈이 나거나 식중독에 걸리는 일은 없기를 기도하는 심정이다. 어차피 여덟 살 때까지는 쓰레기통에서 온갖 더러운 것도 주워 먹었으니 내 위장이 면역력을 믿어도 좋지 않을까 싶다.

우리는 즐거운 시간을 보낸다. 비록 집안의 가장 웃어른이 해가 아직 중천에 있는데도 만취 상태였으나 기분은 무척 좋아 보인다. 어르신이 나를 포옹하기에 나도 포옹을 해드린다. 그분이 나를 너무 오래 안고 계셔서 살짝 불편해지기 시작한다. 나는 억지로 미소를 지으며 어르신의 팔에서 몸을 빼낸다. 겨우 빠져나오려는 순간, 어르신의 아내분이 나를 껴안았고 이제 불편한 느낌은 없다. 이 할머님이 뭔가 열심히 말씀을 하시기 시작하자 모두들 내 주위로 모여든다. 다들 내 이야기가 궁금한가 보다. 리비아가 내가 누구이고 어떻게 살아왔는지 소개를 한다. 저 친구는 이미 여기저기서 저런 말을 백 번은 더 했을 거다. 그들은 묻고 싶은 게 많고, 나도 모든 질문에 답을 하려고 애쓴다. 아주 오랫동안 떠나 있다가 돌아온 곳이 여전히 놀랄 만큼 익숙한 그 느낌은 얼마나 묘한지. 할머님이 내가 자랑스럽다고 말씀하셔서 나는 좀 어리둥절하다. 아니, 내가 할머님을 위해서 뭘 했다고 이분은 만난 지 한 시간도 안 된 나를 자랑스러워하신담? 리비아가 할머님이 하는 말씀을 통역해준다. "브라질 사람으로서 자신의 뿌리를 잊지 않고 우리를 보러 여기까지 왔으니까요. 우리를, 당신의 핏줄을 잊지 않고 말이에요." 할머님 말씀은 일리가 있다. 이것도 나의 한 부분이다. 나는 이 부분을 잊지 않았고 부정하지도 않았다. 단지 이 세계의 다른 쪽에서 살고 있었을 뿐.

이 사람들은 참 정이 많다. 가진 것이 적어도 그 적은 것을 나눠주면서 행복해하고 자랑스러워한다. 온갖 불의와 끔찍한 만행이 일어나는 곳일지언정 이토록 정 많은 나라, 정 많은 사람들 속에 나의 뿌리가 있다는 자부심이 솟는다. 우리는 가이드 집 식구들에게 고맙다고 인사를 하고 차를 세워둔 곳으로 내려온다.

얼마나 멋진 날인가! 우리가 차에 기대어 선 채 잠시 수다를 떠는데 어떤 남자아이가 우리 옆으로 집에서 만든 연을 날리면서 뛰어간다. 나는 리비아를 통해서 그 소년에게 연을 좀 날려봐도 될지 물어본다. 소년은 처음에 미심쩍은 기색을 보였지만 결국 하늘에 떠 있는 연에 매달린 줄을 나에게 넘겨준다. 나는 연줄을 잡고 조금 달려본다. 내 안의 어린아이가 다시 뛰노는 이 느낌이 참 좋다……. 어어, 안 돼, 안 돼……. 사방 천지에 전선이 늘어져 있다 보니 연이 걸리고 말았다. 내가 전선에 걸린 연을 해결하지 못한 채 연줄을 도로 넘겨주자 소년은 아까보다 시무룩해 보인다. 나는 민망해서 미소를 지으면서 가방에 들어 있던 사탕을 소년에게 내민다. 소년은 다시 기분이 좋아진 듯하다. 왠지 이 아이는 자기 힘으로 전선에서 연을 풀어낼 수 있을 것 같다. 하지만 그동안 나의 연날리기 실력이 형편없이 퇴보했다는 점은 인정하지 않을 수 없다.

나는 피곤하지만 경이감을 안고 파벨라를 떠난다. 중요한 것은 어디 출신이냐가 아니라 어디에 속해 있느냐이다. 그리고 속해 있는 곳이 하나 이상이라는 느낌도 꽤 괜찮다.

천사들의 도시에서 마마와 함께

1990년대

내가 열두 살이었던 어느 날, 마마와 파파가 큰 소리로 나를 불렀다. 마마와 파파는 침실에 있었다. 파파의 목소리가 왠지 심상치 않았다. 내가 또 무슨 일을 저질렀나?

마마는 손수 만든 분홍색 퀼트 요를 깔고 침대에 반쯤 누운 듯 앉아 있었다. 파파는 그 옆 침대 가장자리에 앉아서 마마의 손을 꼭 잡고 있었다. 두 사람은 나에게 방으로 들어와 가까이 오라고 했다. 마마는 슬퍼 보였지만 왠지 강해 보이기도 했다. 나에게 마마는 늘 연약한 사람이었다. 마마는 몸이 약했고 나와는 정반대 사람이었다. 마마는 늘 다정하고 이해심이 깊었다. 파파는 훨씬 더 딱 부러지고 뚝심도 있는 사람이었다. 내가 양부모님 중 어느 한쪽을 닮았다면 전적으로 파파 쪽이다. 파파는 내가 내 일을 스스로 할 뿐 아니라 남의 일도 거들게 했다. 나를 그만큼 충분히 강한 아이로 봐주셨다. 마마는 내가 천생 여자아이, 어린아이이기를 원했다. 나는 마마와 다르다고, 내 마음의 말랑말랑한 부분은 이미 다 굳어버려서 이제 그런 쪽으로는 구제 불능이라고 말할 수는 없었다. 마마와 나는 닮은 데가 없었다.

"크리스티나, 마마 옆으로 오렴." 마마가 말했다.

느낌이 좋지 않았다. 뭔가 큰 문제가 생겼다는 감이 왔다. 브라질에서 이미 여러 번 그랬던 것처럼 속이 메슥거리고 올라올 것 같은 느낌이 온몸에 퍼졌다. '도망쳐!' 나의 오감이 부르짖고 있었다. '당장 이 방에서 나가!'

부모님의 목소리가 들렸지만 그들이 무슨 말을 하는 건지는 몰랐다. 그냥, 섬뜩한 느낌만 들었다. 그러다가 마마가 '아프다'는 말을 듣고서 정신이 번쩍 들었다. 방금 암이라고 했나? 간암? 질병에 대해서 잘 모르는 나도 암이 죽을병이라는 건 알았다. 마마와 파파는 앞으로 어떻게 치료를 받을 것이고 어떻게 지낼 것인지 등을 이야기했다. 그러나 나는 그 이상으로 잘 알았다. 또다시 사신(死神)이 임박했음을 알았다. 내가 어느 세상에서 살든지, 사신은 나를 찾아내고 말 터였다. 사신이 데려갈 사람이 내가 아니라는 게 제일 끔찍했다. 죽음은 내 곁에 있는 모든 이, 나를 아껴준 모든 이를 앗아갔다.

부모님께 내가 뭐라고 했는지는 기억나지 않는다. 정신없이 계단을 내려가 지하층에 있는 내 방에 처박혔던 기억만 난다. 문을 잠갔는지 쾅 소리 나게 닫았는지 그것도 모르겠다. 어쨌든 나는 침대에 얼굴을 묻고 엉엉 울었다. 화가 났다. 가슴이 찢어질 듯 아팠다. 내 방에서 혼자 큰 소리로 하느님과 천사들과 나 자신에게 외쳤다.

이럴 수는 없어, 마마는 착한 사람이잖아! 차라리 저를 데려가세요! 제발, 제발, 제가 대신 죽게 해주세요! 제가 사랑하는 사람들을 데려가지 마세요! 그제야 비로소 내가 마마를 사랑한다는 것을 알았다. 마마에게 정을 주지 않으려고 했고, 마마를 내 마음에 들여놓지 않으려고 했다. 친엄마도 아니면서 이래라저래라 하지 말라고 소리 지르고 반항한 적도 많았다. 그래도 마마는 늘 사랑으로 나를 보듬어주었다. 나는 화가 났다. 왜 마마 때문에 이렇게 마음이 아파야 하나? 마마를 정말로 잃으면 이보다 더 아플 테지. 내가 사랑하는 사람은 모두 어딘가로 끌려가든가, 죽든가, 나를 세상에 홀로 남겼다. 내가 이해할 수 없고 나를 이해해주지도 않는 세상에.

하느님, 제가 뭘 잘못했는지 알려주세요. 알려만 주시면 그게 뭐든지 고칠게요! 제가 잘못했는데 다른 사람을 벌하시는 건 공평하지 않아요!

그렇지만 나는 하느님이 내 말을 듣지 않는다는 것을, 조금 달리 말하자면 우주가 그런 식으로 돌아가지는 않는다는 것을 알고 있었다. 내 속에서 심술궂은 목소리가 들렸다. 그건 내 목소리였다. 그 목소리가 속삭였다. 네가 한 일은 네가 알잖아. 네가 왜 벌을 받는지도 알잖아. 한 생명을 빼앗고도 네가 잘 살 수 있을 줄 알았어?

그 말은 옳았다. 속이 상했지만 내가 바꿀 수 있는 일이 아니었다. 나는 그 일로 영원히 벌 받게 되리라는 것을 알았다. 내가 벌 받는 것으로 충분치 않아서, 내 주변 사람들까지 피해를 입는 것이었다.

나 자신도 놀랄 만큼 분노는 무럭무럭 자랐다. 분노가 나를 채우고 망가뜨렸다. 나도 그걸 느꼈지만 어떻게 처리해야 할지 몰랐다. 그래서 더 크게 웃고 더 활짝 미소 짓고 더 열심히 학교생활을 했다. 나는 사람들을 속이고 나의 실체가 아닌 모습을 진짜처럼 믿게 하는 법을 익혔다. 나는 좋은 삶을 살게 됐다는 사실에 감사하고 행복해하는 명랑한 소녀로 모두의 눈에 보였다.

삶이 나에게 그런 재주를 가르쳐주었다. 거리에서 먹고 자던 시절부터 배운 재주를 고아원에서 갈고닦아 스웨덴에 와서 완전히 꽃을 피웠다고 할까. 나의 진정한 자아를 감추는 재주. 나는 주변 사람들에게 맞추어 눈에 띄지 않아야 할 필요를 느꼈다. 사람들을 속이기는 쉬웠다. 나는 미소가 얼마나 멀리 뻗어나가는지, 친절한 말 한마디가 얼마나 힘이 센지 잘 알았다. 말을 무기 삼아 싸우는 법도 배우기 시작했다. 나는 나 자신도 조종했다. 아무도 상처 주지 않는 대신 나 자신에게 상처를 주었다. 어떻게든 적응해서 다른 아이들처럼 되고 싶었다. 하지만 나는 달랐다. 어떻게 내가 그들과 같을 수 있었겠는가? 다른 아이들은 플라스틱 장난감 말과 마구간을 가지고 놀았다. 그 애들은 인생을 쥐뿔도 몰랐다. 사랑이란 사랑은 다 받고 자랐으면서도 뭐가 귀한 건지도 몰랐다. 그 애들은 사람이 얼마나 사악해질 수 있는지 몰랐다. 죽음에 대해서도 아무 생각이 없었다. 자기를 사랑해주었던 유일한 사람을 잃는다는 게 어떤 건지 그 애들이 알 리가 있나. 낯선 이들과 함께 사는 게 뭔지 알 리가 있나. 다시금 사람을 마음에 들여놓기 시작한다는 게 어떤 건지 알까. 지치고 외롭고 무서운 느낌은 알까. 신에게 버림받을 줄 알면서도 매일 밤 나에게 힘을 주십사 그 신에게 기도를 바친다는 게 어떤 건지 알까.

겨우 만났지만 잠시만 함께할 수 있는 사람들이 있다. 허락된 시간만을 받아들이고 다음으로 넘어가기란 참 힘들다. 하지만 때로는 꼭 그래야만 한다. 어떤 관계를 천년만년 누릴 수 없음을 인정하고, 그 관계가 끝났을 때 그래도 그런 관계를 누려보았다는 사실에, 조건 없이 받았던 모든 것에 감사하고 기뻐해야만 한다. 관계의 끝이 반드시 우리가 기대하고 바랐던 대로 오지는 않는다. 어쩌면 진정한 의미에서 시작도 해보기 전에 끝날지 모르고, 안녕이라는 말도 하지 못했는데 끝날지 모른다.

마마와 내가 처음으로 영화관에 가서 본 영화는 「시티 오브 엔젤스(City Of Angels)」다. 그해, 1998년에 마마는 병세가 위중했다. 파파는 별로 좋은 생각이 아니라고 생각했지만 나는 마마와 둘이서 영화를 보러 가고 싶다고 했다. 영화관이 있는 우메오까지 가려면 빈델른에서 차로 50분이나 걸렸다. 하지만 마마는 내가 엄마와 딸만의 시간을 소망한다는 것을, 영원히 마음에 품고 살 우리만의 추억을 만들고 싶어 한다는 것을 알아주었다.

우리는 표를 예매하고 우메오까지 차로 이동했다. 「시티 오브 엔젤스」는 가장 큰 영화관에서 상영되고 있었고 우리는 중간보다 살짝 뒤쪽에 앉았다. 남자 천사가 지상에 내려와 어떤 여자를 좋아하게 된다는 내용이었다. 의사로 일하고 있던 그 여자도 남자 천사를 좋아하게 된다. 천사는 그녀와 함께 살기 위해 영원한 생명을 포기한다. 두 사람은 결국 하룻밤을 함께 보내게 되지만 여자는 교통사고로 죽고 만다. 아름답고 슬펐던 그 영화가 마마와 나에게는 커다란 의미로 다가왔다. 마마와 내가 함께 얘기한 적 없는 모든 것——천사, 사랑, 인생, 무엇보다 죽음——이 그 영화 속에 있었다.

영화를 보는 내내 비 오듯 흐르는 눈물을 마마 몰래 훔치느라 애를 먹었다. 마마도 눈물을 흘렸다. 우리는 서로 울면서 바라보고 아무 말도 하지 않았다. 우메오의 영화관 스크린 앞에서 함께 보낸 그 114분이 고마웠다. 우리의 소통이 그토록 명쾌했던 적은 없었다. 감정이란 놈은 힘이 세다. 감정이 말보다 더 많은 것을 전달한다. 눈길 한 번으로 사랑과 아픔, 두려움과 희망, 그리고 이 모든 것이 온전히 전해졌다. 우리 둘 다 시간이 얼마 남지 않았다는 것을 알았지 싶다. 우리는 보고, 느꼈다. 영화관에 관객들이 가득했지만 우리는 단 둘이 있는 것 같았다. 마마의 손을 잡고 싶었지만 그러지 않았다. 섣부른 작별 인사처럼 느껴질까 봐 그럴 수 없었다. 마마는 의사가 진단한 것보다 훨씬 오래 살았다. 자식 사랑으로 그렇게 버텼던 모양이다. 특히 파트리크 때문에 하루라도 더 살려고 노력했을 것이다. 마마와 파트리크는 각별했다. 피가 물보다 진하다는 둥, 유전자를 공유하는 가족은 뭐가 달라도 다르다는 둥 하는 사람들은 사랑이 어떻게 작용하는지 모르는 사람들이다. 마마는 살 수 있을 때까지 살았다. 자기가 너무 빨리 떠나면 가족이 무너질지 모른다는 두려움으로 악착같이 버티지 않았을까.

마마가 세상을 떠난 후로 우리 가족은 예전처럼 끈끈하게 지내기가 힘들었다. 마마의 빈자리는 너무 컸다. 나는 하루도 빼놓지 않고 마마를 생각하고, 마마에게 물려받은 장신구나 옷가지, 허리띠

따위를 거의 매일 착용한다. 그렇게라도 마마와 함께이고 싶다. 마마는 우리 곁을 떠나지 않으려고 용감하게 싸웠지만 그래도 이별은 빨리 왔다. 쉰 살의 나이로 세상을 떠난 마마는 정말이지 그보다 오래 살았어야 하는 사람이었다. 마마가 얼마나 놀라운 사랑으로 파트리크를 키웠는지 지켜볼 수 있어서 다행이다. 그 사랑은 내 마음마저 움직였다. 내가 그 사랑에 마음을 열었고, 마마가 내 사랑을 온전히 알고 나서 돌아가신 게 다행이다. 그렇지만 파파, 나, 파트리크는 결코 마마가 우리 곁에 있던 때 같지 않았다. 우리의 운명은 변했고, 마마를 잃은 슬픔과 아픔은 너무도 컸다.

어른이 된 지금에서야 어머니가 한 가정에 어떤 의미인지, 마마의 사랑이 나에게 어떤 의미였는지 이해할 수 있다. 한때는 연약한 사람이라고 생각했던 마마가 얼마나 강한 사람이었는지 비로소 깨달았다. 마마는 무서운 병, 눈앞에 닥친 죽음과 이별을 두고 홀로 울었다. 가족이나 세상 사람들 앞에서는 아무것도 변하지 않은 것처럼, 인생을 순리대로 산다는 듯이 살았다. 머리칼 한 올 남지 않고 여성성이 사라진 모습을 욕실 거울로 확인하는 순간에도 마마는 아무 소리도 내지 않았다. 나는 주방으로 건너가느라 욕실 앞을 지나가다가 마마 뺨에 흐르는 눈물 한 방울을 보았다. 마마는 얼른 눈물을 훔치고 가발을 쓴 후 주방으로 나왔다. 마마는 놀라운 여성, 나에게는 매일매일의 귀감이었다. 마마를 통해서 착하고 친절한 태도가 유약함이 아니라 힘이라는 것을 배웠다. 마마는 4년 동안 투병 생활을 했다. 암 선고를 받을 때 이미 1년밖에 못 살 거라는 말을 들었는데 4년을 버텼다. 마마가 암과 싸우면서 자식들을 조금이라도 더 오래 지키려고 안간힘을 다하는 모습을 보고 마마가 얼마나 강한 사람인지 알았다. 마마의 항암 치료를 지켜보면서 마마가 얼마나 놀라운 생명력의 소유자인지 알았다. 사람을 말려 죽일 듯 진을 다 빼놓는 항암 치료를 받으면서도 마마는 늘 앞날과 소망을 이야기했다. 우리는 인생의 시험을 받기 전까지는 우리의 힘을 다 모른다. 그리고 누군가의 여정을 한동안 따라가보지 않고는 그 사람이 지닌 강인함과 힘도 다 알 수 없다.

안녕을 고하기는 쉽지 않았다. 마마와 나에게 그건 거의 불가능한 일이었다. 언젠가 꼭 다시 만나요, 저세상에서 우리 다시 만나요, 이런 말을 어떻게 할 수 있나? 저세상이라는 데가 있기는 한가? 사별을 앞두고 무슨 감정을 드러내든 다 작별 인사처럼 느껴지는 마당에, 어떻게 사랑을 보여줄 수 있단 말인가? 말하지 못한 감정의 응어리가 매일매일 불어나 가슴이 묵직하고 뻐근했다. 나는 막막하기 그지없었지만 우리는 그런 얘기를 하지 않았다. 가족 중 누구도 피할 수 없는 이 끝에 대해서 말하지 않았다. 우리는 그날 그날을 살았다. 다 느끼고 애통해하면서도 그런 말은 하지 않았다.

때가 왔다는 걸 알았지만 인정하고 싶지 않았다. 아직도 시간이 있다고 믿고 싶었다. 내가 열 살 때 약속했던 것처럼, 분홍색 드레스를 빼입고 졸업 파티에 가는 내 모습을 마마가 볼 수 있을 거라 믿고 싶었다. 내가 나중에 크면 함께 런던에 가자고 했던 약속이 이루어질 거라 믿고 싶었다. 모든 것이 음울하게 느껴질 때, 내가 좋아했던 남자아이에게 딱지를 맞았을 때, 학교 공부가 힘들 때, 내가 사랑을 필요로 할 때 마마가 늘 내 곁에서 좋은 이야기를 들려줄 수 있을 거라 믿고 싶었다.

우리가 함께 상상하고 계획했던 미래에 어떻게 안녕을 고한단 말인가? 어떻게 상처를 주지 않고 이별을 말할까? "마마는 지금 살아 있지만 곧 죽을 거예요. 희망이 없어요."라고 말하는 것과 뭐가 다를까? 마마에게서 희망을 빼앗지 않으면서 작별 인사를 건넬 방법이 있을까? 마마가 숨 쉬는 동안에는 우리도 희망이 있는 척할 수 있었다.

노를란드 대학 병원에서 나는 마마의 침대 가장자리에 걸터앉아 있었다. 마마는 일인실을 썼다. 파파와 파트리크가 잠시 자리를 비운 터라 우리 모녀만 남았다. 분위기가 무거웠다. 비를 머금은 먹구름처럼 침묵이 말을 머금고 있었다. 나는 구부정한 자세로 앉아서 마마의 눈을 피한 채 아무 데나 시선을 주었다. 마마의 눈은 내 얼굴만 보고 있었다. 심호흡을 하고 그 눈을 마주했다. 마마가 힘없이 미소 짓는 바람에 가슴속의 응어리가 더 커졌다. 나는 또 심호흡을 하고 억지로 미소를 지었다. 마마에게 뭐 필요한 건 없는지, 내가 할 일은 없는지 물었다. 마마는 지금 이대로 아주 좋다고 했다.

좋다니? 좋기는 뭐가 좋은가. 그래도 나는 아무 말 하지 않았다. 마마가 나보고 어떻게 지내느냐고 물어서 나도 "잘 지내요."라고 했다. 마마는 내 열네 살 생일 선물이었던 금팔찌가 마음에 드는지 물어봤다. 나는 마음에 쏙 든다고 말했다. 그러자 열여덟 살 생일에는 그 팔찌와 세트인 목걸이도 주겠다고 했다. 원래 그 패물은 마마가 어머니에게 물려받은 것이었다. 나는 이게 마마가 나에게 작별을 고하는 방식, 영원히 내 곁에 남는 방식임을 깨달았다. 가만히 침대에 앉은 채로 손을 내밀어 마마 손을 잡았다. 마마에게 말하고 싶었다. 사랑한다고, 부디 편안히 가시라고, 그런 말을 하고 싶었던 기억이 난다. 나는 공포에 사로잡혔다. 파파와 파트리크는 잠시 후에 돌아올 거다. 그때까지 뭔가를 해야 한다. 그래서 나는 내가 가장 못하는 것을 했다. 음치 주제에 마마에게 노래를 불러준 것이다. 가사가 생각나는 유일한 노래를, 어설픈 음정으로 불렀다. 울음을 꾹 참고 목소리가 떨리지 않게 노력하면서 말이다.

그러고 나서 잠시 말없이 앉아 있었다. 그 시간이 영원처럼 길게 느껴졌다. 내 눈은 바닥만 훑고 있었고, 마마의 눈은 나에게 머물러 있었다. 마마가 자기를 보라고 내 손을 꽉 쥐었다. 내 눈에는 이미 눈물이 그렁그렁했지만 나는 꿋꿋이 참았다. 마침내 우리의 눈이 마주친 순간, 마마는 내게 말했다. "크리스티나, 파트리크와 파파를 부탁한다."

나는 마마를 쳐다보고 마마가 나에게 하고 싶은 말이 무엇인지, 내가 마마에게 무엇을 약속해야 하는지 알았다. 그 말은 너무 아팠다. 8년 전, 친엄마도 고아원 문 앞에서 악을 쓰면서 나에게 무슨 일이 있더라도 파트리키를 잘 돌봐야 한다고 말하지 않았던가. 그리고 8년이 지난 지금, 양엄마도 나에게 똑같은 부탁을 하고 있었다. 나는 발목을 잡힌 기분이었다. 평생을 걸어야 할 약속, 내가 그 정도로 강한 사람일까. 과연 내가 감당할 수 있을까. 하지만 이 순간 그렇게는 못한다든가, 최선을 다하겠지만 약속은 못한다는 말은 너무 이기적이지 않은가. 그래서 나는 그런 상황에서 누구라도 할 법한 대답을 했다. 마마가 사랑하지만 헤어져야 할 사람들을 걱정하지 않아도 되게끔. "제가 잘할게요, 마마. 걱정하지 마세요. 파트리크는 괜찮을 거예요."

나는 마마가 파트리크를 가장 염려한다는 것을 알고 있었기에 그 애의 이름을 콕 집어 말했다. 파트리크는 그때 여덟 살이었고 자기가 아는 유일한 엄마를 잃게 될 판국이었다. 나는 파트리크, 나, 파파, 우리 가족 모두가 걱정됐다. 이런 시기가 닥쳐보면 누가 가족을 하나로 붙들어 매고 있었는지가 분명해진다. 우리 집에서는 마마가 그런 사람이었다. 마마는 우리 가족의 통역사, 늘 넉넉하고 유연한 태도로 가족 모두를 이해해주는 사람이었다. 파파와 파트리크가 걸어 들어왔다. 파파가 뭐라고 이야기를 하자 마마는 나에게 마지막으로 미소를 지어 보이고는 그쪽으로 고개를 돌렸다. 내가 가족을 위해, 파트리크를 위해 열심히 살 것을 이미 알고 있다는 듯한 미소였다. 그러고 나서 그 순간은 지나갔다. 잘 가라는 말도 없이, 사랑한다는 말도 없이 나와 마마는 이별을 했다. 다른 가족들이 이야기를 나누는 동안 나는 창가로 걸어가 바깥을 내다보았다. 날씨가 화창했다. 하늘을 쳐다보았지만 하늘은 내 눈에 들어오지도 않았다. 내 뒤에는 해독 작용을 하지 못하는 간 때문에 샛노란 얼굴을 하고 죽어가는 어머니가 누워 있었다. 마마는 이제 뼈밖에 안 남았다.

죽음이 뇌리를 떠나지 않는 나머지, 살아 있음을 느끼면서도 세상에서 없어지기를 바라게 될 수도 있다. 죽음은 주기적으로 내 앞에 불쑥 나타나 생이 그렇게 당연한 게 아님을 일깨우곤 했다. 반면, 생은 우리가 원하는 것을 늘 가질 수는 없음을 일깨운다. 생은 죽음이 바로 지척에 있음을 일깨운다.

친어머니 페트로닐리아, 양어머니 릴리안, 그리고 카밀이 나를 충분히 사랑하고 아껴주었기 때문에 나는 세상이 온통 칠흑처럼 어두워지는 순간에도 이를 악물고 계속 걸어갈 수 있었다. 생은 내게 상파울루의 뒷골목 쓰레기통에서 주워 먹는 음식과 스웨덴의 아름다운 수도 스톡홀름의 맛집에서 내오는 다섯 코스 정찬을 모두 선사했다.

친어머니는 나와 내 동생을 자기가 할 수 있는 최선을 다해 적극적으로 보호했다. 그 점에는 일말의 의심도 없다. 양어머니는 고통 속에도 사랑이 있을 수 있음을 내게 가르쳐주었다. 카밀은 나에게 보통 사람은 경험할 수 없는 귀하고 특별한 우정을 주었다. 평범한 두 여성과 한 소녀가 내 생을 완전히 바꿔놓았다. 내 생각에, 우리는 자신이 타인에게 지니는 의미를 너무 간과하는 듯하다. 우리가 다른 사람에게 어떤 것을 해줄 수 있는지 온전히 알고 있을까. 우리에게 주어진 시간으로 무엇을 하느냐가 중요하다. 우리 기억에는 무엇을 받았느냐보다는 그것을 받을 때의 기분이 곧잘 남는다. 나도 값비싼 선물을 받고서 기뻐했던 적이 많다. 그러나 외롭고 막막한 고아원 생활 중에 엄마에게 받았던 봉 오 봉 초콜릿만큼 내 가슴을 벅차게 했던 선물은 없었고, 앞으로도 없을 것이다. 세상 그 무엇을 받는대도 릴리안 마마에게 헬렌 엑슬리의 『아주 특별한 딸에게(To a Very Special Daughter)』를 받았을 때의 그 느낌, 마마와 영화관에 나란히 앉아서 느꼈던 그 느낌 같지는 않을 것이다. 사랑은 원한다고 해서 구매하거나, 제작하거나, 끌어낼 수 있는 상품이 아니다. 사랑은 주기로 결심하고 받기로 결심한 선물이다. 사랑은 이기적이지 않다. 사랑은 산을 움직이지는 못하겠지만, 그보다 더 나은 일을 할 수 있다. 사랑은 한 생명을 구할 수 있다.

마망이 페트로닐리아

2015년

잃었던 것을 되찾을 때의 그 놀라움이란! 인생이 우리에게 뭘 들이밀지 결코 알지 못한다는 점은 우리 모두 매한가지다. 우리는 태어나는 그 순간부터 인생이라는 도박의 일부가 된다. 나는 여덟 살 때 친엄마와 생이별을 했고, 그 후 만난 양엄마는 암으로 돌아가셨으며, 서른두 살이 되어서야 친엄마를 다시 만나려고 여기에 왔다. 지금 이 기분을 정확하게 설명하기는 힘들다. 나도 내 기분을 모르겠다. 24년 만에 엄마를 만날 생각을 하니 기쁘기 한이 없지만 한편으로 겁도 난다. 막상 만났는데 내 엄마 같은 느낌이 들지 않으면 어떡하나? 그동안 나에게는 너무 많은 일이 있었고 그건 엄마도 마찬가지일 게 분명하다. 서로에게 아무 감정도 들지 않으면 어떡하나? 내가 생각해왔던 친엄마의 영웅 이미지가 확 깨지는 건 아닐까? 만약 그렇게 되면 내 어린 시절의 이야기는 어떻게 될까? 내 기억은 어떻게 되려나?

리비아와 나는 주차해놓은 렌터카 옆에 서 있다. 여기는 벨로 오리존테, 상파울루에서 내륙 쪽으로 비행기를 타고 날아오면 2시간 30분 남짓 걸리는 곳이다. 내가 태어난 지아만치나에서는 차로 여섯 시간쯤 걸린다. 이곳에 엄마와 비토리아 이모가 산다고 한다.

브라이언은 엄마가 몸이 좀 안 좋다는 사실 외에는 별다른 말을 해주지 않았다. 나도 너무 많은 얘기를 미리부터 듣고 가고 싶지 않았다. 내 눈으로 직접 보고 결론을 내리고 외갓집 식구들에게 직접 듣고 싶었다. 그래서 지금 나는 벅찬 희열과 긴장을 동시에 느끼며 애간장을 태운다. 우리는 차에서 내려 경사진 포장도로를 따라 걸었다. 150보 정도만 가면 엄마가 사는 곳이 나온다. 30보쯤 남았을 때부터 리비아의 손을 꽉 붙들었다. 그 건물에서 나이가 지긋한 아주머니 세 분이 문을 열고 나와 보도로 걸어오는 모습이 보인다.

내 머리가 어떻게 된 걸까. 24년간 못 보았고 이제 기억도 안 나는 얼굴이 갑자기 나타나니까 기분이 너무 이상하다. 그 세 명의 아주머니를 본 순간, 곧바로 누가 내 어머니인지 알겠다. 몸의 반응이 참 재미있다. 뇌에서 무슨 메시지를 내릴 겨를도 없이, 몸이 먼저 엄마를 향해 튀어나가기 시작했다. 엄마의 미소를 보았다. 내가 어릴 때 웃어주던 바로 그 얼굴이다. 엄마의 눈을 보고 변함없이 따뜻한 사랑을 보았다. 엄마가 말을 하는데, 아, 엄마 목소리가 맞다. 이제 엄마가 하는 말을 알아듣지는 못해도 이 목소리는 알겠다. 우리는 얼싸안고, 나는 이미 눈앞이 흐려졌지만 눈물을 꾹 참는다. 감정의 통제가 불가능한 상황에서도 그런 통제가 먹힌다는 게 우습고 신기하다. 나는 몸을 빼내면서 엄마의 자매들, 즉 비토리아 이모와 엘사 이모에게 인사를 한다. 비토리아 이모는 얼굴이 낯이 익다. 내가 귀를 뚫었을 때 함께 있었던 사람이 이 이모가 맞나 보다. 우리는 포옹을 나눈다. 이모들은 나를 진심으로 반가워하는 것 같다. 크리스티아나라는 내 이름이 계속 나온다. 그래, 여기서 나는 다른 누구도 아닌 크리스티아나다. 오랜만에 듣는 그 이름이 조금 괴상하게 들리지만 기분은 좋다.

나는 엄마를 또 얼싸안는다. 리비아는 벌써 통역을 하느라 바쁘다. 엄마와 이모들은 리비아도 무척 반가워한다. 리비아가 이모들과 몇 마디 나누는 동안 잠시 모녀는 회포를 푼다. 내가 어릴 때 참 크게만 보였던 엄마가 지금은 나보다 키가 작다. 엄마의 짧고 검은 곱슬머리는 이제 군데군데 은빛으로 변했다. 엄마의 눈동자는 거무스름한 갈색이고, 얼핏 보면 예쁘고 고른 치아는 의치(義齒) 티가 난다. 그래도 엄마는 전반적으로 곱게 나이를 먹는 것 같다. 엄마는 귀가 크다. 귀가 코딱지만 한 나에 비하면 어쨌든 귀가 큰 편이다. 우리도 제법 닮았지만 나보다는 파트리크가 엄마와 참 많이 닮은 것 같다. 엄마랑 나는 코가 똑같다. 그러려고 생각한 것도 아닌데 나도 모르게 오른손을 들어 집게손가락으로 내 윗입술 오른쪽을 톡톡 치고 있다. 엄마를 봤더니 엄마는 웃으면서 뭐라고 말을 한다. 엄마는 느릿느릿, 일부러 힘을 주어 말하는 듯하다. 리비아가 엄마가 그 자리에 있던 커다란 점을 빼버렸다고 말하는 거라고 통역해준다. 웃음이 난다. 이제 엄마 얼굴에서 뭐가 사라졌는지 확실히 알았다. 엄마는 무릎까지 내려오는 선명한 색감의 원피스를 입고 분홍색 카디건을 걸쳤다. 엄마는 예쁘다. 행복해 보이는 얼굴이다. 나는 오늘 검은색 반바지와 주황색 상의를 골라서 입고 왔다. 재회의 순간을 위해 챙겨온 원피스들은 내 가방 속에 그대로 누워 있다. 다 함께 건물 안으로 들어가기로 하고 계단을 오른다. 모국어를 다 잊은 게 원통하기 짝이 없다. 이제 리비아를 전적으로 의지할 수밖에 없다. 아, 리비아가 있어서 얼마나 감사하고 다행스러운지. 내가 무슨 복으로 이렇게 좋은 친구를 만났을까?

문을 열자 아늑하고 볕이 잘 드는 공간이 나타났다. 들어가자마자 왼쪽 벽은 온통 흰색인데 무수히 많은 종이쪽지가 붙어 있다. 개중에는 내가 읽을 수 있는 것들도 있다. '집에 온 것을 환영해요.', '기쁨', '행복', 귀여운 그림을 그려놓은 쪽지도 많다. 내 눈길을 끌어당긴 쪽지는 스웨덴 국기와 브라질 국기가 그려져 있고 두 국기 사이에 '가족 상봉'이라고 쓰여 있었다. 내 눈이 다시 촉촉해진다. 나를 생각해서 스웨덴 국기를 그린 것, 우리의 만남을 가족 상봉이라고 말해준 것이 마음에 크게 와닿는다. 그 두 나라의 국기가 나 자신 같다. 나의 두 조국, 나의 두 가정, 내가 두 나라에서 각기 사귄 친구들, 자못 다른 두 삶. 엄마가 내 눈물을 보고서 자기는 눈물이 나지 않아서 미안하다고, 거의 사과라도 하듯이 말한다. 엄마는 지독한 일을 너무 많이 겪어서 이제 눈물도 다 말라버렸다나. 나는 따뜻하게 웃어 보이면서 엄마를 이해하고도 남는다고, 내가 두 사람 몫을 울 수 있으니 괜찮다고 말한다. 리비아가 이 말을 다 통역하기도 전에 이모들이 갑자기 분주하게 움직이기 시작한다.

우리는 작은 주방으로 자리를 옮긴다. 나는 옛날에 고아원에서 엄마에게 받은 것과 똑같은 봉 오 봉 초콜릿을 가져왔다. 엄마는 웃으면서 초콜릿을 받는다. 엄마의 눈이 반짝거리기는 했지만 이 초콜릿이 내가 어릴 때 엄마에게 받은 바로 그것이라는 사실을 기억하는지는 잘 모르겠다. 어쨌든 엄마의 어린애 같은 눈빛을 봐서는 단것을 꽤 좋아하는 눈치다. 이모가 걱정스러운 얼굴을 하고 다가온다. 이모가 그러는데 엄마에게 당뇨가 있다고 한다. 나는 고개를 끄덕이고 초콜릿은 딴 데 치워두는 편이 좋겠다고 했다. 우리가 초콜릿을 치웠더니 엄마 얼굴이 대번에 시무룩해진다. 엄마도 나처럼 감정이 얼굴에 그대로 나타나는 사람이구나 생각하니 웃음이 난다. 나는 엄마에게 미소를 짓는다. 엄마가 이 초콜릿을 기억하지 못하는 것 같아 좀 섭섭하다. 나에게는 그렇게나 큰 의미가 있었던 초콜릿이지만 엄마에게는 그렇지 않았던 것이다. 그래도 엄마가 초콜릿 상자를 받아 드는 그 광경은 여전히 뭔가 감동적이다. 나는 사실 나 자신에게 실망했다. 여기, 나에게 세상의 모든 의미였던 여성이 있는데 내가 들고 온 것은 달랑 초콜릿 한 상자라니! 다섯 살 꼬마도 아니고, 이게 뭐람! 예쁜 금목걸이에 펜던트를 달아서 나와 동생 사진이라도 넣어 올 것을! 진지하게 말해서, 이건 정말 아니지 않나? 당뇨병 환자에게 초콜릿 선물이 뭐냐고! 하지만 나에게 그 초콜릿은 엄마를 다시 만나서 꼭 주고 싶은 선물이었다. 나의 고아원 생활에서 가장 소중했던 기억과 떼려야 뗄 수 없는 선물. 나는 엄마에게 보여주고 싶었다. 엄마가 나를 위해서 해준 모든 일을 내가 잊지 않았다는 것을, 내가 진짜 엄마 딸이라는 것을 보여주고 싶었다. 그래, 나는 참 많이 변했다. 그래도 나는 엄마 딸이 맞다.

우리는 집을 잠시 구경한다. 엄마가 자기 침실을 보여주고는 내가 오늘 하룻밤이라도 엄마와 자고 갔으면 좋겠다고 한다. 24년 만에 만났는데도 엄마가 너무 자연스럽게 그런 말을 꺼내서 조금 놀랐지만 나도 엄마 침대에 앉아 있으니 마음이 따뜻해진다. 예전에 우리가 함께 겪은 일, 함께한 시간 때문에 엄마가 이렇게 편안하게 느껴지는 걸까. 아니면, 엄마가 원래 이런 사람이었다는 걸 알아볼 수 있기 때문에 편안할 걸까. 엄마는 내가 기억하는 그대로다. 다정하고, 따뜻하고, 고집스럽고, 싹싹하고, 웃기고, 그러면서 성질도 있다. 엄마한테서 여러모로 나 자신이 보인다. 하지만 내가 느끼는 편안함의 이유는 엄마가 나의 안전, 나의 사랑, 나의 모든 것이었던 그 시절을 내가 기억하고 있기 때문이리라.

나는 오늘은 호텔로 돌아가서 자겠지만 다음에 올 때에는 꼭 엄마하고 잘 거라고 웃으면서 말한다. 엄마가 조금 실망한 눈치지만 나는 또 올 거라고 약속을 한다. 오늘은 마음의 준비가 안 됐다. 어쨌든 그동안 긴 세월이 흘렀고 나는 시간이 필요하다. 수면으로 올라오는 이 모든 감정을 소화하고, 파악하고, 이해하려면 시간이 좀 걸리지 싶다.

엄마와 함께 주방으로 돌아가니 이모들이 진수성찬을 차려놓았다. 우리는 둘러앉아 맛있게 음식을 먹었다. 닭고기, 쌀, 다양한 속을 채운 작은 '엠파나다', 채소, 올리브, 고기, 또 고기, 치즈 퍼프 등으로 차려낸 집밥이 끝내준다. 물론 브라질 맥주 '스콜'도 빼놓을 수 없다. 흥겹게 얘기가 오가는 와중에 나는 생각한다. '드디어 엄마와 이모들과 이렇게 만나는 날이 왔구나. 그런데 나는 포르투갈어를 하지도 못하다니.' 당장에 결심이 섰다. 귀국하는 대로 포르투갈어를 열심히 공부할 테다. 한때 유창하게 구사하던 언어를 이렇게 흔적도 없이 잊을 수 있다니, 신기하기도 해라. 리비아가 새삼 또 고맙다. 이 친구가 와주지 않았다면 어떻게 됐을까? 나의 가족들과 리비아가 금세 서로 마음을 열고 살갑게 구는 점도 고맙다. 우리는 지난 세월 이야기를 하면서 맛있는 음식을 함께 나눈다.

우리 남매가 입양된 후에도 엄마가 14년이나 더 노숙자로 살았다는 얘기를 들었다. 엄마가 그토록 오래 고생했다는 사실이 마음 아프다. 엄마와 이모들이 지금 아니면 언제 얘기하겠냐는 듯 서로 주거니 받거니 고생한 사연을 털어놓는다. 나는 예 혹은 아니요로 간단히 대답할 수 있는 질문을 던지지만 내게 돌아오는 것은 구구절절한 보고서다. 그러고 보니 내 친구들도 내가 간단히 말해도 되는 걸 미주알고주알 늘어놓는다고 그랬던 것 같다. 리비아 말로는, 브라질 사람들이 원래 그렇다고 한다. 나는 오가는 이야기를 열심히 주워듣고 내가 궁금해했던 사항들, 알고 싶었던 자세한 내막을 어느 정도 파악했다. 엄마는 처음에 고아원을 학교 비슷한 기관으로 생각하고 파트리크와 나를 맡겼다. 우리가 입양을 갔을 때 엄마는 우리가 어디로 갔는지도 몰랐고 알아낼 방법도 없었다. 이모들은 우리가 고아원에 맡겨졌다는 사실조차 몰랐다. 이모들이 자초지종을 알고 우리를 데리러 갔을 때 비로소 그곳이 고아원이고 우리는 이미 입양됐다는 말을 들었다고 한다. 고아원 측에서는 이모들에게 우리가 입양 갔다는 말만 하고 어느 나라로 갔는지는 말해주지 않았다. 지난 24년 동안 나의 브라질 가족 중에서 우리 남매가 사는 곳이나 생사를 아는 사람은 아무도 없었던 것이다. 이모들의 이야기를 들으면서 가슴이 미어졌다. 자식들이 어디 있는지, 그들이 살았는지 죽었는지조차 모르고 사는 어머니의 삶을 상상해보라.

비토리아 이모는 엄마가 매일 밤 잠자리에 누워서 내게 말을 걸었다고 했다. 그래서 가끔은 이모가 문에 딱 붙어서 "엄마, 엄마." 부르면서 내 역할을 해준다든가 하면서 장난을 치기도 했다나. 이모가 그 얘기를 하고서 엄마랑 같이 웃는데 내 마음은 아프기도 하고 뭉클하기도 하다. 엄마가 매일 밤 나에게 말을 걸었다니. 나도 오랫동안 밤마다 엄마에게 말을 걸었다고 말하고 싶다. 내가 뭔가를 해냈을 때나 겁에 질렸을 때는 늘 엄마에게 말을 했고 내 마음속에서 엄마의 목소리를 들었다고 말하고 싶다. 하지만 그런 말은 하지 않는다. 받아들여야 할 것, 감당해야 할 것이 한꺼번에 너무 많아지니까. 우리 둘이서만 제대로 얘기를 나눌 기회가 곧 있으리라.

엄마는 나와 파트리크를 찾아서 사방으로 돌아다녔다고 한다. 엄마는 상파울루 시내를 배회하다가 지아만치나 방향으로 접어들곤 했다. 엄마는 우리가 길에서 먹고 자던 장소들도 찾아가보았다. 나는 엄마가 우리를 얼마나 오래 찾아다녔는지 물어봤다가 대답을 듣고서 가슴이 아팠다. 비토리아 이모는 엄마는 지금까지도 그만두지 않았다고 말했다. 이모들은 피가 철철 흐르는 맨발로 거리를 헤매고 다니는 엄마를 발견하곤 했다. 그들이 그렇게 겨우 엄마를 찾아서 데려오면 엄마는 또 말도 없이 사라져서 이모들의 속을 태웠다. 비토리아 이모가 엄마를 데리고 살게 된 후로, 이모의 아들은 가끔 한 번씩 우리 엄마를 차에 태워 우리를 찾을 만한 곳으로 몇 시간씩 데리고 다니는 일을 도맡았다. 엄마는 고개를 끄덕끄덕 하면서 언젠가는 내가 올 줄 알았다고 말한다. 나는 미소를 지으면서 당연히 와야 했다고 대꾸한다.

지금도 이해가 가지 않는 것은 왜 아무도 우리가 외국으로 입양 갔다는 말을 해주지 않았는가이다. 고아원과 브라질 가정 법원에서 우리 엄마와 외갓집 식구들에게 할 수 있었던 가장 인간적인 조치는 우리가 이미 스웨덴에 가 있다고 알려주는 것 아니었을까. 그 말만 해줬더라도 엄마는 그토록 오랜 세월 애태우지 않았을 텐데. 피투성이 맨발로 허우적허우적 거리를 헤매고 다녔을 엄마의 모습을 상상하니 마음이 아파 견딜 수 없다.

비토리아 이모는 올해로 10년째 엄마의 보호자 노릇을 하고 있다고 한다. 그래서 이모에게 엄마가 어디가 아픈지 물어봤다. 엄마는 당뇨를 앓고 있고 매일 인슐린 주사를 맞는다고 한다. 식단 관리도 엄격하게 해야 하는데 엄마가 워낙 단것을 좋아하고 기름진 음식을 즐겨 먹어서 쉽지 않다고 한다. 엄마가 냉큼 끼어들어 자기는 상추가 정말 싫다고 도리질을 한다. 나는 웃으면서 상추가 얼마나 맛있는데 그런 말을 하느냐고 했다. 엄마는 내가 그럴 줄 몰랐다는 듯이 손사래를 치는 시늉을 한다. 엄마와 함께 있는 게 하나도 어색하지가 않다. 그럼에도 엄마를 이렇게 만나서 잠시 있어 보니 당뇨가 유일한 문제는 아닐 거라는 짐작이 간다. 이모는 엄마가 조현병 약도 복용한다고 내게 귀띔해준다. 대번에 오만 가지 생각으로 머리가 복잡해진다. 대화에 집중하기가 힘들다. 이건 좀 감당하기 힘든 소식이지만 낙심한 티를 내지 않으려고 애쓴다. 나는 실

생활에서 그 병이 어떤 식으로 나타나는지 물어본다. 이모 말로는, 엄마는 약으로 많은 도움을 받고 있지만 지금도 가끔 환영을 본다. 언제부터 그런 병이 생겼는지 물어봤더니 내가 태어났을 때, 혹은 그 후 2~3년 사이에 처음 시작된 것 같다고 한다. 나는 방금 들은 말을 나 나름대로 소화해보려고 애쓴다. 엄마가 나를 가졌을 때 대략 지금 내 나이였다는 사실에는 잠시 후에야 생각이 미쳤다. 만약 내가 애를 낳는다면 우리 엄마의 병이 유전될 수도 있을까? 혹시 나도 나중에 저 병을 앓는 건 아닐까? 하지만 내 머릿속을 가장 크게 차지한 생각은 나의 어린 시절의 고군분투, 엄마를 보호하고 싶어 했고 항상 엄마 곁에 있고 싶어 했던 그 마음이었다. 어른이 된 후 입양 서류에서 친모에게 정신적 문제가 있다는 기재 사항을 보고도 그럴 리 없다고 생각했는데 그게 사실이었다니 충격이다. 이모들이 확인해준 대로라면 내가 어렸을 때에도 엄마에게 그런 증상이 있었을 것이다. 나는 엄마를 보면서 만약 내가 브라질에 남았다면 엄마를 위해 뭘 할 수 있었을까 생각했다. 야생의 자연을 누비고 다니는 우리 모녀를 떠올려본다. 다리는 온통 상처투성이, 너무 아프고 쓰라리고 나는 너무 피곤해 쓰러질 것 같다. 그런데도 엄마는 그저 계속 걸으며, 내게도 멈추지 말고 걸으라고 한다. 좋았던 기억들도 참 많지만 돌이켜 보면 아무리 엄마를 이해하려고 해도 그럴 수 없는 기억들도 있다. '어쩌면 엄마의 병으로 설명이 되려나?' 궁금하다. 엄마가 고아원 문 앞에서 히스테릭하게 소리를 질렀던 것도 엄마가 안고 있던 정신적 문제와 관련이 있으려나. 엄마는 어떻게 해야 하는지 알지 못했고, 관계자들에게 아무 말도 듣지 못했으며, 법원에도 출두하지 않았다. 그때 일을 생각하니 또 마음이 아프다. 내가 버림받았다는 느낌이 되살아난다. 엄마는 나를 때린 적이 한 번도 없지만 만약 엄마가 정신적으로 아무 문제가 없었다면 그렇게 자주 나를 혼자 두고 어디 갔다가 오지는 않았을 것 같다. 하지만 그런 건 둘째 치고, 어쩌면 나도 엄마에게 정신적 결함이 있다는 고아원 측의 판단이 어느 정도는 옳다고 생각하지 않았을까. 그런데도 엄마에게 신의를 지키기 위해서 현실을 단호하게 부정할 수밖에 없었던 게 아닐까. 어른이 된 지금의 생각은 그렇다. 나는 어렸고, 그런 쪽으로 잘 알 수가 없었다. 그건 이해한다. 그렇지만 한 살 두 살 나이를 먹으면서 마음 한구석에 그들의 말이 맞을지도 모른다는 의심이 고개를 들었는데도 나는 그러한 현실 부정에 악착같이 매달린 것 같다. 엄마 행동을 이해할 수 없었던 기억들이 고스란히 남아 있는데도 나는 갈등했다. 사실이 아니기를 바랐기에, 확인 사살을 피하려면 나를 슬금슬금 괴롭히는 그 '어쩌면?'을 외면하는 수밖에 없었다. 내가 그렇게까지 현실 부정에 빠져 있었다는 사실을 인정하려니 괴롭다. 내가 참 순진했구나 싶으면서도, 그렇게 믿은 게 오히려 다행이었구나 싶다. 현실 부정이 내가 살아남는 데 도움이 됐으니까. 그래도 흠집 하나 없는 줄 알았던 유리잔에 금이 간 것을 발견한 것처럼 마음이 쓰라리다. 어렸을 때는 흑 아니면 백, 좋은 것 아니면 나쁜 것이라는 잣대로 세상을 보았고, 그 이상은 몰랐다. 나는 지독한 고집쟁이였기 때문에 나이가 들어서도 친모의 정신 건강에 대한 의심을 무시했던 것이다.

엄마는 하느님이 꿈에 나타나서 아이들을 그 기관에 맡기라고 했다고 한다. 아이들을 영영 빼앗길 줄 알았다면 하느님 말씀이라고 해도 듣지 않았을 거라고 한다. 나는 또 엄마에게 미소를 짓는다. '하느님'이 친히 그런 명을 내려주셔서 감사하다는 말은 엄마에게 할 수 없다. 그게 진심이기 때문에 더욱더 입 밖으로 낼 수 없다. 이러지도 못하고 저러지도 못하겠다. 한편으로는 낙심했다. 우리가 앞으로 얼마나 잘 소통할 수 있을지, 엄마의 정신적 문제가 우리에게 어떤 영향을 미칠지 잘 모르겠으니까. 그렇지만 다른 한편으로는 자기 앞가림도 하기 힘들었을 엄마가 나를 그토록 사랑해주고 끈끈한 신의를 심어주었다는 사실이 놀랍고 감동적이다. 나는 안다, 그 사랑이 나를 여러 번 구했다는 것을. 하지만 무엇보다도, 그 와중에——동굴에서, 거리에서, 빈민가에서——꿋꿋하게 살아남은 어린 크리스티아나에게 놀랐다. 내가 얼마나 큰 어려움을 헤치고 살아남았는지 난생처음 실감했다. 어린 시절의 나, 그 용감한 여자아이가 자랑스럽다.

엄마가 갑자기 파트리크는 잘 지내느냐고 또 묻는다. 지금 몇 번째 묻는 건지 모르겠다. 그래도 행복하다. 엄마의 사랑만큼은 틀림이 없다. 이 사랑에는 아무 문제도 없다는 것을 나는 늘 알고 있었다.

대화가 깊어지면서 많은 것이 밝혀졌다. 내 생부의 이름이 베투라는 것을 알았고, 그는 내가 아주 어렸을 때 살해당했다는 것도 알았다. 엄마의 표정이나 말투만 봐도 그 남자를 정말로 좋아했다는 것을 알겠다. 나의 원(原)가족이자 이제 막 찾은 가족의 가계도를 머릿속으로 대충 그려본다. 엄마의 엄마, 즉 외할머니는 자식을 스무 명 낳았다. "어, 잠깐만." 비토리아 이모가 끼어들어 스무 명이 맞는가 스물한 명이 맞는가를 두고 엘사 큰이모와 설전을 벌인다. 리비아와 나는 놀라서 서로 얼굴만 바라본다. 내가 리비아를 통해서 나에게 외사촌이 몇 명이나 있느냐고 물었더니 이번에는 이모들이 놀라서 서로 얼굴만 바라본다. 잠시 후, 이모들은 두 손을 흔들며 도저히 다 세지 못하겠다고 한다. 사촌들을 전부 만나보고 싶다는 애초의 계획은 이걸로 접는다.

친척이란 친척은 모두 화제에 올랐지만 특히 지아만치나에서 살았다는 외할아버지 외할머니 얘기를 들을 수 있어서 좋았다. 외갓집은 제법 괜찮게 살았다. 외할아버지는 인심이 후해서 형편 어려운 사람 부탁을 거절할 줄 몰랐고 돈을 빌려주고 받지 못한 경우도 많았다. 그러다 보니 차츰 가세가 기울어 정작 자기네 식구는 입에 풀칠하기도 어렵게 됐다. 그러던 어느 날, 막내딸이었던 우리 엄마가 네 살밖에 안 됐을 때, 외할아버지는 총으로 자기 머리를 쏘았다. 외할머니는 그 많은 자식을 혼자 키우며 끙끙댔지만 2년 만에, 그러니까 엄마가 여섯 살이었을 때, 마찬가지로 저세상 사람이 되었다. 그 후 엄마는 나이 차가 많이 나는 오빠를 따라 리우데자네이루에 가서 살았다. 아무도 그때 일은 속 시원하게 말해주지 않는다. 식구들에게 불편한 애기라는 걸 알겠다. 그래도 대충 오가는 말을 추려보니 그 외삼촌에게 술 문제가 있었고 엄마는 학대를 당했던 모양이다. 엄마는 열네 살 때, 말 그대로 창문에서 뛰어내려 도망쳤다. 그러고 나서 세월이 흘렀고 엄마는 첫 아이들, 다시 말해

나의 쌍둥이 오빠들을 낳았다. 내 오빠들은 어떻게 됐는지 물었더니 한 명은 죽었고 다른 한 명은 어디서 사는지 모른다고 한다. 이모들은 엄마가 파트리크를 낳고 나서 또 사내아이를 가졌다는 얘기를 해줬다. 불임으로 아이를 낳을 수 없었던 어느 부잣집 부부가 엄마에게 그 아이를 달라고 했다. 그들은 사례금을 지급하고 임신 기간 동안 병원비를 대줬다. 그들은 아기가 태어나자마자 데리고 갔고, 엄마가 마음이 바뀌어 돈을 돌려주고 아기를 데려오려고 했을 때에는 이미 너무 늦었다. 그 아이는 지금 어디 사느냐고 물었더니 엄마와 이모들은 아무것도 모른다고 한다. 엄마가 고아원으로 면회를 와서 나에게 제왕 절개 수술 흉터를 보여주었던 게 아직도 기억난다. 그때 나는 분명히 새로 태어난 동생에 대해서 물어보기도 했고 그 아이를 이리키라는 이름으로 부르기까지 했다. 내가 그 애가 어떻게 생겼는지, 어떤 아이인지 한번 보고 싶다고 말했던 기억도 난다.

시간 가는 줄 모르고 얘기를 나누다가 문득 피곤이 몰려오는 것을 느꼈다. 장시간의 통역으로 리비아도 녹초가 된 눈치다. 그래서 그녀에게 이제 그만 호텔로 돌아가서 쉬어야 하지 않겠느냐고 했다. 리비아는 약간 곤혹스러운 얼굴로 24년간 못 만났던 가족들에게 어떻게 그만 가보겠다는 말을 할 수 있느냐고, 어림도 없는 일이라고 대꾸했다. 그 말이 맞긴 했지만 나는 완전히 기진맥진해 있었다. 이 여행에는 감정이 요동칠 일이 너무 많았다. 제대로 밝히고 싶은 기억이 너무 많았고, 엄마와의 재회를 상상하느라 일찌감치 기운을 너무 많이 뺐다. 오랜 세월, 이 재회를 상상해왔다. 엄마를 그리워하고 보고 싶어 했던 어린 시절에는 엄마가 지금쯤 뭘 하고 있을까, 살아 있기는 할까, 시도 때도 없이 궁금해했다. 10대 청소년기에도 엄마 생각이 많이 났고, 나 혼자 있으면서 상상 속 엄마에게 말을 걸곤 했다. 어른이 되어서는 엄마가 벌써 돌아가셨을 거라는 생각을 많이 했다. 우리가 겪었던 그 극단적인 궁핍에서 엄마가 벗어났을 것 같지 않았다. 엄마를 다시 만나면, '만약' 엄마를 한 번 더 볼 수 있다면 무슨 말부터 할까, 무슨 행동부터 할까, 그런 상상은 수도 없이 했다. 그리고 지금, 오랜 세월이 지난 후 내가 그토록 그리워했던 이 여인을 실제로 마주하고서, 나는 완전히 진이 빠졌다. 온 세상을 어깨에 짊어진 듯했던 부담감 때문일까. 드디어 그 짐을 내려놓을 수 있게 됐는데 근육이 쑤시고 결리고 난리도 아니다. 인생이 나에게 선사한 이 순간을 1초도 허투루 보낼 수 없다는 걸 알지만 지금은 침대에 쓰러져 한잠 자고 싶은 마음뿐이다. 나는 일단 엄마를 찾았으니까 또 만나면 된다고, 우리는 좀 더 시간을 가질 수 있다고 생각한다. 하지만 그런 말은 하지 않고 묵묵히 자리를 지킨다. 사람 앞일은 모르는 것, 인생이 우리에게 얼마나 시간을 줄지 누가 알랴. 그리고 나는 이 시간이 진정 감사하기에 기운을 내본다. 내게 남은 기력을 전부 짜내어 이 기적을 만끽한다.

마침내 호텔로 돌아와 조금 쉬고 일어났다. 밤늦게까지 잔치가 이어졌다. 나는 검정색과 흰색 배색의 드레스로 갈아입고 외갓집 식구들을 몇 명 더 만났다. 주로 외사촌들과 그 집 식구들이었다.

정신없는 브라질 음악, 웃음소리, 포옹의 연속이었다. 다들 맥주를 마셨고 술을 잘 마시지 않는 나도 석 잔째였다. 데우자라는 사촌이 또 한 잔을 권해서 냉큼 받아 들고 고맙다는 인사를 했다. 그녀는 나를 만나서 연신 웃고 피는 못 속인다고 말했다. 온 가족이 그 말에 동의를 하는데 그들이 나에게서 브라질 사람다운 뭔가를 느낀다니 왠지 뿌듯하다. 단지 맥주 마시는 모습만 그렇다고 해도 괜찮다. 나는 그 순간 가족의 일원으로서 환영받는 그 기분이 좋았다. 잔치 분위기가 좀 더 무르익었을 때 두어 명이 나에게 다가와서 조심스럽게 혹시 기분이 나쁘지 않은지 물었다. 외국으로 입양 가야 했던 사정이 그렇게 밝혀져서 당혹스럽지는 않은지, 엄마와 내가 동굴이나 거리에서 살던 시절에 도와주는 가족이 없었다는 게 화나지 않는지, 그들이 나와 동생을 더 찾아보지 않고 포기했다는 게 원망스럽지는 않은지, 우리 엄마를 잘 돌봐주지 않아서 속상하지는 않은지.

대답하기가 난처했다. 솔직히 말해, 아직도 이해되지 않는 부분들이 있다. 하지만 우리가 각기 다른 현실을 살아간다는 것, 사는 게 그리 만만치 않다는 것 정도는 이해한다. 그리고 내가 모든 걸 이해할 수 없다는 것도 안다. 가장 확실하고 강력한 감정은 가족들을 다시 만나게 되었다는 감사함이다. 그래서 원망을 눈곱만큼도 비치지 않으려고 최선을 다하면서 그저 재회의 기쁨, 새로운 가족들이 생긴 기쁨에 젖는다. 뭐, 지나간 것은 지나간 것이다. 어떻게 했어야 했다라든가, 누가 그랬다, 누구는 그러지 않았다, 따져봐야 이제 와서 무슨 소용이 있을까. 내가 가족들에게 화낼 이유가 어디 있나? 미래는 우리가 만드는 것이고 나는 나와 나의 브라질 가족들이 서로 다시 연결되는 이 기회를 망치고 싶은 마음이 추호도 없다. 우리는 포옹을 나누고 텔레비전이 있는 작은 방에서 함께 춤을 추었다. 나는 그들에게 춤 스텝을 조금 배웠다. 엄마하고도 함께 춤을 췄다. 엄마는 골반에 문제가 좀 있어서 음악에 맞춰 엉덩이를 좌우로 덩실덩실 흔들기만 했다. 빠른 음악이 나오자 여든여섯 살인 엘사 큰이모가 본격적으로 춤을 추기 시작하는데 춤사위가 어찌나 매끄러운지 깜짝 놀랐다. 나는 큰이모 춤을 따라가는 것조차 벅찼다. 나는 웃으면서 큰이모는 유전자부터가 다른가 보다라고 생각했다.

모두들 사진 찍기에 바빴다. 우리는 계속 춤을 추었다. 브라질에서 잔치의 밤을 마무리하기에 춤보다 더 멋진 것은 없지 않을까. 나는 엄마를 흘끗 보고서 행복한 마음으로 확실히 깨달았다. 엄마에게 정신적 문제가 있다고 해도 나는 괜찮다. 엄마에 대한 내 기억, 내 감정은 달라질 것이 없다. 엄마가 겪은 온갖 불행, 거기에 정신적 결함까지 더해서 생각해보면 엄마는 내가 알고 있었던 것보다 훨씬 더 강인한 사람이다.

엄마가 파트리크에 대해서 또 물어봐서 이제 며칠 있으면 그 애도 브라질에 온다고, 파트리크도 엄마를 보고 싶어 한다고 말했다. 엄마와 파트리크가 부디 직접 재회하기를. 파트리크는 너무 어릴 때 엄마와 헤어져서 아무것도 기억하지 못한다. 이 모자가 앞으로 어떤 관계를 맺게 될지는 나도 모르겠다. 나는 엄마와 앞으로 끈끈한 관계를 이어나가고 싶고, 파트리크와 엄마의 관계도 부디 그랬으면 좋겠다. 지금으로서는 꼭 그렇게 될 거라는 믿음도 있다. 나는 사람이 모든 것을 빼앗길 수도 있다는 것을 배웠지만, 또한 멈추지 않고 걸어가는 동안은 희망이 있다는 것, 그 사람에게는 모든 것이 가능하다는 것도 배웠다. 나에게 이 가르침을 주었던 여성들 중 한 명이 그동안 세월이 하나도 흐르지 않은 것처럼, 우리가 헤어진 적도 없는 것처럼 내 앞에 있었다. 나는 그녀를 엄마라고 부른다. 엄마가 낯설게 느껴질지도 모른다는 두려움은 이제 흔적조차 없다.

밤늦은 시각, 호텔에 돌아와서 엄마의 병에 대해 검색을 해봤다. 조현병이 어떤 건지 나는 봐도 잘 모르겠다. 정신병의 일종이고, 현실을 보통 사람들과 다르게 해석하는 병이라는 것 정도만 알겠다. 보통은 평생 앓는 병이라는 것도 알았다. 조현병의 발병과 진행에는 유전적 요인과 환경적 요인이 모두 작용한다고 한다. 이 병을 일으키기 쉬운 유전적 기질이 실제로 있고, 그 기질이 스트레스 요인이나 그 밖의 힘겨운 경험을 만나서 결국 사달이 나고 만다나. 힘겨운 경험이라고 하면 엄마는 어디 가서도 빠지지 않을 테지. 생존을 위협받으며 살기 위해 몸부림치는 나날이 그토록 오랫동안, 하루도 빠짐없이 이어졌는데 멀쩡한 사람인들 미치지 않고 배길까.

그 후로 나는 엄마와 외갓집 식구들과 긴밀한 관계를 쌓아갔다. 한번은 엄마가 나에게 아빠나 하느님이나 예수님이 보이느냐고 물었다. 내가 보이지 않는다고 했더니 엄마는 조금 실망하는 얼굴을 하고서 나도 언젠가는 보게 될 거라고 했다. 솔직히, 그런 날은 오지 않았으면 좋겠다는 생각이 들었다. 엄마와 내가 동굴 위에 올라가 벼랑 끝에 걸터앉아 지아만치나의 아름다운 풍광을 내려다보던 그때, 엄마는 나에게 하느님과 예수님 이야기를 들려주곤 했다. 혹시 그때도 엄마 정신은 딴 세상에 가 있었던 것이 아닌지 궁금하다. 나는 이런 순간이 내심 두려웠다. 나를 낳은 엄마가 정신을 딴 세상에 놓아버리는 순간, 아니 다른 세상이 엄마를 찾아오는 순간. 엄마가 다른 사람을 붙잡고 보통 사람 눈에는 보이지 않는 것을 이야기한다고 생각하니 두려웠다. 하지만 막상 부딪혀보니 느낌이 나쁘지 않다. 어릴 때 들었던 동화 비슷한 이야기 아닌가. 엄마 눈에는 아빠——베투라는 이름의 내 생부——와 하느님과 예수님이 가끔 보인다고 한다. 엄마는 그들이 찾아와서 몹시 행복한 듯했고, 어떤 면에서는 나도 행복해졌다. 엄마는 웃음이 많다. 사람이 그렇게 모진 일을 많이 겪고도 미소 지을 수 있고 웃을 수 있다는 게 놀라울 만큼. 우리가 24년 만에 다시 만났을 때 엄마가 했던 말이 생각난다. 엄마는 하도 지독한 일을 많이 겪어서 눈물이 다 말라버렸다고 했다. 가슴이 아리다. 나는 어릴 때 엄마가 고생하는 모습을 다 봤다. 엄마는 사람 취급조차 받지 못했다. 나는 눈시울이 뜨거워진다. 엄마는 나에게 멈추지 말고 걸어가라는 말과 그럴 만한 힘을 전해주는 데서 그치지 않았다. 엄마는 자신도 그 충고대로 살았다. 절대로 멈추지 않고 지금까지 걸어왔다. 우리 둘 다 포기하지 않고 이 길을 아주 오래 걸어왔고 결국은 서로에게로 돌아가는 길을 찾았다는 사실이 가슴 떨리도록 감사하다.

어느 밤, 아주 늦게 돌아와서 이불을 덮고 누웠는데 엄마가 생각난다. 엄마가 아프다는 게 비통하고 엄마가 힘든 일을 겪을 때 엄마를 돌보거나 도와주는 사람이 아무도 없었다는 게 비통하다. 스웨덴이나 그 밖의 여러 나라에 존재하는 사회 복지 제도가 브라질에는 없으니 비통하다. 그렇지만 그 밤에 와락 터진 눈물은 순수한 감사의 눈물이었다. 걸음을 멈추지 마. 길지도 않은 이 세 어절이 이토록 대단한 차이를 낳을 줄이야. 나의 또 다른 엄마 릴리안이 생각난다. 마마가 살아 있다면, 이 일을 릴리안 마마에게 얘기할 수 있다면 얼마나 좋을까. 나의 두 엄마는 충분히 서로 존중하는 친구가 될 수 있었을 거라 믿어 의심치 않는다. 내 상상 속 어느 지점에서 릴리안 마마, 페트로닐리아 엄마, 그리고 나는 한 동굴에 있다. 스웨덴 엄마는 예쁜 옷을 입었고, 브라질 엄마는 야자잎을 엮어서 뭔가를 만든다. 나는 원숭이처럼 잽싸게 나무를 타고 올라가는데 두 엄마가 떨어지지 않게 조심하라고 한목소리로 소리를 지른다.

다시 숨 쉬는 법을 배우다

1999년

양어머니가 돌아가신 뒤에는, 아무것도 느끼고 싶지 않아서 뭐든지 했다. 모든 기운을 감정을 차단하는 데 쏟았던 것 같다. 해묵은 감정, 새로운 감정, 특히 무섭고 두려운 마음이 너무 컸다. 아주 많은 것이 달라졌지만 그 무엇도 새롭지는 않았다. 나는 늘 공허감에 시달리며 피곤해했다.

릴리안 마마의 장례식을 치르고 얼마 지나지 않았을 때, 빈델른 집 지하층에 있는 내 방에 혼자 앉아서 어둠을 응시하고 있었던 적이 있다. 한밤중, 자정도 훌쩍 넘긴 시각이었는데 잠을 잘 수가 없었다. 아주 무거운 것에 짓눌리는 느낌이 들었고, 숨 한 번 들이마시고 내쉬기가 죽을 것처럼 힘들었다. 얼마나 그랬을까, 갑자기 거짓말처럼 편안해졌다. 어둠의 따뜻함, 어둠이 제공할 수 있는 안전이 문득 마음에 와닿았다. 나는 멍해졌다.

나 자신과 나의 아픔을 다스리는 법을 모색하기 시작했다. 보는 사람이 없을 때면 구석에 앉아서 숨을 들이마시고 내쉬는 느낌, 정상적인 호흡의 느낌을 찬찬히 살폈다. 숨을 어떻게 쉬는 건지 기억이 잘 나지 않았다. 학교 화장실에 들어가 문을 잠그고 빨대로 공기를 찔끔찔끔 빨아들이고 뱉는 느낌 없이 진짜 숨을 쉬어보려고 한 적도 있다. 때로는 거울에 비친 나를 바라보면서 모든 게 괜찮아질 거야, 나는 이 문제를 해결할 수 있어, 라고 생각했다. 처음에는 조용히 속으로 되뇌었다. 거울 속의 나를 계속 바라보면서 조금 더 힘주어 속으로 되뇌었다. 난 해낼 거야. 그러고 나서 화장실을 박차고 나가 복도에서 맨 먼저 마주친 아는 사람에게 생긋 웃어 보였다. 이미 다 괜찮아졌다고 말하는 그런 미소를 지어 보였다. 나는 남에게 좀체 도움을 청하지 않는 아이였다.

물론 나는 괜찮아지지 않았다. 나도 차츰 느꼈다. 도움을 받지 않으면 완전히 가라앉고 말 텐데 일단 가라앉으면 그때는 구조고 뭐고 통하지 않을 터였다. 구조대가 오랫동안 심폐 소생술에 매달릴 수야 있겠지만 내가 가라앉는 날에는 그걸로 끝, 나는 죽고 말 터였다. 숨 쉬는 것과 익사가 종이 한 장 차이라고 생각하니 소름끼치게 무서웠다. 모든 것이 무너져 내리고 지옥으로 떨어지고 있다는 자각이 공포를 부채질했다. 나는 감정이 지닌 힘을 깨닫기 시작했고 이성적 사고로 감정을 변화시킨다는 게 얼마나 어려운지 절감했다. 너무 큰 자리를 차지한 감정이 다른 감정과 결합하면 지독하게 혼란스럽다. 아픔, 슬픔, 분노, 혼란, 좌절, 씁쓸함, 상실감, 외로움, 죄의식, 실망, 두려움, 의무감, 이 모든 감정이 그렇다.

사람 사는 모양이 다 비슷비슷한 것 같으면서도 다 다르다. 우리가 아주 조금이라도 과한 고통을 겪는다 치자. 고통은 죄의식을 만나 한편이 되고, 그다음에는 자기들끼리 알아서 외로움을 찾아가 한편으로 구워삶는다. 그러다 보면 우리는 어느새 자신이 쌓은 철옹성에 갇혀 버린다. 이성으로는 절대 그 철옹성을 뚫을 수 없다. 이성은 기본적으로 자기가 원래 잘하는 일만 한다. 성벽을 빙 둘러가거나, 넘어가거나, 아래로 파고 들어간다면 모를까, 뚫고 들어가지는 못한다.

나의 기초 공사는 어릴 때, 브라질의 빈민가와 거리에서 이루어졌다. 나는 토대부터가 두려움, 상실감, 외로움, 정신적·육체적 고통, 사별, 억울함, 그 밖의 온갖 부정적인 것들로 뭉쳐 있는 사람이다. 양어머니의 한결같은 사랑과 고집, 선한 일을 하고자 하는 바람 덕분에 나에게는 한 번 더 기회가 주어졌다. 이제 마마는 내 곁에 없다. 나는 거의 평생을 두려움 속에서 살았다. 내가 모르는 것, 나와 다른 것은 다 두려웠다. 기초 공사부터가 불안했던 탓이리라. 나는 내 주위에 단단한 벽을 쌓을 수밖에 없었다. 그리고 나의 이성은 그 벽 주위를 빙글빙글 돌면서 그 안으로 들어가려고 노력했다.

이 모든 것을 굽어보며

2015년 지아만치나

엄마, 리비아, 나는 그 동굴을 다시 찾아갔다. 내가 어릴 적에 길을 잃으면 늘 찾곤 했던 랜드마크가 거기 있다. 예전처럼 동굴 위에 올라가 가장자리에 걸터앉아서 다리를 대롱대롱 흔들어본다. 그 랜드마크란 비탈진 20미터 높이의 허연 암벽이다. 고개를 돌려 정면을 바라본다. 익숙한 전경을 다시 만났다. 시야가 닿는 곳은 모두 지아만치나의 자연 그대로의 모습, 초록색 산들로 가득하다. 하늘은 새파랗고 구름은 탐스럽게 부푼 솜사탕 같다. 발 아래 동굴 속에서 리비아와 엄마가 얘기를 주고받는 소리가 들린다. 따뜻한 공기를 크게 들이마신다. 상파울루와 달리 공기가 참 맑다. 귀뚜라미들이 노래를 한다. 무수히 많은 귀뚜라미들이 나를 둘러싸고 모여서 스타카토 교향곡을 연주하기로 했나 보다. 동굴이 이렇게 작아 보일 줄은 몰랐다. 모든 것이 그대로인데 나만 거인이 되어 여기 앉아 있는 느낌이다. 바로 여기에 엄마와 나란히 앉아서 엄마가 들려주는 재미난 이야기를 듣곤 했지.

엄마와 리비아가 주고받는 이야기에 귀를 기울인다. 엄마는 숨을 쉬기가 곤란한 사람처럼 느릿느릿 말한다. 엄마 목소리가 조금 떨린다. 리비아의 말투로 미루어 짐작건대, 엄마가 또 자기만의 세계로 도망갔든가, 엄마의 세계가 우리 세계에 사는 엄마에게 불쑥 찾아왔는가 보다. 엄마 입에서 내 아버지라는 남자의 이름이 나온다. 베투. 나는 생부에 대한 기억이 전혀 없다. 나에게 유전자를 물려준 그 사람에게 어떤 감정이라도 느껴보고 싶지만 그 사람과 나의 공통분모라고는 유전자밖에 없을 것 같다. 기억하지도 못하는 사람을 그리워할 수 있을까? 아버지에 대한 기억이라고는 내게 아버지가 없다는 것뿐이다. 그렇다고 아버지를 원망하거나 딱히 속상해하지도 않았다. 알지도 못하는 사람을 원망하기가 어디 쉬운가. 엄마에게 아버지가 살해당했다는 말을 들었기 때문에 내가 공연히 아버지를 원망하지 않기를 잘했다고 생각한다. 곁에 있어주고 싶어도 물리적으로 그럴 수 없었던 이에게 화를 내는 것은 천부당만부당하다. 살해당한 사람이 어떻게 아버지 노릇을 하겠는가. 하지만 그런 게 아니다. 나는 생부가 아예 궁금하지도 않다. 엄마가 자발적으로 하는 말을 들었을 뿐, 엄마에게 내 아버지에 대해서 더 캐묻지도 않았다. 앞으로 어떻게 될지는 모르지만 지금은 내가 이미 쥐고 있거나 품고 있는 정보, 의문, 생각으로 족하다.

외할머니는 자식을 스무 명 혹은 스물한 명 낳았다. 외할아버지는 스스로 목숨을 끊었다. 엄마는 친오빠의 학대를 피하려고 창문에서 뛰어내렸다. 아버지는 살해당했다. 나의 쌍둥이 오빠 중 한 명은 죽었고 다른 한 명은 행방을 모른다. 아니, 그런 것들은 다 둘째 치고 우리 엄마는 조현병이다. 지금은 이 정도로 충분하고 그저 이해하고 소화하려고 애쓸 뿐이다.

다리를 대롱거리면서 지아만치나의 아름다운 풍광을 눈에 담고 숨을 크게 들이마신다. 명상에 들어가본다. 눈앞에 펼쳐진 이 아름다움을 고이 담아서 스웨덴으로 가져갈 수 있으면 좋겠다. 나는 원래 명상하고는 거리가 먼 사람이다. 평화로운 침묵으로 들어가는 길을 찾는 훈련을 몇 년째 해왔는데도 나는 그렇게 하는 게 참 힘들다. 다른 사람들은 어떻게 그리도 잘 해내는지 신기하기만 하다. 나의 뇌는 늘 팽팽 돌아간다. 요가도 시도해봤다. 하지만 요렇게 조렇게 자세를 바꾸어가며 세상 돌아가는 일을 잊으려 애써도 결국은 주위 세상을 되레 더 민감하게 의식하게 되었다. 그런데 지금은 이렇게 대자연 속에 들어앉아 아름다운 경치를 보고 있으니 나도 자연스럽게 머릿속이 비워진다.

잠시만……. 손에서 알짱대는 이거, 모기인가? 음, 예방 접종이란 예방 접종은 다 하고 왔다. 스웨덴 출국 직전에야 예방 접종을 챙기기는 했지만 말이다. 의사는 그렇게 여행에 임박해서 예방 접종을 하는 것은 별로 좋지 않지만 어쨌든 효과는 있을 거라고 말했다. 모기들이 내 피를 빨기 시작하나 보다. 말라리아모기가 어떻게 생겼더라? 모기를 쫓으려고 팔을 휘휘 저어보지만 어째 점점 더 많이 몰려오는 것 같다. 동굴에서 살 때 모기떼 때문에 고생한 기억은 전혀 없다. 어쨌거나 오늘도 명상은 텄다. 피를 너무 많이 빼앗기지 않고 이 산에서 무사히 내려갈 수만 있어도 행복하겠다. 리비아에게 여기 이렇게 모기가 많은 줄 몰랐다고 큰 소리로 말한다. 엄마의 웃음소리가 들린다. 리비아가 옛날에도 모기를 쫓으려고 동굴 주위에 여기저기 불을 놓고 식물을 태웠다고 엄마 말을 통역해 준다. 나는 허연 암벽 위에 올라가서 경치를 좀 더 잘 보고 싶다고 외친다. 엄마가 당장 나를 만류하고 나선다. 웃음이 터지는 건 어쩔 수 없다. 엄마는 하나도 변하지 않았다. 내가 어릴 때도 어딜 올라간다고 하면 엄마는 펄쩍 뛰었다. 나는 리비아에게 위험한 짓은 하지 않을 테니 엄마를 안심시켜달라고 부탁한다. 나 내가 뭘 하는지 정도는 아는 사람이다.

절벽으로 향하다가 빽빽한 수풀 때문에 거기까지 가는 것도 보통 일이 아님을 깨닫는다. 마체테라든가, 뭔가 풀을 벨 도구가 있어야만 전진이 가능하지 싶다. 그래도 손발로 밀고 젖혀서 어찌어찌 나아가본다. 덤불과 키 작은 야자나무에서 바스락 스치는 소리가 난다. 내 안의 용감한 어린 소녀를 불러낸다. 바로 여기서 겁도 없이 뛰어다녔고 숲속에서도 야무지게 길 내는 법을 알았던 그 아이를. 나는 지금 내가 가려는 곳이 보이지도 않고, 코앞에 나타난 거대한 거미줄을 피하는 게 먼저다. 그래도 계속 걸어가는데 차츰 무서운 생각이 든다. 마지막 남은 길은 온 힘을 다해 뛰어간다. 나뭇가지와 덤불에 몸이 마구 긁힌다. 엄마와 내가 이곳을 미친 듯이 달려가 어느 구덩이에 숨었던 그 밤처럼, 상처는 쓰리고 아프다.

하얀 절벽 앞에 도착해서 큰 바위로 훌쩍 뛰어오른다. "야호!" 이제 막 벗어난 수풀을 향해, 나는 의기양양하게 외친다. 꼭대기를 바라보면서 등반을 시작한다. 나는 늘 몸 쓰기를 좋아했다. 몸을 움직여 뭔가를 하는 느낌이 좋다. 사람은 온종일 사무실에 들어앉아 컴퓨터만 들여다보게끔 생겨먹지 않았다. 사람은 모름지기 제 몸으로 달리고, 기어오르고, 높이 뛰어오르고, 춤을 춰야 한다. 지금 신고 있는 스니커즈는 영 아니다. 우메오 집에 두고 온 등산화가 아쉽다. 저 아래서 리비아가 큰 소리로 나를 부른다. 내가 정상에 오른 모습을 보려고 엄마와 함께 기다리고 있단다. "잘 되어가?"

"생각보다 힘들어, 그래도 할 만해!"

드디어 정상에 올라왔다. 여기서는 전원 지대가 한눈에 들어온다. 파랗고 깨끗한 하늘과 싱그러운 초록의 만남, 나는 지아만치나를 둘러싼 이 대자연에 비견할 만한 것을 도무지 떠올릴 수가 없다. 나는 이제 동굴에서 사는 아이가 아니지만 이곳과 동질감을 느끼는 이 기분 자체가 너무 좋다. 압도적인 기쁨과 평화가 나를 채운다. 이곳은 나의 일부, 나는 이곳의 일부다. 나는 함박웃음을 지으면서 리비아와 엄마를 향해 손을 흔든다. 여기서 내려다보는 경치가 얼마나 근사한지 모르겠다고 소리를 질렀더니 리비아는 엄마가 계속 조심하라는 말을 한다고 외친다.

내가 누구를 닮아서 이렇게 고집불통이 됐는지 의아해한 적이 있다면, 이제는 더는 그럴 필요가 없어졌다. 지난 며칠간 엄마와 함께 지내면서 나 자신을 보는 것 같았던 때가 한두 번이 아니었으니까. 나는 암벽 위에 올라와 있고 엄마는 저 아래 서서 지치지도 않고 소리를 질러댄다. 엄마가 다시 생긴 기분도 썩 괜찮다. 다 큰 여자 성인이 이래라 저래라 하는 말을 듣고 있는 것도 좀 웃기지만 꽤 괜찮다. 익숙해질 테지. 그렇게 생각해본다. 허리에 묶고 있던 브라질 국기를 푼다.

절벽 꼭대기에서 다리를 살짝 벌리고 깃발 가장자리를 잡고 바람에 펼쳐 든다. 깃발이 펄럭대면서 내 뒤로 당겨지는 느낌이 든다. 나는 목청이 터지도록 소리를 지른다. 깔깔깔 웃고 나서 또 한번 악을 쓴다. 드디어 내가 정상에 서서 주위가 떠나가라 고함을 지르고 있다. 이날 이때까지 이렇게 소리 지를 수 있었던 적은 없었다는 생각이 든다. 여기에 올라온 건 처음이니까. 이 산이 아니면 안 되는 거였다.

여기 서 있으니 내게 있었던 모든 일이 주마등처럼 스쳐 가고 그 속에 깃든 아름다움이 보인다. 힘들게 싸워야 했던 그 모든 것에도 불구하고 좋은 면이 보인다. 많이 아팠고 힘들었지만 사랑과 기쁨으로 반짝반짝 빛나는 보석 같은 순간들이 있었다. 어두웠던 시간들 속에서 문득 아름다운 것이 보인다. 만약 여기 서 있는 나를 저 아래서 올려다보는 사람이 리비아뿐이라면 이런 기분은 들지 않을지도 모른다. 하지만 내 어머니가 여기 와 있으니, 우리가 제자리로 돌아온 듯한 느낌이 든다. 8년밖에 같이 살지 않았지만 평생 멈추지 않고 걸어가기에 충분한 사랑과 용기와 힘을 주었던 여성을 나는 마침내 다시 만났다. 그거면 될 것 같다.

인생을 살다 보면 모든 것을 하나씩 하나씩 잃어가는 법, 언젠가 내가 생모를 다시 한번 잃을 날도 올 것이다. 그래도 내가 가져갈 기억 속에는 지치지도 않고 거듭 내게 용기를 불어넣어주었던 엄마가 있다. 나는 이제 다 자란 어른으로서 이 바위산 꼭대기에서 엄마를 내려다본다. 엄마의 한쪽 골반에 문제가 있다는 걸 알고, 인슐린 주사와 조현병 약이 필요하다는 것도 안다. 엄마가 정색하고 나에게 조용히 말을 걸 때, 하느님과 예수님과 저세상 사람인 아버지가 엄마를 찾아올 때조차도 사랑과 지혜는 사라지지 않는다. 지금 이 순간, 내 삶의 어떤 부분도 바꾸고 싶지 않다. 어느 한 부분을 바꾸면 나를 지금 이 모습으로 키워준 다른 부분들까지 바뀌게 될 테니까.

나는 엄마와 리비아에게 한 번 더 손을 흔들어 보이고 웃음을 터뜨린다. 한 번 더 소리를 질러야겠다.

스웨덴으로 돌아가며

2015년

스웨덴 우메오 공항. 수하물 나오는 곳에서 내 여행 가방이 눈에 띄기를 기다리는 중이다. 스톡홀름-우메오 구간은 나 혼자 여행했다. 리비아는 참석해야 할 결혼식이 두 건이나 있어서 스톡홀름에서 바로 갔다. 이렇게 고된 비행을 마치고서 곧바로 결혼식에 달려갈 수 있다니 정말 대단하다. 내 생각에, 리비아야말로 진정한 아마존 여장부다. 아마존 여장부들은 뭐든지 척척 해낼 수 있나 보다. 내 가방이 나왔다. 끙끙대면서 가방을 끌어내린다. 가방을 기울여 가방 바퀴만 땅에 닿게 한 다음 그것을 끌고 출구 쪽으로 나간다. 밤 아홉 시지만 아직 밖은 그렇게 어둡지 않다. 건물 밖으로 나와서 눈에 익은 강청색 볼보를 찾는다. 함께 스카이다이빙을 하는 친구 프레드리크가 공항으로 데리러 오겠다고 했다. 나는 우메오 공항에 도착해서 외로움을 느낄지 어떨지 몰라서 주저했지만 프레드리크의 얼굴을 보니 스톡홀름 공항에서 문자를 쳐서 와달라고 부탁하기를 잘했다는 생각이 든다. 나는 차에 몸을 싣는다. 프레드리크는 트렁크를 닫고서 운전석에 앉더니 공항을 빠져나가 우리 집 방향으로 차를 몬다. 여행이 어땠냐고 묻기에 녹초가 된 표정을 지어 보였다. "일단 집에 가서 이야기해." 프레드리크의 말에 나는 고개를 끄덕인다. 그가 운전하는 모습을 물끄러미 바라본다. 한때 내가 좋아했던 남자, 그리고 나를 좋아했던 남자. 우리의 연애는 막을 내렸지만 그래도 서로 우정이라는 끈은 놓지 않고 있다.

우리는 내 아파트로 올라가 회색 소파에 자리를 잡고 앉았다. 프레드리크가 나를 안아준다. 브라질에 있는 동안은 잠시 멈춰서 생각과 감정을 정리할 새가 없었다. 새롭게 등장한 정보, 생각, 감정, 그리고 원래부터 있었던 것들을 찬찬히 살피려면 앞으로도 시간이 많이 필요할 것이다. 그래도 일단 컴퓨터를 꺼내서 프레드리크에게 이번 여행에서 찍은 사진들을 보여준다. 무슨 일이 있었는지 설명하고 그 친구의 질문에 대답하려 애쓰다 보니 어느새 우리는 함께 울고 웃고 있다. 나를 잘 아는 친구와 이 경험을 공유할 수 있어서 기쁘다. 나도 오늘 밤은 혼자 있고 싶지 않았나 보다.

우리는 잠이 들었고, 나는 아침에 일어나 프레드리크를 집에 보낸 후 혼자 소파에 기대어 앉는다. 문득, 모든 것이 평화롭고 고즈넉하다. 지켜야 할 약속도 없고, 가야 할 곳도 없고, 봐야 할 새로운 장소도 없고, 만나야 할 새로운 사람도 없다. 내 아파트를 둘러보면서 새삼 채광과 통풍, 상쾌하고 아늑한 분위기에 감탄한다. 집이 역시 좋구나! 자, 이제 어떡할래, 크리스티나? 주위는 조용하다 못해 적막할 정도다. 교통 소음, 건설 소음, 사람들 떠드는 소리, 자동차 경적 소리, 시끄러운 음악 소리는 다 어디 갔지? 우메오가 이렇게까지 적막한 도시였나? 우메오는 늘 이렇게 인적이 드문가? 익숙한 공황감이 살금살금 다가오기 시작한다. 모든 것이 왠지 낯설다. 여긴 내 집인데, 집에 있다는 느낌이 드는데. 하지만 이제 나에게는 또 하나의 집이 있다. 숨을 크게 들이마신다. 내 집 소파에 앉아 있는데 온몸이 근질근질 좀이 쑤신다.

휴대 전화를 꺼내서 마야에게 전화를 건다. 이 친구와는 여행에서 잘 돌아왔다는 인사를 이미 나눴다. 스톡홀름 공항에 내리자마자 전화를 했으니까. 마야네 가족은 뢰베크에 산다. 아들 이름은 하뤼, 그리고 나의 귀여운 대녀이기도 한 그 집 딸 이름은 그레타다. 마야는 점심을 준비하는 중인데 나도 올 수 있으면 오라고 말해준다. 나는 냉큼 신발을 신고 자동차 열쇠를 챙겨서 펄쩍펄쩍 계단을 뛰어 내려간다.

마야네 집에 도착해서 엔진을 끄고 현관 앞까지 걸어간다. 문을 조용히, 보여주기 식으로 두드리고 사람이 나오기도 전에 내가 알아서 들어간다. 하뤼가 두 팔을 벌리고 뛰어오면서 소리를 지른다. "키키! 키키! 키키 이모다!" 나도 열성적으로 호응을 한다. "하뤼! 하뤼! 하뤼로구나!" 하뤼가 내 품에 뛰어들어 나를 와락 껴안는다. 이보다 더 멋진 사랑을 어디서 얻으랴. 그레타도 질세라 달려 나온다. "티티! 티티! 티티 이모!" 그레타하고도 뜨거운 포옹을 나눈다. 마야가 문간까지 나와서 나를 안아준다. 그래, 이거야, 이런 게 필요했다고!

우리는 주방에 들어간다. 나는 주방 탁자 앞에 앉아서 이야기보따리를 풀기 시작한다. 브라질행이 이렇게까지 나를 흔들어놓을 줄 은 몰랐다. 친구와 허심탄회하게 얘기를 하니 이제 좀 살 것 같다.

다음 날부터 나는 침묵에 조금 더 적응을 한다. 브라질과 그곳에 사는 가족들이 그립지만 집에 돌아오니 좋다. 뭔가 평범하고 일상적인 일을 해야겠기에, 시내까지 자전거를 타고 나가 올렌스 백화점에 들르기로 작정한다.

소형 쿠션을 몇 개 구경하다가 우연히 고등학교 동창과 마주친다. "어머, 크리스티나!" 그 친구가 유모차를 세우고 나에게 천천히 다가와 포옹을 한다. 나는 미소를 짓긴 했지만 동창과 수다를 떨 기분은 아니다. 여독이 덜 풀렸나 보다. 이 친구가 이것저것 물어보지 않았으면 좋겠다. 하지만 그녀는 인스타그램에서 나를 팔로(follow)하고 있다면서 "너 여행 갔다 왔지."라고 한다. "얘기 좀 해봐, 전부 다."

나는 웃으면서 여기서 하기엔 너무 긴 얘기라고 대꾸한다. 내가 화제를 바꾼다. 동창은 미끼를 덥석 물고 지금 그들 부부가 새로 짓는 집 이야기를 늘어놓는다. 그 동네에 있는 다른 집하고 마찰이 좀 있었던 모양이다. 그녀는 이웃과의 전쟁사를 필요 이상으로 미주알고주알 늘어놓더니 결국 경찰에 신고해버렸다는 말로 마무리를 짓는다. 장거리 여행에서 돌아와 약간 회복한 기력마저 쪽쪽 빨리는 기분이다. 그러거나 말거나 이 동창은 10년 전에 지어졌다는 무슨 도로, 동네 사람들, 치졸한 싸움 얘기를 신이 나서 늘어놓는다. 나는 그 친구 말을 중간에 끊는다. "있잖아, 나는 미래가 암울

한 아이들이 모여 사는 고아원에 다녀온 지 얼마 안 됐어. 부모에게 학대당하고, 어른들에게 착취당하거나 이용당하고, 사랑하는 형제자매와 생이별을 하고 이제 서로의 생사조차 모르고 산다는 아이들을 만나고 왔어. 어떤 남자아이는 아버지가 살해당하는 현장을 목격했대. 사람들이 자기 아버지에게 휘발유를 들이붓고 불을 지르더래. 음, 무슨 말인지 알겠니? 난 지금 잘사는 나라 사람들 얘기를 들을 기분이 아니야."

동창은 눈을 동그랗게 뜨고 나를 바라본다. 말을 좀 더 요령 있게 할 걸 그랬다는 생각이 든다. 그녀는 "어머, 세상에, 끔찍해라!"라고 하더니 놀랍게도 이렇게 갖다 붙인다. "실은 나도 그런 얘기를 하고 싶었던 거야. 그래서 옆집 아줌마에게 문자를 보냈지. 지구 반대편에는 아직도 굶어 죽는 아이들이 있는데 우리가 이래서는 안 된다고 말이야……." 세상에, 이 친구는 이야기를 계속 끌고 갈 기세다. 나는 안 되겠다 싶어서 딱 끊고 약속이 있어서 가봐야겠다고 말한다.

이 또한 성장하면서 이해하고 익숙해지기 힘들었던 것 중 하나다. 우리는 각기 다른 현실을 산다. 언제나 안전하고 확실한 세상에서 집과 돈, 아빠와 엄마, 남편과 자식, 사회적 안전망, 의료 복지, 전쟁 없는 시대——이 목록은 더 길어질 수도 있다——를 누리며 살아온 사람들은 위험하고 가혹한 현실을 사는 사람들의 시각이나 생각을 헤아리기가 힘든가 보다.

아늑하고 조용한 나의 아파트로 돌아와서 펜과 메모장을 꺼낸다. 나는 살면서 무엇을 하고 싶은가? 그 아래에 이렇게 쓴다. 변화. 삶의 균형 찾기. 다른 사람들을 돕기.

조금 있다가 리비아에게 전화를 걸어서 엄마랑 스카이프(Skype)로 통화를 하고 싶은데 도와줄 수 있는지 물었다.

리비아는 금세 우리 집으로 와줬다. 전화번호를 아느냐고 해서 불러줬더니 리비아가 스카이프에 입력을 한다. 가만히 앉아서 신호음 가는 소리를 듣고 있는데 만감이 교차한다. 비토리아 이모와 엄마가 과연 전화를 받을지, 아니 다른 식구라도 받기는 할지 모르겠다. 이모가 받았다. 리비아는 내가 전화를 거는 거라고 이모에게 설명을 하고 나에게 잘해보라는 표정을 짓는다. "안녕하세요, 이모, 저 크리스티나예요." 나의 포르투갈어는 영 어설프다. 이모가 반가워하면서 뭐라 뭐라 말을 한다. 리비아가 통역을 한다. 브라질 식구들은 모두 잘 지내고 있다고 한다. 이모가 나에게 또 언제 올 거냐고 해서, 나는 시간과 돈이 생기는 대로 다시 갈 거라고 말한다. 리비아에게 엄마랑 얘기하고 싶다고 했더니 그 말을 바로 전해준다. 이모가 엄마에게 말하는 소리가 들린다. 리비아와 내가 전화를 했다고 설명하는가 보다. 엄마 목소리다. 미소가 절로 난다. "엄마, 저예요. 어떻게 지내세요?" 이 말을 포르투갈어로 하는 동안 리비아가 나를 미소로 격려해준다. 엄마가 대답을 했는데 무슨 말인지 잘 모르겠다. 리비아가 즉시 다리를 놓아준다. 나는 엄마가 잘 지내는지, 지아만치나에서 만나고 싶다고 했던 옛날 친구분은 잘 만났는지 물어본다. 엄마는 잘 지내고 있지만 친구는 못 만났다고 한다. 다음에 내가 브라질에 오면 옛날 그 동굴에 또 같이 가서 음식을 만들어 먹자고 한다. 나는 빨리 그날이 왔으면 좋겠다고 대답한다. 엄마는 동굴에서 잠도 같이 자자고 한다. 나는 "음……."이라고 대답했지만 독을 품은 뱀, 전갈, 거미, 지네가 득시글거리는 컴컴한 동굴에서 자고 싶은 마음은 없는 것 같다. 최소한 엄마만큼은 아닌 건 확실하다. 엄마는 내가 또 브라질에 갈 거라고 하니까 그저 좋아서 지난번에는 너무 금방 왔다가 금방 갔다고 말한다. 엄마가 말을 다다다 쏟아내는 동안 리비아가 나를 본다. 엄마 표정만 봐도 엄마가 지금 나에게 좀 불만스럽다는 걸 알겠다. 리비아는 통역을 다 하지 않고 간단하게 요약해준다. "네가 좀 더 오래 있다 갔으면 하셨나 봐. 엄마 생신 때까지는 있다가 가지 그랬느냐고 하시네. 그리고 네가 또 언제 올 건지 궁금해하셔." 나는 여비를 마련하는 대로 당장 갈 거라고 했다. 엄마가 나는 돈이 엄청 많으니까 아무 때나 오고 싶으면 올 수 있지 않느냐고 한다. 리비아와 나는 동시에 웃음이 터진다. 브라질에 사는 내 가족들은 스웨덴 사람은 모두 돈을 주체하지 못하는 부자인 줄 아는가 보다. 나는 엄마에게 그렇지 않다고 설명하려 했지만 리비아가 그게 뭐가 중요하냐고 한다. 그래, 그 말도 맞다. 그래도 해명을 해야만 내 마음이 편하다. 내가 여유가 있는데도 엄마를 보고 싶은 마음이 없어서 브라질에 자주 가지 않는 거라고 엄마가 오해하는 건 싫다.

나는 엄마에게 시간과 돈이 생기는 대로 브라질에 가겠나고 약속한다. 다음에는 무슨 수를 써서라도 몇 주는 있다가 올 거라고, 그때까지 적어도 한 달에 한 번은 전화를 하겠다고 약속한다. 사랑해요, 보고 싶어요, 다음에 또 전화할게요, 그렇게 말하고 우리는 통화를 끝낸다. 잠시 침묵이 흐른 다음 리비아와 눈이 마주쳤다. 만감이 교차한다. 믿을 수가 없다! 내가 정말 브라질에 있는 엄마와 통화를 한 것이다. 신기해라! 이제 우리는 언제라도 연락할 수 있다. 리비아가 웃으면서 나보고 포르투갈어 공부를 열심히 하라고 한다.

몸은 따뜻해졌지만 머릿속에서는 이런저런 생각이 소용돌이를 친다. 물론 처음부터 쉬운 일, 깔끔하게 이해되는 일은 세상에 별로 없다. 브라질에 다녀오면서 많은 문제가 해결됐지만 새로운 문제도 많이 대두했다는 것을 비로소 깨닫는다. 나는 앞으로 엄마와 어떻게 소통하게 될까? 다시 말하자면, 엄마와 접촉하면서 더 많은 것을 얻고 싶은데 어떻게 하면 좋을까? 내가 엄마를 어떤 식으로 부양할 수 있을까? 외갓집 식구들이 나에게 그런 기대를 걸고 있지는 않나? 내 삶은 스웨덴에 있다. 적어도 지금은 그렇다. 그래도 긍정적인 면을 보자면, 이번 여행에서 브라질을 경험하고 사람들을 만나면서 내가 많이 변했다고 생각한다. 나는 두 곳에 집이 있고, 두 세계에서 살아간다는 느낌이랄까. 브라질 사람과 스웨덴 사람——둘 다 나일 뿐이지만——이 마침내 하나로 어우러진 것 같다. 나는 인생이 자기를 발견하는 것이라고 생각하지 않는다. 나는 오히려 인생이 자신의 현실을 만들어나가는 것이라고 본다. 그래서 나 자신에게 이 질문을 던진다. 넌 어떤 사람이 되고 싶니?

몇 달이 지나고 나니 그 질문에 답하기가 한결 수월해졌다. 나는 창업에 뛰어들었다. 대중 강연도 시작했다. 여러 가지 주제로 강연을 하지만 주로 내가 살아온 이력을 이야기한다. 나는 정체성, 편견, 문화 충돌, 다문화 관련 쟁점들을 다룸으로써 사람들에게 영감을 주고 싶다. 세계 각국, 특히 브라질의 사회 취약 계층 어린이와 청소년을 지원하는 재단도 만들었다. 우리 재단은 내가 있었던 상파울루의 고아원과 이미 한 차례 협업도 했다. 세상이 언제나 더 많은 것을 소비하는 데 일조하는 대신, 뭔가 다른 일을 해보고 싶었다. 고아원 아이들을 만나고 나서 그 일을 꼭 해야겠다는 마음이 분명해졌다.

내가 브라질 사람이자 스웨덴 사람으로서 두 문화를 나타낼 수 있다는 사실이 기쁘고 행복하다. 나는 내 삶 전체에 죄의식과 수치심을 느끼고 늘 나 자신을 가혹하게 몰아붙이는 사람, 늘 혼자서 모든 것을 끌어안고 해결하려고 하는 사람이었다. 하지만 지금은 나 자신에게 정말로 만족한다. 아, 나는 완벽과 거리가 멀다. 결점투성이이고 후회할 짓, 부끄러운 짓도 정말 많이 저질렀다. 그래도 전반적으로는 이런 나 자신도 괜찮다. 나는 스웨덴 사람일 뿐 아니라 브라질 사람이기도 한데 그렇게 살아가는 기분이 나쁘지 않다. 나는 잘 살아왔고 지금도 잘 살고 있다. 좋은 쪽으로든 나쁜 쪽으로든, 나는 내가 바랄 수 있는 것보다 더 많은 것을 받았다. 나라는 사람은 그렇게 이루어졌고, 세월이 흐르긴 했지만 이제 나를 좋아하고 인정할 수 있다. 이미 일어난 일은 일어난 일로 받아들였다. 제일 힘들었던 것은 내가 저지른 일, 그리고 내가 저질렀다고 생각되는 일에 대해서 나 자신을 용서하는 것이었다. 자기 자신을 있는 그대로 받아들이는 것은 기나긴 여정이다. 나는 아직도 그 길 위에서 있다고 생각한다.

그 후의 이야기

그럭저럭 살 만큼 살았다고들 하는 인생이 대략 65만 시간에 해당한다는 얘기를 들었다. 내가 브라질의 빈민가와 길거리, 그리고 지아만치나의 숲속에서 살았던 기간은 7만 시간이 조금 넘는다. 내가 웬만큼 오래 산다면——65만 시간을 전부 산다면——인생의 10분의 1 이상을 그날그날 살아남으려고 몸부림치는 극빈자로서 보냈다는 뜻이 된다.

내가 입양된 사실에 분개한다고 말할 수는 없다. 하지만 생모에게 제대로 인사조차 하지 못하고 떠나온 것, 너무 늦어서 선택다운 선택을 할 수 없는 지경이 될 때까지 입양의 결과가 어떤 것인지 아무도 나에게 설명해주지 않았던 것은 지금도 분하다. 엄마가 아무런 지원도 받지 못하고 거리에 나앉는 팔자로 살았다는 게 화가 난다. 엄마를 외면하거나 아예 투명 인간 취급하기로 작정했던 사회, 지금도 여전히 그러고 있는 사회에 화가 난다. 현재 브라질 인구는 2억 명이 넘는다. 얼마나 많은 사람이, 그중에서도 특히 어린이들이, 성폭력이나 구타를 당하고 살까? 살인적인 배고픔을 잊기 위해 본드 따위를 흡입하고 있는 사람은 또 얼마나 많을까? 그 가운데 희망을 포기하고 자기는 어차피 있으나 마나 한 사람이라고 생각하면서 범죄에 빠지는 사람은 또 얼마나 많을까? 우리는 얼마나 많은 사람을 구할 수 있을까? 아니, 얼마나 많은 사람을 구하기 원하는가?

죄 없는 아이들을 줄 세우고 무참하게 총으로 쏴 죽이는 사회에 도덕이라는 게 있나? 사회는 학대당하는 연약한 아이들이 어떻게 성장할 거라 기대하는가? 그들이 사회에 도움이 되는, 정서적으로 안정된 시민이 될 거라 생각하는가? 그 아이들은 영혼이 부서진 채 자라고 있다. 그들은 자기가 배운 대로 행동할 것이다. 아무도 그들을 위해서 노력하지 않았는데 왜 그들이 스스로 노력을 하겠는가? 그런데도 그들은 자신의 많은 것을 내어준다. 신뢰는 반드시 확보해야 하는 것인데, 브라질은 그 점을 이해하지 못하고 있는 것 같다. 이 나라는 신뢰를 쌓기보다는 부자와 빈자를 가르는 벽 쌓기에 더 몰두해왔다.

옛 생각에 빠져서 내게 일어난 일들을 새삼 돌아볼 때면 내가 인간이라는 사실이 수치스러워지곤 한다. 사람들은 어떻게 그런 일들이 여전히 자행되는데도 손 놓고 있을 수 있나? 나는 주위의 고통에 눈 감고 귀 막으면 그만이라는 국가와 국민에게 화가 난다. 무엇보다, 모든 인간이 지니고 있는 가치와 그 열악함 속에도 존재하는 아름다움을 보지 않기로 작정했다는 사실이 화가 나고 비통하다.

생각 없이 말만 하기는 쉽다. 내가 자주 듣는 말이 있다. 그렇게 고생을 하고도 잘 자란 걸 보니 대단히 강한 사람이라는 둥, 역경을 겪었기 때문에 더 나은 사람이 되었을 거라는 둥. 내가 강한 사람이라고 하기는 뭐하다. 그렇다고 내가 다른 사람들보다 약하다고 생각하지는 않는다. 나는 그저 살면서 주어진 상황들을 내가 할 수 있는 한에서, 혹은 용기를 내어, 그럭저럭 잘 넘겨왔을 뿐이다.

왜 역경을 겪으면 더 나은 사람이 되어야 하나? 그래, 다른 사람들은 살면서 차차 알게 될 일을 가끔은 내가 직관적으로 더 빨리 이해하는지도 모른다. 그렇다고 해도, 왜 나의 경험이 더 나은 인간이 되기 위한 밑거름이란 말인가? 내가 거쳐오고, 경험하고, 목격한 것은 내 영혼에 상처가 되었다. 나에게는 내가 좋아하는 사람들과 공유하고 싶지 않은 응어리가 있다. 나는 그 응어리로 인하여 미움 가득한 사람이 될 수도 있었다. 아주 오랫동안, 나는 그 나락으로 떨어지지 않으려고 이를 악물고 노력했다. 하지만 어린 시절에 나 같은 일을 겪은 사람이 더 나은 사람이 되기는커녕 미움으로 똘똘 뭉친 사람이 될 수도 있지 않나? 내가 착한 사람이 아니라 악한 사람이 됐어도 이상한 일은 아니지 않은가? 어떤 사람들은 나보고 자기 같으면 그렇게 못 살았을 거라고 한다. 하지만 실제로는 나와 비슷한 경험을 한 사람, 그보다 더한 일을 매일같이 겪는 사람이 세상에 널리고 널렸다. 인간이란 얼마나 놀라운 동물인지! 우리는 우리 생각보다 훨씬 더 많은 것을 견딜 수 있는 존재다. 그러나 우리는 대체로 이기적이기에 우두머리가 모든 것을 독식하게 되어 있다면, 혹은 생존이 걸려 있다면, 남들을 밟고서라도 자기가 올라가려고 한다. 내가 그 냉혹한 현실을 목격하지 않았더라면 좋았을 것이다. 나는 대단히 선한 사람도 아니고 대단히 나쁜 사람도 아니다. 더 나은 사람이 되었다거나 더 못한 사람이 된 것 같지도 않다. 나는 그저 이러한 응어리를 안고 사는 수많은 사람 중 하나다. 그래도 나는 사람에게 꼭 필요한 기본적인 앎은 얻었다. 사랑은 분명히 존재하고 극악의 빈곤도 사랑을 막지는 못한다는 것을 분명히 알았다. 나의 생모, 남동생, 카밀, 파트리시아가 브라질에서 그 앎을 전해주었다. 스웨덴에서도 양부모님과 선량한 친구들이 그 앎을 전해주었다.

목숨이란 실낱같고 인간은 연약하다. 우리에게는 보살핌과 기쁨이 필요하다. 사랑이 분명히 존재하고, 고로 희망도 있다는 것을 실천으로 보여주는 마음 따뜻한 사람들도 세상에는 많다.

현재, 소위 잘사는 나라들에서 관찰되는 변화들은 무척 우려스럽다. 내가 사는 근사한 나라 스웨덴, 나의 모국만큼 사랑하는 이 나라에도 난민들이 들어오면서 거리에서 걸인과 앵벌이를 자주 볼 수 있게 되었다. 새롭게 대두하고 있는 이 문제를 너무 많은 국민과 정치가 들이 외면하고 있지는 않은가. 그들은 스웨덴뿐만 아니라 다른 여러 국가도 직면한 이 문제를 해결할 만한 경험이 없다. 우리 중에는 돕고 싶은 마음은 있지만 방법을 모르는 사람도 많다. 전쟁과 빈곤을 피해서 도망 온 이 가엾은 사람들을 받아주는 건 좋지만, 그들을 우리 사회에 편입시킬 방법은 계획조차 나와 있지 않다.

그리고 그 과정에서 난민들의 인간다움은 잊히고 만다. 나는 스웨덴과 세계 여러 나라에서 이 위기를 인간적으로 타개할 방법을 꼭 찾기를 진심으로 바란다. 좋았던 옛날로 돌아가기를 소원해봐야 아무 소용 없다는 것을 이해해야 한다. 과거는 과거다.

변화는 아프다. 변화는 불편하거니와 스트레스를 유발한다. 그러나 변화를 포용하고 그 안에서 긍정적인 면을 찾아 최선을 모색하면 거기서도 얻을 것은 많다. 현 상황을 '그들 대 우리'로 파악하는 시각은 위험하다. 그런 사고방식에서는 좋은 것이 나올 수 없다. 스웨덴이든 다른 어느 나라든, 내가 목격했던 것과 같은 살육에 군인들이 가담하는 일은 절대로 없기 바란다. 선량한 사람들의 사회가, 죄 없는 어린 소녀를 죽인 자가 처벌받지 않아도 아무도 신경 쓰지 않는 사회로 변질되는 꼴은 보고 싶지 않다. 절대로 가만히 있으면 안 된다. 타인을 바라보면서 자신의 재산, 피부색, 성적 지향, 종교를 이유로 자신이 더 가치 있는 사람이라고 생각하는 일은 없기 바란다.

나는 어릴 때 사회의 지원을 받지 못했지만 양부모님을 만나서 따뜻한 보살핌을 받았고, 학교 선생님들과 친구들에게 인정받았으며, 나를 포용해주는 사회에서 성장했다. 스웨덴 양부모님이 그 사회의 일원이었기 때문에 나는 거의 자동으로 받아들여졌다.

새 삶의 기회를 얻으려고 전쟁과 극빈을 피해서 이곳으로 온 아이들, 혈혈단신으로 이곳까지 흘러들어온 아이들을 생각하면 정말로 속상하다. 가깝고 소중한 이를 잃었거나, 폭력 사태를 목격했거나 직접 피해를 입는 등, 이미 초년고생을 톡톡히 한 아이들이다. 그들이 자기네들을 온전히 포용하지 않는 나라에서 살아간다는 생각을 하면 너무 마음이 아프다. 허심탄회하게 말하건대, 나도 불청객 취급을 당하는 기분으로는 새로운 나라에 잘 적응할 수 없었을 것 같다. 우리가 잠시만 모든 것을 멈추고 다음과 같은 질문을 던져보았으면 한다. 그 아이들, 그 사람들을 위해서 우리는 무엇을 하고 있는가? 우리가 무엇을 할 수 있는가? 우리가 그 입장이 된다면 어떤 대우를 받고 싶은가? 생판 모르는 나라에 뚝 떨어진다면 어떤 어려움에 부딪힐까? 우리 함께 인간을 보자. 도움이 절실히 필요한 이 사람들 속에서 우리 자신을 보자.

나는 살아남기 위해 나에 대한 타인의 기대에 나를 맞추지 않을 수 없었다. 하지만 그러다 보니 나의 어떤 부분은 울며 겨자 먹기로 포기해야 했다. 그래서 잘 지내올 수 있긴 했지만 내 딴에는 숨기거나 억눌러버린 감정들이 계속 쌓여갔다. 나는 영혼이 두 쪽으로 갈라진 사람처럼 살았다. 때로는 그 방법이 잘 통했다. 하지만 그렇지 않을 때도 있었다. 무엇보다도, 나는 이해하고 용서하려고 노력했다. 과거를, 내가 저지른 일과 남들이 나에게 저지른 일을 용서하고 싶었다. 지금도 땅을 치고 후회하는 일이 한두 가지가 아니다. 나의 두 번째 엄마 릴리안에게 "엄마, 사랑해요."나 "편히 가세요."라는 말을 하지 못했던 것도 크나큰 후회로 남았다. 사랑하는 사람에게 하지 못한 말이 후회되는 법, 입 밖으로 낸 말이 후회되는 경우는 드물다. 나는 정을 주는 것도 두려웠고 내가 내 모습 그대로 사랑받는 것도 두려웠다. 그래도 마음 한구석으로는 언젠가 모든 것을 극복하고 온전해질 수 있을 거라고, 그렇게 강인한 사람이 될 수 있을 거라고 희망을 품었다. 그 소녀와 화해하고 받아들이기 까지는 강도 높은 작업이 필요했다. 그 소녀는 유년기의 대부분을 불안과 두려움 속에서 보냈고, 청소년기에는 방황했으며, 어른이 되어서는 두 갈래로 찢어진 영혼을 안고 살았으니까.

내가 쓴 글을 읽으면서 글쓰기가 내가 원했던 일을 이루어주었음을 깨달았다. 글쓰기가 곧 나의 길을 따라가는 과정이었다. 책을 쓰겠다는 계획을 완수해서 기쁘다. 버거운 기억들을 다시 불러내고 직면하기가 쉽지는 않았다. 고통스러웠지만 만족감이 있는 작업이었다. 때로는 나 아닌 다른 사람의 인생사를 읽는 기분도 들었다. 내가 견뎌낸 일이 나도 믿기지 않았다. 두 세상은 자못 달랐다. 그날그날 입에 풀칠이나 할 수 있을지 막막한 꼬맹이 노숙자로서 브라질 거리에서 살다가, 음식을 남기거나 버리는 일이 예사인 스웨덴으로 넘어왔다. 순전히 우연히 그렇게 됐다. 내 글을 읽으면서 가끔은 이게 진짜 내 이야기 맞나, 전생 혹은 현실처럼 생생하게 와 닿는 꿈이 아닐까 생각했다. 그 시절이 나에게 그토록 아픈 상처와 뚜렷한 흔적을 남기지 않았다면 내 이야기가 아니라 남의 이야기라고 믿었을지도 모른다.

스웨덴에서 성장하면서 이해할 수 없었던 것 중 하나는 내가 경험한 문화 충격이다. 스웨덴적인 것이 뭘까? 브라질다운 건 뭘까? 나는 누구일까? 그 경험은 설명하기가 어렵다. 이 문화 충격 역시 나에게 뚜렷한 흔적을 남겼다. 그렇다, 이 흔적들은 두 세계 사이에서 구불구불 돌아가는 여정 속에서 만들어졌다. 이런 유의 길은 곧게 낼 수가 없고, 진즉에 닦아놓은 도로가 있는 것도 아니다. 갈림길이 나오면 늘 용기를 내어 어느 쪽으로 갈지 선택해야 한다. 모르는 길로 과감하게 가보아야 하고, 그래서 인생이 뒤집히더라도 대처할 각오를 해야 한다.

나는 지금 행복하고 내 삶에 자부심이 있다. 그리고 나의 이야기는 아직 끝나지 않았다. 이 이야기는 이제 막 시작했을 뿐이다. 나는 내 어머니의 말을 마음에 품고 간다.

계속 걸으렴. 걸음을 멈추지 마.

감사의 글

다음 분들에게 마음에서 깊이 우러나는 감사를 드립니다.

*페트로닐리아 코엘류*와 *릴리안 리카르드손*: 저에게 좋은 점이 있다면 그건 다 두 분에게서 온 것입니다.

파트리크 리카르드손: 사랑해. 다른 말은 필요 없겠지.

어릴 때부터의 친구들: *카밀*, *파트리시아*, *산투스*, *마야(팔그렌)*, *린드베리*, *엠마 알레보*, *리나 노르드룬드*, *안나카린 룬스트룀*. 너희는 친구 이상이야. 너희는 내 가족이야.

로즈잉에르 다니엘손: 이모는 정말 멋지고 놀라운 사람이에요! 항상 제게 무슨 일이 있는지 관심을 기울여주셔서 고맙습니다.

브라질에서 다시 찾은 가족들에게 고맙습니다.

나의 아버지 *스투레 리카르드손*에게 고맙습니다.

그 외에도 *리비아 올리베이라*, *안나 스텐베크*, *닐스 룬드마르크*, *파트리크 크라이네르*, *폰투스 베리*, *페르닐라 홀름베리*, *시리 올손*, *스*

테판 홀름, *잉아브리트 폰 에센*, *페데리코 루나*, *말린 쇠데르스트룀*에게 감사를 전합니다.

나는 이렇게 멋진 친구들을 만나서 함께하게 되리라고는 꿈도 꾸지 못했습니다. 진심으로 고맙습니다. 당신들이 없었다면 나는 곤경 속에서 허우적댔겠지요. 늘 내 이야기를 들어주고, 조언해주고, 꾸짖어주어서 고맙습니다. 당신들이 나에게 어떤 의미인지 말로 다 설명할 수 없습니다. 겨우 찾은 말은 이것뿐이네요. “사랑합니다.”

스카이다이빙을 함께 하는 친구들에게도 감사합니다. 자기 자신을 아는, 정말로 멋진 사람들입니다. 당신들은 나를 사랑과 정감이 넘치는 세상으로 초대해주었습니다. 당신들이 나를 기쁘게 했던 만큼 나도 당신들에게 기쁨이 되었으면 좋겠습니다. 고맙습니다! 하늘은 한계가 아니죠, 땅이라면 몰라도!

선생님들과 그 외 저를 붙잡아주었던 분들에게 특히 감사합니다. 여러분들이 나에게 얼마나 지대한 영향력을 미치고 저에게 의미 있는 사람들인지 아마 모르실 거예요.

내 책의 영어권 출판사 아마존크로싱에 감사를 표합니다.

그리고 내 책의 스웨덴 출판사 대표 *테레사 크노켄하우어*, 편집자 *리셀로트 벤보리 람보리*, 그 외 복폴라게트 포룸 출판사의 모든 분께 감사를 드립니다.

크리스티나이자 크리스티아나